飛狐外傳

前頁圖／居廉「山茶水仙圖」——

居廉，廣東番禺隔山鄉人，清末廣東最重要的畫家之一，是嶺南畫派的先聲。

山茶艷麗，水仙清雅，借用這幅畫作本書封面，用意是以這兩種花卉象徵本書的女主角袁紫衣與程靈素。

本頁圖／田世光「僧鞋菊」——

田世光，當代畫家。

花朵藍色，形狀甚怪，所以名稱也怪，學名叫作「阿科尼同」。

有毒，醫藥上用處很大，可醫療癒、腫癢、腳氣等症，又可利尿、殺蟲，有麻醉作用。

程靈素所培植的藍花或許是其變種。

2

清代仕女——清代楊柳青年畫。從此圖中可以想見苗夫人南蘭、馬春花、袁紫衣等人的衣飾服裝。

右頁圖／徐琳「笛聲」（套色木刻）──徐琳，當代廣東木刻家。圖中描繪珠江三角洲夜晚水上的景色。

左頁圖／陳樹人「嶺南春色」──陳樹人（1883-1948），廣東番禺人，「嶺南畫派」的中堅份子之一。本圖彩色燦爛，充分表現嶺南的鮮麗氣氛。

乾隆年間淑女圖——英國畫家所繪的油畫，畫家名失傳。該畫注明繪於一七五〇年（乾隆十五年）前後。原畫現藏香港美術博物館。

伍學藻「荔枝圖」——伍學藻是十九世紀末廣東著名畫家，喜畫荔枝。他是順德人，袁紫衣的同鄉。

錫庵大兄大人雅正
伍學藻用程荸語
於槳西邨紫小庵

7

佛山銅襯剪紙「唐明皇遊月宮」。

佛山剪紙「紙鵲」——
剪紙是佛山的一種著名藝術，
圖中有喜鵲、有金魚，
是「喜慶有餘」的意思。
喜鵲與金魚的構圖極具匠心。

「廣州府疆域圖」──錄自《古今圖書集成》。

其中紅色＊印處為佛山，胡斐大鬧之處。

★印處是香港，圖中尚無香港的名稱，但有馬鞍山、大帽山、杯渡山、大澳等名，急水門即鯉魚門。

界府州惠

廣州府疆域圖

界海洋大

10

界廣湖　　　　　　　　　　　　界府州韶

界西廣

界府慶肇

界縣春陽

蠮騠 高七尺八寸
蠮騠 長八尺三寸

郎世寧繪乾隆名駒之一──

郎世寧（1688-1768），意大利耶穌會教士，

歷康熙、雍正、乾隆三朝為清廷畫工。

圖中白馬為大宛名駒，

駱冰送給胡斐的白馬或與此相似。

梁竹亭「廣東農婦」（木雕）——
梁竹亭，當代廣東雕刻家。

清代北京正陽門外、正陽橋一帶的情景。
日本《唐土名勝圖會》中所繪。

三彩瓷船——康熙年間的素胎三彩瓷船。色彩和製作有重大藝術價值。

袁紫衣和易吉在帆船的桅桿上鬥鞭，那艘帆船當和圖中瓷船相似。

飛狐外傳

金庸在遠流

封面裝幀紀錄

THE YOUNG FLYING FOX

世紀新修版（富春山居）
2003-2006 年初版
設計師 霍榮齡

新修大字版
2003-2006 年初版
設計師 唐壽南

新修文庫版
2007-2008 年初版
設計師 楊雅棠

藏金映象新修版
2024 年初版
設計師 林秦華

皮文庫版
⊃0 年初版
計師 陳栩椿

典藏版
1986 年初版
設計師 霍榮齡

皮版 (富春山居)
⊃7 年初版
計師 霍榮齡

黑皮袖珍版
1986 年初版
設計師 李男

皮文庫版 (富春山居)
⊃8 年初版
計師 霍榮齡

黃山版
1986-1987 年初版
設計師 黃金鐘

彩映象版
22-2024 年初版
計師 林秦華

典藏版、黑皮袖珍版、黃山版、綠皮文庫版、花皮文庫版之封面圖
為收藏家之初版原書拍照檔,謹此致謝。

飛狐外傳

(一)

金庸

「金庸作品集」新序

小說是寫給人看的。小說的內容是人。

小說寫一個人、幾個人、一輩人、或成千成萬人的性格和感情。他們的性格和感情從橫面的環境中反映出來，從縱面的遭遇中反映出來，從人與人之間的交往與關係中反映出來。長篇小說中似乎只有《魯濱遜飄流記》，才只寫一個人，寫他與自然之間的關係，但寫到後來，終於也出現了一個僕人「星期五」。只寫一個人的短篇小說多些，尤其是近代與現代的新小說，寫一個人在與環境的接觸中表現他外在的世界、內心的世界，尤其是內心世界。有些小說寫動物、神仙、鬼怪、妖魔，但也把他們當作人來寫。

西洋傳統的小說理論分別從環境、人物、情節三個方面去分析一篇作品。由於小說作者不同的個性與才能，往往有不同的偏重。

基本上，武俠小說與別的小說一樣，也是寫人，只不過環境是古代的，主要人物是有武功的，情節偏重於激烈的鬥爭。任何小說都有它所特別側重的一面。愛情小說

寫男女之間與性有關的感情，寫實小說描繪一個特定時代的環境與人物，《三國演義》與《水滸》一類小說敘述大羣人物的鬥爭經歷，現代小說的重點往往放在人物的心理過程上。

小說是藝術的一種，藝術的基本內容是人的感情和生命，主要形式是美，廣義的、美學上的美。在小說，那是語言文筆之美、安排結構之美，關鍵在於怎樣將人物的內心世界通過某種形式而表現出來。甚麼形式都可以，或者是作者主觀的剖析，或者是客觀的敘述故事，從人物的行動和言語中客觀的表達。

讀者閱讀一部小說，是將小說的內容與自己的心理狀態結合起來。同樣一部小說，有的人感到強烈的震動，有的人卻覺得無聊厭倦。讀者的個性與感情，與小說中所表現的個性與感情相接觸，產生了「化學反應」。

武俠小說只是表現人情的一種特定形式。作曲家或演奏家要表現一種情緒，用鋼琴、小提琴、交響樂、或歌唱的形式都可以，畫家可以選擇油畫、水彩、水墨、或版畫的形式。問題不在採取甚麼形式，而是表現的手法好不好，能不能和讀者、聽者、觀賞者的心靈相溝通，能不能使他的心產生共鳴。小說是藝術形式之一，有好的藝術，也有不好的藝術。

2

好或者不好，在藝術上是屬於美的範疇，不屬於真或善的範疇。判斷美的標準是美，是感情，不是科學上的真或不真（武功在生理上或科學上是否可能），道德上的善或不善，也不是經濟上的值錢不值錢，政治上對統治者的有利或有害。當然，任何藝術作品都會發生社會影響，自也可以用社會影響的價值去估量，不過那是另一種評價。

在中世紀的歐洲，基督教的勢力及於一切，所以我們到歐美的博物院去參觀，見到所有中世紀的繪畫都以聖經故事為題材，表現女性的人體之美，也必須通過聖母的形象。直到文藝復興之後，凡人的形象才在繪畫和文學中表現出來，所謂文藝復興，是在文藝上復興希臘、羅馬時代對「人」的描寫，而不再集中於描寫神與聖人。

中國人的文藝觀，長期以來是「文以載道」，那和中世紀歐洲黑暗時代的文藝思想是一致的，用「善或不善」的標準來衡量文藝。《詩經》中的情歌，要牽強附會地解釋為諷刺君主或歌頌后妃。陶淵明的〈閒情賦〉，司馬光、歐陽修、晏殊的相思愛戀之詞，或者惋惜地評之為白璧之玷，或者好意地解釋為另有所指。他們不相信文藝所表現的是感情，認為文字的唯一功能只是為政治或社會價值服務。

我寫武俠小說，只是塑造一些人物，描寫他們在特定的武俠環境（中國古代的、

3

沒有法治的、以武力來解決爭端的不合理社會）中的遭遇。當時的社會和現代社會已大不相同，人的性格和感情卻沒有多大變化。古代人的悲歡離合、喜怒哀樂，仍能在現代讀者的心靈中引起相應的情緒。讀者們當然可以覺得表現的手法拙劣，技巧不夠成熟，描寫殊不深刻，以美學觀點來看是低級的藝術作品。無論如何，我不想載甚麼道。我在寫武俠小說的同時，也寫政治評論，也寫與歷史、哲學、宗教有關的文字，那與武俠小說完全不同。涉及思想的文字，是訴諸讀者理智的，對這些文字，才有是非、真假的判斷，讀者或許同意，或許只部份同意，或許完全反對。

對於小說，我希望讀者們只說喜歡或不喜歡，只說受到感動或覺得厭煩。我最高興的是讀者喜愛或憎恨我小說中的某些人物，如果有了那種感情，表示我小說中的人物已和讀者的心靈發生聯繫了。小說作者最大的企求，莫過於創造一些人物，使得他們在讀者心中變成活生生的、有血有肉的人。藝術是創造，音樂創造美的聲音，繪畫創造美的視覺形象，小說是想創造人物、創造故事，以及人的內心世界。假使只求如實反映外在世界，那麼有了錄音機、照相機，何必再要音樂、繪畫？有了報紙、歷史書、記錄電視片、社會調查統計、醫生的病歷紀錄、黨部與警察局的人事檔案，何必再要小說？

武俠小說雖說是通俗作品，以大眾化、娛樂性強為重點，但對廣大讀者終究是會發生影響的。我希望傳達的主旨，是：愛護尊重自己的國家民族，也尊重別人的國家民族；和平友好，互相幫助；重視正義和是非，反對損人利己；注重信義，歌頌純真的愛情和友誼；歌頌奮不顧身的為了正義而奮鬥；輕視爭權奪利、自私可鄙的思想和行為。武俠小說並不單是讓讀者在閱讀時做「白日夢」而沉緬在偉大成功的幻想之中，而希望讀者們在幻想之時，想像自己是個好人，要努力做各種各樣的好事，想像自己要愛國家、愛社會、幫助別人得到幸福，由於做了好事、作出積極貢獻，得到所愛之人的欣賞和傾心。

武俠小說並不是現實主義的作品。有不少批評家認定，文學上只可肯定現實主義一個流派，除此之外，全應否定。這等於是說：少林派武功好得很，除此之外，甚麼武當派、崆峒派、太極拳、八卦掌、彈腿、白鶴派、空手道、跆拳道、柔道、西洋拳、泰拳等等全部應當廢除取消。我們主張多元主義，既尊重少林武功是武學中的泰山北斗，而覺得別的小門派也不妨並存，它們或許並不比少林派更好，但各有各的想法和創造。愛好廣東菜的人，不必主張禁止京菜、川菜、魯菜、徽菜、湘菜、維揚菜、杭州菜、法國菜、意大利菜等等派別，所謂「蘿蔔青菜，各有所愛」是也。不必把武俠小說提得高過

其應有之份，也不必一筆抹殺。甚麼東西都恰如其份，也就是了。

撰寫這套總數三十六冊的《作品集》，是從一九五五年到七二年，前後約十三、四年，包括十二部長篇小說，兩篇中篇小說，一篇短篇小說，一篇歷史人物評傳，以及若干篇歷史考據文字。出版的過程很奇怪，不論在香港、臺灣、海外地區，還是中國大陸，都是先出各種各樣翻版盜印本，然後再出版經我校訂、授權的正版本。在中國大陸，在「三聯版」出版之前，只有天津百花文藝出版社一家，是經我授權而出版了《書劍恩仇錄》。他們校印認真，依足合同支付版稅。我依足法例繳付所得稅，餘數捐給了幾家文化機構及支助圍棋活動。這是一個愉快的經驗。除此之外，完全是未經授權的，直到正式授權給北京三聯書店出版。「三聯版」的版權合同到二〇〇一年底期滿，以後中國內地的版本由另一家出版社出版，主因是地區鄰近，業務上便於溝通合作。

翻版本不付版稅，還在其次。許多版本粗製濫造，錯訛百出。還有人借用「金庸」之名，撰寫及出版武俠小說。寫得好的，我不敢掠美；至於充滿無聊打鬥、色情描寫之作，可不免令人不快了。也有些出版社翻印香港、臺灣其他作家的作品而用我筆名

出版發行。我收到過無數讀者的來信揭露，大表憤慨。也有人未經我授權而自行點

評，除馮其庸、嚴家炎、陳墨三位先生功力深厚、兼又認真其事，我深為拜嘉之外，

其餘的點評大都與作者原意相去甚遠。好在現已停止出版，出版者正式道歉，糾紛已

告結束。

有些翻版本中，還說我和古龍、倪匡合出了一個上聯「冰比冰水冰」徵對，真正

是大開玩笑了。漢語的對聯有一定規律，上聯的末一字通常是仄聲，以便下聯以平聲

結尾，但「冰」字屬蒸韻，是平聲。我們不會出這樣的上聯徵對。大陸地區有許許多

多讀者寄了下聯給我，大家浪費時間心力。

為了使得讀者易於分辨，我把我十四部長、中篇小說書名的第一個字湊成一副對

聯：「飛雪連天射白鹿，笑書神俠倚碧鴛」。（短篇《越女劍》不包括在內，偏偏我

的圍棋老師陳祖德先生說他最喜愛這篇《越女劍》。）我寫第一部小說時，根本不知

道會不會再寫第二部；寫第二部時，也完全沒有想到第三部小說會用甚麼題材，更加

不知道會用甚麼書名。所以這副對聯當然說不上工整，「飛雪」不能對「笑書」，

「連天」不能對「神俠」，「白」與「碧」都是仄聲。但如出一個上聯徵對，用字完全

自由，總會選幾個比較有意思而合規律的字。

7

有不少讀者來信提出一個同樣的問題：「你所寫的小說之中，你認為哪一部最好？最喜歡哪一部？」這個問題答不了。我在創作這些小說時有一個願望：「不要重複已經寫過的人物、情節、感情，甚至是細節。」限於才能，這願望不見得能達到，然而總是朝著這方向努力，大致來說，這十五部小說是各不相同的，分別注入了我當時的感情和思想，主要是感情。我喜愛每部小說中的正面人物，為了他們的遭遇而快樂或惆悵、悲傷，有時會非常悲傷。至於寫作技巧，後期比較有些進步。但技巧並非最重要，所重視的是個性和感情。

這些小說在香港、臺灣、中國內地、新加坡曾拍攝為電影和電視連續集，有的還拍了三、四個不同版本，此外有話劇、京劇、粵劇、音樂劇等。跟著來的是第二個問題：「你認為哪一部電影或電視劇改編演出得最成功？劇中的男女主角哪一個最符合原著中的人物？」電影和電視的表現形式和小說根本不同，很難拿來比較。電視的篇幅長，較易發揮；電影則受到更大限制。再者，閱讀小說有一個作者和讀者共同使人物形象化的過程，許多人讀同一部小說，腦中所出現的男女主角卻未必相同，因為在書中的文字之外，又加入了讀者自己的經歷、個性、情感和喜憎。你會在心中把書中的男女主角和自己或自己的情人融而為一，而每個不同讀者、他的情人肯定和你的不

同。電影和電視卻把人物的形象固定了，觀眾沒有自由想像的餘地。我不能說那一部最好，但可以說：把原作改得面目全非的最壞、最自以為是，瞧不起原作者和廣大讀者。

武俠小說繼承中國古典小說的長期傳統。中國最早的武俠小說，應該是唐人傳奇的《虬髯客傳》、《紅線》、《聶隱娘》、《崑崙奴》等精彩的文學作品。其後是《水滸傳》、《三俠五義》、《兒女英雄傳》等等。現代比較認真的武俠小說，更加重視正義、氣節、捨己為人、鋤強扶弱、民族精神、中國傳統的倫理觀念。讀者不必過份推究其中某些誇張的武功描寫，有些事實上不可能，只不過是中國武俠小說的傳統。聶隱娘縮小身體潛入別人的肚腸，然後從他口中躍出，誰也不會相信是真事，然而聶隱娘的故事，千餘年來一直為人所喜愛。

我初期所寫的小說，漢人皇朝的正統觀念很強。到了後期，中華民族各族一視同仁的觀念成為基調，那是我的歷史觀比較有了些進步之故。這在《天龍八部》、《白馬嘯西風》、《鹿鼎記》中特別明顯。韋小寶的父親可能是漢、滿、蒙、回、藏任何一族之人。即使在第一部小說《書劍恩仇錄》中，主角陳家洛後來也對回教增加了認識和好感。每一個種族、每一門宗教、某一項職業中都有好人壞人。有壞的皇帝，也

有好皇帝；有很壞的大官，也有真正愛護百姓的好官。書中漢人、滿人、契丹人、蒙古人、西藏人……都有好人壞人。和尚、道士、喇嘛、書生、武士之中，也有各種各樣的個性和品格。有些讀者喜歡把人一分為二，好壞分明，同時由個體推論到整個羣體，那決不是作者的本意。

歷史上的事件和人物，要放在當時的歷史環境中去看。宋遼之際、元明之際、明清之際，漢族和契丹、蒙古、滿族等民族有激烈鬥爭；蒙古、滿人利用宗教作為政治工具。小說所想描述的，是當時人的觀念和心態，不能用後世或現代人的觀念去衡量。我寫小說，旨在刻畫個性，抒寫人性中的喜愁悲歡。小說並不影射甚麼，如果有所斥責，那是人性中卑污陰暗的品質。政治觀點、社會上的流行理念時時變遷，人性卻變動極少。

在劉再復先生與他千金劉劍梅合寫的《父女兩地書》（共悟人間）中，劍梅小姐提到她曾和李陀先生的一次談話，李先生說，寫小說也跟彈鋼琴一樣，沒有任何捷徑可言，是一級一級往上提高的，要經過每日的苦練和積累，讀書不夠多就不行。我很同意這個觀點。我每日讀書至少四五小時，從不間斷，在報社退休後連續在中外大學

中努力進修。這些年來，學問、知識、見解雖有長進，才氣卻長不了，因此，這些小說雖然改了三次，相信很多人看了還是要嘆氣。正如一個鋼琴家每天練琴二十小時，如果天份不夠，永遠做不了蕭邦、李斯特、拉赫曼尼諾夫、巴德魯斯基、連魯賓斯坦、霍洛維茲、阿胥肯那吉、劉詩昆、傅聰也做不成。

這次第三次修改，改正了許多錯字訛字、以及漏失之處，多數由於得到了讀者們的指正。有幾段較長的補正改寫，是吸收了評論者與研討會中討論的結果。仍有許多明顯的缺點無法補救，限於作者的才力，那是無可如何的了。讀者們對書中仍然存在的失誤和不足之處，希望寫信告訴我。我把每一位讀者都當成是朋友，朋友們的指教和關懷，自然永遠是歡迎的。

二〇〇二年·四月 於香港

《飛狐外傳》 目錄

那高瘦大漢拉住大車，

騾子再也不能向前半尺。

車中美婦先行下車，走進廳去。

田歸農失魂落魄般跟了進去。

第一章

大雨商家堡

「胡一刀，曲池，天樞！」

「苗人鳳，地倉，合谷！」

一個嘶啞的嗓子低聲呼叫。叫聲中充滿了怨毒和憤怒，語聲從牙齒縫中迸出來，似是千年萬年、永恆的詛咒，每一個字音上塗著血和仇恨。

突突突突四聲響，四道金光閃動，四枚金鏢連珠發出，射向兩塊木牌。

每塊木牌的正反面都繪著同樣的全身人形，一塊繪的是個濃髯粗豪大漢，旁註「胡一刀」三字；另一塊繪的是個瘦長漢子，旁註「苗人鳳」三字，人形上書明人體週身穴道。木牌下接有木柄，兩個身手矯捷的壯漢各持一牌，在練武廳中快步奔走。

大廳東北角一張椅子中坐著個五十來歲的白髮婆婆，口中喊著胡一刀或苗人鳳穴道名稱。一個二十來歲的英俊少年勁裝結束，鏢囊中帶著十幾枚金鏢，聽那婆婆喊出穴道名稱，右手急揚，一道金光射出，釘向木牌。兩名持牌壯漢頭戴鋼絲罩子，上身穿了厚棉襖再罩牛皮背心，手戴皮手套，唯恐少年失了準頭，金鏢招呼到他們身上。兩人竄高伏低，搖擺木牌，要讓他不易打中。

大廳外的窗口，伏著一個少女、一個青年漢子。兩人各在窗紙上舐濕了，弄出小孔，右眼湊著向裏偷窺。兩人見那少年身手不凡，發鏢甚準，不由得互相對望一眼，臉上都露詫異神色。

天空黑沉沉的堆滿了烏雲。大雨傾盆而下，夾著一陣陣電閃雷轟，勢道嚇人。黃豆大的雨點打在地下，唰唰聲響，直濺到窗外兩個少年男女身上。

他們都身披油布雨衣，對廳上的事很感好奇，又再湊眼到窗洞上去看時，只聽得那

婆婆說道：「準頭還可將就，就是沒勁，今日就練到這裏。」說著慢慢站起。

少女拉了那漢子一把，急忙轉身，向外院走去。那漢子低聲道：「這是甚麼玩意？」

那少女道：「甚麼玩意？自然是練鏢了。這人的準頭算是挺不錯了。」那漢子道：「難

道練鏢我也不懂？可是木牌上幹麼寫了甚麼胡一刀、苗人鳳？」那少女道：「這就有點

邪門。你不懂，我怎麼就懂了？咱們問爹爹去。」

這少女十八歲上下年紀，一張雪白晶瑩的鵝蛋臉，眼珠子黑漆漆的，兩頰暈紅，週

身透著一股充滿了勁力的活潑青春氣息。那漢子濃眉大眼，比少女大著六七歲，神情粗

豪，臉上生滿紫色小瘡，相貌有點醜陋，但步履輕健，精神飽滿，英氣勃勃。

兩人穿過院子，雨越下越大，潑得兩人臉上都是水珠。少女取出手帕抹去臉上水

滴，紅紅白白的臉經水一洗，更顯嬌嫩。那漢子楞楞的望著她，不由得獃了。少女側過

頭來，故意歪了雨笠，讓笠上雨水流入了他衣領。那漢子看得出神，竟自不覺。那少女

噗哧一笑，輕輕叫了聲：「傻瓜！」走進花廳。

廳中東首生了好大一堆火，二十多人團團圍著，在火旁烘烤給雨淋濕了的衣物。這

羣人身穿玄色或藍色短衣，有的身帶兵刃，是一羣鏢客、趕子手和腳夫。廳上站著三個

武官打扮的漢子。這三人剛進來避雨，正在解去濕衣，斗然見到這明艷照人的少女，不

由得眼睛都是一亮。

那少女走到烤火人羣中間，把一個精乾瘦削的老人拉在一旁，將適才在後廳見到的

事悄悄聲說了。那老人約莫五十來歲，精神健旺，頭上微見花白，身高不過五尺，但目光

炯炯，凜然有威。他聽了那少女的話，眉頭一皺，低聲呵責道：「又去惹事生非！若讓

人家知覺了，豈不自討沒趣？」那少女伸伸舌頭，笑道：「爹，這趟陪你老人家出來走

鏢，這可是第十八回挨罵啦。」那老人道：「我教你練功夫時，旁人來偷瞧，那怎麼

啦？」

那少女本來嘻皮笑臉，聽父親說了這句話，不禁心頭一沉。她想起去年有人悄悄在

場外偷瞧她父親演武，父親明明知道，卻不說破，在試發袖箭之時，突然一箭，將那人

打瞎了一隻眼睛。總算他手下容情，勁道沒使足，否則袖箭穿腦而過，那裏還有命在？

父親後來說，偷師竊藝，乃武林大忌，比偷竊財物更為人痛恨。

那少女一想，倒有些後悔，適才不該偷看旁人練武，但姑娘的脾氣要強好勝，嘴上

不肯服輸，說道：「爹，那人的鏢法也平常得緊，保管沒人偷學了。」老者臉一沉，斥

道：「你這丫頭，怎麼開口就說旁人的玩意兒不成？」那少女一笑，道：「誰教我是百

勝神拳馬老鏢頭的女兒呢？」

三個武官烤火，不時斜眼瞟向那美貌少女，只是他父女倆話聲很低，聽不到說些甚

麼。那少女最後一句話說得大聲了，一個武官聽到「百勝神拳馬老鏢頭的女兒」幾個

字，瞧瞧這短小瘦削、骨頭沒幾兩重的乾瘦老頭，又橫著眼一掃插在廳口那枝黃底黑絲

線繡著一匹插翅飛馬的鏢旗，鼻中哼了一聲，均想：「百勝神拳？吹得好大的氣！」

這老者姓馬，名行空，江湖上外號叫作「百勝神拳」。那少女是他的獨生愛女馬春

花。這名字透著有些兒兒俗氣，可是江湖上的武人，也只能給姑娘取個甚麼春啊花啊的名字。跟她一起偷看人家練鏢的漢子姓徐，單名一個錚字，是馬行空的徒弟。

徐錚蹲在火堆旁烤火，見那武官不住用眼睛著師妹，不由得心頭有氣，向他怒目瞪了一眼。那武官剛好回過頭來，跟他目光登時就對上了，心想你這小子橫眉怒目幹麼，也惡狠狠的瞪他一眼。徐錚本就是霹靂火爆的脾氣，見對方無禮，當下虎起了臉，目不轉睛的瞪著那武官。

那武官約莫三十來歲，身高膀寬，一臉精悍之色。他哈哈一笑，向左邊的同伴道：「你瞧這小子鬥雞兒似的，是你偷了他婆娘還是怎地？」那兩個武官對著徐錚哈哈大笑。

徐錚大怒，霍地站起來，喝道：「你說甚麼？」那武官笑吟吟的道：「我說，小子唉，我說錯啦，我跟你賠不是。」徐錚性子直，聽到人家賠不是，也就算了，正要坐下，那人笑道：「我知道人家不是偷了你婆娘，準是偷了你妹子。」

徐錚一躍而起，便要撲上去動手，馬行空喝道：「錚兒，坐下。」徐錚一愕，臉孔脹得通紅，道：「師父，你……你沒聽見？」馬行空淡淡的道：「人家官老爺們，愛說幾句笑話兒，又干你甚麼事了？」徐錚對師父的話向來半句不敢違拗，狠狠瞪著那個武官，卻慢慢坐了下來。那三個武官又一陣大笑，更肆無忌憚的瞧著馬春花，目光中滿是淫邪。

馬春花見這三人無禮，要待發作，卻知爹爹素來不肯得罪官府，尋思怎生想個法兒，跟這三個臭官兒打一場架。突然電光一閃，照得滿廳得光亮，接著一個焦雷，震得各

人耳朵嗡嗡發響，這霹靂便像打在這廳上一般。天上就似開了個缺口，雨水大片大片的潑將下來。

雨聲中只聽得門口一人說道：「這雨實在大得狠了，只得借光在寶莊避一避。」莊上一名男僕說道：「廳上有火，大爺請進吧。」

廳門推開，進來一男一女，男的長身玉立，氣宇軒昂，背上負著個包裹，三十七八歲年紀。女的約莫廿二三歲，膚光勝雪，眉目如畫，竟是個絕色麗人。馬春花本來算得是個美女，但這麗人一到，立時就給比了下去。兩人沒穿雨衣，那少婦身上披著男子的外衣，已全身盡濕。那男子攜著少婦的手，兩人神態親密，似是對新婚夫婦。那男子找了一綑麥稈，在地下鋪平了，扶著少婦坐下，顯得十分的溫柔體貼。這二人衣飾都甚華貴，少婦頭上插著一枝鑲珠的黃金鳳頭釵，那珍珠幾有小指頭大小，光滑渾圓，珠光瑩然，甚是珍貴。馬行空暗暗納罕：「這一帶道上很不太平，強徒出沒，這一對夫婦非富即貴，怎地不帶一名侍從，兩個兒孤孤單單的趕道？」饒是他在江湖上混了一世，卻也猜不透這二人來路。

馬春花見那少婦神情委頓，雙目紅腫，自是途中遇上大雨，十分辛苦，這般穿了濕衣烤火，濕氣逼到體內，非生一場大病不可，便打開衣箱，取出一套自己的衣服，走近去低聲說道：「娘子，我這套粗布衣服，你換一換，待你烘乾衣衫，再換回吧。」那少婦好生感激，向她一笑，站起身來，目光中似乎在向丈夫詢問。那男子點點頭，也向馬春花一笑示謝。那少婦拉了馬春花的手，兩個女子到後廳去借房換衣。

三個武官互相一望，臉上現出特異神色，心中都在想像那少婦換衣之時，定然美不可言。適才和徐錚鬥口的那個武官最爲大膽，心頭發癢，低聲道：「我瞧瞧去。」想設法偷看。另一個笑道：「老何，別胡鬧。」那姓何的武官**眨眨**眼睛，站起身來，跨出幾步，一轉念，從地下拾起腰刀，掛在身上。

徐錚受了他的羞辱，心中一直氣憤，見他走向後院，轉頭向師父望了一眼，見馬行空閉著眼睛在養神，又見戚楊兩位鏢頭、五個趙子手和十多名腳夫守在鏢車之旁，嚴行戒備，決不致出了亂子，於是跟隨在那武官身後。

那武官聽到背後腳步響，轉過頭來，見是徐錚，咧嘴一笑道：「小子，你好！」徐錚道：「臭官兒，你好。」那武官笑道：「想挨揍，是不是？」徐錚道：「是啊。我師父不許打你。咱們悄悄的打一架，好不好？」那武官自恃武藝了得，沒將這楞小子瞧在眼裏，只是他鏢行人多，己方只三人，倘若羣毆，定要吃虧，這楞小子要悄悄打架，那再好也沒有，便笑著點頭道：「好啊，咱們走得遠些。要是給你師父聽見了，這架就打不成。」

兩人穿過天井，要尋個沒人的所在動手，忽見迴廊上轉出一個人來。那人身穿綢袍，眉清目秀，正是適才練鏢的少年。徐錚小中一動：「借他的武廳打架最好不過。」上前一抱拳，說道：「爺台請了。」那少年還了一揖，說道：「達官有何吩咐？」徐錚指著武官道：「在下跟這個總爺有點小過節，想借爺台的練武廳一用。」那少年好生奇

怪，心道：「你怎知我家有練武廳？」但學武之人，聽到旁人要比武打架，可比甚麼都歡喜，當即答道：「好極，好極！」領了二人走進練武廳。這時老婆婆和莊丁等都已散去，練武廳上更無旁人。

那武官見四壁兵器架上刀槍劍戟一應俱全，此外沙包、箭靶、石鎖、石鼓放得滿地，西首地下還安著七十二根梅花椿，暗暗點頭，心想：「原來這一家人會武，只怕功夫還不錯。」向那少年一抱拳，說道：「在下來貴莊避雨，還沒請教主人高姓大名。」

那少年忙即還禮，說道：「小人姓商，名寶震。兩位高姓大名？」徐錚搶著道：「我叫徐錚，我師父是飛馬鏢局總鏢頭，百勝神拳馬行空。」說著向武官瞪了一眼，心道：「你聽了我師父的名頭，可知道厲害了嗎？」

商寶震拱手道：「久仰，久仰。請教這一位。」那武官道：「在下是御前侍衛何思豪。」商寶震道：「原來是一位侍衛大人。小人素聞京師有大內十八高手，想來何大人都是知交。」何思豪道：「那大半也相識的。」其實皇帝身邊的侍衛共分四等，侍衛班領，什長，一、二、三等侍衛，都由正黃、鑲黃、正白內三旗的宗室親貴子弟充任。漢人侍衛屬於第四等，這何思豪在侍衛處中只是最末等的藍翎侍衛，所謂與大內十八高手大半相識，那是他識得人家，人家就不識得他了。

徐錚大聲道：「商公子，你就給做個公證。我跟這姓何的公公平平打一架，不管是誰輸誰贏，都不許向旁人說起。」他生怕師父知道了責罵。何思豪哈哈笑道：「勝了你這楞小子有個屁了不起，還抵向旁人吹大氣的麼？楞小子，上啊。」一捋長袍，拉起袍

角，在腰帶中塞好。徐錚脫下長袍，將辮子盤在頭頂，擺個「對拳」，雙足併攏，雙手握拳相對，倒也神定氣閒。

何思豪見他這姿式是「查拳」門人跟人動手的起手式，已放下了一大半心，心道：「甚麼百勝神拳！這查拳『三歲小孩兒也會，有甚麼希罕？」原來「潭、查、花、洪」，向稱北拳四大家，指潭腿、查拳、花拳、洪門四派拳術而言，在北方流傳極廣，任何練拳之人都略知一二，算得是拳術中的入門功夫。何思豪見對手拳法平常，向商寶震一笑，說道：「獻醜！」一招「上步野馬分鬃」，向徐錚打了過去，他使的是太極拳。其時太極門聲勢甚盛，人人均知是厲害的內家拳法。

徐錚不敢怠慢，左腳向後踏出，上身轉成坐盤式，右手按、左手撩，一招「後叉步撩掌」，出手甚為快捷。何思豪見來招勁道不弱，忙使一招「轉身抱虎歸山」，避開了這一撩。徐錚使一招「弓步架打」，右拳呼的一聲擊出，直撲對方面門。何思豪不及避讓，便使一招「如封似閉」，雙掌一封。一人拳掌相交，何思豪只感手腕隱隱生疼，心道：

「這小子蠻力倒大。」

霎時之間，二人各展拳法，拆了十餘招。商寶震站著旁觀，見徐錚腳步沉穩，出拳有力，何思豪卻身形飄忽，顯然輕功頗有根基，使的是太極拳，手腳卻甚迅捷。

鬥到酣處，何思豪哈哈一笑，一掌擊中徐錚肩頭。徐錚飛腳踢去，何思豪側身閃避，一招「玉女穿梭」，啪的一聲，又擊中徐錚手臂。徐錚更不理會，掄拳急攻，突然直出一拳，一招「弓步劈打」，砰的一響，正中對方胸口。這一拳著力極沉，何思豪腳步跟

蹌，退了幾步，終於一交坐倒。只聽旁邊一個女子聲音嬌聲叫道：「好！」

商寶震回過頭去，見兩個女子站在廳口，一是少婦，另一個卻是個閨女。他先前凝神觀鬥，不知身後有人。原來馬春花和那少婦換了衣服經過此處，聽到呼叱比武之聲，在廳口一望，竟是師兄跟那武官打架，這時見師兄得勝，不由得出聲喝采。

何思豪給這一拳打得好不疼痛，在女子面前丟臉出醜，更加老羞成怒，一躍而起，乘著跳躍之勢，已抽腰刀在手，上步直劈。徐錚毫不畏懼，仍以「查拳」空手和他相鬥，只忌憚對方兵器鋒利，已然閃避多，進攻少了。馬春花見這武官臉上神情狠惡，並非尋常打架，已如拚命一般，不由得有此就心。

那少婦扯扯她的衣袖，道：「咱們走吧！我最恨人動刀子出拳頭。」當此情勢，馬春花那裏肯走，只道：「再看一會兒。」那少婦眉頭一皺，竟自走了。

商寶震凝神看著那武官的刀勢，又留心徐錚閃避和上步搶攻之法，手上暗扣一枝金鏢，若那武官用刀傷人，他就要伸手相救。但見徐錚雙目緊緊盯住刀鋒，刀鋒向東，他眼睛跟到東，刀鋒削向西，眼睛也跟到西，但見一刀迎面砍來，他身子略閃，飛腳向敵人手腕上踢去。何思豪迴刀削足，徐錚長臂急伸，砰的一響，一拳正中他鼻樑。何思豪大痛，手腳略緩，徐錚左手揮出，抓住他右腕一扭，將腰刀奪過。

何思豪怕他順勢揮刀削來，忙向後躍，舉手往臉上一抹，滿手是血。徐錚將腰刀往地下一摔，說道：「你還敢瞎著眼睛罵人？」何思豪滿臉羞慚，不敢作聲。商寶震伸手一拉徐錚後襟，使個眼色。徐錚尚未會意，商寶震已大聲說道：「雙方不分勝敗。好

啦，大家武功一般高明，小弟佩服得緊……」徐錚急道：「怎……怎是不分勝敗？」商寶震道：「兩位武功各有獨到之處。徐兄的查拳純熟。何大人的太極拳和太極刀更厲害之極。徐兄，你一時僥倖，其實講真功夫，還得算何大人。」一面說，一面取出手帕，幫何思豪抹去鼻血。

徐錚還要再爭，馬春花道：「師哥，別理他。咱們出去。」

徐錚打了何思豪兩拳，一口惡氣已出了，但商寶震說話含糊，明明祖護對方，倒似自己輸了，越想越怒，狠狠望了他一眼，隨著師妹出去。走到天井，天空轟隆隆一片雷聲過去，雷聲中夾著商寶震、何思豪的大笑之聲，顯然這二人在背後笑他。

他雖打架獲勝，但越想越不忿，氣鼓鼓的坐在火旁，見師父雙目似開似閉，睡意甚濃。過了一會，何思豪走了出來，不知跟那兩個武官說些甚麼猥褻言語，三人一齊哈哈大笑，不時斜目瞟那美貌少婦。

馬行空慢慢站起，伸了個懶腰，走到鏢車旁蕩檢視，忽然叫道：「錚兒，過來，你瞧這兒怎麼啦？」徐錚聽師父叫他，忙起身過去。馬行空側過身子，面向牆壁，伸手整理鏢車，低聲道：「不長進的東西，你那招『墊步踹腿』怎麼踹偏了？否則那用跟他纏鬥這麼久？」徐錚嚇了一跳，顫聲道：「你……你老人家都瞧見啦？」馬行空道：「哼，你莫想在師父面前搗鬼。他使那招『提步高探馬』時，你幹麼不使『弓步雙推掌』？迎面直擊，早就勝了。你就膽小怕死。」徐錚回想適才相鬥之時，初時不知敵人虛實，果然有些害怕，有幾招使得太過穩重。看來師父裝作不知，其實是躲在窗外觀看。

13

馬行空又道：「快進去謝謝那姓商的吧。人家年紀比你輕，可有多精明能幹。」徐錚大為詫異，道：「師父，謝甚麼？這姓商的偏心，不是好人。」馬行空冷笑道：「是啊，他是偏心呢。可是他偏心維護你徐大爺哪。」徐錚滿心胡塗，怔怔的望著師父。馬行空低聲道：「你打的是甚麼人？他是御前侍衛。咱們呢，那是憑人家賞口飯吃的走鏢的。官老爺當真跟你為起難來，咱們還不是吃不了兜著走麼？那少年護住了他面子，叫你這楞小子少了一樁後患。」

徐錚恍然大悟，連稱：「是，是！」奔到後院練武廳中，見商寶震抬手踢腿，正在練一招「查拳」中的「弓步劈打」，正是徐錚適才用以擊中何思豪那一手。他見徐錚進來，臉上一紅，急忙收拳。

徐錚抱拳道：「商公子，我師父叫我跟你道謝來啦。我起初不明白你是好意，心裏還怪你呢。」商寶震道：「徐大哥，你武功勝過那個侍衛何止十倍？小弟佩服得緊。」徐錚聽他稱讚自己，甚是高興，當即跟他談了起來，問道：「你練的是那一門功夫？」商寶震道：「小弟初學，甚麼也沒學會，談不上是那一門那一派。適才見徐大哥用這一招打他，是不是這樣？」說著右足踏出，右拳劈打，左手心向上托住右臂。

徐錚剛才以此招取勝，見他比劃自己的得意之作，自然興高采烈，說道：「這一招有兩句口訣，叫作『陸海迎門三不顧』，劈拳挑打不容寬。」這兩句順口說出，忽然想起，這是師門所傳心法，怎能胡亂說與外人知曉，忙轉口道：「你比得很對，就是這招。」商寶震道：「甚麼叫作『陸海迎門三不顧』呢？」徐錚道：「這個……我可也忘

了。」他不善撒謊，這一句話出口，臉也紅了。商寶震知他不肯說，也就不再多問，只

著意結納，將他捧得暈頭轉向，全身輕飄飄的如仕雲端。

徐錚道：「商老弟，咱們也別鬧虛文。你使一套拳腳給我瞧瞧，倘若有甚麼不到的

地方，我跟你說說，也不枉了今日結交一場。」商寶震大喜，道：「那再好也沒有了。」

當下拉開架子，在場中打起拳來，但見他「頭趟紐掛一條鞭，二趟十字繞三尖」，使的是

十二路潭腿。

這路拳使得倒也純熟，但出拳不正，腳步浮虛，雖袍袖生風，姿式華麗，若與人

動手，卻半點管不得事。只見徐錚看得暗暗搖頭，等他打完「十二趟犀牛望月轉回還」，正要

忍不住嘆了口氣，說道：「兄弟，莫怪我直言，教你武藝的師父是就誤了你啦。」正要

往下解釋，忽見馬春花在廳口一探頭，叫道：「師哥，爹叫你。」

徐錚忙向商寶震告辭，回到廳上。只見火堆旁又多了兩個避雨之人。一個是沒了右

臂的獨臂人，一條極長的刀疤從右眉起斜過鼻子，直延伸到左邊嘴角，在火光照耀下顯

得面目可怖；另一個是個十二三歲的男孩，黃黃瘦瘦。兩人衣衫都很襤褸。

徐錚向兩人望了一眼，也不在意，走到馬行空面前，叫了聲：「師父！」馬行空臉

一沉，低聲道：「去了這麼久，又在賣弄武藝了，是不是？」徐錚道：「弟子不敢。這

裏姓商的主人鏢法不錯，那知拳腳一點兒也不成。」馬行空道：「傻小子，你給人家冤

啦。憑你這點功夫，就有兩個也不是人家對手。」徐錚一笑，道：「那怕不見得。他師

父教的十二路潭腿，儘好看不管用。」馬行空道：「你知他師父是誰？」

徐錚心中暗奇：「我師父沒跟那姓商的見過面，又沒見他練過拳腳，怎麼連他師父

是誰也知道了？」當下答道：「弟子不知，想來是個不中用的混混。」馬行空冷笑一

聲，低沉著聲音，說道：「不中用的混混！哼，十三年前，你師父給人砍過一刀，劈過

一拳，養了三年傷方得康復。那人是誰？」徐錚一驚，說道：「八卦刀商劍鳴。」馬行

空低聲道：「半點兒也不錯。那商劍鳴是山東武定縣人，這裏可正是武定縣，主人家姓

商。咱們胡亂進來避雨，初時並沒留心，你瞧，正樑上繪著甚麼？」

徐錚抬起頭來，只見正樑上金漆漆著個八卦圖形，不由得大吃一驚，忙道：「師

父，快抄傢伙，咱們撞到仇家窩裏來啦。」馬行空淡淡的道：「倒不用忙。商劍鳴早給

人殺啦！」徐錚曾聽師父說過當年大敗在一人手裏，那就是山東大豪八卦刀商劍鳴，只

因這是師門的奇恥大辱，師父後來不提，也就從此不敢多問一句，卻不知商劍鳴原來已

死，低聲道：「是你老人家後來報了仇？」馬行空哼了一聲，道：「商劍鳴的武功，我

再練一輩子也趕不上，憑我這點玩藝兒，那殺得了他？」徐錚大奇，問道：「那麼是誰

殺了他？」馬行空道：「那少年用金鏢打木牌上的人形，商劍鳴就是給這兩人殺的。」

徐錚睜大了眼睛，道：「胡一刀，苗人鳳？」

馬行空點了點頭。

徐錚平素對師父佩服得五體投地，以為當世之間，說到武功，極少有人能強得過百

勝神拳馬老鏢頭了，豈知這時聽到師父言道，非但八卦刀商劍鳴武功遠勝於他，胡一刀

與苗人鳳的功夫又在商劍鳴之上，不由得大為驚詫，低聲問道：「那胡一刀與苗人鳳是

何等樣人物？」馬行空道：「胡一刀的武功強我十倍，只可惜在十多年前死了。」徐錚

舒了一口氣，道：「想是病死的了？」馬行空道：「給人殺死的。」徐錚睜大了眼睛，

道：「胡一刀這麼厲害，有誰殺得了他？」馬行空道：「打遍天下無敵手金面佛苗人

鳳。」

這「打遍天下無敵手金面佛苗人鳳」十三個字一口氣說將出來，聲音雖低，卻大具

威嚴。徐錚胸口一沉，正待說話，猛聽得門外隱隱馬蹄聲響，大雨中十餘匹馬急奔而

來。那面目英俊的相公與那美貌少婦聽到馬蹄聲，互望一眼，似在強自鎮定，但臉上終

究露出了驚惶之色。那相公拉著少婦的手，挪動坐位，似怕火堆炙熱，移遠了些。

馬行空向外望了一眼，緊了緊腰帶。

十多匹馬奔到莊前，戛然而止。但聽得數聲唿哨，七八匹馬繞到了莊後。

馬行空一聽哨聲，臉上變色，低聲道：「定著點兒。」徐錚甚是興奮，聲音發顫，

問道：「那話兒來了？」馬行空不再回答，大聲喝道：「大夥兒抄傢伙，護鏢！」這句

話一喝，鏢行人眾登時大亂，知有劫鏢的黑道強人到來，當即躍起。戚楊兩鏢頭和五名

趙子手指揮車夫，將十餘輛鏢車圍成一堆。馬春花反臉有喜色，拔出柳葉刀，道：

「爹，是那一路的？」馬行空皺眉道：「還不知道。」接著自言自語：「這路朋友好怪，

道上也不踩盤子，就這麼說到便到。」

一言方罷，只聽得圍牆上托托托接連聲響，八名大漢一色黑衣打扮，手執兵刃，一

17

字排開的站在牆頭。馬春花揚起右臂，就想一枝袖箭射出。馬行空臉色凝重，低聲喝道：「別胡來！瞧我眼色行事。」八名黑衣大漢望著廳上眾人，一言不發。

砰的一聲，大門推開，進來一個漢子，身穿寶藍色緞袍，衣著華麗，但面貌委思，縮頭縮腦，與一身衣服極不相稱。這人抬頭望了望天，見大雨傾盆而下，嘿的一聲笑，足尖一點，倏地穿過院子，站在廳口。這一下飛躍身形快極，大雨雖密，卻只在他肩頭打濕了數點。徐錚與馬春花對此人本來不以為意，忽見他露了這手輕功，這才生忌憚之心，向馬行空望了一眼。

馬行空右手握著煙袋，拱手說道：「請恕老漢眼拙，沒曾拜會。朋友尊姓大名，寶寨歇馬那裏？」

商家堡少主人商寶震聽到馬蹄聲響，便即暗藏金鏢，腰懸利刀，來到廳前。見那盜魁手戴碧玉戒指，長袍上閃耀著幾粒黃金扣子，左手拿著個翡翠鼻煙壺，不帶兵器，神情打扮，就如是個暴發戶富商，只聽他說道：「在下姓閻名基，老英雄自是百勝神拳馬行空了？」

馬行空抱拳道：「不敢，這外號是江湖朋友給在下臉上貼金。三腳貓的把式，浪得虛名，不足掛齒。」心中暗忖：「閻基？那是甚麼人？沒聽說江湖上有這號人物。」

閻基哈哈一笑，指著站在牆頭的一列黑衣漢子，說道：「弟兄們餓了幾天肚子，想請馬老英雄賞口飯吃。」馬行空道：「閻寨主言重了。錚兒，取五十兩銀子，請閻寨主賞賜弟兄。」他這是按江湖規矩行事，但瞧對方的神情聲勢，決非五十兩銀子所能打

發。果然閣基仰天哈哈大笑，說道：「馬老英雄保鏢，一保就是三十萬兩。姓閣的眼界

雖小，區區五十兩，倒還不在眼內。」馬行空心中嘀咕：「此人信息倒靈，怎地打聽得

清清楚楚，知我保了三十萬兩銀子？」眉頭一皺，仍按江湖規矩說道：「姓馬的有個屁

本事，保甚麼鏢？全憑道上朋友給臉罷了。閣寨主今日雖初見，咱們東邊不會西邊會，

馬某有幸，今日又多交一位朋友給臉罷了。不知閣寨主行甚麼吩咐？」

閣基道：「吩咐是不敢當，只在下生來見財開眼，三十萬鏢銀打從鼻子下過，不取

有傷陰騭。但馬老鏢頭既開口朋友，閉口朋友，這樣吧，在下只取一半，二一添作五，

就借十五萬兩銀子花差花差好了。」也不待馬行空答話，左手一揮，牆頭八名大漢紛紛

躍下，奔到廳口。有人問道：「都取了？」閣基道：「不，拿一半，留一半！有屁大家

拉，有飯大家吃！」眾大漢轟然答應，就往鏢車走去。

馬行空勃然大怒，見那些大漢從牆頭躍下時身手呆滯，並沒高手在內，已無擔憂之

心，淡淡說道：「閣寨主是不肯留一點餘地了？」閣基愕然道：「怎麼不留餘地？我不

是說取一半，留一半？哥兒倆有商有量，公平交易。」

徐錚再也忍耐不住，搶上兩步，伸手指著閣基，大聲說道：「虧你在黑道上行走，

沒聽過飛馬鏢局的名字麼？」閣基道：「飛狗鏢局嘛，我小養媳婦兒倒聽見過，他媽

的，老子卻第一次聽見。」身形一晃，忽地欺到廳右，拔下插在車架上的飛馬鏢旗，將

旗桿一折兩段，擲在地下，隨即伸腳在旗上一踏。

這件事當真犯了江湖大忌，劫鏢的事情常有，卻極少有如此做到絕的，如非雙方有

解不開的死仇，那是決心以性命相拚了。鏢行人眾一見之下，登時大嘩。

徐錚更不打話，衝上去一招「踏步擊掌」，左掌向他胸口猛擊過去。閻基側身閃避，說道：「小子，講打麼？」左掌反過，急抓他手腕。徐錚變「後插步擺掌」，左手向後勾掛，右掌向上擺舉，逕擊敵人下顎。閻基頭一偏，右拳直擊下來。這一拳來路極怪，徐錚忙擺頭讓開，砰的一聲，肩頭已中了一拳，但覺拳力沉重，只震得胸背隱隱作痛。徐錚忙擺頭讓開，險此摔倒，幸他身強力壯，下盤馬步紮得極穩，忙變「撲腿穿掌」，身子微矮，右腿屈膝蹲下，左掌穿出，那是卸力反攻，「查拳」的高明招數。

閻基並不理會，微微一笑，左腿反鈎，向後倒踢。這一腿更加古怪。徐錚大駭，急忙竄上躍起。閻基右拳直擊，喝道：「恭喜發財！」砰的一響，正中他胸口。這一拳好生厲害，徐錚仰天一交跌倒，在地下連打了幾個滾，哇的一聲吐出一口鮮血，極硬朗的一個小夥子，竟給這一拳打得站不起身。羣盜轟然喝采，叫道：「這一拳夠這小子挨的。」

鏢行中人見閻基出手如此狠辣，都又驚又怒。馬春花伸手去扶師哥，急得要哭，連問：「怎麼啦？」馬行空一生走江湖，不知見過多少大風大浪，但這盜魁使的是甚麼拳腳，卻半點也認不出來。三個侍衛也在低聲議論：「點子是那一派的？」「瞧不出來，有點像五行拳。」「不，五行拳沒那麼邪門。」

馬行空走上兩步，抱拳道：「閻寨主果然好武藝，多謝教訓了小徒，也好讓他知道江湖上儘多能人。」閻基笑道：「我這幾下三腳貓算甚麼玩意兒，給你馬英雄提鞋皮、

20

倒便壺也還挨不上邊兒，只好哄哄人家小媳婦兒，光棍別的不會，你奶奶的，就只會這個。這就請教你馬老英雄的百勝神拳。」馬行空見他滿臉油光，說話貧嘴滑舌，不折不扣是個潑皮無賴，怎地又練就了這樣一身怪異武功，當真奇怪，打定主意先行只守不攻，待認清他拳路再說，當下凝神斜立，雙手虛握。

三名侍衛、商寶震、鏢行眾人一齊凝神觀鬥，都知這一場爭鬥不但關涉到三十萬鏢銀的安危，也是馬行空身家性命、一生威望之所繫。大廳中人人肅靜，只聽得火堆中柴炭爆裂，發出輕輕的卜卜之聲。院子中大雨如注，竟沒半分停息之意。那華服相公自和少婦並肩低聲說話，對馬閤的爭鬥全沒留心。

閤基從懷中取出個晶瑩碧綠的翡翠鼻煙壺，伸手指蘸了些鼻煙，吸了口鼻煙，慢慢將鼻煙壺放回懷中，就像賭場上賭徒要下重注之前的姿式一般，他也知馬行空是個勁敵，將辮子在頭頂盤了個圈，叫道：「光棍祖上不積德，要吃飯就得拚老命！他奶奶的，將辮子在頭頂盤了個圈，叫道：「光棍祖上不積德，要吃飯就得拚老命！他奶奶的，這就拚啊！」忽地猱身直上，左拳猛出，向馬行空擊去。

馬行空待他拳頭離胸半尺，一個「白鶴亮翅」，身子已向左轉成弓箭步，兩臂向後成鉤手，呼的一聲輕響，倒揮出來，平舉反擊，使的仍是少林派中極為尋常的「查拳」，但架式凝穩，出手抬腿之際，甚為老練狠辣。

那相公對鏢客與強人的爭鬥本來並不在意，偶然斜眼一瞥，正見到閤基一足反踢，招式奇特，不由得留神觀看。那美婦叫道：「歸農，歸農。」那相公隨口漫應，目光卻貫注於二人的拚鬥。那美婦伸手搖了搖他肩膀，說道：「一個糟老兒，一個潑皮混混打

架，當真就這麼好看嗎？」那相公聽她話中大有不悅之意，忙轉頭笑道：「這潑皮的拳

腳好古怪。」那美婦嘆道：「唉，你們男人，天下最要緊的事兒就是殺人打架。」那相

公笑道：「你不許我看，我就不看。那你向著我，讓我把你美麗的臉蛋兒瞧個飽。」那

美婦低低一笑，甚為嬌媚，果真抬起了頭望他。兩人四目交投，臉上都充滿了柔情密

意。

這時馬行空與那盜魁已鬥得如火如荼，甚為激烈。馬行空的一路查拳堪堪打完，仍

佔不到半點上風，那闊臉的拳腳來來去去只十幾招，或伸拳直擊，或鉤腿反踢，或沉肘

擒拿，或劈掌夾腿。三名武官看了一陣，早察覺他招數有限，但馬行空居然戰他不下，

都覺好笑。

眼見馬行空使一招「馬襠推拳」，跨腿成騎馬勢，右手抽回，左手向前猛推。何思豪

叫道：「沉肘擒拿。」果然不出所料，闊臉手肘一沉，就施擒拿手抓他手腕。馬行空急

忙變招，手臂縮回，微微轉身。何思豪笑道：「鉤腿反踢！」闊臉果然鉤起右腿，向後

反踢。馬行空的武功高出何思豪不知多少，他豈有料不到之理？何思豪既已事先瞧出，

但說也奇怪，明知對手要何思豪鉤腿反踢，竟沒法以伏著破解。馬行空號稱「百勝神拳」，少林

派各路拳術，全爛熟於胸，見查拳奈何不得對方，招數一變，突然快打快踢，拳勢如

風，旁觀者登時目為之眩，他使的是一路「燕青拳」。

那燕青是宋朝梁山泊上好漢，當年相撲之技，天下無對。這一路拳法傳將下來，講

究縱躍起伏，盤拗挑打，全是進手招數。馬行空年紀雖老，身手仍極矯捷，竄高伏低，

22

宛若狸貓。闇基見敵人變招，仍以那十幾招又笨拙又難看的拳腳翻來覆去的使用。

商寶震、徐錚、馬春花，以及戚鏢頭、楊鏢頭見這盜魁的武功如此古怪，都詫異萬分。每人到這時都已料到他下一招是伸拳直擊，還是劈掌夾腿，不禁隨著何思豪叫了出來，但馬行空竟奈何他不得。只見馬老鏢頭「上步進肘摑身拳」，「迎面搶快打三拳」，「左右跨打」，「反身裁錘」，「踢腿撩陰十字拳」，一招接一招，猶如門外的狂風暴雨一般。但闇基只一招毛手毛腳的伸臂直擊，就將他所有巧妙的招式盡數破解了。

那獨臂人和黃瘦小孩一直縮在屋角之中，瞧著馬行空和闇基比武。獨臂人低聲道：「小爺，你仔細瞧那個盜魁，要瞧得仔細，千萬別忘了他的相貌。」小孩道：「幹麼啊？幹麼要瞧他？」獨臂人道：「你記著這人，永遠別忘記了。」小孩道：「他是個大壞人麼？」獨臂人咬牙切齒的道：「陰錯陽差，教咱們仕這裏撞見了他。你瞧清楚了，可別讓他知覺。」

過了一會，獨臂人又道：「你總說功夫練得不對，你仔細瞧著他，也許就練對了。」小孩道：「幹麼呀？」獨臂人眼中微有淚光，低聲道：「現在還不能說，等你年紀大了，武藝練好了，我原原本本的說給你聽。」小孩看閣基拳打腳踢，姿式極其難看，但隱隱似有所悟，忽地大叫一聲：「四叔！」獨臂人忙道：「別大聲嚷嚷。」小孩嗯了一聲答應，低聲道：「這個人的拳腳我有些懂啦。」獨臂人道：「不錯，你好好瞧著。你那本拳經刀譜，前面缺了兩頁，因此你總說練不順。那缺了的兩頁，就在這閣基身上。」

小孩吃了一驚，黃黃瘦瘦的小臉蛋兒上現出一些紅暈，目不轉瞬的望著閻基，又問：「怎麼會在他身上？」獨臂人道：「將來自會跟你說。這傢伙本來不會甚麼武功，但得了兩頁拳經，學會了十幾招殘缺不全的拳法，竟能跟鼎鼎有名的大拳師打成平手。你想想，那拳經刀譜共有三百多頁，等你將來學會了，學全了，能有多大本事？」那小孩聽了心中激動，眼睛裏閃耀著興奮光芒。

場中雖兩人比武，但可看的卻只一人。閻基來來去去這十幾招，大家委實都瞧得厭了。馬行空的拳招卻變幻百出，花式似乎無窮無盡。

一套「燕青拳」奈何不了對方，忽地拳法又變，使出一套「魯智深醉跌」。但見他如瘋如顛，似醉似狂，忽而臥倒，忽而躍起，「羅漢斜臥」，「仙人渴盹」，這路拳法似是瞎打亂踢，其實精采之極。這時閻基那十幾招笨拳卻漸漸不管事了，對方拳腳來路也看不明白，不由得心下著慌。猛聽得馬行空喝一聲：「著！」一腳「鯉魚翻身攪絲腿」，正好踢在他腰間。閻基痛得彎下了腰。

馬行空知對方功夫了得，這一腳雖中要害，只怕仍難令他身受重傷。倘若平常比武較量，勝了這一腿自也可以收手，但這一番爭鬥關連三十萬兩鏢銀，怎容得敵人喘息片刻？倘若爭端重起，也未必定能再勝，當下得理不讓人，縱身上前，一腿「拐子腳」，又往他後心踢去。

羣盜齊聲大嘩。閻基忽地一腳鉤腿反踢，來勢變幻無方，馬行空雖閱歷豐富，竟見不及此，給他這一腿踢正小腹，仰天一交直摔出去。馬春花與徐錚雙雙搶上扶起。但見

他面如白紙，連聲咳嗽，只說：「拚死護鏢！」

徐錚與馬春花各持單刀，護在馬行空兩旁。閻基腰裏也痛得厲害，右手揮了幾下，兩名黑衣大漢奔將上來。閻基叫道：「取鏢吧！還等甚麼？」羣盜各出兵刃，齊向鏢客殺去。馬春花、徐錚、戚鏢頭、楊鏢頭大呼迎敵。

羣盜人多，除閻基外雖無高手，但馬春花與徐錚要分心照料父親，給羣盜兩下裏一攻，情勢登見危急。商寶震拔出單刀，叫道：「二位侍衛大人，咱們動手吧！」何思豪道：「好，趕走強盜再說。」四個生力軍加入戰團。

商寶震見馬春花給兩名盜夥用兵器封住了，漸漸施展不開手腳，當即搶上，喝道：「男子漢欺侮姑娘，還要兩個打一個，不害臊麼！」唰的一刀，往那高個兒盜夥頭上砍去。那人回鞭照架，幾個回合，商寶震刀中夾掌，左手一掌抹在他胸口，將他擊得直摜出去。馬春花喘息道：「行了，這一個讓我來料理。」商寶震一笑退開，逕去幫助徐錚，三刀兩掌，又打發了一名盜夥。徐錚感激之餘，很欽佩師父眼光，這少年的武功果然遠勝自己。

這麼一來，廳上情勢變換，羣盜紛紛敗退，搶著往門口奔出。猛聽得一人清聲長嘯，叫道：「大家住手，我有話說。」眾人鬥得甚緊，沒人理會。商寶震突見人影一晃，一人伸掌在面前搖動，當即舉刀削去，那人右手一鈎一帶，已將他單刀奪過，往地下摔落。商寶震大驚，急忙躍後，瞧那人時，卻是那服飾華貴的相公。

那相公大踏步走入人叢，雙手鈎拿拍打，只聽叮叮噹噹，響聲不絕，兵刃落了一

地，都讓他施展小擒拿手法奪過拋落。羣盜與眾鏢客驚駭之下，各自躍開，呆呆的望著

他。閻基一愕，忽然記起了十餘年前之事，叫道：「田相公！是你？」那相公卻想不起

他是誰，奇道：「你認得我？」閻基笑道：「十三年前在滄州府，小的曾服侍過你老。」

那相公低頭一想，恍然記起，說道：「是了，你就是那個跌打醫生。怎麼學會了一身武

功，做起寨主來啦？」閻基上前請了個安，說道：「要請你老栽培。」

這相公打扮之人，正是天龍門北宗掌門人田歸農。

鏢行人眾眼見已可驅退羣盜，那知這田相公不但武功強極，還與盜魁是舊交，這一

下可糟糕已極。馬行空低聲囑咐，叫大夥兒護住鏢車，瞧他眼色行事。

田歸農雙目自左至右在眾人臉上緩緩橫掃而過，然後又自右至左的橫掃過來，再向

天井中傾盆而下的大雨望了一眼，眼光終於停上鏢車，說道：「閻兄，今日的買賣你可

賠定啦。」閻基陪笑道：「你老人家別見怪，也是弟兄們少口飯吃，走投無路，這才幹

起這沒本錢買賣來。我們定當改過自新，不敢忘了田相公今日的恩德。」田歸農哈哈大

笑，說道：「怎麼跟我鬧起虛文來啦？老閻，你拿五萬兩鏢銀，夠不夠使了？」閻基一

怔，陪笑道：「你老人家開玩笑啦。」田歸農道：「開甚麼玩笑？這裏三十萬鏢銀，我

拿一半十五萬，餘下的你拿五萬，還有十萬兩你說怎麼分？」

閻基喜出望外，忙道：「你老人家一併隨手帶去就是了，還分甚麼？」田歸農搖頭

道：「那不成話，這那還有江湖義氣？適才我們進來避雨，我……我……我娘子衣服濕

了……」那美婦聽他說「我娘子」三字，臉上一紅，神態微現忸怩，向田歸農微微一

笑。田歸農報以一笑，繼續說道：「鏢行這位姑娘借衣服給她，這一份情分不能不報，咱們給馬姑娘留五萬兩。還有，這裏三位侍衛大人在此，常言道見者有份，每人分一萬兩。餘下二萬，就送給此間主人。你說我這樣分法公不公道？」閻基連連鼓掌，大叫：

「公道之極，公道之極！我早說你田相公是天下第一等慷慨豪爽的大英雄。」

馬行空、徐錚、馬春花等聽田歸農侃侃而談，旁若無人，倒似這三十萬兩銀子已是他囊中之物一般。馬行空身受重傷，這麼一氣，更險欲暈去。徐錚眼望師父，只問：

「怎麼辦？怎麼辦？」馬春花怒道：「甚麼怎麼辦？」彎腰拾起地下單刀，叫道：「姓田的，你當我們是死人還是活人？」說著揚起單刀，迳往田歸農撲去。

田歸農笑道：「你別逼我動手，我娘子可要喝醋。」那美婦啐了一口，笑罵：「貧嘴！」但似對他的輕薄口吻甚為喜愛。馬春花聽他言語無禮，更加惱怒，上步一刀，攔腰橫砍。田歸農笑道：「唉喲，不好，我娘子可不許我跟女人打架。」手指在她刀背上一擊，馬春花拿捏不住，脫手撤刀。田歸農手法快極，右手搶過刀柄，左手已拿住她手腕，舉起刀來，作勢要往她頭頸中砍下，口中卻嘆道：「似這般如花如月貌，怎叫我不作惜玉憐香人！」

商寶震和徐錚見他戲弄馬春花，雙雙搶出。商寶震右手一揚，一枝金鏢取他左目。徐錚急了，來不及拾取地下兵刃，飛腳就踢他後心。田歸農倏地回身，撤刀擒拿，抓住他足踝，往上一提。徐錚身子倒轉，只感腿上一陣劇痛，失聲大叫，卻是那枝金鏢打進了他右腿。田歸農揮手抖出，徐錚的身子猶如一柄掃帚般橫掃出去，正撞在馬春花腿

27

上，兩人跌在一起。眾人見他戲耍二人，如弄嬰兒，那裏還敢上前？

田歸農道：「閣兄，你把鏢銀就照適才我說的那麼分了，套一輛大車給我，我們兩口子身有急事，須得冒雨趕路。」閣基大喜，連聲答應。羣盜從鏢車中取出銀鞘，一半裝上了車子，冒著大雨，將銀車一輛輛推出去。

十五萬兩堆成一大堆，此外五萬兩的堆了兩堆，三堆一萬兩的、一堆二萬兩的，分別堆在地下，向眾車夫喝道：「乖乖的趕路。」

北道上有規矩，綠林豪客劫鏢搶銀，卻不傷害車夫，甚至腳力酒錢也依常例照給，但若車夫不聽囑咐，自然又作別論。眾車夫見了這等情勢，那敢不依，將十五萬兩銀子裝上了車子，將銀車一輛輛推出去。

馬行空見銀車出去一輛，心裏就發一陣疼，只見一輛驟車趕到庭前，車夫拉轉驟子的頭朝向門外，田歸農扶著娘子便要上車。只要驟車一行，馬行空就身敗名裂，傾家蕩產，一世辛苦付於流水了。他巍巍的站起，突然縱起，叫道：「我跟你拚了！」雙手猶如鐵鉤，猛往田歸農臉上抓去。那美婦看得害怕，嚇得大聲驚叫。田歸農側身出掌，擊向他肩頭。馬行空倘若未受重傷，這一掌自然打他不著，但此時全身筋骨不聽使喚，眼見掌到，竟不能閃避，砰的一聲，身子飛起，向院子中跌了出去。

猛聽得一人嗓子低沉，嘿嘿嘿三下冷笑。

這三聲冷笑傳進廳來，田歸農和那美婦登時便如聽到了世上最可怕的聲音一般，二人面如白紙，身子發顫。田歸農出力推那美婦背心，將那美婦推入車中，飛身而起，跨

28

上騾背，雙腿急夾，揮鞭催騾快走。那知他連連揮鞭，這騾子只跨出兩步，突然停住，再也不能向前半尺。

眾人站在廳口，從水簾一般的大雨中望出去。只見一個又高又瘦的大漢，左手抱著個包裹，右手拉住了大車車轅。那騾子給田歸農催得急了，低頭弓腰，四蹄一齊發勁，但大漢拉著車轅，大車竟似釘牢在地下一般，動也不動。

那大漢又冷笑一聲。田歸農尚自遲疑，車中美婦已跨出車來，向那大漢瞧也不瞧，昂然走進廳去。田歸農慢慢跨下騾背，也跟著進廳。他全身給雨淋得濕透，卻似絲毫不覺，目光呆滯，失魂落魄一般。那美婦招手叫他過去，坐在她身邊。

那高瘦大漢大踏步進廳，坐在火堆之旁，向旁人一眼不瞧，打開包裹，裏面包著個女孩，約莫兩三歲年紀，雙頰通紅，閉著雙眼。那大漢怕壞了孩子，抱著她在火邊烤火。那女孩正自沉沉熟睡，臉色白裏透紅，甚是可愛，長長的睫毛旁掛著兩顆淚珠。

馬春花、徐錚和商寶震三人扶著馬行空起來，見田歸農對那高瘦大漢如此害怕，都又驚又喜。馬春花道：「爹，你傷處還好麼？這……這人是誰？」馬行空道：「他……他是……打遍天下無敵手……金……金面佛苗……苗大俠……」一句話剛說完，已痛得暈了過去。大廳之上，飛馬鏢局的鏢頭和趟子手集在東首，閻基與羣盜集在西首，三名侍衛與商寶震站在椅子之後，各人目光都瞧著苗人鳳、田歸農與美婦三人。

苗人鳳凝視懷中幼女，臉上愛憐橫溢，充滿著慈愛和柔情，眾人若不是適才見到他一手抓住大車，連健騾也無法拉動的驚人神力，真難相信此人身負絕世武功。

那美婦神態自若，呆呆望著火堆，嘴角邊掛著一絲冷笑，只極細心之人，才見到她嘴唇微微顫動，顯得心裏甚爲不安。

田歸農臉如白紙，望著院子中的大雨。

三個人的目光瞧著三處，誰也不瞧誰一眼，各自安安靜靜的坐著，一言不發。但三人心中，卻如波濤洶湧，有大哀傷，有大決心，也有大恐懼。

南小姐眼見這場驚心動魄的惡戰，嚇得呆了，最後見苗人鳳倒下，忙走上相扶，但苗人鳳身軀高大，她嬌弱無力，又怎扶得起來。

第二章

寶刀和柔情

苗人鳳望著懷裏幼女那甜美文秀的小臉，腦海中出現了三年多前的往事。這件事已過了三年多，但就像是剛過了三天一般，一切全清清楚楚。眼前下著傾盆大雨，三年前的那一天，下的卻是雪，漫天遍野鵝毛一般紛紛撒著的大雪。

那是在河北滄州道上。時近歲晚，道上行人稀少，苗人鳳騎著一匹高頭長腿黃馬，控轡北行。十年前的臘月，他與遼東大俠胡一刀在滄州比武，以毒刀誤傷了胡一刀。胡夫人自刎殉夫。他與胡一刀武功相若，豪氣相侔，兩人化敵為友，相敬相重，豈知一招之失，竟爾傷了這位生平唯一知己。他號稱「打遍天下無敵手」，縱橫海內，只有遇到這位遼東大俠，二人比武五日，聯床夜話，這才遇到了真正敵手，這才是真正的肝膽相照，傾心相許……苗人鳳去年這時曾去祭過亡友夫婦之墓，鬱鬱寡歡。

胡一刀夫婦逝世十年之期將屆，苗人鳳去年這時曾去祭過亡友夫婦之墓，見墓磚有些殘破了，拿了銀子，叫人修整。這時左右無事，又千里迢迢的從浙南趕來，他要再到亡友夫婦墓前去察看，殘破處是否已經修好。風雪殘年，馬上黃昏，苗人鳳愈近滄州，心頭愈感沉重。他縱馬緩行，心中在想：「當年若不是一招失手，今日與胡氏夫婦三騎漫遊天下，教貪官惡吏、土豪巨寇，無不心驚膽落，那是何等的快事？」

正自出神，忽聽身後車輪壓雪，一個車夫捲著舌頭「得兒──」聲響，催趕騾子，擊鞭劈啪作聲，一輛大車從白茫茫的雪原上疾行而來。拉車的健騾口噴白氣，衝風冒雪，放蹄急奔。大車從苗人鳳身旁掠過，忽聽得一個嬌柔的女子聲音從車中送了出來：

「爹，到了京裏，你陪我去買宮花兒戴……」這是江南姑娘極柔極清的語聲，在這北方莽

34

莽平原的風雪之中，甚不相襯。

突然之間，驟子左足踏進了一個空洞，登時向前�13。那車夫身子前傾，隨手上提，驟子借力提足，繼續前奔。苗人鳳暗暗詫異：「那車夫這一傾一提，好俊的身手，好強的臂力，看來是位風塵奇士，怎地去趕大車？」

思念未定，只聽得腳步聲響，後面一個腳夫挑了一擔行李，邁開大步趕了上來。這擔行李壓得一根棗木扁擔直彎下去，頗為沉重，但那腳夫行若無事，在雪地裏快步而行，落腳甚輕。苗人鳳更加奇怪：「這腳夫非但力大，而輕功更加了得。」他知其中必有蹊蹺：「這腳夫似在追蹤前面那車，看來會有兇殺尋仇之事。」當下提著馬韁，不疾不徐的遙遙跟在大車之後，要待看個究竟。

行出數里，見那腳夫雖肩上壓著沉重行李，仍奔跑如飛，忽聽身後銅片兒叮叮噹噹響亮，一條漢子挑著副補鍋的擔子，虛飄飄的趕來。這人在雪中行走，落步更輕，輕功之佳，武林中甚為罕見。苗人鳳尋思：「又多了一個。這人是那一派的？」但見他斗笠和簑衣上罩滿了白雪，在風中一晃一飄，走得歪歪斜斜，登時省起：「這身奈何功是鄂北鬼見愁鍾家的功夫。」

行了七八里路，天色黑將下來，來到一個小小市集。苗人鳳見大車停在一家客店前面，於是進店借宿。客店甚小，集上就此一家。眾客商都擠在廳上烤火喝白乾，車夫、腳夫、補鍋匠都在其內。

苗人鳳雖名滿天下，近十年來隱居浙南，武林中識得他的人不多。那腳夫、車夫和

35

補鍋匠他都不相識，於是默然坐在一張小桌之旁，要了酒飯，見那三人分別喝酒用飯，互不招呼，瞧來似乎並非一路。

忽聽內院一個人大聲說道：「南大人、小姐、小地方委屈點兒，只好在外邊廳上用飯。」棉簾掀開，店伴引著一位官員、一位小姐來到廳上。本來坐著的眾客商見到官員，紛紛起立。苗人鳳並不理會，自管喝酒。只見那官員穿著醬色緞面狐皮袍子，白白胖胖，一副福相。那小姐相貌嬌美，膚色白膩，雙目靈動，櫻紅小嘴，別說北地罕有如此佳麗，即令江南也是少有。她身穿一件蔥綠織錦的皮襖，顏色鮮艷，但在她容光映照之下，再燦爛的錦緞也顯得黯然無色。

眾人眼前一亮，不由得都有自慚形穢之感，有的訕訕的竟自退到了廊下，廳上登時空出一大片地方來。

那店伴一疊連聲的「大人、小姐」，送飯送酒，極為殷勤。苗人鳳聽他叫喊酒菜之時，中氣充沛，不覺留神，瞧他身形步法，顯然是個會家子，又見他兩邊太陽穴微微凸出，看來內功有頗深造詣，不由得更加奇怪，心道：「這批人必有重大圖謀，左右閒著就瞧瞧熱鬧，且看他們幹的是好事還是歹事。不知跟這官兒有干係沒有？」

這一留神，不免向那官兒與小姐多看了幾眼。那官兒忽地一拍桌子，發作起來，指著苗人鳳罵道：「你是甚麼東西？見了官府不迴避也就罷了，賊眼還骨溜溜的瞧個不休。我看你粗手大腳，生成一副賊相，再瞧一眼，拿片子送到縣裏去打你個皮開肉綻。」

苗人鳳低頭喝酒，並不理會。那官兒更加怒了，叫道：「你請安賠禮也不會麼？這等大

36

刺刺的坐著。」

那小姐柔聲勸道：「爹，你犯得著生這麼大氣？鄉下人不懂規矩，也是有的。何必跟這些粗人一般見識？哪，喝了這杯吧。」說著將一杯酒遞到他嘴邊。那官兒骨嘟一口喝乾，似乎將怒氣和酒吞服了，橫了苗人鳳一眼，見他低頭不語，想是怕了，於是一邊自斟自飲，一邊跟女兒隨意說笑。話中說的都是到了北京之後，補上了官兒怎樣，瞧神情似是一名赴京謀幹差使的候補官兒。

說話之間，大門推開，飄進一片風雪，跟著走進一位官員來。這人黃皮精瘦，遠沒先前那官兒的氣派十足。他大聲笑道：「人生何處不相逢，又和仁通兄在這裏撞見，真是巧之極矣！」說著搶上來與那姓南的官兒南仁通行禮斯見。

南氏父女一齊站起，南仁通拱手道：「調侯兒，幸會幸會！一起坐罷。」那「調侯兒」謝了，坐在桌邊。店伴添上杯筷，傳酒呼菜。

苗人鳳心道：「連這個調侯兒，一共是五個高手了。這姓南的父女看不出有甚麼武功。會不會大智若愚，竟讓我走了眼呢？」想到此處，不禁暗自警戒，不敢向他們多瞧一眼。他那「打遍天下無敵手」的外號委實犯了武林大忌，天下英雄好漢，那一個不想將這頭銜摘下來。他一生所歷風險多過常人百倍，皆拜這外號之所賜。心想：「這幾人說不定是衝著我而來。他們成羣結黨，一齊上來倒也難鬥。不知前面是否更有高手？」

只聽那「調侯兒」與南仁通高談闊論，說的是些官場中升遷降謫的軼聞。廊下那腳夫和補鍋匠卻大聲吵嚷起來。兩人爭的是世上有沒當真削鐵如泥的寶劍寶

刀。那腳夫道：「甚麼削鐵如泥，胡吹大氣！那寶刀也不過鋒利點兒，當眞就這麼神？」

補鍋匠道：「你見過多少世面了？知道甚麼？寶刀就是寶刀，若不是怕嚇壞了你，我就

拿一口讓你開開眼界。」腳夫嚷道：「你有寶刀？呸，做你的清秋大夢！有寶刀也不補

鍋兒啦！只怕磨不利的鈍柴刀、鏽菜刀，倒有這麼一把兩把！」衆人都大笑起來。

補鍋匠氣鼓鼓的從擔兒裏取出一把刀來，綠皮鞘子金吞口，模樣不凡。他唰地拔刀

出鞘，寒光逼人，果然好一口利刃。衆人都讚：「好刀！」補鍋匠拿起刀來，揮刀作勢

向腳夫砍去。腳夫抱頭大叫：「我的媽呀！」急忙避開，衆人又一陣轟笑。

苗人鳳瞧了二人神情，心道：「這兩人果是一路。這麼串戲，卻不是演給我看的。」

補鍋匠道：「有上好菜刀柴刀，請借一把。」那店伴應聲入廚，取了一把菜刀出

來。補鍋匠道：「你拿穩了！」那店伴將菜刀高高舉起。補鍋匠橫刀揮去，噹的一聲，

菜刀斷爲兩截，上半截噹啷一聲落地。衆人齊聲喝采：「果是寶刀！」

補鍋匠得意洋洋，大聲吹噓，說他這柄刀如何厲害，如何名貴。廊下衆人臉現仰慕

之色，津津有味的聽著。南仁通聽他說了一會，忍不住「哼」了一聲，臉現不屑之色。

那「調侯兄」道：「仁通兄，這柄刀確也稱得上個『寶』字了，想不到販夫走卒之

徒，居然身懷這等利器。」南仁通道：「利則利矣，寶則未必。」「調侯兄」道：「我兄

此言差矣！你瞧此刀削鐵如泥，世上那裏更有勝於此刀的呢？」南仁通道：「吾兄未免

少見多怪，兄弟就⋯⋯」還待再說下去，南小姐忽然插口道：「爹，你喝得多啦，快吃

了飯去睡吧。」

南仁通笑道：「嘿，女孩兒就愛管你爹爹。」說著卻眞的要飯吃，不再喝酒。那

「調侯兄」又道：「兄弟今日總算開了眼界，這等寶刀，吾兄想來也是生平第一次見到。」

南仁通冷笑道：「勝於此刀十倍的，兄弟也常常見到。」「調侯兄」哈哈大笑，道：「取

笑，取笑！吾兄是位文官，又見過甚麼寶刀來？」

補鍋匠聽到了二人對答，大聲道：「世上若有更勝得此刀的寶刀，我寧願把頭割下

來送他。吹大氣又誰不會啦？嘿，我說我兒子也做個五品官呢，你們信不信啦？」眾人

忙喝：「胡說，快閉嘴！」

南仁通聽得臉也白了，霍地站起，大踏步走向房中。南小姐連叫：「爹爹！」他那

裏理會，片刻間捧了一柄三尺來長的彎刀出來。但見刀鞘烏沉沉的，也無異處。他大聲

道：「喂，補鍋兒的，我這裏有把刀，跟你的比一下，你輸了可得割腦袋。」補鍋匠

道：「倘若老爺輸了呢？」南仁通氣道：「我把腦袋割與你。」南小姐道：「爹，你

喝多啦，跟他們有甚麼說的？回房去吧！」

南仁通若有所悟，哼了一聲，捧著刀轉身回房。補鍋匠見他意欲進房，又激一句：

「倘若老爺輸了，小人怎敢要老爺的腦袋？不如老爺招小人做個女婿吧！」眾人有的譁

笑，有的斥他胡說。南小姐氣得滿臉通紅，不再相勸，賭氣回房去了。

南仁通緩緩抽刀出鞘，刀口只露出半尺，已見冷森森的一道青光激射而出，待那刀

刀拔出鞘來，寒光閃爍不定，耀得眾人眼也花了。南仁通不理那補鍋匠，只跟「調侯兄」

說話，說道：「調侯兄，我這口刀，有個名目，叫作『冷月寶刀』，你瞧清楚了。」

補鍋匠湊近看去，見刀柄上用金絲銀絲鑲著一鉤眉毛月之形，說道：「老爺的刀好，小人的好像及不上，就不用比了。」

苗人鳳見眾人言語相激，南仁通取出寶刀，心下已自了然，原來這幾人均是爲這口寶刀而來。學武之士將寶劍利刃看得有如性命一般，身懷利器，等於武功增強數倍。他有如此一口寶刀，無怪眾人眼紅。不過他是文官，這刀卻從何處得來？這些人卻又如何知曉？苗人鳳初時提防這幾人陰謀對付自己，一直深自戒備，現下既知他們是想奪寶刀，心下坦然，登時從局中人變成了旁觀客。但見寶刀一出鞘，那「調侯兒」、店伴、腳夫、車夫、補鍋匠一齊湊攏。苗人鳳知道這五人均欲得刀，只礙著旁人武功了得，才不敢貿然動手，否則以南仁通手無縛雞之力，這把刀早已讓人奪去，那裏等得到今日？

南仁通恨那補鍋匠齒輕薄，本要比試，但見他那把刀鋒銳無比，也非常物，倘若鬥個兩敗俱傷，豈非損傷了至寶？於是說道：「你知道就好，下次可還敢胡說八道麼？」

正要還刀入鞘，那「調侯兒」突然一伸手，將刀奪過，嚓的一聲輕響，與補鍋匠手中利刃相交，補鍋匠的刀刃斷爲兩截，接著又是嗆的一響，上半截刀身落地。補鍋匠、腳夫、車夫、店伴四人一齊搶過，將「調侯兒」四下圍住。「調侯兒」雖寶刀在手，卻眾寡不敵，將刀還給了南仁通，翹拇指說道：「好刀，好刀！」南仁通臉上變色，責備道：「咳，你也太過魯莽了！」見寶刀無恙，這才喜孜孜的還刀入鞘，回房安睡。

苗人鳳知適才五人激南仁通取刀相試，是要驗明寶刀正身，不出一日，五人就有一

場流血爭鬥。他雖俠義爲懷，但見那南仁通橫行霸道，不是好人，這把刀只怕也是巧取豪奪而得，心想我自去祭墓，不必理會他們如何黑吃黑的奪刀。

次日絕早起來，見南仁通已然起行，補鍋匠等固然都已不在店內，連那店伴也已離去。一問之下，這人果然是昨天傍晚才到的惡客，給了十兩銀子，要喬裝店伴。苗人鳳暗暗嘆息：「常言道：謾藏誨盜，果然不錯。」結了店帳，上馬便行。

馳出二十餘里，忽聽西面山谷中一個女子聲音慘呼：「救命！救命！」正是南小姐的聲音。苗人鳳心想：「這些惡賊奪了刀還想害人，這可不能不管。」一躍下馬，展開輕身功夫循聲趕去，轉過兩個彎，只見雪地裏殷紅一片，南仁通身首異處，死在當地。

那「冷月寶刀」橫在他身畔，五個人誰也不敢伸手先拿。南小姐卻給補鍋匠抓住了雙手，掙扎不得。

苗人鳳隱身一塊大石之後，察看動靜。只聽「調侯兒」道：「寶刀只一把，卻有五個人想要，怎麼辦？」那腳夫道：「憑功夫分上下，勝者得刀，公平交易。」「調侯兒」向南小姐瞧了一眼，說道：「寶刀美人，都挺難得。」補鍋匠道：「我不爭寶刀，要了這姑娘就是啦。」店伴冷笑道：「也不見得有這麼便宜事兒。武功第一的得寶刀，第二的得美人。」腳夫、車夫齊聲道：「對，就這麼著。」店伴向補鍋匠道：「老兄，勞駕放開手，說不定在下功夫第二，這是我的老婆！」「調侯兒」笑道：「正是！」轉頭厲聲向南小姐道：「你敢再嚷一聲，先斬你一刀再說！」補鍋匠放開了手。南小姐伏在父親屍身之上，抽抽噎噎的哭泣。那車夫笑道：「小姐，別哭啦。待會兒就有你樂的啦！」

伸手去摸她臉，神色輕薄。

苗人鳳瞧到此處，再也忍耐不住，大踏步從石後走出，低沉著嗓子喝道：「下流東西，都給我滾！」那五人吃了一驚，齊聲喝道：「你是誰？」苗人鳳生性不愛多話，揮了揮手，道：「一齊滾！」補鍋匠性子最為暴躁，縱身躍起，雙掌當胸擊去，喝道：「你給我滾！」苗人鳳左掌揮出，以硬力接他硬力，一推一揮，那補鍋匠騰空直飛出去，摔在丈許之外，半天爬不起身。

其餘四人見他如此神勇，無不駭然，過了半晌，不約而同的問道：「你是誰？」苗人鳳又揮了揮手，這次連「滾」字也不說了。

那車夫從腰間取出一根軟鞭，腳夫橫過扁擔，左右撲上。苗人鳳知五人都是勁敵，聯手攻來，一時之間不易取勝，因此一出手就是狠招，側身避過軟鞭，右手疾伸，已抓住扁擔一端，運力揮抖，喀喇一響，棗木扁擔斷成兩截，左腳飛出，將那車夫踢了一個觔斗。那腳夫欲待退開，苗人鳳長臂伸處，已抓住他後領，大喝一聲，奮力擲出，那腳夫猶似風箏斷線，竟跌出數丈之外，騰的一響，結結實實的摔入雪地。兩人受傷摔倒，一時爬不起身。

那「調侯兒」知道難敵，說道：「佩服，佩服，這寶刀該歸閣下。」一面說一面俯身拾起寶刀，雙手遞過。苗人鳳道：「我不要，你還給原主！」那「調侯兒」一怔，心想：「世上那有這樣的好人？」一抬頭，見他臉如金紙，神威凜凜，突然想起，說道：「原來是金面佛苗大俠？」苗人鳳點了點頭。「調侯兒」道：「我們有眼不識泰山，栽在

苗大俠手裏，還有甚麼話說？」又將寶刀遞上，說道：「小人蔣調侯，三生有幸，得逢

當世大俠，這寶刀請苗大俠處置吧！」苗人鳳最不喜別人囉唆，心想拿過之後再交給南

小姐便是，伸手握住刀柄。

他正要提手，突聽嗤嗤兩聲輕響，腿上微微一疼。蔣調侯躍開丈餘，向前飛跑，叫

道：「他中了我的絕門毒針，快纏住他。」苗人鳳聽到「絕門毒針」四字，口中「哦」

了一聲，暗道：「貴州蔣氏毒針天下聞名，今番中了他的詭計。」心知這暗器劇毒無

比，當下深吸一口氣，飛奔而前，頃刻時趕上蔣調侯，一把抓住，伸指在他脅下一戳，

已閉住了他穴道，拋在地下。

腳夫、車夫等本已一敗塗地，忽聽得敵人中了毒針，無不喜出望外，遠遠圍著，均

不逼近，要待他毒發自斃。苗人鳳一口氣不敢吞吐，展開輕功，疾向腳夫趕去。那腳夫

嚇得魂飛魄散，捨命狂奔。苗人鳳趕到他身後，右掌擊去，正中背心，登時將他五臟震

裂。此掌擊出後腳下片刻不停，瞬息間追到車夫身前。那車夫揮動軟鞭護身，只盼抵擋

得十招八招，挨到他身上毒性發作。苗人鳳那裏與他拆甚麼招，蒲扇般大手伸出，抓住

軟鞭鞭梢，神力到處，一奪一揮，軟鞭倒轉過來，將他打得腦漿迸裂。

苗人鳳連斃二人，腳上已自發麻，此是生死關頭，不容有片刻喘息，但見店伴與補

鍋匠都已在數十丈外，二人是一般的心思，盡力遠遠逃開，以待敵人不支。苗人鳳本來

不欲傷人性命，但此時只要留下一個活口，自己毒發跌倒，就是把自己性命交在他手

裏。於是咬緊牙關，手握軟鞭，追趕店伴。那店伴甚為狡猾，儘揀泥溝陷坑中奔跑。但

苗人鳳的輕功何等了得，一轉眼已自追上。那店伴眼見難逃，回身提著匕首撲到。苗人鳳立刻回頭轉身，一腳倒端，瞧也不瞧，立即提氣追趕補鍋匠。這一腳正中店伴心窩，踢得他狂噴鮮血，仰天立斃。

那補鍋匠武功雖不甚強，但鄂北鬼見愁鍾家所傳輕功卻是武林一絕。苗人鳳追逐北，毒性發作更快，腳步已自蹣跚，竟追趕不上。補鍋匠見他一顛一躓，心中大喜，暗想：「老天保佑，教我垂手而得寶刀美人。」思念未定，突聽半空呼呼風響，一條黑黝黝的東西橫空而至，待欲閃躲，已自不及。原來苗人鳳知道追他不上，最後奮起神力，擲出軟鞭。這條鋼鑄軟鞭從面門直打到小腹，補鍋匠立時屍橫雪地。此時苗人鳳也已支持不住，終於一交摔倒。

南小姐伏在父親屍上，眼見這場驚心動魄的惡戰，嚇得呆了，最後見苗人鳳倒下，忙走上相扶，但苗人鳳身軀高大，她嬌弱無力，又怎扶得起來？苗人鳳神智尚清，下半身卻已麻木，指著蔣調侯道：「搜他身邊，取解藥給我服。」南小姐依言搜索，果然找到一個小小瓷瓶，問苗人鳳道：「是這個麼？」苗人鳳昏昏沉沉，已自難辨，道：「不管是不是，服……服了再說。」

南小姐拔開瓶塞，將小半瓶黃色藥粉倒在左掌，送入苗人鳳口裏。苗人鳳用力吞下，說道：「快將他殺了！」南小姐大吃一驚，道：「我……我不敢……不敢……」苗人鳳厲聲道：「他是你殺父仇人。我受傷很重……那時咱兩人死無葬身之地。」「再過幾個時辰，他穴道自解。我……我不敢……」苗人鳳道：

44

南小姐雙手提起寶刀，拔出刀鞘，眼見蔣調侯眼中露出哀求之色，她自小殺雞殺魚也是不敢，這殺人的一刀如何砍得下去？

苗人鳳大喝：「你不殺他，便是殺我！」南小姐吃了一驚，身子一顫，寶刀脫手掉下。這刀砍金斷玉，刃口正好對準蔣調侯的腦袋。只聽得南小姐與蔣調侯同聲大叫，一個昏暈，軟軟摔下，跌在苗人鳳身上，另一個的腦袋已讓寶刀劈開。

苗人鳳想到此處，懷中幼女忽然嚶的一聲醒來，哭道：「爸爸，媽呢？我要媽。」

苗人鳳還沒回答，那女孩一轉頭，見到火堆旁的美婦，張開雙臂，大叫：「媽媽，媽媽，蘭蘭找你！」歡然喜躍，要那美婦來抱。

四周眾人聽那幼女先叫苗人鳳「爸爸」，又叫那美婦「媽媽」，都大感驚異，心想這美婦明明是田歸農之妻，怎麼又會是苗人鳳之女的母親？那女孩這兩聲「媽媽」一叫，大廳中緊張的氣勢又自濃了幾分。幾十個大人個個神色嚴重，那女孩卻歡躍不已。

那美婦站起身來，走到苗人鳳身旁抱過孩子。那女孩笑道：「媽媽，蘭蘭找你，你抱蘭蘭回家。」那美婦緊緊摟著她，兩張美麗的臉龐很倚在一起。女孩在夢中流的淚水還沒乾，這時臉頰上又添了母親的眼淚。

臉有刀疤的獨臂怪漢一直縮身廳角，靜觀各人。這時輕輕站起，走到盜魁閻基身前，在他耳邊悄悄說了幾句話。閻基神色大變，忽地站起。向苗人鳳望了一眼，臉上大有懼色，緩緩伸手入懷，取出一個油紙小包。獨臂人夾手奪過，打開一看，見裏面是兩

張焦黃的紙片。他點了點頭，包好了放入懷內，重行回到廳角坐下。

那美婦伸衣袖抹了抹眼淚，突然在女孩臉上深深一吻，眼圈一紅，又要流出淚來，終於強行忍住，霍地站起，把女孩交還給了苗人鳳。那女孩大叫：「媽媽，媽媽，抱抱蘭蘭。」

那美婦背向著她，宛似僵了一般，始終不轉過身來。

苗人鳳耐著性子等待，等那美婦答應一聲，等她回過頭來再瞧女兒一眼……

苗人鳳耐著性子等待，等那美婦答應一聲，等她回過頭來再瞧女兒一眼……

在苗人鳳心中，他早已要將一個人拉過來踏在腳下，一掌打死，但他知道，一定會有人捨命阻止。他的武功是打遍天下無敵手，但他的心腸卻很脆弱，只因為他是極深極深的愛著眼前這個美婦。

他聽見女兒在哭叫：「媽媽，媽媽，抱抱蘭蘭！」女兒在他懷中掙扎著要到母親那裏。他耐著性子等待，等那美婦答應一聲，等她回過頭來再瞧女兒一眼……

那美婦是耳聾了？還是她的心像鐵一般剛硬？小女孩在連聲哀求：「媽媽，抱抱蘭蘭！」但那美婦一動也不動，背心沒一點兒顫抖，連衣衫也沒一點擺動。

苗人鳳全身的血在沸騰，他的心要給女兒叫得碎了。三年多之前，滄州雪地裏的事又湧上了心頭：

雪地裏橫著六具屍身，苗人鳳腿上中了蔣調侯的兩枚絕門毒針，下半身麻痺，動彈不得。南小姐慢慢醒轉，見自己跌在苗人鳳懷裏，急忙站起，雙腳一軟，又坐倒在雪地裏。她驚惶已極，連哭也哭不出聲來。

46

苗人鳳道：「牽過那匹馬來。」聲音嚴厲，南小姐只有遵依的分兒。她將馬牽到苗人鳳身旁，伸出柔軟的手，握住了他蒲扇一般的手掌，想拉他起來。

苗人鳳道：「你走開！」心想：「你怎麼拉得起我？」這時他兩腿已難行動，抬起上身，伸右手握住馬鐙，手臂微一運勁，身子倒翻上了馬背，說道：「拿了那柄刀！」南小姐失魂落魄般拾了寶刀。苗人鳳伸左手往她腰間輕輕一帶，將她提上了馬背。兩人並騎，慢慢回到小客店中。

苗人鳳運足功勁，才沒在馬上昏暈過去，但一到店前，再也支持不住，翻身落在雪地。兩名店小二奔出來扶了他進去。

苗人鳳捲起褲腳，將兩枚毒針拔了出來，他叫店小二給他吸腿上毒血，雖許以重酬，店小二仍害怕躊躇。

南小姐將柔嫩的小口湊在他腿上，將毒血一口一口的吸出來。她知道：這一來，自己就是他的人了。他是大俠也好，是大盜也能，再沒第二條路，她已決心跟著他了。苗人鳳也知道：這幾口毒血一吸，自己無牽無掛、縱橫江湖的日子是完結啦。他須得終身保護這個女子。這個千金小姐的快樂和憂愁，從此就是自己的快樂與憂愁了。

他及時服了蔣調侯的解藥，性命可保，但絕門毒針非同小可，不調治十天半月，兩腿沒法使喚。他取出銀子，命店小二去收殮了南小姐的父親，也收殮了那五個企圖搶奪寶刀的豪客。南小姐與他同住在一間房裏，服侍他、陪伴他。經過了這場驚心動魄的變故，南小姐一閉眼就見到雪地裏那場慘劇，見到父親為賊人殺死，見到自己手中的寶刀

掉下去，殺死了一個人。她常常在睡夢中哭醒。

苗人鳳不善言辭，從來不說一句安慰的言語。但南小姐只要見到他沉靜鎮定的臉色、同情的眼光，就不再害怕了。

她跟他說，她父親南仁通在江南做官，捉到了一名江洋大盜，得到這柄「冷月寶刀」。不久南仁通調補京官，他要將寶刀獻給當道，滿心只想飛黃騰達，不料卻因此枉自送了性命。苗人鳳問起那江洋大盜的姓名，南小姐卻說不上來，她只知這大盜是在獄中病死的。他想：不知是那一個好漢，不明不白的又給害死了。那五名奪刀的豪客，必定識得這大盜，知道大盜有柄寶刀，於是一路跟蹤下來。

第五天晚上，南小姐端了一碗藥給苗人鳳喝。他正要伸手去接，忽聽得窗外欷歔幾下響聲。他不動聲色，接過藥碗來慢慢喝了下去。他知窗外有人窺探，但震於自己的威名，不敢貿然動手。暗自盤算：「這多半是奪刀五人的後援，再過五六日，那就不足為懼，苦於這幾日兩腿兀自酸軟無力，若有強敵到來，倒不易對付。」

只聽得啪的一聲，白光閃動，窗外擲進一柄匕首，釘在桌上，微微顫動。苗人鳳睡在炕上，伸手夠不著匕首。他冷笑一聲，左掌在桌子邊緣一拍。匕首本來插進桌面數寸，這一拍之下，登時跳起，彈起尺許，跌在他手旁。窗外有人讚道：「金面佛名不虛傳，果然了得！」腳步輕響，兩個人越牆出外。接著馬蹄響起，兩騎馬遠去了。

苗人鳳拿起白紙，見寫著一行字道：「鄂北鍾兆文、鍾兆英、鍾兆能頓首百拜。」

他冷笑一聲。南小姐「啊」的一聲驚呼，奔到他身邊。

著一張白紙。

南小姐見他臉色木然，不知是憂是怒，問道：「是敵人找上來了嗎？」苗人鳳點點頭。南小姐道：「你在桌上這麼一拍，他們就嚇走了，是不是？」苗人鳳搖頭道：「他們是來送信的。」南小姐道：「你這麼大本事，他們一定害怕。」苗人鳳不語，心想：「鄂北鬼見愁鍾氏三兄弟，既然找上來了，就不害怕。」南小姐話是這麼說，心中也自擔憂，過了半晌，輕聲說道：「大哥，咱們現下騎馬走了吧，他們找不著的。」苗人鳳搖搖頭，默然不語。

打遍天下無敵手金面佛苗人鳳，怎能在敵人面前逃走？就算為了南小姐而暫且忍辱躲避，但鬼見愁鍾氏三兄弟又怎能讓人躲得開？這些事南小姐是不會懂的。他向來不愛多說話，況且，這些事又何必跟她多說。這一晚南小姐翻來覆去的睡不安穩，她已在全心全意的關懷這個粗手大腳的鄉下人，但苗人鳳卻睡得很沉。

只不過他做了一個夢，夢見一頂花轎，一隊吹鼓手，又夢見一個頭上披著紅巾的新娘子。那是很久很久以前童年時瞧見過的，他早忘了，這時卻忽然夢到了。醒來的時候，似乎還隱隱聽到夢中鼓樂的聲音。黯淡的搖曳的燭光，照在旁邊床上南小姐像芙蓉花那樣柔和、那樣嬌艷的臉上。這朵花卻不在笑。她睡著的時候，也在恐懼，也在傷心和痛苦。她臉上有燭光，卻有更多的陰影。

次日清晨，苗人鳳命店小二做一大碗麵吃了，端張椅子，坐在廳中，冷月寶刀放在身旁。他生平不愛事先籌劃，預料的事兒多半作不了準，寧可隨機應變。南小姐見了他神情，很是害怕，問了他幾句，苗人鳳並不回答，她就不敢再問。

辰牌時分，馬蹄聲響，三乘馬在客店前停住，進來了三個客人。客店中人見了這三人的打扮，都嚇了一跳。三人都身穿白色粗麻布衣服，白帽白鞋，衣服邊上露著毛頭，竟是剛死了父母的孝子服色。但三身孝服已穿得半新不舊，若說在服熱孝，卻又不像。

苗人鳳知道鄂北鬼愁鍾門雄霸荊襄，武功實有獨到造詣，那補鍋匠是鍾氏門徒，武藝已自不弱，眼下鍾氏三兄弟親自到來，此事當真棘手。見三人進來時腳步輕飄飄的宛如不點地，果然是勁敵到了。苗人鳳一生之中，敵人愈強，精神愈振，見三人身手不凡俗，不由得全身骨骼輕輕作響。

鍾氏三兄弟上前同時一揖到地，齊聲說道：「苗大俠請了。」苗人鳳拱手還禮，說道：「請了，怨在下腿上有傷，不能不能，不能起立。」鍾兆文道：「苗大俠你家腿上不便，原本不該打擾，只是殺徒之仇，不能不報，請苗大俠你家恕罪。」他「你家，你家」，滿口湖北土腔，苗人鳳點點頭，知是「你老人家」客氣話的簡稱，不再答話。

鍾兆文道：「苗大俠威震天下，我三兄弟單打獨鬥，不是你家對手。老二、老三，咱哥兒一齊上啊！」鍾兆英、鍾兆能怪聲答應，叫道：「老大，咱哥兒一齊上啊！」這三兄弟是武林中的成名人物，雖怪聲怪氣，怪模怪樣，在江湖上卻輩份甚高，行事持重，武功又強，因此在兩湖一帶已闖下極大基業。三人怪聲一作，嗆啷啷啷響聲不絕，各從身邊取出一對判官筆。

客店中夥伴客人見這三人到來，早知不妙，這時見取出兵刃，人人遠避，登時大廳中空蕩蕩的一片。南小姐關心苗人鳳安危，卻留在廳角之中。苗人鳳見她一個嬌怯弱女，居然有此膽量，大是喜慰。只因南小姐在廳角這麼一站，苗人鳳自此對她生死以之，傾心相愛，當下向她微微一笑，抽出冷月寶刀。

鍾氏兄弟見那刀青光閃動，寒氣逼人，同聲讚道：「好刀！」

三兄弟齊聲怪叫。鍾兆文雙筆當胸直指，兆英攻左，兆能襲右。苗人鳳端坐椅中，橫刀不動，待六枝鑌鐵判官筆的筆尖堪堪點到身邊，突然寶刀一揮，呼呼風響，向三人各砍一刀。鍾氏三兄弟果然身負絕藝，見他刀勢來得奇特，各自身形飄動，讓了開去。苗人鳳此時使他們只知苗家劍法獨步天下，不料他刀法竟也如此精奇，心下均甚駭異。苗人鳳此時使的是胡一刀所授的胡家刀法，變化奧妙，靈動絕倫，就只吃虧在身子不能移動，一刀砍出，難以連續追擊，否則數刀之間，便可傷得鍾氏兄弟中一人。

四人一動上手，大廳中刀光筆影，登時鬥得兇險異常。鍾氏三兄弟輕功了得，三人分進合擊，此來彼往，六枝判官筆宛如一人六臂所使。苗人鳳使開刀法，攻拒削砍，絲毫不落下風。他想今日之鬥務須猛下殺手，重傷他兄弟三人，否則自己與南小姐性命難以周全。只素知鍾氏三兄弟安份守己，並無歹行劣跡，江湖上聲名甚好，卻不必取他們性命。眼見三兄弟的招數愈來愈緊，每一招都點打他上身大穴，只要稍一疏神，不但一世英名付於流水，連這嬌艷溫柔的南小姐也得落入敵手受苦。想到此處，刀招加沉，猛力砍削。三兄弟怕他力大刀利，不敢讓兵刃給他寶刀碰到了，圍攻的圈子漸漸放遠。

鍾兆英見難以取勝，突然一聲怪叫，身子斜撲，著地滾去，竟到苗人鳳背後攻他下盤。這一著甚是險毒，苗人鳳在椅上不能轉動，敵人攻他背後椅腳，如何護守得著？鍾兆英連攻數招，一筆橫砸，咯的一聲，將椅腳打斷了一根。苗人鳳左手倏地探出，往鍾兆英臉上抓去。鍾兆文大驚，忙滾開相避，噹噹兩響，他與鍾兆能手中的判官筆已各有一枝為寶刀削斷。鍾兆文肩頭劇痛，卻給刀刃劃了一道口子。苗人鳳一刀同時攻逼三敵，這一招叫做「雲龍三現」，乃胡家刀法中的精妙招數。

鍾氏三兄弟各展輕功躍開，三人互望一眼，臉上皆有驚駭之色。鍾兆英道：「老大，掛了彩啦？」鍾兆文道：「不礙事。」他見苗人鳳椅子斜倾，坐得搖搖欲墜，心想如此良機，日後再難相逢，只忌憚他寶刀鋒利，刀法精奇，抱拳說道：「兵刃上我三兄弟不是敵手，我們再領教你家拳招掌法。」這話兒說得冠冕堂皇，卻不懷好意，乃要敵人自去其長。他三人此來乘人之危，乃仇殺拼命，並非比武較藝，苗人鳳本來大可不必理會這番說話，但他藝高人膽大，一聲冷笑，寶刀歸鞘，點了點頭，說道：「好！」

三兄弟拋下判官筆，蹦跳竄躍，攻了上來。三人每一步都是跳躍，竟無一步踏行。苗人鳳的掌法何等威猛，一經施展，三兄弟欺不近八尺以內，也是鍾門武功卓然成家，否則單是給他掌力一震，已受重傷。鍾兆英人最機靈，見他椅腳斷了一隻，已難坐穩，心想依這樣葫蘆，再打斷一隻椅腳，非教他摔倒不可，當下又使出地堂拳法，滾向苗人鳳椅後，猛地右腿橫掃，喀喇一響，果然又將椅腳踢斷了一隻。

那椅子本已傾側，此時急向後倒，苗人鳳伸手在椅背一按，人已躍起。他惱恨鍾兆英狡詐，從半空中如大鷹般向他撲擊下來。鍾兆英嚇得心驚膽戰，大叫：「老大，老三！」兆文、兆能從旁來救。苗人鳳雙掌發力，左掌打在鍾兆文肩頭，右掌拍在鍾兆能胸口。兩人雙雙向外跌出。鍾兆英幾個翻身逃出廳門，苗人鳳也已摔倒在地。

三兄弟片刻間均為掌力震傷，見他如此神勇，那敢進來再鬥？鍾兆英瞥見店門旁堆滿驢馬的草料，心念一動，取出火摺晃著了，便在草料上一丟。那麥稈乾得透了，登時起火，順風燒向店堂。客店中店夥客商見到火頭，一陣大亂，紛紛奔出。三兄弟拿著判官筆在門口監視，叫道：「誰敢救那壞了腿的客人，老子打開他腦袋瓜子！」眾人自逃性命不及，又有誰敢去救人？

苗人鳳見霎時之間風助火勢，濃煙火舌捲進廳來，自己雙腿不能行走，敵人又守在門口，暗道：「難道我一世英雄，今日竟活活燒死在這裏不成？」轉眼見南小姐已隨眾人逃出，心下略寬，火光中見屋角裏放著一綑粗索，暗叫：「天可憐見！」爬著過去抖開繩索，在手臂上繞了十來圈。

鍾氏兄弟眼見煙火圍門，這個當世無敵的苗人鳳勢必葬身火窟，三人心中大喜，相視而笑。

南小姐當危急時奪門而出，此時卻想起苗人鳳尚在店內，他為相救自己而受傷喪生，不禁大為難受，珠淚盈眶，正自難忍，猛聽得店堂內一聲大喝，一條繩索從火焰中竄將出來，一端已捲住門外那株大銀杏的樹幹。接著繩子一盪，苗人鳳又高又瘦的身軀

已飛了出來。

眾人見他突似飛將軍自天而降，無不駭然。苗人鳳左手抓繩，身子自空向鍾氏三兄弟撲去。三鍾嚇得魂飛天外，已無鬥志，當即發足奔逃。他三人輕功雖高，終不及苗人鳳拉著繩子飛盪迅速，給他伸出蒲扇大的手掌，一擲一抓，一抓一擲，將三兄弟先後投入火窟。總算三人武功均高，一入火窟，急忙逃出，但已燒得鬚眉盡焦，狼狽不堪。到此地步，三兄弟那敢逗留，馬匹也不要了，向南急奔而去，但聽苗人鳳豪邁爽朗的大笑聲，從身後不絕傳來。

苗人鳳想到當年力戰鬼見愁鍾氏三雄的情景，嘴角上不自禁出現了一絲笑意，然而這是愁苦中的一絲微笑，是傷心中一閃即逝的歡欣。於是他想到腿上傷愈之後，與南小姐結成夫婦，那個刻骨銘心、傾心相愛的妻子，就是眼前這個美婦人。她在身前不過五尺，這五尺卻比五千里、五萬里的路程更加遙遠。

於是他想到兩人新婚後那段歡樂的日子，他帶著嬌妻一同去拜祭胡一刀夫婦的墓，見墳墓圮壞處修整好了，他把冷月寶刀封在墳前地下土中，心裏想：世上除胡一刀外，再也沒人配用這口寶刀。他既不在世上了，寶刀就該陪著他。要是他仍在世上，自己自會雙手奉刀，送了給他，然後和他相對痛飲，盡醉方休。

在胡一刀的墓前，他把當年那場比武與誤傷的經過說給妻子聽。他從來不愛多說話，這一天卻說得滔滔不絕。這件事在他心中鬱積了十年，直到今天，方在最親近的人

面前發洩出來。他辦了許多酒菜來祭奠胡一刀，擺滿了一桌，就像當年胡夫人在他們比武時做了一桌酒菜那樣。

他喝了不少酒，好像這位生平唯一的知己復活了，跟他一起歡談暢飲。他愈喝得多，愈說得多。說了如何用胡家刀法打敗威震荊襄的鍾氏三雄，從刀法說到對這位遼東大俠的欽佩與崇仰，說到造化小兒弄人，人世無常，說到胡夫人對丈夫的情愛，他說：

「像這樣的女人，要是丈夫在水裏，她一定也在水裏，丈夫在火裏，她也在火裏……」

突然之間，看到新娘臉色變了，掩著臉遠遠奔開。他追上去想要解釋，但他醉了，他不會說話，何況，他心中確是記得客店中鍾氏三雄火攻的那一幕……他是在火裏，而她卻獨自先逃了出去……

他一生慷慨豪俠，素來不理會小節，然而這是他生死以之相愛的人……在他腦子裏，一直覺得南蘭應該逃出去，她是女人，不會半點武功，見到了濃煙烈火自然害怕，她那時又不是他妻子，陪著他死了，又有甚麼好處？……但在心裏，他深深盼望在自己遇到危難之時，有個心愛的人守在身旁，盼望心愛的人不要棄他而先逃……他一直羨慕胡一刀有個真心相愛的夫人，自己可沒有。胡一刀雖早死，這一生卻比自己過得快活。

酒醉後，在胡一刀墓前，無意中說錯一句話，也可說是無意中流露了真心。這句話造成了夫妻間永難彌補的裂痕。雖然，苗人鳳始終極深厚極誠摯的愛著妻子。

他永遠不再提這件事，甚至連胡‧刀的名字也不提，南蘭自然也不會提。

後來女兒若蘭出世了，像母親一般的美麗，像母親一般的嬌嫩。夫妻間的感情也加

深了一層。然而，他是出身貧家的江湖豪傑，妻子卻是官家的千金小姐。他天性沉默寡言，整天板著臉，妻子卻需要溫柔體貼，低聲下氣的安慰。她要男人風雅斯文、懂得女人的小性兒，要男人會說笑、會調情……苗人鳳空具一身打遍天下無敵手的武功，妻子所要的一切卻全沒有。如果南小姐會武功，有一點江湖豪氣，或許會佩服丈夫的本事，會懂得他為甚麼是當世一位頂天立地的奇男子。但她壓根兒瞧不起武功，甚至從心底裏厭憎武功。因為，她父親是給武人害死的，起因是在一把刀；又因為，她嫁了一個不理會自己心事的男人，起因是在於這男人用武功救了自己。

她一生中曾有一段短短的時光，對武功感到了一陣興趣，那是丈夫的一個朋友來作客的時候。那就是這個英俊瀟洒的田歸農。他沒一句話不在討人歡喜，沒一個眼色不是軟綿綿的教人想起了就會心跳。但奇怪得很，丈夫對這位田相公卻不大瞧得起，對他愛理不理的，招待客人的事兒就落在她身上。相見的第一天晚上，她睡在床上，睜大了眼睛望著黑暗的窗外，忍不住暗暗傷心：為甚麼當日救她的不是這位風流俊俏的田相公，偏生是這個木頭一般睡在身旁的丈夫？她卻不懂，這個田相公武功不夠，根本救不了她，就算能救，他也不肯冒險出手。

過了幾天，田歸農跟她談論武功，發覺她一點兒也不會，便教了她幾路拳腳。她學得很起勁，雖然她還是不喜歡武功，只因是他教的，就興致勃勃的學了。終於有一天，她對他說：「你跟我丈夫的名字該當對調了才配。他最好是歸農種田，你才真正是人中的鳳凰。」也不知是他早有存心，還是因為受到了這句話再加上眼色的風喻，終於，在

一個熱情的夜晚，賓客侮辱了主人，妻子侮辱了丈夫，母親侮辱了女兒。

那時苗人鳳在月下使刀，他們的女兒苗若蘭甜甜地睡著⋯⋯

南蘭頭上的金鳳珠釵跌到了床前地下，田歸農給她拾了起來，溫柔地給她插在頭

上，鳳釵的頭輕柔地微微顫動⋯⋯

她於是下了決心。丈夫、女兒、家園、名聲⋯⋯一切全別了，她要溫柔的愛，要體

貼和熱情。於是她跟著這位俊俏的相公從家裏逃了出來。丈夫抱著女兒從大風雨中追趕

了來，女兒在哭，在求，在叫「媽媽」。但她已經下了決心，只要和歸農在一起，哪怕只

過短短的幾天也是好的，只要和歸農住一起，給丈夫殺了也罷，剮了也罷。她很愛女

兒，然而這是苗人鳳的女兒，不是田歸農和她生的女兒。她聽到女兒的哭求，但在眼角

中，她看到了田歸農動人心魄的微笑，因此她不再回過頭來。

苗人鳳在想：只盼她跟著我回家去，這件事以後我一定一句不提，我只有加倍愛

她，只要她回心轉意，我要她，女兒要她！

苗夫人在想：他會不會打死歸農？他很愛我，不會打我的，但會不會打死歸農？

苗若蘭小小的心靈中在想：媽媽為甚麼不理我？不肯抱我？我不乖嗎？

田歸農也在想他的心事。他的心事是深沉的。他想到闖王所留下的無窮無盡的財

寶，苗夫人是打開這寶庫的鑰匙。當然，她很美麗，嬌媚無倫，但更重要的是闖王的寶

庫，苗人鳳會不會打死我呢？

苗人鳳在等待，廳上的鏢客、羣盜、侍衛、商家堡的主人、獨臂人和小孩，大家都

在等待。

廳上有很多人，但誰也不說話，只聽到一個小女孩在哭叫：「媽媽！媽媽！抱抱蘭！」即使是最硬心腸的人，也盼望她回過身來抱一抱女兒。

自從走進商家堡大廳，苗人鳳始終沒說過一個字，一雙眼像鷹一般望著妻子。

外面在下著傾盆大雨，電光閃過，接著便是隆隆的雷聲。大雨絲毫沒停，雷聲也是不歇的響著。

終於，苗夫人的頭微微一側。苗人鳳的心猛地一跳，她看到妻子在微笑，眼光中露出溫柔的款款深情。她是在瞧著田歸農。這樣深情的眼色，她從來沒向自己投注過一次，即使在新婚中也從來沒有過。這是他生平第一次瞧見。

苗人鳳的心沉了下去，他不再盼望，緩緩站起，用油布細心地安貼地裹好了女兒，放在自己胸前。他非常非常的小心，世上再沒這樣慈愛、這樣傷心的父親。

他大踏步走出廳去，始終沒說一句話，也不回頭再望一次，因為他已經見到了妻子那深情的眼色。大雨落在他壯健的頭上，落在他粗大的肩上，雷聲在他的頭頂響著。

小女孩的哭聲還在隱隱傳來，但苗人鳳大踏步去了。他抱著女兒，在大風大雨中大踏步走著。

他們沒回家去。這個家，以後誰也沒回去⋯⋯

那男孩大聲道：

「你女兒要你抱，幹麼你不睬她？你做媽媽的，一點良心也沒有？雷公劈死你！」

戟指怒斥，一個衣衫襤褸的孩童，霎時間竟大有威勢。

第三章

英雄年少

苗人鳳抱著女兒，在大風雨中離開了商家堡。俠士雖去，餘威猶存。他進廳出廳，沒說一言半語，沒出一拳一腳，但羣豪震懾，不論識與不識，無不凜然。眾人或驚或愧，或敬或懼，過了良久，仍無人說話，各自凝思。

苗夫人緩緩站起，嘴角邊帶著強笑，但淚水在眼眶中滾了幾轉，終於從白玉一般的腮邊滾了下來。田歸農倏地起身，左手握住腰間長劍劍柄，拉出五寸，錚的一聲，重歸劍鞘，這一下手勢瀟洒利落已極，低聲道：「蘭妹，走吧。」雙眼望著大車中一鞘鞘的銀鞘，神態雖不減俊雅風流，但語聲微抖，掩不了未曾盡去的心中恐懼。人人都知他剛才對苗人鳳怕得要命，但苗人鳳既已遠去，他對銀鞘又起貪心。

馬行空見田歸農仍想劫鏢，強自撐起，叫道：「春兒，取兵刃來！」馬春花從背囊中取出隨著父親走了數十年鏢的金絲軟鞭，正要遞過，突然後堂咳嗽一聲，走出一個老婦，身穿青布棉襖，下繫黑裙，脊梁微駝，兩鬢全白，頂心的頭髮卻一片漆黑。商寶震為田歸農打倒，受傷卻不重，搶上去叫道：「媽，這裏的事你老人家別管，請回去休息吧。」這老婦正是商寶震的母親。

商老太點了點頭，不動聲色的道：「栽在人家手裏啦？」語聲嘶啞，甚是難聽。商寶震臉露慚色，垂首道：「兒子不中用，不是這姓田的對手。」說著向田歸農一指，不禁愧憤交集。商老太雙眼半張半閉，黯淡無光，木然向田歸農望了一下，又向苗夫人望了一下，喃喃道：「好個美人兒！」

受傷非輕，含淚道：「爹！」馬行空聲音威嚴，說道：「快取來。」馬春花見父親

突然一個黃瘦男孩從人叢中鑽了出來，指著那出夫人叫道：「你女兒要你抱，幹麼你

不睬她？你做媽媽的，一點良心也沒有？雷公劈死你！」

這幾句話人人心中都想到了，可是卻由一個乞兒模樣的黃瘦小兒說出口來，眾人心

中都是一怔。只聽轟轟隆隆雷聲過去，那男孩大聲道：「你良心不好，雷公劈死你！」

戟指怒斥，一個衣衫襤褸的孩童，夾著隆隆雷聲，霎時間竟大有威勢。

田歸農一怔，唰的一聲，長劍出鞘，喝道：「小叫化，你胡說八道甚麼？」那盜魁

閻基搶了上來，喝道：「快給田相公……夫……大人磕頭。」那男孩不去理他，臉上正

氣凜然，仍指著苗夫人叫道：「你……你好沒良心！你壞！」

田歸農提起長劍，正要分心刺去。苗夫人突然「哇」的一聲，掩面嚎啕，在暴雨中

直奔出去。田歸農顧不得殺那男孩，提劍追去。他一竄一躍，已追到苗夫人身旁，勸

道：「蘭妹，這小叫化胡說八道，別理他。」苗夫人哽咽道：「我……我確是良心不

好。雷公要劈死我！」哭著說話，腳下絲毫不停，田歸農伸手挽她臂膀，苗夫人用力一

掙。田歸農倘若定要挽住，苗夫人再苦練十年武功也掙扎不脫，但他不敢用強，只得放

開了手，軟語勸告。

二人在暴雨中越行越遠，沿著大路轉了個彎，給一排大柳樹擋住身影。雨點濺地，

水花四舞，二人再不轉回。

眾人吁了一口氣，轉眼望那孩童，心想這人小小年紀，好大的膽氣，這條命卻不是

撿來的？

閻基冷笑一聲，喝道：「那當真再美不過，閻大爺獨飲肥湯，豈不妙哉！兄弟們，快搬銀鞘啊！」羣盜轟然答應，散開來就要動手。閻基左足飛起，將那男孩踢了個觔斗，順手揪住獨臂漢子，喝道：「還我！」

商老太嘶啞著嗓子，問道：「閻老大，這兒是商家堡不是？」閻基道：「是啊，商家堡怎麼啦？」商老太道：「我是商家堡的主人不是？」閻基一隻手仍揪住獨臂漢胸口，仰天大笑，說道：「商老婆子，你繞著彎兒跟我說甚麼啊？你商家堡牆高門寬，財物定積得不少，你奶奶個雄，可是想送點兒油水給兒弟們使使？」羣盜隨聲附和，叫嚷哄笑。商寶震氣得臉也白了，道：「媽，別跟他多說。兒子和他拚了。」從鏢行趟子手手中搶過一柄單刀，指著閻基叫陣。

閻基將獨臂漢一推，狠狠的道：「小子別走，老子待會跟你算帳。」雙手一拍，向著商寶震斜眼而睨，臉上流氣十足，顯然壓根兒沒將他放在眼裏。

商老太道：「閻老大，你跟我來，我有話對你說。」閻基一怔，油嘴滑舌的道：「到那兒啊？女人的房裏姓閻的可不去。」商老太就似沒有聽見，仍道：「我有要緊話跟你說。」閻基心想：「這老太婆倒有幾分古怪，不知她叫我去那裏？」正待說：「閻大爺沒空跟你囉唆。」商老太已轉身走向內堂，啞聲道：「你沒膽子，也就是了。」

閻基仰天打個哈哈，笑道：「我沒膽子？」拔腳跟去。二寨主為人細心，將閻基的鬼頭刀遞過，閻基左手倒提了。商寶震不知母親叫他入內是何用意，跟隨在後。

商老太雖不回頭，卻聽出了兒子的腳步聲，說道：「震兒留在這兒！閻老大，你叫

弟兄們暫別動手。」說這幾句話時沒向兒子和閻基瞧上一眼，但語音中自有一股威嚴，似是發號施令一般。閻基道：「好吧，大夥兒先別動，等我回來發落！」羣盜轟然答應，二寨主用黑話吆喝發令，分派人手監視鏢客，防他們有甚異動。

本來商寶震和三個侍衛相助鏢行，羣盜已落下風，但商寶震和徐錚爲田歸農所傷，馬行空挨了閻基一腳後，再給田歸農打了一掌，傷勢更重，形勢又自逆轉。羣盜既不劫鏢，鏢行人眾也就靜以待變。

閻基跟隨在商老太背後，見她背脊弓起，腳步蹣跚，原先心中存著三分提防之意，此時盡數拋卻，笑問：「商老婆子，叫我進來可是獻寶麼？」商老太道：「不錯，是獻寶。」閻基心中一動，他一生最爲貪財，瞧這商家堡一副大家氣派，底子料必殷實，說不定那商老太見強人降臨，嚇破了膽，獻上珠寶贖命，也是有的，不由得又驚又喜。見她一直向後進走去，接連穿過三道院子，到了最後面的一間屋外，呀的一聲把門推開，自己先走了進去，說道：「請進來吧！」

閻基伸頭向房裏探視，見是一間兩丈見方的傳房，裏面空空蕩蕩，只一張方桌，更無別物，微感蹊蹺，提步進去，大聲道：「有話快說，別裝神弄鬼。」商老太不答，伸手關上木門，又上了閂閂。閻基大奇，四下打量，見桌上豎著塊神牌，上書「先夫商劍鳴之靈位」。閻基心想：「商劍鳴，這名字好熟，是誰啊？」一時想不起來。

商老太緩緩說道：「你竟敢上商家堡來放肆，可算得大膽。要是先夫在世，十個閻

基也早砍了。今日商家堡雖只膝下孤兒寡婦，卻也容不得狗盜鼠竊之輩上門欺侮。」幾句話說完，腰板一挺，雙目炯炯放光，凜然逼視，一個蹣跚龍鍾的老婦，霎時間變得英氣勃勃。閻基微微一驚，心想：「原來這婆娘故意裝老。」但想一個女流之輩，又有何懼，笑道：「上門也上了，欺人也欺了，你又能咬我一口？你咬我隻卵！」

商老太霍地走到桌旁，從靈牌後面捧出一個黃色包袱，那包袱灰塵堆積，放在靈牌之後，毫不搶眼。她也不拍去灰塵，順手解了結子，打開包袱，只見紫光閃閃，冷氣森森，卻是一柄厚背薄刃紫金八卦刀。閻基驀地裏記起十餘年前的一件往事，倒退兩步，左手倒提著的鬼頭刀交與右手，叫道：「八卦刀商劍鳴！」

商老太臉色一沉，叫道：「豪傑雖逝鋼刀在！老身就憑先夫這把八卦刀，要領教閻老大的高招。」忽地抓住刀柄，一招「童子拜佛」，向靈位行了一禮，回過身來，已成八卦刀法中的第一招「上勢左手抱刀」。但見她沉肩墜肘，氣斂神聚，那裏有半分衰邁老態？

閻基雖微存戒心，但想以百勝神拳馬行空這等英雄，尚敗在自己手裏，若商劍鳴復生，或許懼他幾分，這老太婆本領再高也屬有限，鬼頭刀虛劈一招，笑道：「你要比試刀法，何不就在大廳之中？巴巴的到這兒來，難道定要丈夫的死人牌位在一旁瞧著，才顯得出本事麼？」商老太凜然道：「不錯，先夫威靈，震懾鼠輩。」閻基不自禁的向靈牌望了一眼，心中有些發毛，急欲了結此事，走出這間冷冰冰、黑沉沉的靈堂，說道：「商老太，你發招吧。」商老太道：「你是客人，閻寨主先請。」她聽他改了稱呼，口頭

「商老太，你發招吧。」商老太道：

66

上也就客氣了些，於是稱他一聲「寨主」。

閻基道：「在下跟商家堡無冤無仇，劫鏢只衝著馬老頭兒而來。商老太定要出頭，咱們點到為止，不必真砍真殺。」商老太雙眉豎起，低沉著嗓子道：「沒那麼容易！商劍鳴一生英雄，他建下的商家堡豈容人說進便進，說出便出？」閻基也自惱了，道：「依你說便怎地？」商老太道：「你敗了我手中鋼刀，將我人頭割去，連我兒子也一併殺了……」閻基一驚，心道：「我跟你又沒深冤大仇，只不過無意冒犯，何必性命相拚？」只聽她又道：「要是我勝得一招半式，閻寨主頭上腦可也得留下。」此言一出，跟著喝道：「進招！」

閻基氣往上衝，大聲說道：「我不要你母子性命，只要你這座連田連宅的商家堡。」鋼刀輕晃，欲待進招，商老太一招「朝陽刀」已狠劈過來，又快又猛。閻基急忙側頭，呼的一響，震得右耳中嗡嗡作聲，那刀從右腮邊直削下去，相距寸餘，若閃避慢得一霎，腦袋便給她劈成兩半。

這一刀先聲奪人，閻基給她的猛砍惡殺嚇得一怔，知她第二招定要迴刀削腰，忙沉鬼頭刀豎架，噹的一響，雙刀相交，火光四濺。閻基覺她臂力平平，遠遜於己，本已提起的心又放了下來，一招「推刀割喉」，推了過去。商老太「哼」了一聲，側身避過道：「四門刀法，不足為奇。」閻基笑道：「平平無奇，卻要勝你。」語聲未畢，踏步上前，使一招「進手連環刀」。商老太不架不讓，竟搶對攻，「削耳撩腮」，舉刀斜砍，閻基大驚，心道：「怎麼拚命了？」本來武術中原有不救自身、反擊敵人的招數，

但這等拚著兩敗俱傷的打法，總帶著九分冒險，非至敵招難解、萬不得已之際決計不用。此時商老太只消舉刀一擋，便能架開敵招，那知她竟行險著，不顧性命的對攻。

她不顧性命，閻基卻不得不顧，危急中撲地滾倒，反身一腿。這腿去勢奇妙，商老太手腕險遭踢中，八卦刀疾忙翻轉，閻基才收腿轉身。閻基的刀法原只平平，但因特別機緣，學到了十餘招怪異拳腳，夾入刀法之中，一路第三四流的四門刀登時化腐朽為神奇，近年來居然也打敗了不少英雄好漢，混到個盜寨之主，此刻施將出來，每當刀法上走了下風，拳腳一動，立時扳轉劣勢。

頃刻間一個老婦，一個盜魁，雙刀疾揮，在磚房中鬥得塵土飛揚。閻基見商老太刀法精妙，自己若非靠那十餘招拳腳救駕保命，早喪生於八卦刀下，一個老婦居然有此武功，不禁暗暗稱奇，心道：「如此打下去，如一個疏忽，給她削去半邊腦袋，可不是玩的。」當下用長藏拙，不住拳打足踢，偶然才砍上幾刀。這法兒果然生效，商老太難以抵擋，不斷退避。閻基洋洋得意，笑道：「嘿嘿，商劍鳴甚麼英雄了得，八卦刀法也不過如此。」

商老太對先夫敬若天神，此言犯了她大忌，突然間目露兇光，刀法忽變，四下遊走，白光閃閃，四面八方攻了上去。此刻她每一招都是搶攻，每一招都是拚命，將自己生死置之度外。閻基大叫：「你瘋了麼？喂，商老太，你丈夫可不是我殺的，你跟我拚命幹麼？喂喂，你聽見我說話沒有？」口中大叫大嚷，低頭避刀，腳下狂奔逃竄。

他鬥志一失，商老太更砍殺得如瘋似狂，出刀越來越快，此時閻基的奇拳怪腳已來

不及使用，只想拔開門閂，逃出屋去。面臨一隻發了瘋的母大蟲，他那裏還想到甚麼勝負榮辱，唯一的念頭只如何逃命。

他數次要去拔開門閂，總是給商老太逼得絕無餘暇。眼見她「夜叉探海」、「上步撩刀」、「仙人指路」，一刀猛似一刀，閻基把心一橫，反背一腿踢出，叫聲「失陪！」左足用勁，竄身從窗口躍了出去。豈知商老太拚著受他這一腿，如影隨形，跟著揮刀砍去。二人同聲「啊喲」，一齊跌在窗下。

商老太立即躍起，肩頭雖給踢中，未受重傷。閻基的大腿上卻給結結實實的一刀砍著，再也站立不起。這一下他嚇得魂飛天外，見商老太眼佈紅絲，自己頭頂白光閃動，八卦刀跟著劈落，忙伸雙手抱住她小腿，大叫：「饒命！」

商老太一怔，她幼時陪伴父親、婚後跟隨丈夫闖蕩江湖，畢生會過無數武林豪傑，如眼前這般沒出息的混蛋，卻從未見過，心下鄙視，這一刀就砍不下去。閻基索性爬在地下，鼕鼕鼕的大磕響頭，求道：「大人不記小人過！我是狗娘養的王八蛋！老太太要抽筋剝皮，悉從尊便，這一刀務請留他一留。」

商老太嘆了口氣：「好，命便饒你。你記住了，今日比武之事，不許漏出一字。」

閻基求之不得，連聲答應。商老太道：「滾吧！」閻基陪個笑臉，又磕了兩個頭，爬將起來，用刀拄在地下，一蹺一拐的走出。商老太厲聲說道：「站住！咱們拚刀之前，說過任誰輸了，就得在商家堡留下腦袋。你說話不算數，難道我也跟你一般的混帳？」

閻基嚇了一跳，回過頭來，見商老太臉上猶似罩著一層嚴霜，顯是並非說笑，腿上

劇痛，難再動手，哀求道：「你……你不是饒了我麼？」商老太道：「饒得你性命，饒不得你腦袋。」說著手中八卦刀一揚，厲聲道：「商劍鳴八卦刀出手，素不空回，過來！」閻基咕嚕一聲，雙膝落地。商老太手法好快，左手提起他辮子，右手八卦刀反將過來，刀背在他頸中一碰，翻轉刃鋒一揮，已將他辮子割下，喝道：「辮子留在商家堡，從今後削髮爲僧，不得再在黑道中廝混！」閻基咕咕連聲。

商老太道：「你裹好腿傷，戴上帽子，再到廳上招呼你手下，一夥王八蛋夾了尾巴滾出商家堡。」

大廳上衆人面面相覷，不知二人在內堂說些甚麼，等了良久，才見商老太出來。閻基慢吞吞的跟在後面，叫道：「衆兄弟，銀兩不要了，大夥兒回寨去。」

此言一出，衆人無不大爲驚愕。二寨主道：「大哥……」閻基道：「回寨說話。」將手一揮，走出廳去。他不敢露出腿上受傷痕跡，強行支撐，咬緊牙關出去。衆盜不敢違拗，向著一鞘鞘已經到手的銀子狠狠望了幾眼，轉身退出。片刻之間，羣盜退得乾乾淨淨。

饒是馬行空見多識廣，卻也猜不透其中奧妙，見閻基行過之處，地下點點滴滴留下一行血跡，料想他在內堂受了傷，看來商家堡內暗伏能人，卻那裏料得著眼前這龍鍾老婦，適才竟跟他拚了一場生死決戰。他扶著女兒肩頭站起要施謝，商老太道：「震兒，跟我進來！」馬行空一愕，只見他母子二人逕自進了內堂。

這一下鏢行人衆與三名侍衛都紛紛議論，有的說商老太舊時必與那盜魁相識，曾有

恩於他；有的說商老太一頓勸喻，動以利害，那盜魁想到與御前侍衛爲敵，非同小可，終於懸崖勒馬。正自瞎猜，商寶震走了出來，說道：「家母請馬老鏢頭內堂奉茶。」

內堂敘話，商老太勸馬行空留在商家堡養傷，一面派人到附近鏢局邀同行相助，到頭保鏢銀前往金陵。經此一役，馬行空雄心全消，「百勝神拳」的名號響了數十年，轉來卻折在一個市井流氓般的盜匪手中，對走鏢的心登時淡了。雖知商家堡是險地，不能多躭，但商老太護鏢不失，恩情太重，她的意思不敢不遵，同時他心底還存了個念頭，灰之力，想先夫一世豪傑，決不肯打這可憐的落水狗，手刃這等無力還手之輩。且留他住得一時，看他如何行止，再定發落。

商老太記得丈夫所以爲胡一刀所殺，馬行空也不免要擔些干係，留他在商家堡暫住，本意要乘機殺了馬行空爲丈夫報仇。但見他亦恩萬謝，隆重拜謝護鏢之德，眼見這老鏢師委委瑣瑣，竟沒半分英風豪氣，而且他身受重傷，此刻若要傷他，可說已不費吹亟想一見那位挫敗閻基的武林高手。便鄭重謝了商老太的好意，一口答應照辦。

傍晚時分，大雨止了，三名御前侍衛道了攪擾別過，商寶震送出門外。

那獨臂人攜了男孩之手，也待告辭，商老太向那男孩瞧了一眼，想起他怒斥苗夫人時那正氣凜然的神情，心道：「這小小孩童，居然有此膽識，倒也少見。」問道：「兩位要上何處？路上盤纏可夠用了？」獨臂人道：「小人叔姪流落江湖，四海爲家，說不上往那裏去。」商老太向那孩童細細打量，沉吟道：「兩位若不厭棄，就在這兒幫忙幹些活兒。咱們莊子大，也不爭多兩口人吃飯。」那獨臂人心中另有打算，一聽大喜，當

即拜謝。商老太問起姓名，獨臂人自稱名叫平四，那孩童是他姪兒，叫作平斐。

當晚平四叔姪倆由管家分派，住在西偏院旁的一間小屋中。二人關上門窗，平四醜陋的臉上滿是喜色，低聲道：「小爺，你過世的爹娘保佑，這兩張拳經終於回到你手上，當眞老天爺有眼。」平斐道：「平四叔，你千萬別再叫我小爺，一個不愼給人聽見了，平白的惹人疑心。」平四連聲稱是，從懷中掏出那油紙小包，雙手恭恭敬敬的遞給平斐。他倒不是對這孩子尊重恭敬，卻是想起了遺下兩頁拳經的那位恩人。

平斐問道：「平四叔，你跟那閻基說了幾句甚麼話，他就心甘情願的交還了拳經？」

平四道：「我說：『你撕去的兩頁拳經呢？苗大俠叫你還出來！』就這麼兩句說話。那時苗大俠便在他眼前，這是千載難逢的良機，他就有天大膽子，也不敢不還。」平斐沉吟一會，道：「這兩頁拳經爲甚麼在他那裏？你爲甚麼叫我記著他的相貌？他爲甚麼見苗大俠這般害怕？」

平四不答，一張臉抽搐得更加難看，淚水在眼眶中滾來滾去，強忍著不讓掉下。平斐道：「四叔，我不問啦。你說過等我長大了，學成了武功，再源源本本的說給我聽。我這就好好的學。」

於是叔姪倆在商家堡定居了下來。平四在菜園中挑糞種菜，平斐在練武廳裏掃地抹槍。馬行空在商家堡養傷，閒著就和女兒、徒兒、商寶震三人講論拳腳。他們在演武練拳的當兒，平斐偶然瞧上一眼，但絕不多看。

他們知道這黃黃瘦瘦的孩子很大膽，卻從沒想到他身有武功，因此當他偶而看上一眼的時候，不論是有數十年江湖經歷的馬行空，還是聰明伶俐的商寶震，從來不曾疑心過他是在留意拳法的奧妙。但他決不是偷學武藝。他心中所轉的念頭，馬行空他們更加想不到了。因為每當他看了他們所說的奇招妙著之後，總想：「那在搞甚麼鬼？這樣的招數，只好用來跟蠢才笨蛋胡混瞎纏，又怎打得到英雄好漢？」

因為他其實並不是姓平，而是姓胡，他的姓名不是平斐而是胡斐；因為他是胡一刀的兒子，那個和苗人鳳打了五日不分勝負的遼東大俠胡一刀的兒子；因為他父親曾遺給他記載著武林絕學的一本拳經刀譜，那便是胡家拳法和刀法的精義。

這本拳經刀譜本來少了頭上兩頁，缺了紮根基的入門功夫，缺了拳法刀法的總訣，因此不論他多麼聰明用功，總不能入門，練來練去，始終不對頭。現下機緣巧合，給閻基偷去的總訣找回了，本來碰得焦頭爛額拼命也走不通的處所，突然變成坦途大道，武功進境一日千里。

閻基憑著兩頁拳經上的寥寥十餘招怪招，便能稱雄武林，連百勝神拳馬老鏢頭也敗在他手下。胡斐卻從頭至尾學全了。當然，他年紀還小，功力還淺，許多精微之處還不了解。但憑著這本拳經刀譜，他練一天抵得徐錚他們練一個月。

何況，即使他們練上十年二十年，也學不到這天下絕藝的胡家拳和胡家刀。何況，拳經刀譜中間，更有幾頁是內功的精義，內功一深，即令是平庸之極的一招，出手時也有莫大威力。

73

每天半夜裏，他就悄悄溜出莊去，在荒野裏練拳練刀。他用一柄木頭削成的刀來練習，每砍一刀，就想像這要砍去殺父仇人的腦袋，雖然，他不知仇人是誰。但平四叔將來會說的，等他長大成人、武藝練好之後。

於是他練得更加熱切，想得更加深刻。拳經刀譜中的難處，一項一項的想明白了。

因為，最上乘的武功，是用腦子來練而不單是用手腳來練的。

這樣過了七八個月，馬行空的傷早就痊愈了。商老太知道商劍鳴雖一世英雄，但去世時兒子年幼，學不到多少八卦門武功，她知馬行空拳腳了得，便留他教導商寶震功夫。馬行空經惡鬥閻基一役之後，心灰意懶，只想及早退出江湖，好在半生奔波，稍有積蓄，鏢行便暫念不營業，眼見主人殷勤，也就住了下來。

商寶震沒拜他為師，只因商老太有這麼一股傲氣，八卦刀商劍鳴家傳絕藝，怎能去投外派師父？但馬行空感念他家護鏢的恩情，對商寶震如同弟子一般看待，只要是自己會的，他想學甚麼，就教甚麼，將拳技的精要傾囊以授。百勝神拳的外號殊非倖致，拳術上確有獨到造詣，這七八個月中，商寶震確實獲益良多。

馬行空也已看出來，商家堡並非臥虎藏龍，另有高人，只是那一日閻基為何匆匆而去，卻百思不得其解。有一次他偶然把話題帶到這件事上，商老太微微一笑，顧而言他。

這天午後，胡斐打掃了大廳和練武廳，溜出莊去，到後山林子中玩耍。他常於無人時馬行空知主人不肯吐露，從此絕口不提。

74

時在這裏練習輕功，追兔逐犬，飛身捕鵲，擲石扰鴉。這時正玩得高興，忽聽得商寶震的聲音說道：「馬老伯，那路通臂連拳，其中我還有好些不明白，請你指點。」胡斐忙鑽入一株柏樹後的長草叢中，聽得馬行空道：「好！錚兒、春兒，這路拳法你們練熟了的，便拆給商少爺瞧瞧！」

胡斐從草叢中向外望出來，只見馬春花解下了外罩衣衫，緊了緊腰帶，笑道：「師哥，請你手下留情。」徐錚嘻嘻一笑，說道：「好說，好說！師父，我們拳腳生疏了，請你指點。」馬行空道：「常言道：拳不離手，曲不離口。學了的拳腳怎麼可以生疏的？」徐錚應道：「是！」向馬春花一招手，躍入草場中間。

馬春花道：「拳招來啦！」左手輕輕一拳，徐錚舉右手一架，馬春花右臂倏地擊出，擊向徐錚面門，拳頭離他鼻子約有半尺。徐錚仰後相避。不料馬春花的右臂突然間似乎長了一尺，本來力道看來已盡，陡然間手臂不動，拳頭疾伸，啪的一下，正中徐錚鼻旁臉頰。徐錚「啊唷！」一聲，跳開兩步。馬春花笑道：「啊喲，師哥，對不起！」

商寶震拍手大笑，叫道：「好，好！通臂連拳，果然了不起！」

徐錚有心讓師妹一招，好討她歡喜，否則決不致連第一招最初步的通臂連拳也讓不開，聽得商寶震大聲喝采，見師父板起了臉不作一聲，便即轉身出拳，虎虎有風。師兄妹這一交上了手，徐錚更不相讓，畢竟他力大招沉，又多學了半年，馬春花漸漸抵擋不住，避讓稍遲，左肩上吃了一拳。她「唉唷」一聲呼叫，徐錚微笑道：「師妹，對不起。」轉頭向商寶震瞪眼相視，心道：「好小子，你瞧得仔細了！」商寶震側頭頭瞧著遠

處雲山，假裝沒瞧見他這一招。

馬行空道：「春兒，這通臂連拳嘛，最要緊的是要記得虛實之用。」走到徒兒和女兒身邊，虛擬拳腳，口中說道：「招數的名稱，當眞過招時不用記著，記了也是沒用。咱們說『鳳凰旋窩』、『燕子掠水』甚麼的，只不過教招時有個名目，我說之後，你們知道我使的是哪一招而已，當眞動手，你用『鳳凰旋窩』把對手打倒，還是用『燕子掠水』把對手打倒，半點兒也不相干。你心裏記著招數，反而把虛實之用給忘了。你只要見到他左肩這麼一沉，就知他右拳便要打將過來。又要瞧他右腰，倘若並不當眞使勁，他右拳這一下便是虛的，眞正實招卻在左手，左手拳這一下，可就結結實實，厲害得很了。通臂連拳雙臂忽左忽右，兩條手臂似乎串成了一起，倒像左臂可以連接到右臂上，有時右臂又可連接到左臂上。其實兩條手臂如何可以互相連通，只是轉換得快了，對手頭暈眼花，分不出虛實而已。

「你閃他的右手拳，往左一避，砰的一下，剛好湊上了他的左拳。

徐錚與馬春花對這路通臂連拳早就練得純熟，馬行空將商寶震叫過來，指點了拳招，著重解釋虛實之道，連比帶說，詳細解明。

胡斐聽了一會，心中暗暗好笑：「這老頭兒說的狗屁不通！跟人打架，那有牢牢記住這一拳是虛，那一腳是實的道理。我這拳明明是虛，忽然變做了實，有何不可？你以爲我這腳是實，快快閃避，我見你一避，實變爲虛，下一腳你以爲定是虛了，不閃不避，我偏偏變做了實，狠狠的在你屁股上一踹，你不跌個狗吃屎才怪？」

胡斐早知自己的家傳武功比馬行空高出百倍，饒是老鏢師名聞江湖，說甚麼「百勝神拳」，只要自己跟他一動手，三拳兩腳就能把他打倒在地，爬不起來。這時聽他向三個後輩一說拳腳之道，拘泥不化，更知他武功甚為有限，居然保鏢保了這麼久沒給人打死，當真運氣好得很了。其實馬行空也並非運氣合佳，他的武功確實造詣不凡，只因小胡斐自己學到了天下一等一的胡家武功，常言道：登泰山而小天下，他不知自己已登上了泰山，一眼望出來見到羣山低矮，便詫異不已，卻是他的見識小了。

馬行空教了好一會，便命三人試招。徐錚和商寶震倒是真打，商寶震武功根柢遠比徐錚高，通臂連拳雖是初學，但他乘著馬行空不住意時，忽然使出八卦門的掌法，夾在通臂連拳之中，徐錚莫名其妙的連中幾拳，鼻子流血，便退了開去。馬春花跟著再上，商寶震故意容讓，給她粉拳打了幾拳，見馬春花一腳掃來，大叫一聲「啊喲！」她腳未掃到，商寶震已先摔倒在地，馬春花這一腳才踢划他腿上。

徐錚大聲道：「我不練啦！你跟商少爺真真假假的玩吧！」轉身出林。馬行空臉色陰沉，「嘿」的一聲，跟著離去。商寶震有心要留下來跟馬春花說一會子話，馬行空卻道：「商少爺，你先回去，我歇一會兒再來。」商寶震道：「好！」見她臉色鄭重，不敢違拗，便跟著馬行空師徒回莊。

馬春花舒了幾口氣，自己展開拳腳，練了一會查拳。胡斐躲在草叢之中，見馬春花身形婀娜，一拳打出，衣袖上褪，露出半段手臂，雪白粉嫩，渾圓如玉，胡斐欲待多看一會，她衣袖垂了下來，將她手臂遮住了。只見馬春花左腿高高踢出，足尖幾乎過頂，

山東繭綢的褲筒垂了下來，露出她小腿的一段白肉。胡斐這時才十三歲，全不識男女之意，但情竇初開，已知欣賞女子的美色。馬春花青春美艷，十八九歲年紀，身材豐滿，皮膚白皙，雖非絕色美女，但艷麗非凡，不論那個男子見到，都忍不住要多瞧一眼。胡斐見到了她手臂和小腿的白肉，不禁從草叢中長起半個身子，要想瞧得更清楚一些。

馬春花練了一會查拳，喘氣重了，覺得倦了，見四下無人，仰天一摔，躺在草地之上，輕輕哼起小曲：「哥哥你走西口，小妹妹實在難留，手拉著哥哥的手，送哥送到大門口……有幾句知心的話，要和哥哥說從頭……」聲音嬌柔婉轉。胡斐一生之中，從來沒聽到過這般銷魂蝕骨的甜美情歌，情不自禁的伸出手去，拉住了一株灌木的樹枝。那樹枝堅硬有刺，荊刺刺入他的掌心，胡斐竟不覺得，似乎自己握住了馬春花的小手，正在聽她溫柔款款的叮囑：「有幾句知心的話，要和哥哥說從頭……」

他只盼馬春花跟著唱下去，唱的是幾句纏綿深情的情話，卻聽馬春花口齒模糊，重複著只唱：「有幾句知心的話，要和哥哥說從頭……」再唱幾句，歌聲變成了輕輕的鼾聲，天時溫暖，她出力練了拳腳之後，竟在草地上睡著了。

胡斐從草叢中輕輕爬出，站在馬春花身旁，只見她雙臂放在身側，仰天而睡，一叢黑髮散在腦後，額頭有幾粒細細的汗珠，雙眼閉住，長長的睫毛微微顫動，筆挺的鼻子下是張櫻色小口，嘴唇輕輕顫抖。胡斐胸中一股強烈衝動，長長的睫毛微微顫動，便想撲上去在她的小口上咬上一口，立即轉身便逃，一躍上樹，料想她即使立即醒來，也認不出自己，追不上自己。

這只是一時的孩子氣想法，但他無論如何不敢，心想：「馬姑娘知覺之後，既不理我，也不打我，只是一把將我推開，一句話也不說，回去跟馬行空、徐錚、商寶震、商老太他們說了，我回去跟馬去，大家見我便大笑，刮著臉羞我，那可如何是好？我只好投河自盡，人也不要做了，平四叔也不敢見了！」他站在馬春花身旁，只見她高聳的胸部隨著呼吸而起伏，向下瞧去，見她短衣聳了上來，露出紅色肚兜兩三寸長的粉紅緞子邊緣，粉紅邊下面是兩三寸白嫩的肚皮。他不敢再向下看了，眼光上望，見到她衣領解開了，露出又白又嫩的頭頸，頸中掛著條細細的黃金鍊子，垂向胸前。

胡斐心中頻頻亂跳，似乎聽到了自己心跳的聲音，心中只想：「馬姑娘要是肯讓我親親她的臉，親親她雪白的頭頸，不推開我，不笑我，不論要我做甚麼都可以。我肯變成隻小狗，伏在她腳邊……她要跟爹爹保鑣，不管有多兇狠的強人來劫鑣，都由我去打發。她師哥不行，那商少爺也沒用，只有我小胡斐能為她出力，就算有一千一百個武功挺高的強人，也只有我胡斐能挺身保護她周全。強人將我砍得周身是傷，但終於給我殺退了，馬姑娘拉著我的手，唱著：『有幾句知心的話，要和哥哥說從頭……』不，不！她比我大，只能唱：『有幾句知心的話，要和弟弟說從頭……』她摸著我全身流血的傷口，流著眼淚說：『弟弟，你為我受這麼多傷，殺退了強人，我不知怎麼報答你才好……』」

他痴痴的望著馬春花櫻紅的小嘴，滿腦子胡思亂想。突然間只見那小嘴緩緩張開，嘴角邊顯現嬌媚的微笑，露出兩排雪白晶瑩的牙齒，嘆了口長氣。胡斐只覺這微笑說不

出的好看，他完全不懂，這是女子在思念情郎，要引得情郎來摟抱自己的笑容。只見她雙臂伸起，虛摟著空中的一個幻影，雙袖下垂，露出兩條雪白的胳臂。

胡斐大驚，急忙轉身，飛步疾奔，到了一株大松樹下，一躍而起，踏上枝幹，藏身枝葉之間，只見馬春花坐起身來，跟著站起，嘴裏輕輕哼著：「哥哥，你這一去，甚麼時候再來喲……」一面低唱，一面慢慢出林去了。他可不知，在馬春花心中，全沒半點這個又黃又瘦的小廝影子。她不會夢到商寶震，也不會夢到徐錚，她夢到的，是那日在戲台上見到的那個扮相俊雅、滿身錦繡、眉清目秀的美貌公子。

馬行空年老血虧，晚上睡得不沉，這一日三更時分，忽聽得牆外咯喇一響，是誰無意中踏斷了一根枯枝。馬老鏢頭一生闖蕩江湖，聲一入耳，即知有夜行人在屋外經過，但只這麼一響，再無聲息，竟聽不出那人向東向西，還是躲在牆上窺伺。他雖在商家堡作客，但主人於己有恩，平日相待情意深厚，他已把商家堡的安危瞧得跟自己的家一般重，當下悄悄爬起，從枕底取出金絲軟鞭纏在腰間，輕輕打開房門，躍上牆頭，突見堡外黑影晃動，有人奔向後山。

他一瞥之下，見此人輕功頗為了得，心下尋思：「莫非那闖基心猶未死，又來作怪？此事由我身上而起，姓馬的豈能袖手？」當即躍出牆外，腳下加快，向那黑影去路急追，奔出數十丈，卻已不見了黑影蹤跡，心中一動：「不好，別要中了敵人調虎離山之計。」急忙飛步撲回商家堡。來到堡牆之外，但聽四下裏寂靜無聲，稍感放心，但仍

80

疑惑：「適才此人身手不凡，實是勁敵。瞧他身形瘦小，與那盜魁閣基大不相同，不知是江湖上甚麼好手到了？」

他抓住軟鞭，在掌上盤了幾轉，弓身向莊後走去，要察看個究竟。窗出十餘丈，將到莊院盡頭，忽聽西首隱隱有金刃劈風之聲。馬行空暗叫一聲：「慚愧，果然有人來襲，卻不知跟誰動上了手？」雙足一點，身形縱起。百勝神拳年紀雖老，身手仍極矯捷，左手在牆頭一搭，一個倒翻身，輕輕落入牆內，循聲過去，聽聲音是從後進的一間磚屋中發出。但說也奇怪，二人一味啞鬥，既沒半聲吆喝叫罵，兵刃亦不碰撞。他心知中間必有蹊蹺，先不衝進相助，湊眼到窗縫巾一張，不禁險此失笑。

但見屋中空空蕩蕩，桌上一燈如豆，兩個人各執鋼刀，盤旋來去的激鬥，一個是少主人商寶震，另一個卻是他母親商老太太，母子倆正在習練刀法。

他只瞧了片刻，不由得倒抽一口涼氣，只見商老太太出手狠辣，刀法精妙，固與日間的龍鍾老態大不相同，而商寶震一路八卦刀使將出來，也虎虎生風。原來非但商老太平時深藏不露，商寶震也故意隱瞞了武功。他平日教商寶震的只是拳腳，刀法自己並不擅長，商寶震也從來不提，想不到這少年兵刃上的造詣竟著實不低。

他悄立半晌，想起十四年前在甘涼道上與商寶震的父親商劍鳴動手，讓他砍了一刀，劈了一掌，養了三年傷方得康復，自知與他功夫大相差太遠，此仇難報，甘涼道一路從此絕足不走。此時商劍鳴已死，商老太於己有恩，昔日的小小嫌隙早已不放在心上，那知今日中夜，又見仇人的遺孀孤兒各使八卦刀對招。

他思潮起伏：「商老太的武功實不在我之下，何以她竟然半點不露痕跡？她留我父

女在莊，是否另有別情？」凝思片刻，再湊眼到窗縫中時，見母子二人刀法已變，各使

八卦遊身刀法，滿室遊走，刀中夾掌，掌中夾刀，越打越快，打到第六十四招「收勢」，

二人向後躍開，母子倆依足了規矩，各自舉刀致敬，這才垂下刀來。商老太不動聲色，

在青燈之下臉泛綠光。商寶震卻已滿臉通紅，呼呼喘氣。

商老太沉著臉道：「你的氣息總是難以調勻，進境這樣慢，哪一年哪一天才報得你

爹爹大仇？」馬行空心中一凜，見商寶震低下了頭，甚有愧色。商老太又道：「那苗人

鳳的武功你雖沒見到，他拉車的神力總親眼目睹的了。胡一刀的功夫不在苗人鳳之下。

這苗胡二賊的武功，你此刻跟他們天差地遠，但只要勤學苦練，每過得一日，你武功長

一分，這二賊卻衰老了一分，終有一日，要將二賊在八卦刀下碎屍萬段。」

馬行空心想：「這母子二人閉門習武，不知胡一刀早於十多年前便死了。」只聽商

老太嘆了口長氣，說道：「唉，你這孩子，我瞧你啊，這幾日為那馬家的丫頭神魂顛

倒，連練功夫也不起勁了。」

馬行空一驚：「難道春兒和他有了甚麼苟且之事？」但見商寶震滿臉通紅，辯道：

「媽，我見了馬姑娘總規規矩矩的，話也沒跟她多說幾句。」商老太哼了一聲，說道：

「你吃誰的奶長大？心裏打甚麼主意，難道我還不明白？你看中馬家姑娘，那不錯，她人

品武藝，我很合意。」商寶震很高興，叫了聲…「媽！」商老太左手一揮，沉著嗓子

道：「你可知他爹是誰？」商寶震一愕道：「難道不是馬老鏢頭？」商老太道：「誰說

不是？你卻可知馬老鏢頭跟咱家有甚牽連？」商寶震搖搖頭。

商老太道：「他是爹的仇人。」商寶震大出意料之外，不禁「啊」了一聲。

馬行空不由得發抖，但聽商老太又道：「十四年前，你爹在甘涼道上跟馬行空動手。想你爹英雄蓋世，那姓馬的豈是他對手？你爹砍了他一刀，劈了他一掌，將他打得重傷。但那姓馬的亦非平庸之輩，你爹在這場比武中也受了內傷。他回得家來，傷未平復，咱們的對頭胡一刀深夜趕上門來，將你爹害死。若非你爹跟那姓馬的事先有這一場較量，嘿嘿，八卦刀威震江湖，諒那胡一刀怎能害得你爹？」

她說到最後這幾句話時語音慘厲，嗓子嘶啞，聽來極為可怖。

馬行空一生經過不少大風大浪，此時聽來卻不寒而慄，心想：「胡一刀何等功夫，你商劍鳴就算身上無傷，也難逃此劫。老婆子心傷丈夫慘死，竟遷怒於我。」

只聽商老太又道：「陰差陽錯，這老兒竟會趕鏢投來我家。這商家堡是你爹親手所建，怎容鼠輩在此放肆劫鏢？但你可知我留姓馬的父女在此，有何打算？」商寶震聲音發顫，道：「媽……你……你要我為爹報仇？」商老太厲聲道：「你不肯，是不是？你是看上了那姓馬的丫頭，是不是？」

商寶震見母親眼中如要噴出火來，退後了兩步，不敢回答。

商老太冷笑道：「很好。過幾天我給你跟那姓馬的提親，以你的家世品貌，諒他決無不允。」

這幾句話卻教馬行空和商寶震都大出意料之外。馬行空隔窗看到商老太臉上切齒痛

83

恨的神氣，微一琢磨，全身寒毛根根直豎：「這老太婆用心好不狠毒！她殺我尚不足以洩憤，卻要將我花一般的閨女娶作媳婦，折磨得她求生不得，求死不能。天可憐見，教我今晚隔窗聽得她母子這番說話，否則……我那苦命的春兒……」

商寶震年輕識淺，卻全不明白母親這番深意，又歡喜，又詫異，想到母親肯為自己主持這門親事，歡喜倒有九分，只剩下一分詫異。

馬行空只怕再聽下去給商老太發覺，凝神提氣，悄悄走遠，回到自己屋中時抹了額頭一把冷汗，猛然想起：「那奔到後山的瘦小黑影卻又是誰？」

第二天午後，馬行空穿了長袍馬褂，命商寶震請母親出來，有幾句話商量。商寶震又驚又喜，心想：「難道母親這麼快就已跟他提了親？瞧他這副神氣打扮，那可不同尋常。」請母親來到後廳，和馬行空分賓主坐下，自己下首相陪。他望望母親，又望望馬行空，一顆心怦怦直跳，但聽馬老鏢頭道謝護鏢之德，東道之誼，商老太滿口謙詞，只盼他二人說到正題，但兩個言來語去，儘是客套。

說了好一會，馬行空才道：「小女春花這丫頭的年紀也不小了，我想跟商老太商量一件事。」商寶震心中怦的一下大跳。商老太大是奇怪：「卻也沒聽說女家先開口來求親的。」說道：「馬老師儘說不妨，咱們自己人，還拘甚麼禮數？」馬行空道：「我除了這丫頭，一生就收得一個徒弟。他天資愚鈍，性子又鹵莽，但我從小就當他親兒子一般看待。這孩子跟春兒也挺合得來，我就想在貴莊給他二人訂了這頭親事。」

84

商寶震越聽越不對，聽到最後一句話時，不自禁的站起。商老太心下大怒：「這老兒好生厲害，定是我那不中用的兒子露了破綻。」當下滿臉堆歡，連聲「恭喜」，又叫：「孩兒，快給馬老伯道喜！」商寶震腦中胡塗一片，呆了一呆，直奔出外。

馬行空又和商老太客氣好一陣子，才回屋中，將女兒和徒兒叫來，說今日要給二人訂親。徐錚大喜過望，笑得合不攏嘴來，馬春花紅暈雙頰，轉過了頭不作聲。馬行空說道：「咱們在這兒先訂了親。至於親事嘛，那是得回咱自個家去辦的了。」他知女兒和徒兒心中藏不住事，昨晚所聞所見，半句不提。

馬春花嬌憨活潑，明艷動人，在商家堡這麼八個月一住，商寶震和她日日相見，竟教他一縷情絲，牢牢的縛在這位姑娘身上。他剛得母親答允要給自己提親，料想事無不諧，雖聽母親說與馬家有仇，但想大仇人畢竟是胡‧刀與苗人鳳，馬家之仇自己從中調處，日久之後，必能化解，正在滿懷喜悅之際，突然聽到了馬行空那幾句晴天霹靂一般的言語。他獨自坐在房中，從窗中望出去，呆呆的瞧著院子中一株銀杏，真難相信適才聽到的話竟會是馬行空口中說出來的。

他喪魂落魄，也不知過了多少時候，直至一名家丁走進房來，說道：「少爺，練武的時候到啦，老太太等了你半天呢。」商寶震一驚，暗叫：「糟糕，胡裏胡塗的誤了練武時候，須討一頓好罵。」從壁上摘下了鏢囊，快步奔到練武廳中。

只見商老太坐在椅中，神色如常，說道：「今兒練督脈背心各穴。」轉頭向兩名持牌的家丁叫道：「將牌兒拿穩了，走動！」商寶震暗暗納罕：「馬老師說這等話，怎地

媽毫不在乎？」但商老太平日訓子極嚴，練武之際尤其沒半點寬縱，稍一不慎，打罵隨之，商寶震取金鏢扣在手裏，不敢胡思亂想，凝神聽著母親叫穴。

只聽商老太叫道：「苗人鳳，命門、陶道！」商寶震右手雙鏢飛出，正中木牌上所繪人形背心兩穴。商老太又叫：「胡一刀，大椎、陽關！」商寶震左手揚起，認明穴道，登登兩聲發出，「大椎穴」打準了，「陽關穴」卻稍偏了些，突然間見到木牌有異，一聲驚噫脫口而出，定睛看時，見木牌上原來寫著的「胡一刀」三字已然不見。他招手叫那持牌家丁過來，待那木牌拿近，看清楚「胡一刀」三字已給人用利器刮去，卻用刀尖刻了歪歪斜斜的「商劍鳴」三字，這一來適才這兩鏢不是打了仇人，卻是打中了自己父親。商寶震又急又怒，反手一掌，將那家丁打落兩枚牙齒，跟著飛起一腳，將他踢倒。

商老太叫道：「且住！」心想這莊丁自幼在莊中長大，怎能如此大膽，此事定是外人所為，心念一動，立時想到馬行空師徒三人，說道：「請馬老師他們三個來說話。」

商寶震本來為人精細，今日婚事不成，失意之下，鹵莽出手，聽母親叫請馬老師，立知打錯了人，忙將那莊丁拉起，說道：「打錯了你，別見怪。」伸手去拔牌上人形穴道中的金鏢。商老太伸手攔住，說道：「慢著！就讓他得意一下，又有何妨。」轉頭吩咐莊丁，到老爺靈堂中取紫金八卦刀來。

馬行空師徒三人走進廳來，見練武廳上人人神色有異。馬行空暗吃一驚：「這老婆子好厲害，一時三刻即便翻臉。」雙手一拱，說道：「老太太呼喚，不知何事？」商老

86

太冷笑道：「先夫已然逝世，馬老師往日雖有過節，卻也不該拿死人來出氣啊。」馬行空一呆，笑道：「在下愚魯，請商老太明示。」商老太向那木牌上一指，道：「馬老師是江湖上響噹噹的好漢子，這般卑鄙行逕，想來也不屑爲，請問是令愛所幹的呢，還是賢高徒的手筆？」說著雙目閃閃生光，向馬家三人臉上來回掃視。馬春花從未見過她如此凜然有威，甚爲驚詫。

馬行空見木牌上改了人名，也大爲駭異，朗聲道：「小女與小徒雖然蠢笨，但決不敢如此胡鬧。」商老太大聲道：「那麼依馬老師之見，是商家堡自己人幹的勾當了？」馬行空想起昨晚所見的那瘦小人形，說道：「只怕是外人摸進莊來，也是有的。在下昨晚……」商老太攔斷話頭，厲聲喝道：「難道會是胡一刀那狗賊自己，來做這鬼祟的勾當？」一言甫畢，突然人圈外一人接著叫道：「不敢去找眞人動手，卻將人家名字寫在牌上出氣，這才是卑鄙行逕，鬼祟勾當！」

商老太坐在椅上，瞧不見說話之人是誰，但聽到他聲音尖細，叫道：「是誰說話？你過來！」只見兩名莊丁給人推著向兩旁一分，一個瘦少年走上前來，正是胡斐。

這一下當眞奇峯突起，人人大出意外。商老太反放低了嗓子，說道：「阿斐，原來是你。」胡斐點頭道：「不錯，是我幹的。馬老帥他們全不知情。」商老太問道：「你這麼幹，爲了甚麼？」胡斐道：「我瞧不過眼！是英雄好漢，就不該如此。」

商老太點頭道：「你說得對，好孩子，你挺有骨氣。你過來，讓我好好瞧瞧你。」說著緩緩伸出手去。胡斐倒不料她竟會不怒，便走近身去。商老太輕輕握住他雙手，低

87

聲道：「好孩子，眞是好孩子！」突然間雙手一翻，一手扣住他左腕「會宗穴」，一手扣住他右腕「外關穴」。

她這一翻宛似電光石火，胡斐全未防備，登時全身酸麻，動彈不得。若憑他此時武功，商老太又怎能擒得他住？但他畢竟全無臨敵經驗，不知人心險詐，雙腕既入人手，空有周身本事，卻已半分施展不出。商老太一拿之下，便知他筋骨著實有力，唯恐他掙扎，飛腳又踢中他「梁門穴」，命莊丁取過鐵鍊麻繩，牢牢將他手足反綁了，吊在練武廳中。

商寶震取過一根皮鞭，夾頭夾腦先打了他一頓。胡斐閉口不響，既不呻吟，更不討饒。商寶震連問：「是誰派你來做奸細的？」問一句，抽一鞭，又命莊丁去看住平阿四，別讓他跑了。他滿腔憤恨失意，竟似要盡數在胡斐身上發洩。

馬春花和徐錚見胡斐頭臉已全是鮮血，心下不忍，幾次想開口勸阻，但馬行空連使眼色，神色嚴厲，命二人不可理會。

商寶震足足抽了三百餘鞭，終究問不到主使之人，眼見再打下去便要把他活活打死，這才拋下鞭子，罵道：「小賊，是奸賊胡一刀派你來的是不是？」胡斐突然張嘴哈哈大笑。他這樣一個血人兒，居然尚有心情發笑，而且笑得甚爲歡暢盡意，並無做作，更大出衆人意料之外。商寶震搶起鞭子，又待再打，馬春花再也忍耐不住，大叫道：

「不要打了！」商寶震的皮鞭舉在半空，望著馬春花的臉色，終於緩緩垂下。

胡斐身上每吃一鞭，就恨一次自己愚蠢，竟不加防備而自落敵人之手，當時全身皮

開肉綻，痛得幾欲昏去，忽聽馬春花「不要打了」四字出口，睜開眼來，見她臉上滿是同情憐惜之色，不由得大是感激。

商老太見兒子為女色所迷，只憑人家姑娘一句話便即住手停鞭，惱怒異常，鼻孔中微微一哼，卻不說話。馬行空道：「商老太，你好好拷打盤查，總要問個水落石出。春兒、錚兒，咱們出去吧！」隨即向商老太一抱拳，領著女兒徒弟，走了出去。

馬春花出了練武廳，埋怨父親道：「爹，打得這麼慘，怎麼見死不救，還教她好好拷打？」馬行空道：「江湖上人心險惡，女孩兒家懂得甚麼？」

對父親這幾句話，馬春花確是不懂，這天晚上想到胡斐全身是血的慘狀，心中難受，睡到四更時分，翻來覆去的再也睡不著了，悄悄爬起，從百寶囊中取出一包金創藥，出房門，向練武廳走去。

走到廊下，只見一個人影踱來踱去，長吁短嘆，聽聲音正是商寶震。這時他也瞧見了馬春花，停步不動，低聲道：「馬姑娘，是你麼？」馬春花道：「是啊！你怎還不睡？」商寶震搖頭道：「遭逢今日之事，我怎麼睡得著？你怎麼不睡？」馬春花說道：「我跟你一樣，也牽掛著今日之事，心裏難受。」她所說的「今日之事」，是指胡斐遭打。商寶震所說的卻是指她對我甚有情意，她終身許配給那姓徐的蠢才，實是迫於父命，無可奈何。」當下大著膽子，上前一步，柔聲叫道：「馬姑娘！」

抖，暗想：「她果然對我甚有情意，她終身另許他人，這時聽她說『心裏難受』，不由得身子發打。商寶震所說的卻是指她對我甚有情意，她終身許配給那姓徐的蠢才，實是迫於父命，無可奈何。」當下大著膽子，上前一步，柔聲叫道：「馬姑娘！」

馬春花道：「嗯，商少爺，我想求你一件事。」商寶震道：「你何必求我？你要我做甚麼，我就給你做甚麼，就要我當場去死，把我的心掏出來給你看，那也成啊。」這幾句話說得情熱如沸，其實他心中想說已久，卻一直不敢啓唇，這時想到好事成空，她又半夜裏出來細訴衷情，終於忍耐不住。

馬春花聽他這麼說，不禁愕然，平日但見他對自己溫文有禮，只道他是大家公子，生性如此，實不知對自己竟懷如此深情，一呆之後，笑道：「我要你死幹甚麼？」商寶震四下張望，怕在此處就得久了給旁人見到，低聲道：「這裏說話不便，咱們到牆外去。」馬春花點點頭，兩人越牆而出。

商寶震攜著她手，走到一排大槐樹下並肩坐下。馬春花輕輕將手縮回，道：「商少爺，那你是肯答允我了？」商寶震伸出手去握住她手，道：「你說便是，何必問我？」馬春花又將手從他手中縮回，說道：「我請你去放了阿斐，別再難為他了。」商寶震伸出手去握住她手，道：「你說便是，何必問我？」

這時樹頂上歡歡一動，但二人均未在意。她此言出口之先，商寶震盡想著田歸農和苗夫人的私情，滿腔熱望，只盼她求自己帶她私奔逃走，此舉要背棄母親，既傷母子之情，且從此失卻商家堡的庇護，兩手空空，委實非同小可，但心中對馬春花愛戀情熱，再大的危難也再不顧忌，自是一口答允，豈知她所求的竟是去放那小賊，不禁大為失望，一時黯然不語。

馬春花道：「怎麼？你不肯答允？」商寶震道：「你既喜歡，我總答允的，拚著給媽責罵便是了。」馬春花大喜，道：「謝謝你，謝謝你！」站起身來，道：「那麼咱

們去放他吧。」商寶震求道：「再在這兒多坐一會。」馬春花覺他既然答允放人，不便拂他之意，重又坐回。商寶震道：「你的手讓我捏一會兒。」馬春花想到他情痴一片，也甚可憐，嫣然一笑，伸手讓他握著。

商寶震輕輕握著她柔膩潤滑的小手，感慨萬端，險些要掉下淚來。過了半晌，馬春花道：「阿斐給你吊著，多可憐的，你先去放了他，我再給你握一會兒，好不好？」說著縮手站起。商寶震嘆了口氣，跟著站起。

突聽得樹頂颯然有聲，一團黑影飛躍而下，站在兩人面前，笑道：「不用你放，我早出來啦！」馬商二人大吃一驚，待得瞧清楚眼前之人瘦瘦小小，竟是胡斐，心中的驚駭都變成了奇怪，齊聲問道：「誰放你的？」胡斐笑道：「我何必要人放！我愛出來便出來了。」

他給商老太點了穴道，過了四個時辰，穴道自解，那鐵鍊麻繩再也縛他不住。他使出收肌縮骨之法，從鍊索中輕輕脫出，幸好鞭子打得雖重，卻僅為肌膚之傷，並未損到筋骨。他活動了一下手足，待要去救平阿四，卻聽得馬商二人說話和越牆出外之聲，當下搶在頭裏，躲在樹頂偷聽。他輕功高超，那二人又在全神貫注的說話，並未知覺。他先前見馬春花美麗，知好色而慕少艾，只是少年人無知無識的一時情熱，待聽得馬春花為自己而向商寶震求情，感激之情自此銘心刻骨，再難忘懷。

商寶震聽他說自己出來，那裏肯信，疑心大起：「定是又有奸細混入了商家堡來？」胡斐吃了他幾百鞭子，這口怨氣如何能忍？身形晃處，左右開弓，啪的搶上去抓他胸口。

啪啪啪，霎時之間連打了他四個耳光。

商寶震急忙伸手招架，胡斐左手一晃，心道：「這是虛招！」引得他伸手來格，說道：「實招來啦！」右手砰的一拳，迎面正中他的鼻子，立時鮮血長流。商寶震「啊」的一聲，胡斐跟著起腳一鉤，商寶震急忙躍起，那知對手連環腳踢出，乘他人在半空，下盤無據，跟著一腳，將他踢了一個觔斗。胡斐心道：「虛實兼出，諒你師父也不懂！」

這幾下快捷無倫，待得馬春花看清楚時，商寶震已連中拳腳，給踢翻在地。

胡斐氣猶未洩，瞪著馬春花在旁，再打下去她定要出面干預，她對自己一片好心，大丈夫恩怨分明，只要她一句話，自己焉能不聽？當即拍手叫道：「姓商的小狗賊，你敢追我麼？」說著轉身便逃。

商寶震莫名其妙的中了他拳腳，只因對方出手太快，還道自己疏神，不信他一個小小孩童，竟能勝過自己八卦門的家傳神功，兼之心上人在旁，這臉如何丟得下？當下發足便追。胡斐輕功遠勝於他，逃一陣、停一會，待他追近，又向前奔，轉眼間便奔出七八里地，見馬春花雖然跟來，卻已遠遠拋在後面，立定腳步，說道：「姓商的，今日小爺中了你母親的奸計，這才受辱，現下讓你見識見識小爺的本事。」說著身形飛起，如一隻大鳥般疾撲過去。

商寶震從未見過這般打法，嚇得急忙閃避。胡斐左足在地下微微一點，身子已轉過方向，跟著進撲。這時商寶震待要再讓，卻已不及，當下喝道：「來得好！」雙掌併擊，正是他家傳八卦掌的厲害家數。胡斐左手在他掌上一搭，一拉一扭，商寶震手腕劇

痛，若非回縮得快，雙手手腕立遭扭斷。胡斐左拳平伸，砰的一聲，擊中他右胸，跟著起腳，又踢中他小腹。胡斐研習父親所遺拳經，今日初試身手，對手竟沒絲毫招架餘地。

此刻商寶震全身縮攏，雙手護住頭臉，只有挨打的份兒，苦練了十多年武功，在這少年手下，竟半點施展不出，心中又氣惱，又胡塗。胡斐左腿虛晃，待他避向右方，右腳倏地踢出，正中他右腰「京門穴」。商寶震站立不住，撲地倒了。胡斐剝下他長衫，撕成幾片，將他手腳反轉縛住，本要將他吊在路旁的柳樹之上，但他人小，力氣不夠提上樹去，看準了一個大椏枝，抓起商寶震來，大喝一聲：「去你媽的！」力貫雙臂，將他擲上，正好擱在椏枝之間。

胡斐折下七八根柳條，當作鞭子，一鞭鞭往他頭上抽去，商寶震又驚又怒，知他一報還一報，只得咬緊牙關忍受。堪堪打了三四十鞭，馬春花急奔趕到，眼見二人情景，大是驚詫，一時說不出話來。

胡斐笑道：「馬姑娘，我不用你求告，就饒了他！」說著哈哈大笑，雖是個十餘歲少年，但言語舉止，竟豪氣逼人。他隨手將柳枝遠遠拋出，大踏步便走。馬春花叫：

「小朋友，你到底是誰？」

胡斐轉過頭來，朗聲答道：「姑娘見問，不得不說。我便是大俠胡一刀的兒子胡斐！」說罷縱聲長笑，片刻間背影已在柳樹後隱沒。

「我便是大俠胡一刀的兒子胡斐！」

過了好一會，馬春花叫道：「商少爺，你能下來麼？」商寶震用力掙扎，掙不脫腳上的綁縛，大是羞慚，明明是不能下來，這句話卻又怎能出口？只脹紅了臉不作聲。馬春花道：「你別動，小心摔下來。我上來助你。」縱身躍高，想要拉住樹幹攀上，但那樹幹甚高，這一躍沒能抓住，當下手足並用，爬上樹幹。

爬到樹幹中間，忽聽得馬蹄聲響，一行人自北而來。此時晨光熹微，天將黎明，馬春花心道：「怎地這早就有人趕路？」轉瞬之間，一行人已來到樹下，共是人馬九乘。

那九人見一個大姑娘爬在高樹之上，都感詫異，一齊勒馬觀看。馬春花嗔道：「有甚麼好瞧的？走你們的吧！」那九人也不理睬，再看到樹頂綁著一個青年男子，更覺奇怪。

馬春花未到樹頂，提氣上躍，左手已在半空中抓住一根樹枝，一拉之下，借勢翻上，竄到了商寶震身旁。樹底下兩個男人齊聲喝采：「好俊的輕身功夫！」馬春花將商寶震手腳上的布條解開，低聲道：「沒受傷麼？」她這句柔聲相詢，商寶震聽了大慰，道：「沒甚麼。」拉住樹枝一盪，從數丈高處輕輕躍下。馬春花跟著下來，見馬上九人指指點點，肆無忌憚的好生無禮，不禁心下惱怒，向他們橫了一眼。

只見九人有老有少，衣飾都頗華貴，個個腰挺背直，豪健驃悍。只居中一位青年公子面目清秀，丰神俊朗，容止都雅，約莫三十二三歲年紀，身穿一件寶藍色緞袍，頭戴瓜皮小帽，帽子正中縫著一塊寸許見方的美玉。馬春花從小就在鏢行，自識得珠寶，這

時相隔數丈，仍可看到那塊美玉瑩然生光，知道是價值連城的寶物，他這麼隨隨便便的縫在帽上，也不怕失落，心中好奇，不由得向他多望了一眼。

那公子見她明艷照人，身裁婀娜，心中一動，向身旁一個中年漢子低聲說了幾句。

那漢子點點頭，突然縱聲大笑，高聲道：「你這小賊定是偷了人家東西，給高高吊在樹上。」一個老者笑道：「你說偷了甚麼？怎麼他妹子又這麼巴巴的來救他？」語帶輕薄，神色浮滑。

商寶震本已滿腔怒火難以發洩，聽了這些言語，突然縱身上去，啪的一聲，打了這老者一個耳光。那老者騎在馬上，和他相隔丈餘，他一躍之間就打到人家耳光，倒也大出諸人意料之外。眾人不自禁的勒馬退後，愕然相顧。那老者不提防受辱，如何忍得下這口氣？立即閃身下馬，伸手來抓他衣襟。商寶震反手一勾，拿他手腕。那老者也是身有武功，以抓變掌，掌底穿拳。二人在大路旁鬥了起來。

商寶震雖讓胡斐打了一頓，也沒傷到筋骨，一來意中人在旁觀鬥，二來屈氣難伸，將家傳八卦掌施展出來，越來越狠。那老者招接不住，肩頭連中兩掌，跟跟蹌蹌的退開幾步。他一定神待要再上，馬上一人叫道：「老張你退下，這小子有點兒邪門。」

話聲甫畢，一個人影輕飄飄的從背上躍了下來。那老者當即閃開。商寶震和馬春花見此人身手了得，不禁都留上了神。但見他一張紫膛臉，神態威猛，身材魁梧，站著比商寶震要高出大半個頭。他雙手負在背後，向商寶震打量，問道：「你是八卦門的麼？你師父姓褚還是姓商？」一副傲慢的神色，全沒把對方放在眼裏。

95

商寶震大怒，喝道：「你管得著麼？」那人微微一笑，說道：「天下只要是八卦門的，我們就管得著。」商寶震為人本來精細，但此番連受挫折，盛怒之下，沒細想他這言語中的含意，一招「劈雷墜地」，往他膝蓋上擊去，出手甚是迅疾。

那人微微一笑，右手輕揮，向左踏了一步，登時將他這一擊化解了。商寶震「遊身八卦掌」一經施出，再不停留，腳下每一步都按著先天八卦的圖式，轉折如意，四梢歸一，繞著對方急速奔跑，一掌掌越打越快。那大漢雙手出招極短，只比著招式，始終不與商寶震手掌相觸，但他所出的每一招，卻無一不是商寶震掌法的剋星，往往令他招式未曾使足，便迫得收掌變勢。霎時間，商寶震打出了四十餘掌，竟沒一掌帶到他一點衣角。與那大漢同來的人，看得心曠神怡，不住口的喝采。

商寶震焦躁起來，奔跑更速，掌法催緊。那大漢仍好整以暇，面露微笑，雙掌或揮或按，便如是獨個兒練拳一般。此時商寶震已然瞧出，對方出招雖然極短，腳下卻也按著先天八卦圖式，方位絲毫不亂。他曾聽母親說過，八卦門中有一項極精深的「內八卦」功夫，只有將外八卦功夫練至登峯造極之後，方能起始學練，那時以靜制動，克敵機先，差不多就無敵於天下了。眼前此人明明讓著自己，但只要他當真一出手，一招就能將自己打倒。他越想越惶恐，縱步後躍，躬身抱拳，說道：「晚輩有眼不識泰山，原來是本門前輩到了！」說著深深打躬。

那人微微一笑，仍然問道：「你師父姓褚還是姓商？」商寶震曾得母親囑咐，在人前千萬不可吐露身分，以防對頭知悉，挫折了報仇大事，不禁躊躇不答。那人笑道：

96

「你掌法門戶開闊，瞧來是商劍鳴師兄一派了。大哥，你說是不是？」最後一句話是向馬

上一個老者而說。那老者年近五十，翻身下馬，向商寶震道：「你師父呢？引我們去

見。我是你師叔，這位是我兄弟，你拜師叔吧。」說著哈哈大笑。

商寶震知道父親的師父是威震河朔王維揚，是北京鎮遠鏢局總鏢頭，眼前這人自稱

姓王，又是八卦門高手，看來是自己師叔，定然不假了。但他生性精細，加問一句：

「兩位跟威震河朔王老鏢頭是怎生稱呼？」王氏兄弟相顧一笑。那老者道：「那是咱哥兒

倆的先父。你還不信麼？商師哥呢？」

商寶震更無遲疑，撲翻在地，磕了幾個頭，」稱師叔，說道：「先父早已去世，師

叔當年沒接到訃告麼？」

那年老的武師名叫王劍英，他兄弟名叫王劍傑，都是王維揚的兒子。王維揚當年憑

一對八卦掌、一把八卦刀威震江湖綠林。黑道中有一句話道：「寧見閻王，莫碰老王」，

端的是名揚天下，早已逝世多年。商劍鳴雖是他門下，但師徒間情誼平常，離師門後少

通音問。王氏兄弟又在官府當差，青雲得意，從來就沒將這個身在草野的同門師兄放在

心上。因此山東和北京雖相隔不遠，商劍鳴逝世的訊息王氏兄弟竟然不知。

王劍英嘆了口氣，回身向那青年公子說了幾句話。那公子眼角向馬春花斜睨一

眼，歡然點頭。王劍英向商寶震道：「你家住此不遠吧？你帶我兄弟到你父親靈前一

拜。我們師兄弟一別二十餘年，想不到從此不能再見。」他頓了一頓，伸手向那公子一

張，說道：「你來拜見福公子，我們都在公子手下當差。」

商寶震見那公子氣度高華，想是京中的貴介公子，這才收得王氏兄弟這等豪傑為他當差，當即上前躬身下拜。福公子只擺擺手，說聲：「請起！」卻不回禮。商寶震心中微微有氣：「好大的架子！你當真是皇帝老子不成？」

一行人來到商家堡時，堡中已發覺胡斐逃走，正到處找尋。商寶震入內報訊，商老太聽說先夫的同門師弟來到，又驚又喜，急忙出迎，將胡斐的事暫且擱在一旁。

王劍英給商老太引見。這九人之中，倒有五個是武林中的一流高手，除王氏兄弟外，還有太極門的陳禹、少林派的古般若、天龍門南宗的殷仲翔。陳禹和殷仲翔在江湖上名聲早顯，古般若年紀輕些，但見他雙目有神，伸出手來乾如枯木，手指堅挺，定是外家的一把好手。其餘三人是福公子的親隨侍僕，那受了商寶震毆擊的老者姓張，大家叫他做張總管，自是福公子府中有權勢的人物了。

至於福公子是甚麼身分，王劍英卻一句不提，只稱他為「福公子」。

王劍英、劍傑兄弟問起商劍鳴的死因。商老太傲心極盛，不肯說是胡一刀所殺，只是說得病身亡。她決意只和兒子娘兒倆手刃仇人，決不肯假手旁人復仇。

馬春花見商老太、商寶震等同門敘話，回到屋裏，將適才的見聞向父親說了。馬行空聽說那胡斐竟是大俠胡一刀的兒子，大為驚訝，但聽這小小孩童的武功竟勝過了商寶震，卻半信半疑。徐錚在旁默默聽著，臉上青一陣、紅一陣，並不插嘴。

徐錚見她臉若朝霞，心中情動，將本來要問的話按捺了

馬春花回到自己房裏。徐錚跟了出來，叫聲：「師妹！」馬春花臉上一紅，道：「甚麼？」

徐錚見她臉若朝霞，心中情動，將本來要問的話按捺了

不說，伸手去拉她手。馬春花將手摔脫，嗔道：「給人家瞧見了，怎好意思？」徐錚終

於沉不住氣，憤然道：「哼，不好意思！你半夜三更，跟那姓商的小子到外面去，鬼鬼

祟祟的幹甚麼了？」馬春花一怔，聽他語意不善，怒道：「你問這話是甚麼用意？」徐

錚道：「你跟那小子出去是甚麼用意，我問這話就是甚麼用意。」

他對師妹向來體貼討好，但今日一早見她與商寶震從外面回來，聽她言中敘述，又

是半夜裏在外面遇到胡斐，自不免醋意大盛，那想得到她是怕父親責怪，把求商寶震釋

放胡斐之事瞞過了不說。馬行空那晚隔窗聽到商老太母子對答，得知商寶震看中自己女

兒，還道他二人確有私情，夜中相會，礙著徒兒在旁，不便追問。但徐錚聽來，心中酸

溜溜的滿不是味兒。他生性鹵莽，此時師妹又成了他未過門的妻子，不禁疾言厲色的追

問起來。

馬春花問心無愧，這師哥對自己又素來依順容讓，想不到昨天父親剛把自己終身相

許，他就這麼強橫霸道起來，日後成了夫妻，豈非整日受他欺辱？本來這件事她只要直

言相告，徐錚一經明白，自無話說。但她賭氣偏偏不說，氣鼓鼓的道：「我愛跟誰出

去，就跟誰出去，你管得著麼？」

一個人妒意一起，再無理性，徐錚滿臉脹得通紅，連脖子也粗了，大聲道：「從前

我管不著，今兒就管得著。」馬春花氣得流下淚來，說道：「現下你已這樣了，將來還

指望你待我好嗎？」徐錚見她流淚，心中又軟了，但想到她和商寶震深宵出外幽會，一

口氣怎咽得下去？大聲道：「你出去到底幹甚麼來著？你說，你說！」馬春花心道：

「你越橫蠻，我越不說。」

就在此時，商寶震奉母親之命，過來請馬行空去跟王氏兄弟等斷見，見徐錚和馬春花在廊下大聲爭鬧，不由得停了腳步。徐錚早一肚子火，滿心想打未婚妻子一個耳括子，卻又不敢，眼見商寶震過來，正合心意，罵道：「我打你這個狗娘養的小子！」衝上去就是一拳。商寶震一讓，愕然道：「你幹甚麼？」徐錚跟著又是一拳，商寶震不及閃讓，給他一拳正中胸口，待他第三拳打來時，回掌相格。兩人便在廊下鬥了起來。

馬春花滿腹怨怒，並不理他二人打得如何，一扭頭竟自走了。回到房裏哭了一場，婢女來叫吃飯，她也不理會，迷迷糊糊的便睡著了。

一覺醒來，已是傍晚時分，信步走到後花園中，坐在石凳上呆呆出神，心中只想：「難道我的終身，就這麼許給了這蠻不講理的師哥麼？爹爹還在身邊，他就對我這麼兇蠻，日後不知更要待我怎樣？」不由得怔怔的掉下淚來。

也不知坐了多少時候，忽聽得簫聲幽咽，從花叢外傳出。馬春花正自難受，這簫聲卻如有人在柔聲相慰，細語傾訴，聽了又覺傷心，又感歡喜，不由得就像喝醉了酒一般迷迷糊糊。簫聲像春風一般溫柔，暖暖的擁抱著她全身，站起身來走出花叢，只見海棠花畔坐著個藍袍男子，手持玉簫吹奏，手白如玉，和玉簫顏色難分，正是晨間所遇到的福公子。

福公子含笑點首，示意要她過去，簫聲仍是不停。他神態之中，自有一股威嚴，一

100

股引力，直教人抗拒不得。馬春花紅著臉兒，慢慢走近，但聽簫聲纏綿宛轉，一聲聲都是情話，禁不住心神蕩漾。馬春花隨手從身旁玫瑰叢上摘下朵花兒，放在鼻邊嗅了嗅。

簫聲花香，夕陽黃昏，眼前是這麼個俊雅美秀的青年男子，眼中露出來的神色又柔和，又高貴，她一生之中從來沒見到過這樣的男子。

她驀地裏想到了徐錚，他是那麼的粗魯，那麼的會喝乾醋，和眼前這貴公子相比，當真一個在天上，一個在泥塗。於是她用溫柔的眼色望著那個貴公子，她不想問他是甚麼人，不想知道他叫自己過去幹甚麼。只覺得站在他面前是說不出的歡喜，只要和他親近一會，也是好的。

這貴公子似乎沒引誘她，只是她少女的幻想和無知，才在春天的黃昏激發了這段熱情。其實不是的。如果福公子不是看到她的美貌，決不會上商家堡來逗留，手下武師一個過世了的師兄，能屈得他的大駕麼？如果他不是得到稟報，得知她在花園中獨自發獃，決不會到花叢外吹簫。福公子的簫聲是京師一絕，就算王公親貴，等閒也難得聽他吹奏一曲。

他臉上的神情顯現了溫柔的戀慕，他的眼色吐露了熱切的情意，用不著說一句話，卻勝於千言萬語的輕憐密愛，千言萬語的海誓山盟。福公子擱下了玉簫，伸出手去摟她纖腰。馬春花嬌羞地避開了，第二次只微微讓了一讓。

但當他第三次伸手過去時，她已陶醉在他身上散發出來的男子氣息之中。夕陽將玫瑰花的枝葉照得撒在地下，變成斑駁陸離的影子。在花影旁邊，一對青年男女的影子漸

101

漸偎倚在一起。太陽快落山了，影子變得很長，斜斜的很難看。

唉，青年男女的熱情，不一定是美麗的。

馬春花早沉醉了，不再想到別的，沒想到那會有甚麼後果，更沒想到有甚麼人闖到花園裏來。福公子卻在進花園之前早就想到了。因此他派太極門的陳禹去陪馬行空說話，派王氏兄弟去和商氏母子談論，派少林派的古般若去穩住徐錚，派天龍門南宗的殷仲翔守在花園門口，誰也不許進來。

於是，誰也沒進來。

百勝神拳馬行空的女兒，在父親將她終身許配給她師哥的第二天，竟做了別人的情婦。

當晚商家堡大擺筵席，宴請福公子。座中都是武林人士，也不必有男女之別，是以商老太和馬春花都和眾人同席。馬行空當年識得王氏兄弟的父親王維揚，自王維揚過世、王氏兄弟投身官府之後，鎮遠鏢局早已歇業，因此上已不能說是同行。但王氏兄弟卻也知道馬行空的名頭，對他頗有幾分敬意。

馬春花臉泛紅潮，眉橫春色，低下了頭誰也不瞧。旁人只道她是少女嬌羞，其實她心中充滿了柔情密意。她並沒避開徐錚的眼光，也沒避開商寶震的眼光。然而這兩人和她的眼光相接觸時，半點也瞧不出她心事。他們都在想：「她心中到底對我怎樣？」她嘴角邊帶著微笑，但這不是為他二人笑的。她看到了他們，卻全然沒看見他們，

她只是在想著適才的幸福和甜蜜。福公子常常向她偷看一眼兩眼，但她決不敢回看，因為她很明白，只要回看他一眼，四目交投，再也分析不開了。

飲食之間，一名家丁匆匆走到商老太身邊，在她耳旁低聲說道：「那姓平的賊子給人救去了。」商老太一驚，隨即神色如常，舉杯向眾人勸飲，心想這件事不必讓客人知道。就在這時，驀地裏砰然一聲，廳口的兩扇長窗脫樞飛起，砰蓬、砰蓬幾響，落在地下，一個瘦瘦小小的人形插腰而立，站在廳口。

王氏兄弟等雖在席間，不忘了保護福公子的重大職責，隨身都帶兵刃。變故一起，幾個人立即一齊離座，在福公子四周站定，及至看清楚進來的只是一個少年，身邊並無別人，不禁相顧驚詫：「難道震飛長窗的，竟是這個小孩？」

這小孩正是胡斐，他救了平阿四出堡後，想起商寶震鞭打之仇雖報，商老太暗算之恨未消，於是又趕回大廳，大聲嚷道：「商老太，你有本事再抓住我麼？」他說這話時神態豪邁，但畢竟不脫小孩子聲口，似乎跟她鬧著玩一般。

商老太一見仇人之子，眼中如要噴火，低聲向兒子道：「截住他後路，別讓小賊逃了。」又向身後的家丁道：「快取我刀來。」她緩緩離座，厲聲道：「是誰放走你的？」

胡斐搖頭道：「不是。」商老太指著徐錚道．「是他？」胡斐仍搖頭。商老太指著馬春花道：「那麼定是這⋯⋯這位姑娘了？」胡斐心想：「這位姑娘本想救我，雖然沒救，但我感她的恩情卻是一樣。」笑著點了點頭，大聲道：「不錯，這位姑娘是我救命

是這位馬老拳師不是？」她決不信這孩子自己能脫卻鐵鍊之縛，定是堡中有奸細相救。

恩人。」他這句話是說給馬春花聽的，在他孩子心中，原是一番感激之意，渾沒想到這句話會給她帶來大禍。

商老太向馬春花陰沉沉的望了一眼。這時莊丁已取了刀來。商老太左手提刀，右手指著胡斐，問道：「你爹爹胡一刀怎麼不來？」

王氏兄弟等聽說眼前這孩子竟是遼東大俠胡一刀之子，無不聳動。

胡斐道：「我爹爹早已過世。你要報仇，就找我吧。」商老太臉如死灰，喝道：「此話當真？」胡斐道：「我爹爹倘若在世，你敢打我一鞭麼？」商老太高舉紫金八卦刀，突然放聲大哭，叫道：「胡一刀，胡一刀，你死得好早啊！你不該這麼早就死啊！」

胡斐愕然不解：「怎麼這老太婆忽起好心，哭起我爹爹來？」

商老太大慟三聲，突然止淚，伸袖子在臉上一抹，左足踏上一步，驀地裏橫過紫金刀，身子疾轉，呼的一聲，橫刀向胡斐頸中削去。

這一下人人出於意料之外。福公子、馬春花、徐錚都驚叫出聲。

商老太這一招「回身劈山刀」乃八卦刀絕技之一，又出其不意，莫說眼前只是個小兒，就算是江湖好手，也未必躲閃得了。豈知胡斐身法快極，身子略側，讓開刀鋒，隨即伸手拿她手腕。他在一招之間立即反手搶攻，羣豪無不驚訝。商老太一刀不中，想也不想，第二刀跟著劈出。

莫看商老太老態龍鍾，出手之際刀刀狠辣。她想到仇人已死，今生報仇無望，唯一的指望就是殺了眼前的小兒。她當丈夫喪命之際，所以不自刎殉夫，全因心中存著復仇

104

一念，此時仇家當前，招招竟是與敵人同歸於盡的殺法。胡斐藝成後初逢強敵，精神大振，不作遊鬥，卻在刀縫之中伸掌搶攻。敵人揮刀狠砍狠殺，他施展大擒拿手龍形爪，也是狠擊狠打。燭光之下，但見一個白髮老婦，一個黃口小兒，性命相撲，鬥得猛惡異常。

王氏兄弟初見商老太一上來就猛使殺手，心中還暗怪她將八卦門的功夫濫用了，對小孩兒都使絕招，逢到一流高手那怎麼辦？豈知越看越覺驚訝。

商老太的一路八卦刀使得綿密狠辣，絕無破綻，雖說未臻爐火純青之境，但加上她不顧性命的那股狠勁，對手再強，本也難以抵敵，豈知一個十來歲的少年空手和她相搏，竟漸佔上風。再拆數合，商老太已全在胡斐掌風籠罩之下，突然啪的一聲，她左頰上吃了一記耳光，接著右頰又是一記。商老太一個踉蹌，站立不穩。

王劍傑道：「商家嫂子請退下，我來對付這小子！」手持大刀，踏步上前。只聽「啊喲」一聲，商老太已滾在一旁，王劍傑眼前突然青光閃動，一刀迎面劈到，忙舉刀相架。

那刀改砍為削，從橫裏削來，待得斜擋，那刀又快捷無倫的改為撩刀。胡斐打了商老太兩記耳光，心願已足，一勾一拿，扣住了她手腕，隨即飛腿，將她踢了個觔斗，已將她紫金刀搶在手裏，不待王劍傑走近，唰唰唰連環三刀，將他砍了個手忙腳亂。王劍傑是八卦門一流高手，此時造詣已不在當年商劍鳴之下，只因存了輕視之心，竟讓對手搶了先著。三招一過，才知眼前的小孩實是勁敵，急斂狂傲之氣，沉著應戰，將門戶守得嚴密異常，要先瞧清這小孩的刀法。

燭影搖紅，刀光泛碧。羣豪緊握兵刃，瞧著兩人對刀。

福公子見這樣一個衣著敝陋的黃瘦小兒，竟與自己府中的一流好手鬥了個旗鼓相當，既覺詫異，又感有趣，負手背後，凝神觀鬥。突然間聞到淡淡的一陣脂粉香，眼光微斜，見馬春花已站在身旁，他挨近一步，伸過手去握住了她手。這時人人都注視著廳中激鬥，誰也沒來留心他二人，但大庭廣眾之間，竟如此肆無忌憚的親熱，畢竟大膽之極。福公子沒將誰放在眼裏，馬春花卻是少女初戀，情濃之際，不能自己。

王劍傑連劈數刀，胡斐均以巧妙身法避過。王劍傑竭力辨認他武功門派，始終捉摸不定，心想他自承是胡一刀之子，雖聽父親說過胡一刀的名頭，但胡家刀法究竟是如何家數，是剛是柔？外門內家？卻絲毫不知，但見這少年的招數忽而凝重如山，忽而流轉似水，與一般刀法全不相同。

又鬥數合，王劍傑焦躁起來，心想自己在福公子府中何等身分，今日鬥一個小兒也要拆到數十招之外，再糾纏下去，縱將他殺了，也已臉上無光，當下刀法一緊，邁開腳步，繞著他身子急轉。

王氏八卦門的「八卦遊身」功夫向是武林中一絕，當年王維揚曾以此迎鬥「火手判官」張召重，絲毫不落下風。這一發足奔行，當真是「瞻之在前，忽焉於後」，臨敵之時，待得敵人轉過身來，又早已繞到他背後，自己腳下按著八卦方位，或前或後，忽左繞、忽右旋，不加思索，敵人卻給他轉得頭暈眼花。但若敵人不跟著轉動，他立即攻敵背心，敵人如何抵擋？確是巧妙異常，厲害無比。王劍傑自幼在父親監督之下，每日清晨

急奔三次，每次絕不停留的奔繞五百一十二個圈子，臨睡之時又再急奔三次。這功夫從不間斷，每次大圈子、中圈子、小圈子一共要繞三千餘轉，二十餘年練將下來，腳步全已成為自然，只須顧到手上發招便行。

本來繞圈子時手上發掌，此時改用刀劈，但見他人影飛馳，刀光閃動，霎時間將胡斐裹在垓心。胡斐乍逢勁敵，忙施展輕功閃躲，他身形靈巧，輕功又高，居然在刀風之中縱橫來去，避過了數十刀的砍削斬劈。

馬行空看得大是驚奇，心中暗叫：「慚愧！前晚見到的瘦小人影原來是他，若非見到這個少年，焉能發覺商家老太的毒心？那知商家堡中臥虎藏龍並非別人，卻是這黃瘦小孩，枉自我一生闖蕩江湖，到老來竟走了眼了。」一瞥眼忽然不見了女兒，微感慍怒：「如這等高手比武，一生中能有幾次見得？少年人真不知好歹，一溜子就去談情。日後成了夫妻，還怕談不夠麼？」

他那知女兒確是出去談情說愛，跟她纏綿的卻不是她的未婚夫婿。

忽聽得噹的一聲大響，火花四濺，胡斐與王劍傑雙刀相交。一響之後，接著響之不已。原來王劍傑越轉越快，越砍越凌厲。胡斐畢竟年幼識淺，不明他刀法路數，到後來閃避不及，只得舉刀還格。雙刀既交，王劍傑心中暗喜：「這小子武功不壞，力氣究小，再砍幾刀，他兵刃非脫手不可。」當下不住急砍猛斫，胡斐只得硬接，五六刀過後，手臂震得漸感酸麻。商劍鳴的紫金刀頗為沉重，胡斐力小，使動時本已不大順手，這時更感吃力。

王劍傑身材魁梧，胡斐的頭還及不到他頭頸，一個居高臨下，強弱之勢更加懸殊。胡斐眼見不敵，突然靈機一動，將他一刀架開，跳出圈子，叫道：「且慢！」王劍傑跟他本無仇怨，他也沒得罪了自己或福公子，見他小小年紀，居然能接下自己數十招，動了愛才之念，說道：「好吧，你認輸便是，就饒你一命。」

胡斐笑道：「誰認輸了？你不過勝在生得牛高馬大，身裁上佔了便宜，那又算得甚麼本事？你等一下。」說著搬過一張長凳，往大廳中心一放，縱身上凳，叫道：「咱們再來比過。」王劍傑又好氣，又好笑，問道：「那算甚麼？」胡斐道：「咱們話說明在先，你可不許踢動我長凳，否則就算你輸了。」王劍傑呸了一聲，道：「天下那有這般比武法子？」胡斐笑道：「我人未長足，自沒你高。你若不願，五年後等我長得跟你一般高了，再來決個勝敗。」

胡斐平時聽平阿四談論他父親胡一刀的威風，只道學得父親遺書上的武功之後，也可如父親一般所向無敵，豈知一上手就給商老太扣住脈門，結結實實的挨了一頓好打。那還可說自己一時不防，這時跟王劍傑一動手，才知自己雖刀法大勝於他，內力卻跟他差得太遠，交代了這幾句話，就想乘機脫身。

那知王劍傑一來丟不起這個臉，二來自恃必勝，罵道：「小猴兒崽子，不踢你這凳又怎麼了？怕老爺劈刀不死你麼？」說著揮刀向他腰間削去。

胡斐橫刀封擋，二人又交上了手，此時胡斐卻已高過了對方，他在長凳上奔左竄右，掄刀而戰。那凳子有五尺來長，王劍傑若再繞著轉動，轉的圈子太大，跟他二十多

108

年來所練的圈子大小不同，這是熟練了的功夫，臨時改變不來，當下改使一套刀中夾掌、掌中夾刀的武功，要以剛猛的刀風掌力，將對方震下凳來。

胡斐知他心意，不停縱躍竄避，不再硬接。王劍傑雖專修八卦一門武功，但那八卦門中武功也甚繁複，單是刀法，就有大架、小架、內架、外架諸項變形。他刀法立變，左揮右削，專砍敵手中盤。刀法砍的是對方中盤，但胡斐站在凳上，實則是砍他腿腳。胡斐躍起躲閃。王劍傑削得數刀，見胡斐又再躍起，跟著揮刀貼凳橫削，收刀時自左向右拖轉，胡斐如落腳踏上長凳，一足非給削斷不可，要避過這兩削，便只得離凳落地。

胡斐見勢在兩難，突然伸腳尖在長凳左端用力一點，借勢上躍，那長凳驀地豎立。這一下當真出其不意，砰的一聲，長凳翻上來的右端，正好撞中王劍傑下巴，勢道可還著實不輕。胡斐卻已站在豎起的長凳頂端，居高臨下，掄刀砍將下來。這一下變故甚是滑稽，旁觀眾人忍不住失笑。

王劍傑大怒，揮刀砍了幾招，只因胡斐在高，自己大處劣勢，也顧不得曾答應不動他的長凳，左腿飛出，踢翻長凳，跟著一刀「上步劈山」，向胡斐胸口剁去。胡斐人未落地，橫刀擋架，借著他一剁之勢，竄出半丈，俯身，左手舉起長凳，當作一條長形盾牌，以長凳擋架敵刀，右手的紫金刀卻一刀遞將出去。

王劍英見兄弟久戰不下，早已皺起了眉頭，旁觀眾人中陳禹、殷仲翔、古般若、馬行空等均是江湖好手，見戰局變幻，胡斐早已落敗，王劍傑卻始終搶奪他不下，都暗暗

稱奇。

　此時胡斐左凳右刀，兵刃上大佔便宜。那長凳是紅木所造，甚為堅硬，讓王劍傑連砍幾刀，卻砍之不斷。胡斐躲在凳後，反而不住搶攻。王劍傑罵道：「小猴兒，老爺叫你知道厲害！」猛地裏一招「上歪門」，揮刀斜砍，登的一聲，一刀砍在長凳正中，豈知這一下使力太強，刀刃深入凳內，回手一拔竟拔不出來。他正要加力回奪，突見紫光閃動，對手的刀尖已刺向自己小腹。這一招猶如流水行雲，來得好快，王劍傑一驚，只得撒手放刀。他明明已佔上風，卻給這小孩胡混奪去兵刃，為肯甘服？當即空手進擊，這位八卦刀名家竟要以一雙肉掌挽回臉面。

　只見他點打戳拿，劈擊壓撞，雙掌在刀縫中搶攻而前，威勢竟不下於使刀之時。胡斐力弱，挺著一隻笨重的長凳，如何能與他輕捷的空手相敵？眨眼間連遇險招，啪的一響，肩頭為他左掌擊中，險些跌倒。旁觀眾人一齊驚呼。

　胡斐忍住疼痛，左手將長凳一送一放，隨即抓住凳面上的單刀刀柄，右足在凳上猛踢一腿，長凳離刀，向王劍傑撞去。王劍傑見他拚鬥不依常法，一味胡混，大有相辱之意，心中越怒，雙掌疾向長凳劈去。這長凳先前已受刀砍，再加掌力一震，喀喇一響，登時斷為兩截。胡斐卻已雙刀在手，著地捲來。

　王劍傑空手對雙刀，絲毫不懼，右手拿，左手鉤，突然間胡斐驚叫一聲，左手刀已給他夾手奪去。王劍傑將鋼刀往地下摔落，仍然空手對刀。他在掌法上浸淫二十餘年，使將出來凌厲已極。商寶震在旁瞧得又沮喪，又歡喜，沮喪的是自己從小苦練，只道已

窺堂奧，但與這位師叔相較，不知何年何月方能練到他這般功夫，歡喜的是本門武功如此神妙，只要不斷修習，前途自不可限量。

猛聽得王劍傑暴喝一聲：「去！」胡斐紫金刀脫手飛出，情急智生，忽地指著他哈哈大笑。王劍傑雙掌一並，排山倒海般擊將過來。胡斐眼見抵擋不住，忙向後躍開。

王劍傑給他笑得莫名其妙，收掌不擊，楞了一楞，罵道：「小子，你笑甚麼？」胡斐笑道：「我幫手來啦，不再怕你們這許多大人合力欺侮我。」王劍傑一愕，自忖：「我是江湖上的成名人物，跟這小鬼頭一般見識，到底該是不該？」胡斐笑道：「我這就接幫手去，你們都等著，可別怕了逃走。」乘著王劍傑遲疑未定，急步向廳門走出，便想乘機溜走。商老太拾起八卦刀，縱上攔住，喝道：「小雜種，想逃麼？」她知這小孩武功勝己，不敢逼得太近。

就在此時，忽聽得遠處馬蹄聲響，急馳而來。靜夜之中，蹄聲清晰異常，本來快馬狂奔，蹄聲繁密，也是常事，但說也奇怪，這匹馬落蹄之聲猶如急雨，得得得得，得得得得，比兩匹馬同時奔跑的蹄聲還更緊密。廳上諸人多半是江湖上的大行家，鋼刀快馬，原是家常便飯，但聽得蹄聲奇特，不禁臉上均現詫異之色。

霎時之間，那馬已奔到了堡前，但聽莊丁呼叱聲，堡門推開聲，莊丁翻跌聲，兵刃落地聲接著響起。眾人愕然相顧之際，頃刻之間，此人已闖進堡來，現身廳口，其迅雷不及掩耳的神速，委實罕見罕聞。

蹄聲初起是在三數里外，頃刻之間，廳口已多了一人。

羣豪聳動之下，目光一齊注視在來人身上。

只見那人五十歲左右年紀，穿一件腰身寬大的布袍，上唇微髭，頭髮已現花白，中等身材，略見肥胖，笑吟吟的面目慈祥，右手攜著個十二三歲的女孩。瞧他模樣，就似是個鄉下土財主，又似是小鎮上商店的掌櫃，隨口就要說出「恭喜發財」的話來，雖略覺俗氣，卻神態可親，與進堡時那股剽悍凌厲的勢道全不相符。

胡斐初時哈哈大笑，原為暫止王劍傑的凌厲進攻，忽聽得遠處馬蹄聲，便胡亂說道有幫手到來，信口開河，只盼眾人一個不提防，就此溜走，豈知事有湊巧，剛好有人趕進堡來。他乘著眾人羣相注視那胖子之際，繞到各人背後，慢慢走向廳門。

但旁人一時忘記了他，商老太可沒忘記，她只在胖子初進來時瞧了一眼，目光始終不離胡斐，見他要逃，立時厲聲呼喝，縱身而前，伸掌往他背心拍去，這一掌正是八卦掌絕招之一的「背心釘」，只要拍中了，當場要叫他骨斷臟裂，嘔血而死。那胖子見她以如此毒辣手法對付一個孩子，「噫」了一聲，正要出手相救，卻見胡斐身形一動，左手倒鉤，帶著她手掌甩出。商老太一個跟蹌，跌出三步方凝樁站定。那胖子見胡斐小小的一個孩子居然有此武功，大為驚奇，不由得向他連望幾眼。

王劍英見了這胖子，依稀有些面熟，一時卻想不起來，抱拳說道：「尊駕高姓大名？暮夜光臨，有何見教？」那胖子抱拳還禮，說道：「不敢，兄弟姓趙。」王劍英猛地省起，說道：「啊，原來是紅花會趙三爺光臨，真得恕小弟眼拙。」羣豪一聽，眼前

此人竟是紅花會的大頭領千手如來趙半山，無不聳然動容。

六年前紅花會英雄火燒雍和宮，大鬧紫禁城，乃轟動武林的大事，天下皆知（請參閱拙作《書劍恩仇錄》）。此後紅花會便沒沒無聞，江湖上傳言，羣雄豹隱回疆，不料趙半山突然在此出現。王劍英年輕時曾在鏢局中見過他，而，但事隔二十餘年，趙半山早已非復舊時容顏，因此初見面時竟想不起來。此時他加倍留神，滿臉堆歡的說道：「趙三爺是一人前來山東，還是紅花會眾位英雄一齊山山了？先父生前常提及紅花會眾位英雄，好生記掛。」他知紅花會和朝廷作對，個個是大欽犯，但此刻並無聖旨要捉拿眾人，這些人個個得罪不得，心想事不關己，虛與委蛇便了。

趙半山性子慈和，胸無城府，跟誰都合得來，隨口答道：「是小弟一人有點私事，來到山東。請問令尊是……」王劍英聽得他只有一人，放下了一大半心，暗道：「倘若他會中兄弟傾巢而出，在這裏撞見了可不好辦。」答道：「先父是鎮遠鏢局……」趙半山接口道：「啊，原來是威震河朔王老鏢頭的賢郎，怎地老鏢頭仙遊了嗎？」他轉頭向王劍傑說道：「趙三爺太極拳、太極劍、暗器功夫，三絕天下無雙，今日當真幸會。」神色黯然，卻是真正的難過。王劍英道：「先父已去世五年了。這是舍弟劍傑。」

他正要替各人引見，王劍傑心直口快，已接口道：「這位陳兄也是太極門的，兩位本來相識麼？」說著向太極手陳禹一指。

趙半山「哼」了一聲，慈和的臉上登時現出一層黑氣，向陳禹從頭看到腳，又從腳看到頭，細細打量。陳禹見他臉色忽變，微覺局促不安，給他這麼一瞧，更為尷尬。

113

趙半山攜來的女孩突然伸手指著他，大聲道：「趙叔叔，就是他，就是他！」聲音尖細，語聲中充滿了憤恨。

陳禹見這小女孩膚色微黑，臉上滿是痛恨之色，自己卻從沒見過，轉過頭向王劍傑道：「趙三爺是南派溫州太極門，兄弟是直隸廣平府太極門，咱們是同派不同宗。趙三爺是本門前輩，兄弟向來仰慕得緊。」說著走近身去，抱拳為禮，神色恭謹。

那知趙半山宛如不見，雙手負在背後，對他不睬不理，轉身向王劍英道：「王兄，兄弟今日來得魯莽，先向各位謝過。」說著團團作揖。眾人連忙還禮，都道：「好說好說，趙三爺太客氣了。」只把陳禹氣得半身冰涼，拱著的手一時放不下來，僵在當地，心道：「我幾時得罪你了？你名頭雖大，難道我當真怕了你不成？」

王劍英指著胡斐道：「這位小兄弟跟我師嫂有點過節，那多半是他上代結下來的樑子。現下他先人和我師兄都已過世多年了，我們衝著趙三爺的金面，這件事揭過不提。大家罷手如何？」他與商劍鳴向來不和，本就無意為他報仇，此時更想賣趙半山一個好。趙半山愕然不解。商老太卻已叫了起來，罵道：「甚麼趙半山，趙一山，到得商家堡來，誰都別想撒野！」趙半山道：「王兄說的是甚麼，小弟可不明白。」

王劍英道：「我這師嫂是婦道人家，趙三爺別理會她。來來來，小弟借花獻佛，敬趙三爺一杯。」說著便去斟酒。

胡斐知道再說下去，自己謊話立時就要拆穿，大聲道：「趙三爺，這些傢伙吹牛，說他們門中老那也罷了。他們卻說紅花會個個都是膿包，又說八卦掌的功夫天下無敵，說他們門中老

114

英雄單憑一柄八卦刀，就打敗了紅花會所有人物。小的聽不過了，因此出來辯駁。他們不服，跟我我動手。趙三爺，你說氣人不氣人？這個理要請你來評一評了。」

趙半山全不知他們爭些甚麼，但當年王維揚曾和紅花會對敵，這件事卻是有的，紅花會也沒憑武力勝他，只使計逼得他服輸，想來王劍英、劍傑兄弟說起此事時，定是誇他父親英雄了得，那也是人情之常，便笑了笑，說道：「王老鏢頭武功高強，我們眾兄弟個個都十分佩服。」突然目光如電，射向陳禹，說道：「陳師傅，請你跟我出去，咱們借一步說話。」

陳禹心中一凜，說道：「在下和趙三爺素不相識，不知有何吩咐？這兒各位朋友都是光明磊落的好漢子，有話就請在此明說不妨。」趙半山冷笑一聲，道：「這是我太極門門戶之恥，何必讓旁人知曉？」陳禹臉上變色，退後一步，朗聲道：「你是溫州太極，我是廣平太極，咱們同派不同宗。我管不著你，你也管不著我。」趙半山道：「就只為陳兄手段太過厲害，廣平府太極門沒人能出頭，兄弟才萬里迢迢的從回疆趕來。兄弟到了北京，聽說陳兄到山東來啦，一路尋訪而來，總算是天網恢恢。」

眾人聽他用到「天網恢恢」四字，都吃了一驚，不知陳禹在門戶中幹了甚麼歹事，累得這位趙三當家萬里追尋。

陳禹精明強幹，在江湖上成名多年，名頭固不及趙半山響亮，卻也是北派太極門的佼佼者，何況跟了福公子後，有了極強靠山，對趙半山毫不畏懼，厲聲道：「我先前尊你一聲前輩，那是瞧在你年紀份上。你我南北太極各有所長，憑你就能壓得了我嗎？」

語聲甫畢，一招「玉女穿梭」，猛向他肩頭拍去。

趙半山迫奔數月，辛勞萬里，為的就是眼前這一招，一見陳禹出手，從這招「玉女穿梭」之中，於他武功修為已了然於胸，身軀微蹲，一招「雲手」，帶住他的手腕向右牽引。陳禹立足不定，登時全身受制。要知各派太極拳劍，招法、要旨大同小異，強弱差別全在各人的悟性與功力修為不同。

天龍門好手殷仲翔是陳禹至交，當趙陳二人口頭相爭之時，他已拔劍在手，躍躍欲試，眼見陳禹一招即敗，便即挺劍向趙半山身後刺去，喝道：「放手！」趙半山更不回身，順手在陳禹腰間抽出佩劍，回劍一擋。這一下分寸拿捏得恰到好處，雙劍一交，噹的一聲，殷仲翔的長劍已斷成兩截。趙半山右手回送，又將長劍插入陳禹腰間劍鞘。

羣豪見他一招制住太極門好手陳禹，一劍震斷了天龍門好手殷仲翔長劍，制敵拳法之精、拔劍出手之快、斷劍功力之純、還劍眼力之準，皆生平罕見，不由得盡皆失色。

他回劍入鞘這一招如是插向陳禹身上，陳禹早已了帳。陳禹自己心中也自了然。趙半山向陳禹冷然道：「怎麼？你還不出去？」陳禹臉上青一陣紅一陣，驚惶不定。

突然間金光閃動，七枝金鏢分從上下左右向胡斐急射過去。原來商老太眼見報仇之望行將成空，見眾人注目趙陳二人，正是良機，猛地一口氣發出七枝金鏢。她與胡斐相距不過丈許，這一下陡然發難，對方要能將七枝金鏢盡數躲過，當真千難萬難。她十餘年來處心積慮的要為丈夫復仇，知道苗人鳳與胡一刀武功卓絕，光明正大的動手，絕難取勝，因此鏢上都餵了見血封喉的劇毒。

116

這一下突如其來，胡斐叫聲：「啊喲！」急忙撲倒，上面三枝鏢雖能避過，打向他小腹和下盤的四枝鏢卻再也難以閃躲。

趙半山跨上一步，雙臂劃過撈抄，半路上將七枝鏢盡數接過。他外號叫做「千手如來」，「如來」是說他面和心慈，「千手」卻是說他發暗器、接暗器，就如生了一千隻手一般，這抄接暗器，正是他生平最擅長的絕技。眾人只覺眼前一花，也沒看清他如何出手，七枝金鏢已到了他手中。燭光下見鏢頭帶著暗紅之色，他拿到鼻邊一嗅，果有一般甜香，知鏢尖帶有劇毒。他是使暗器的大高手，最恨旁人在暗器之上餵毒，常自言道：「暗器原是正派兵器，以小及遠，與拳腳、器械，同為武學三大門之一，只給無恥小人一餵毒，便讓人瞧低了。」

他隨手將七枝金鏢擲在地下，回頭向商老太狠狠瞪了一眼，說道：「王維揚王老爺子何等英雄，他教人暗器餵毒麼？教人這般卑鄙偷襲麼？更何況以這般手段對付一個小孩。」這幾句話大義凜然，王氏兄弟不由得暗自慚愧。

商老太見王氏兄弟低下了頭，大聲道：「你是甚麼東西，竟上商家堡來欺人？只可嘆我先夫商劍鳴死後，八卦門中再沒英雄好漢。我兒子年少，老婆子是女流之輩，只好容得你欺侮。」忽然放聲哭道：「劍鳴啊，你一死之後，八卦門就只剩下一批狗熊了，只知道奉承外人，再沒半個有骨氣之人，能給門戶爭一口氣。劍鳴啊，趕明兒起，我叫你兒子改投太極門，別讓他在江湖上灰頭土臉，一輩子讓人看輕了。劍鳴啊，想當年你何等英雄，早知今日如此，這柄八卦刀你就該帶入棺材，也免得在這裏出醜露乖。」她

哭一聲，罵幾句，將本已拾在手裏的八卦刀拋在地下，又用腳踏，又吐唾沫。只氣得王氏兄弟滿腔怒火，可又不能當著外人之面和她爭吵。

趙半山急欲帶著陳禹離去，但見商老太以如此毒辣手段對付胡斐，自己一去，這小孩必遭毒手。他雖與胡斐毫無瓜葛，但事見不平，焉能袖手不理？向王氏兄弟抱拳道：

「這孩子我今日就帶了去，日後再謝二位盛情。」

王劍英還未答話，商老太卻又哭叫起來：「劍鳴啊，你早早死了倒也乾淨，不必見到這般丟人現眼之事。你一個師弟號稱八卦門高手，卻鬥不過一個十多歲的孩子，連看家門的一柄刀也讓人家奪了。你另一個師弟更加怕那小孩，只盼他快些遠遠離開……」

王劍英給他激得再也忍耐不住，大聲喝道：「住嘴！」轉身向趙半山道：「趙三爺，適才我師嫂之言，你都聽見了。今日不是在下不給趙三爺面子，只不過若憑這小孩如此而去，八卦門在江湖再難立足，兄弟也沒臉做人。」趙半山心想：「這話倒也是實情。」向胡斐說道：「孩子，你怎地得罪兩位王師傅了？快磕個頭賠禮，隨我出去。」

趙半山見識老到，這一次卻說錯了話，他見胡斐適才將商老太這一帶，身手雖然不弱，總是個孩子，那知胡斐天生豪邁詼諧，豈肯輕易向人低頭？笑道：「趙三爺，你叫他向我磕頭賠禮？這個我可不敢當。」趙半山一愕，心道：「這小子怎地如此貧嘴？」

王劍英本想胡斐嘴裏一賠禮，就此下台，也未必真要他磕頭，聽他如此回答，心中怒極，但不願在趙半山面前顯得少了涵養，仍不動聲色，說道：「小兄弟，你武功果然不錯，也怪不得你狂妄。來來來，王某領教你幾招。」胡斐躍到廳心，呼的一拳，迎面

118

就往王劍英鼻子上打去。王劍英微微一笑，順手還了一掌。

趙半山心道：「這姓王的家學淵源，掌上勁力果然非同凡響。」他生怕這一掌就將

胡斐擊得重傷，當即身子微向前傾，預擬於危急之時，出掌拍向王劍英後心，以卸掌

力。那知小胡斐身法奇快，上身側過，王劍英這掌已然打偏。但王劍英是當世八卦門中

第一高手，左掌打歪，右掌毫不停留，已自右上向左下斜劈下去。胡斐雙拳挺舉，啪的

一響，這一掌正好劈在他拳上。

胡斐叫道：「啊喲，好痛！」驀地裏「沉肘擒拿」，伸手抓他左手「曲池穴」，這一

招甚為怪異，王劍英一怔，向後躍開。商老太與馬行空對望了一眼，心中均道：「怎麼

這孩子也會使這怪招？」原來當日闇基劫鏢，與馬行空動武，十餘招怪招之中，就有這

招「沉肘擒拿」。

王劍英一退即進，使招「猛虎伏樁」，探掌切胡斐左臂。胡斐半轉身子，「鉤腿反

踢」，又是一記怪招。這一來，馬行空等固然更加詫異，連見多識廣的趙半山也暗覺奇

怪。王劍英見他招法中隱含相辱之意，心道：「若不給你吃點苦頭，可教人家小看了八

卦門。」他雖與胡斐動武，心中卻那將這孩子當作對手，一招一式，全是露給身旁的大

名家趙半山觀看，因之出手凝重，圓轉如意，不敢失了半點名家身分，只因心有旁騖，

招數上竟不求狠辣，唯恐讓趙半山小覷了，說一句：「名門高弟，豈能如此浮囂？」這

麼一來，他掌法中固然沒半點破綻，但要數招之間制住對方，竟也不能。

商寶震自幼苦練過八卦掌，見這位師叔出手平淡無奇，使的全是八卦掌中最淺近的招數，還道他忌憚趙半山，存心敷衍，無意真要擊傷胡斐，心下暗暗惱怒。他那知王劍英這些平淡無奇的掌法之中蘊含數十年苦功，胡斐初時跳跳蹦蹦，怪招迭出，到得後來，已全在對方掌風籠罩之下。

王劍英掌力催動，漸漸將胡斐制住，令他每一拳打出，每一腳踢出，盡數受到八卦掌掌力的反推。此時他若要發勁打傷胡斐，原已不難，但他有意在趙半山面前顯示身手，要累得胡斐筋疲力盡，跪地求饒，自己卻始終瀟灑自如，行若無事。須知武術最難到最後，乃在舉重若輕，要使力而不見費力，發勁而不見用勁。每一個武學名家練企及的境界，都是向這境界致力。至於吆喝扭拚，揮汗喘氣，那自是下乘功夫了。

趙半山知他用意，看來這小孩暫無性命之憂，要看他支持得幾時。見胡斐已身不由主的為對方掌力帶動，腳步踉蹌，突然間一個觔斗翻出，右手在地下一撐，雙腿同時橫掃。這一下又是一記怪招，王劍英躍起避過，胡斐往地下一坐，雙腿連環上踢，霎時間竟踢了七八腿，詭異兼具迅捷。拳法中原有「連環鴛鴦腿」的招數，但左腳踢出之後，右腳跟著飛踢，再要踢第三腿時，終須有一腳先行著地，縱快也有限度，此時胡斐坐在地下，雙腳凌空，出腿如電，竟將王劍英踢了個手忙腳亂，只得轉身避過。

馬行空與商老太又互視一眼，均想：「這記怪招卻非閻基所會，看來這小孩所學的武功，還較閻基為多。」果然胡斐一個翻身，立時雙肘推後，此時他與王劍英背脊對著背脊，他身子既矮，出招又快，這兩下肘錘，竟都撞在王劍英的屁股之上。臀上多肉，

120

他又人小力弱，這兩記肘錘自傷不到對方，但旁觀眾人卻忍不住失笑。

王劍英大怒，回身呼的一掌，當胸劈去，但見他臉色猙獰，已顧不得甚麼瀟洒，甚麼氣量風度。趙半山心中暗嘆：「威震河朔王維揚的兒子，不及乃父多矣！」他一面觀鬥，眼角間卻始終沒一刻離開了陳禹，決不容他俟機逃脫。

胡斐見對方雙掌猶如疾風暴雨般襲來，也不自禁駭怕，對方究是武林中一流高手，自己全靠拳譜中一些家傳怪招，仗著對方不識，出手有所顧忌，這才勉力支撐了這些時候，已屬極度難能。其實胡家拳譜上這些怪招乃練功所用，旨在鍛鍊身手，不求克敵制勝，真正與人動手的招數，錄在拳譜的最初數頁之後。胡斐功力未到，難以領會，只得施展這些練功用的紮根基招式。想那飛天狐狸、胡　刀等均是一代大俠，倘若與人動手出招也這般不倫不類、怪模怪樣，豈非大失身分？

又鬥十餘招，胡斐左支右絀，大感狼狽，突見土劍英左掌往外一穿，當即閃身向右避過，王劍英右掌「遊空探爪」，斜劈下來。這一下好不勁急，胡斐忙矮身沉肩，雖將這一劈之力卸下了七成，還是給他掌力震得一交摔倒。

眾人驚呼聲中，王劍英又一掌劈了下去。趙半山大怒，心道：「虧你也算是個成名人物，小孩子已給你打倒，怎麼還下毒手？」他太極拳的功夫講究後發制人，對方招數越用老，自己出手時收效越大，只等王劍英掌緣挨近胡斐身上，立即發招相救。

突然青光一閃，王劍英疾收左掌，側身躍開相避。原來胡斐跌倒之時，見身旁有半截劍頭，正是殷仲翔那給震折的斷劍，情急之下，伸手抓起，向敵人拍下來的掌心刺

去。這一下章法變幻，若非王劍英躲閃得快，掌心給他刺個窟窿也不希奇。胡斐一招得手，立即一個打滾，左手在地下一撈，右手用斷劍割下一塊衣襟，裹了折斷的劍刃，笑道：「王大爺，我的手短，你的手長，咱二人比武太不公平。我把右手接長點兒，你若害怕，就取出八卦刀來好了。」

自從「飛天狐狸」以降，胡家歷傳各代都智計過人。胡斐心知空手打他不過，乘機拾起斷劍用作兵器，但怕對方使兵刃，搶先激他一激。王劍英何等身分，明知吃虧，那肯跟他平手對刀，料定他多拿一柄斷劍也管不了用，只哼了一聲，八卦掌中夾著擒拿手，逕來抓他握著斷劍的手腕，左掌發勁，劈向他面門。

胡斐轉動劍頭，當作蛾眉刺使，一面遞招，左手忽地往頭頂一拉，取下氈帽，笑道：「我右手有劍頭，左手有盾牌，你怎奈何得了我？」將氈帽當作盾牌，往他左掌擋去。王劍英心道：「臭小子，這麼一擋，你左腕非斷不可。」掌上又加了三分勁道，向破氈帽上直擊而下。

忽聽得王劍英「啊」的一聲大叫，向後躍開丈餘，這一聲叫喊，聲音慘厲，竟似受了重傷模樣。眾人一齊望著他，只見他左掌心中鮮血淋漓，不知因何受的傷。王劍英怒指胡斐喝道：「你，你……你這爛氈帽中藏著甚麼？」

胡斐將氈帽戴回頭上，左手中赫然握著一枝金鏢，笑道：「這是你八卦門的暗器，可不是我帶來的。有毒無毒，我也不知。我隨手在地下撿了一枝，想偷偷拿回去玩兒，你卻定要揭穿我底兒，好吧，這一枝小小金鏢我也不希罕。」說著提起金鏢，對準他胸

口一揚。

王劍英側過身子，伸手抄出，要將金鏢抄在手裏。他先側身，再伸手，那是對胡斐已存忌憚之意，怕他發鏢的手法又十分怪異，一個抄接不到，不免打中胸口。豈知他這一伸手卻接了個空。胡斐手勢是向前發鏢，其實手指上使了一股反勁，將金鏢射向身後。站在他背後的正是商老太，突見金光一閃，鏢已到面前，急忙縮頭，嚓的一聲，金鏢從她鬢髮邊擦過，隨即跌落在地。

商寶震只嚇得心驚肉跳，撲到母親跟前，叫道：「媽，可傷著你麼？」

自胡斐出手以來，幾乎每一招每一式都異想天開，令人防不勝防，這一下花巧異常的發鏢，更加眩人心目。眼見商老太在間不容髮之中死裏逃生，人人盡皆駭然。趙半山撚鬚微笑，心想這般前揚後發的鏢法，自己原也擅長，倘若自己出手，就有十個商老太，也非打死不可，只是這小孩裝模作樣的逼真神態，卻遠非自己所及。

趙半山隨即想起，叫道：「王師兄，快捏住脈門，鏢上有毒。」商寶震一凜，叫道：「我去取解藥！」說著飛奔入內。

王劍英掌心一受鏢傷，只覺左手麻癢，聽得趙半山這麼一叫，右手拉斷衣帶，緊緊纏住左腕，臉色鐵青。王劍傑手足關心，搶過來幫他纏腕。王劍英左手一甩，喝道：「走開！」王劍傑不提防給他猛力一甩，退開兩步，愕然相顧，呼的一聲，叫道：「大哥！」王劍英一副執拗的狠勁，倒與他過世的父親相似，揮起傷掌，疾往胡斐頭頂拍到，腳下飛跑，竟然使出「遊身八卦掌」的絕招，此時再不容情，決意要取這可惡的狡童性

123

命。

胡斐學成武藝之後，初次是與商寶震對敵，其後對戰商老太和王劍傑，此時與王劍英對掌，已是第四個對手。越戰得久，他心思越開朗，恣意既去，盡力弄巧以補功力之不足。這「遊身八卦掌」曾在王劍傑手下領教過，當時手忙腳亂，險些命喪刀底，此刻已明白其中奧妙所在。晃眼之間，王劍英已轉到自己身後，斗然想起胡家拳譜上有一門「四象步」，步法雖單純，卻似可用，不及細思，見敵人轉到身後，立即向前跨了一步。

就在這時候，王劍英呼的一掌，已擊向他後心。

眾人見胡斐背後門戶洞開，全無防禦，不禁為他擔心，不料他輕輕巧巧的大步跨前，王劍英這一掌竟爾打空。那「遊身八卦掌」只要一使動，再無停歇，不管出掌是否打中，腳下絕不停留，一掌掌的連綿發出。胡斐面向廳門，見王劍英搶到右邊，便向左跨了一步，他腳下跨步，正與王劍英發掌同時而作，使得這一掌又即打空。

太極生兩儀，兩儀生四象，四象生八卦，這「四象步」與「八卦掌」，其理原有共通之處。胡家拳譜上的「四象步」是練習拳腳器械的入門步法，並不能用以傷敵，胡斐早練得純熟。鬥到後來，他索性雙手叉腰，凝神注視對手，也不理王劍英是否發招，只要他奔到左方，就向右一步，奔到前方，就退後一步。不論對方如何忽前忽後，忽東忽西，他總是好整以暇的前一步、後一步、左一步、右一步，來來去去只是四步，妙在拿捏分寸恰到好處，而這步法又與八卦掌步法的八卦方位絲絲入扣，每一跨步，均與對手的行動若合符節，倒似與王劍英長期共習，練成了套子一般。

那「遊身八卦掌」一出手就是連續不斷的四八三十二招，王劍英越打越焦躁，卻連手指尖也碰不到胡斐身上。趙半山看得暗自嘆息：「這人徒學父藝，只知墨守成法，臨敵時不能隨機應變，另創新意，看來王維揚是後繼無人了。」眼見他第二節的三十二招八卦掌也已使完，商寶震取來解藥，叫道：「師叔，服了藥再收拾那小子。」這時王劍英的左臂已漸漸不聽使喚，知毒氣上行，便躍出圈子，接過解藥吞服。

趙半山道：「王師兄，我瞧……」王劍英知他定是出言勸解，待他話一出口，自己若不聽從，倒顯得不給他面子，當即搖了搖手，搶上前又舉掌向胡斐擊去。此時他步法極小，出掌也甚凝重，卻是使出八卦門中最厲害的「內八卦」掌法來。先前王劍傑只虛使內八卦短架，就制得商寶震無法動手，王劍英的功夫又比乃弟精湛得多。這內八卦掌法出手雖短，每一掌都極凌厲狠辣。

胡斐硬接三招，登感不支，心中暗叫：「糟糕！」見對方步子向左跨出，猛地提腳往他左腳腳背上踩落。王劍英罵道：「你作死麼？」左腳一縮，右腳踏出時就錯了八卦方位。王維揚教子習藝之時，規定極為嚴厲，不得有分毫差失，偏生這大兒子又天性固執，臨敵時腳下定須踏正方位，才肯出招。待他雙腳移正，胡斐又一腳對準他腳背踩了下去。這般胡鬧打法，原是任何成名的英雄所不屑為，胡斐卻一味頑皮取鬧，連踩幾腳，王劍英心到有機可乘，猛地一掌，就往他小腹上擊去。王劍英叫聲：「好！」雙掌齊出，推在他掌上。

這是硬碰硬的對掌，再無討巧之處，胡斐全身劇震，左掌跟著力推，但仍感對方壓

力沉重無比，此時稍一退讓，內臟立爲對方掌力所傷，只得奮力抵擋。

趙半山見胡斐已然輸定，笑道：「孩子，你輸啦，還比拚甚麼？」伸手在他背上輕輕一拍，一股內力從他身上傳將過去。王劍英雙臂一痠，胸口微熱，忙撤掌後退。趙半山道：「王兄，你功力自比這孩子高得多，那還用比甚麼？」他輕拍胡斐的肩頭，讚道：「了不起，了不起，再過五六年，連我也不是你敵手啦。」言下自然是說：你王老兄更加不用提了。

王劍英臉上一熱，自知功夫與趙半山差得太遠，要待交代幾句場面話，跟這孩子卻又不知從何說起，不由得怔在當地，一言不發。王劍傑見兄長的左掌紫黑，中毒甚深，向商老太道：「有沒有外敷的解毒藥？」商老太搖搖頭。

趙半山從懷中取出一個紅色小瓶，拔開瓶塞，說道：「兄弟自合的解毒藥，很有點兒功效。」王劍傑知他是使暗器的大行家，身上不帶解毒藥則已，倘若攜帶，定然應驗如神，他掛念兄長安危，伸出手掌。趙半山在他掌心倒了少些，笑道：「儘夠用了。」

這一來，王氏兄弟無論如何不能再對胡斐留難。

趙半山說道：

「小兄弟，你我今日萍水相逢，意氣相投，

雖然我年紀大了幾歲，

但我見你俠義仁厚，委實相敬。

他日你必名揚天下，為當世豪傑，

我何敢以長輩自居？」

第四章

鐵廳烈火

趙半山雙手負在背後，在廳中緩步來去，朗聲說道：「咱們學武的，功夫自然有高有下，但只要心地光明磊落，行事無愧於天地，那麼功夫高的固然好，武藝低也是一般受人敬重。我趙某人生平最恨的就是行事歹毒、卑鄙無恥的小人。」他越說聲音越嚴屬，雙目瞪著陳禹不動。

陳禹低下了頭，目光不敢與他相接，突然一瞥眼之間，嚇了一跳。原來商老太發出七枝金鏢，給趙半山接住後拋在地下。胡斐用一枝鏢刺傷王劍英後，接著將鏢射向商老太，那枝鏢仍跌落在地。這時趙半山在廳中來去，足下暗暗使勁，竟將七枝金鏢踏得嵌入了方磚之中，鏢與磚齊，甚是平整。眾人見陳禹臉上變色，順著他眼光看去，都大為驚奇，知趙半山露這手功夫，一來是警告商老太不得再使歹毒暗器，二來是要逼陳禹出去算帳，叫旁人不敢阻攔。

陳禹四下一望，但見王氏兄弟忙著裹傷，商老太與商寶震咬牙切齒，馬行空微微點頭，殷仲翔臉如死灰，心知沒一個敢出手相助，將心一橫，大聲道：「好啊，平素稱兄道弟，都是好朋友，今日我姓陳的身受巨賊脅迫，好朋友卻到那裏去了？姓趙的，咱們也不用出去，就在這裏動手吧。」趙半山剛說得一個「好」字，忽聽背後風聲響動，知有暗器來襲，接著聽得一聲喝道：「好朋友來啦！」

趙半山也不回頭，反過手去兩指一夾，接住了一把小小飛刀，覺那飛刀射來勢道勁急，全是陽剛之力，接在手上時刀身微微一震，和福建莆田少林派發射暗器的手法又自不同，笑道：「這位好朋友原來是嵩山少林派的，是不疑大師的高足罷？」

130

發射這柄飛刀的，正是嵩山少林派的年輕好手古般若。王氏兄弟、殷仲翔、陳禹等都是一驚，見趙半山並未回身，尚未見到古般若人影，卻已將他的門派師承猜得一點兒不錯。

趙半山卻想，我紅花會只僻處回疆數年，離中原並沒多時，看來名頭已不及往時響亮，我要保護一個孩子，叫一個人出外，居然不斷有人前來礙手礙腳，今日若不立威，倒教後生小子們將紅花會瞧得小了，朗聲說道：「你這位好朋友站著可別動。」不等古般若回答，雙手向後幾揚，跟著轉過身來，兩手連揮。眾人一陣眼花撩亂，但見飛刀、金鏢、袖箭、背弩、鐵菩提、飛蝗石、鐵蓮子、金錢鏢，叮叮噹噹響聲不絕，齊向古般若射去。王劍英大駭，叫道：「趙兄手下容情。」

趙半山一笑，說道：「不錯，自該手下容情。」

眾人瞧古般若時，無不瞪口呆。但見他背靠牆壁，身周釘滿了暗器，卻沒一枚到他身子。古般若半晌驚魂不定，隔了好一陣，這才離開牆壁，回過頭來，只見百餘枚暗器打在牆上，隱隱依著自己身子，嵌成一個人形。他慘然無語，向趙半山一揖到地，直出大門，也不向福公子辭別，逕自走了。

趙半山此手一露，便算已處了陳禹死刑，更還有誰敢出頭干預？但陳禹臨死還要強口，說道：「官匪不兩立，我一死報答福公子，那便是了。」趙半山大怒，向王劍英等說道：「太極門中出此敗類，是在下門戶之羞，原想私下了結，可是他非叫我抖個一清二楚不可。」陳禹自己也真不知道，甚麼事上得罪了這位紅花會三當家，他為人精明圓

滑，原不輕易跟人結怨，便接口道：「不錯，天下事抬不過一個理字。你說了出來，請大家評個道理。」

趙半山「哼」的一聲，指著那個黑膚大眼的小姑娘，問道：「你不認得這小妹妹麼？」陳禹搖頭道：「不認得，從來沒見過。」趙半山道：「就可惜你認得她父親。她是廣平府呂希賢的女兒。」

此言一出，陳禹本來慘白的臉色更加白得可怕。眾人「哦」的一聲，齊向這女孩望去。見這女孩十二三歲年紀，但滿臉風霜，顯是短短一生之中已受過不少困苦折磨。她手指陳禹，厲聲道：「你沒見過我，我可見過你。那天晚上你殺我兄弟，殺我爹爹，我在窗外看得清清楚楚。我每天晚上做夢，沒一次不見到你。」這幾句話說得淒厲肯定，陳禹又確曾做過那件事，張口結舌的「啊，啊」幾聲，沒再分辯。

趙半山向眾人雙手一拱，說道：「這姓陳的說得好，天下事抬不過個理字。我把這件事的前因後果，說出來請大家評個道理。各位想必都知道，廣平府太極門師兄弟三人，武功以小師弟呂希賢最強。這姓陳的，你稱呂希賢甚麼啊？」陳禹低下了頭，道：「他是我師叔。」心想趙半山述說往事，也不必跟他分辯，心中暗打脫身逃走的主意。

趙半山道：「不錯，呂希賢是他師叔。說到呂希賢這人，在下可與他素不相識，只是他是北京王府教師爺，咱們鄉下人又怎高攀得上？」言下之意，竟透著十分不滿，只是他存心厚道，又礙著那小姑娘的面子，說到此處為止，接著道：「在下隱居回疆，中原武林的恩怨原本不聞不問，可是有一日這小姑娘尋到了在下，哭拜在地，說要請我主持公

道。小姑娘，你將那兩件東西取出來，給各位叔伯們瞧瞧。」

那女孩解下背後包裹，珍而重之的取出一個布包打開，燭光下各人瞧得明白，赫然是一隻乾枯的人手，乃是左手，旁邊還有一塊白布，滿寫著血字。

趙半山道：「你說給各位聽吧。」

那小姑娘捧著一隻人手，淚流滿面，哽咽道：「我爹爹生了病，已好久躺著不能起來。有一天，這姓陳的突然帶了另外三個惡人，半夜裏來到我家，說是奉王爺之命，要爹爹說太極拳甚麼九訣的秘奧，不知怎樣，他們爭吵起來。我弟弟嚇得哭叫出聲，這姓陳的抓住了他，揚起了劍威嚇我爹爹，說道要是不說，就將我弟弟一劍殺死。我爹爹說了幾句話，我也不懂，他……他……就將我弟弟殺死了。」說到這裏，眼淚不斷流下。

胡斐叫道：「這樣的惡人，就該立刻宰了。」那小姑娘提衣袖抹了抹眼淚，說道：

「後來我爹爹跟他們動手，他們人多，我爹爹又生著病，就給這壞人害死了。後來孫伯伯來到我家裏，我就跟他說……」小姑娘不懂武林之中的恩怨關節，說來不明不白。

趙半山插口道：「她說的孫伯伯，就是廣不府太極門的掌門人孫剛峯。」這個人的名頭大家是知道的，都點了點頭。那小姑娘又道：「孫伯伯想了幾天，叫我過去，他拿出刀來，砍下了自己左手，蘸了血寫成這封血書，叫我……叫我……送去回疆給趙伯伯，說太極門中除了趙伯伯，再沒旁人報得我爹爹血仇……」眾人聽得面面相覷，只覺這真是人間一件極大慘事，只那小姑娘說得太不清楚，實在不懂。

趙半山道：「這位孫剛峯孫師傅，在下是識得的，當年他瞧不起我趙半山，曾來溫

133

州跟我打過一場架，想不到竟因如此，心中有了我趙某人的影子。」

眾人均想：「這一場架，定是孫剛峯輸了。」

趙半山又道：「孫師傅這封血書上說，他是廣平太極門掌門，自愧無能，收拾不下這姓陳的叛徒，因此砍下左手，送給我趙某人，信上說甚麼『久慕趙三爺雲天高義，急人之難』云云。嘿，他送我一隻手掌，再加一頂大帽子，趙某人雖跟他沒半點交情，這件事可不能不給他辦了。」

陳禹慘白著臉，說道：「這封血書，未必是我孫師伯的親筆，我得瞧瞧。」說著慢慢走到小姑娘身旁，去取血書，突然手腕一翻，寒光閃處，右手中一柄匕首已指著小姑娘後心，叫道：「好，那就同歸於盡！」

這一下變生不測，眾人均沒料及。趙半山搶上兩步，待要奪人，卻見陳禹左臂緊緊扼在呂小妹頸中，低沉著嗓子喝道：「你再上前一步，這女娃子的命就是你害的。」趙半山一驚，自然而然的倒退了一步，一時傍徨無計，心想：「那便如何是好？若七弟在此，他定有計較。」趙半山忠厚老實，對付奸詐小人實非其長，處此困境，不禁想起那足智多謀的七弟武諸葛徐天宏來。

陳禹右手匕首刺破呂小妹後心衣服，刀尖抵及皮肉，要使趙半山沒法用暗器打落匕首，雙目瞪住了趙半山，說道：「趙三爺，你我往日無怨，近日無仇，在下一向仰慕你大仁大義。你就是發暗器打瞎我這雙招子，姓陳的決不閃避接招。但這女娃子，可就給你殺了！」

趙半山手中扣了兩枚錢鏢，本擬射他雙目，只要他矮身一躲或伸手一護，就

134

可俟機救人，豈知此人見事甚快，先行出言點破了自己用意。

一時之間，大廳上登成僵局。

陳禹目不轉瞬的瞪著趙半山，防他有甚異動，口中卻在對王氏兄弟說話：「王大哥，王二哥，趙三爺今兒跟兄弟過不去，你二位可知其中原由？」王氏兄弟與他同府當差，雖然並不怎麼交好，但陳禹手段圓滑，平日人緣甚好，若不是二王忌憚趙半山武功了得，早已出言勸解。王劍英接口道：「聽趙三爺說，他也是受人之託，未必明白眞相。只怕這中間有甚麼誤會，也是有的。」

陳禹冷笑一聲，道：「誤會倒沒有。王大哥，兄弟進福公子府之前，是在定親王府當差，這個你是知道的了？」王劍英道：「是啊，你是定王爺薦來給福公子的。王爺大大誇你精明能幹哪。」陳禹：「兄弟傷了這小姑娘的父親，這件事是有的，兄弟一直好生過意不去。可是兄弟是奉了王爺之命。你我同是吃府門飯的人，主人家有差使交下來，你能違命麼？」王劍英這才明白，他藉著與自己一問一答，是在向趙半山解說這回事的來龍去脈，接上一句：「這叫做奉命差遣，概个由己，那也怪不得你陳兄弟。」

趙半山在回疆接到孫剛峯的血書，立即帶同呂小妹趕到廣平府，但沒法找著孫剛峯，當下又到北京找人，一查之下，得悉陳禹已隨同福公子南下。他胯下所騎是駱冰那匹銀霜逐電駒，不過兩天功夫，已從北京追到商家堡來。陳禹如何害死呂希賢父子，他確是不甚了了。呂小妹年幼，說不明白，多問得幾句，她就眼眶一紅，小嘴一扁，抽抽

135

嚶嚶的哭個不停。這時聽陳禹要言明此事根由，正中下懷，道：「好，你曾說過，天下之事抬不過一個理字。你倒說說看。呂希賢是你師叔，就算他犯了彌天大罪，也不能由你下手，致他於死地。」

陳禹此時有恃無恐，料想今日已不難逃命，但趙半山決不肯就此罷手，日後繼續追尋，卻難抵擋，心想總須說得他袖手不顧，方無後患，說道：「趙三爺，你是忠厚仁善、光明磊落的英雄好漢，常言道君子可欺以方，你這回可是上了孫剛峯的大當啦。」

趙半山一愣，道：「怎麼？上了甚麼當？」陳禹道：「我們廣平太極門姓孫的祖師爺傳了弟子三人，孫師伯是大弟子，先父居次，呂師叔第三，他師兄弟三人向來不睦，趙三爺你是明白的了。」趙半山本來絲毫不知，但想自己插手管他門戶之事，若說一切不知，未免於理有虧，當下不置可否，問道：「那便怎樣？」

陳禹道：「呂師叔是太極北宗一把響噹噹的好手，我對他老人家素來十分敬仰。他在定王府當教師爺，太極拳的秘奧卻半點不傳給王爺。定王爺生性好武，見他藏奸，心中自是不快，連問了幾次，呂師叔吃逼不過，竟辭去了差使。於是定王爺將在下找去，要我解釋太極拳中的甚麼亂環訣、陰陽訣。可是先父武功本就平常，又逝世得早，沒甚麼功夫傳下來，在下又懂得甚麼？定王爺便著落在下，去向呂師叔請問明白。」

趙半山心想：「太極門南北兩宗各有門規，本門武功秘奧不得傳於滿人。呂希賢不授秘訣，此事大致不假。」便點了點頭。陳禹臉色顯得十分誠懇，說道：「在下奉了王爺之命，與三位當差的兄弟到呂師叔府上去。那時他身上有病，肝火大旺，三言兩語就

對我痛下辣手。趙三爺你想，以我這點點稀鬆平常的武功，怎能害得了廣平太極門的第一把好手？」趙半山道：「那他是怎麼死的？」陳禹道：「呂師叔本已有病，在下的言語又重了一些。呂師叔痰氣上湧，失足摔了一交，在下連忙施救，已然不及。」

這番言語之中破綻甚多，趙半山正待駁斥，呂小妹已叫了起來：「爹爹是他打死的，爹爹是他……」第二句話沒說完，陳禹扼著她脖子的手一緊，將她後半句話制住了。趙半山大怒，喝道：「你既說他有病，怎地又鬥不過他？再說，他小兒子跟你無怨無仇，又何以傷害無辜？快放手！」

陳禹道：「趙三爺，你身在萬里之外，怎知找門戶中之事？我勸你還是各人自掃門前雪的好。」他一面說，一面移動身子，慢慢退向廳口。

趙半山雙目如要噴火，只眼見此人心狠手辣，倘若上前攔阻，他定要傷害呂小妹性命。這女孩年紀雖小，性格卻極堅毅，孤身一人，竟間關萬里、歷盡苦辛的尋到回疆。以這一條路上旅途之艱難，別說這樣個小小孤女，便壯年漢子，也十分不易。趙半山毅然插手管這件事，固為了孫剛峯斬手相託，有一小半也瞧在這孤女的孝心份上。後來與她共騎東來，時日一久，已視她猶如女兒一般。

只見陳禹再退幾步，便要出廳，趙半山空有一身暗器，竟爾不敢向他發射一枚，心下盤算：「若用一枚最重的蛇頭錐打他腦門，白能令他立時喪命，但他臨死之前只要手臂一送，呂小妹就性命不保。」

只見他又退了一步，此時桌上一枚大紅燭所結的一個燈花，突然卜的一聲爆了開

來，燭光一暗，待得燭火再明，陳禹身旁忽已多了一個老者。

那老者左手平舉胸前，但光禿禿的只剩根腕骨，手掌已齊腕斬去，身穿青布長袍，

形容枯槁，雙目深陷，顴骨高聳，臉上灰撲撲的甚是怕人。陳禹見眾人一齊望著自己左

側，神情異樣，不由得回頭一瞧。突見那人的左腕骨已伸到自己臉前，險此碰到，一驚

之下，忙讓開一步，叫道：「孫師伯，是你！」

那人竟不理會，拉起長袍，搶上一步，向趙半山磕下頭去，說道：「趙三爺，你的

恩情，孫剛峯只好來生補報了。」趙半山急忙答禮，雙眼卻不離陳禹。陳禹急退兩步，

正要擁著呂小妹搶出長窗，孫剛峯身形一晃，搶先堵住了去路，喝道：「回去！」陳禹

道：「你讓不讓路？」孫剛峯道：「你已害過呂家二命，姓孫的早就沒想活著。」轉向

趙半山道：「趙三爺，這位陳爺的話，在下在門外已聽得清清楚楚，當真一派胡言。我

呂師弟是為了亂環訣與陰陽訣而死在這奸賊手下的。」

趙半山向陳禹側目斜睨，哼了一聲，道：「原來陳爺精研我門的這兩大秘訣，兄弟

倒要領教。」孫剛峯道：「這倒不是。這位陳爺知道我太極拳有九大秘訣，而亂環訣與

陰陽訣又是拳法關鍵，只可惜他父親過世得早，沒來得及傳他。他千方百計要我和呂師

弟吐露，我師兄弟知他心術不正，就沒肯說。於是他用定王爺的勢力相壓，呂師弟仍然

不說。到後來他乘著呂師弟有病，夜中闖到呂師弟病榻之前，抓住他一脈單傳的一個娃

兒，說道若不吐露亂環、陰陽二訣，就將孩子一劍殺了……姓陳的，我這話是真哪，還

是假哪？」

陳禹鐵青著臉，一言不發，心中又驚又怒，眼見已可脫身，這姓孫的老傢伙偏偏在這時候闖了進來。只聽孫剛峯哽咽著又道：「一個聰明伶俐的娃兒，便喪生在他利劍之下。呂師弟抱病跟他拚命，又給他使雲手功夫，拖得精疲力盡，虛脫而死。趙三爺，孫剛峯愧爲掌門，年老無能，我北宗又人才凋零，眼下只這姓陳的武功最強，只有老著臉皮，請南宗主持公道。」他轉向陳禹道：「陳大爺，我的話沒半句冤你吧？」

趙半山只聽得義憤填膺，大步踏了上去，說道：「要學拳術的秘奧，自古以來只有求師訪友，從來沒聽說過如你這等禽獸之行。」陳禹喝道：「你別動，給我站著。」說著手臂一緊，呂小妹呀的一聲叫了出來。趙半山站定腳步，不敢再動。陳禹朗聲道：

「姓趙的，你要找我，儘管到北京福公子府上來。今日請你叫他讓讓道。」

趙半山無奈，只得向孫剛峯道：「孫師兄，今日咱們就暫且饒他！」

孫剛峯大急，說道：「你說今兒……今兒饒……饒了他？」趙半山道：「孫爺，你放心，趙某既拉扯上了這回子事，定然有始有終。」孫剛峯急得說不出話來，只說：

「你……你……」趙半山道：「讓路給他吧。姓趙的要是料理不了這回事，我斬這一隻手還你！」這幾句話說得斬釘截鐵，孫剛峯再無話說，身子往旁一讓，眼睜睜的盯著陳禹，目光中充滿了怨毒。

陳禹心道：「今日我脫卻此難，立時高飛遠走，天下之大，何處不是容身之所？只要我隱姓埋名，你找一百年也找不著老子。」臉上不自禁露出一絲得意神色，說道：

「趙三爺，你我後會有期。孫師伯說得不錯，我確想學一學太極門中亂環訣與陰陽訣的竅

門。你上京來，晚輩要好好請你指點、指點。」趙半山哼了一聲，那去理他。

陳禹不敢轉身，挾著呂小妹一步步倒退，經過孫剛峯身側，微微一笑，左足跨出了門檻，只須再走得幾步，便出廳門，黑暗中一躲，趙半山再難找到自己了。

胡斐自與王劍英比掌之後，一直在旁凝神注視趙半山、陳禹、孫剛峯三人，此時眼見陳禹狡計得逞，心道：「趙三爺幫了我這大忙，眼下他遇上難事，我如何不加理會？」他頭腦靈敏，人又頑皮，心念一動，早有計較，運氣將一泡尿逼到尿道口，解開了褲子，見陳禹即將踏出長窗的門檻，突然端起一張椅子，說道：「陳禹，我有一事請教。」

陳禹一呆，卻沒將這孩子放在眼內，並不理睬。

胡斐將椅子在他身前一放，跳上椅子，突然一泡急尿，往他眼中疾射過去。

陳禹急怒之下，伸左手在眼前一擋，阻住他射過來的尿水，右手匕首就往他胸口剌去。胡斐解褲之前，早就籌劃好了下一步，見匕首刺到，雙手握起椅子，急躍而起，人在半空，椅子向他頭頂猛砸下去。陳禹伸手格開，怒罵：「小賊！」胡斐人未落地，已向前撲出，抱住呂小妹一個打滾，滾開半丈。

陳禹大驚，縱上搶奪，胡斐鉤腳反踢，隨即放開呂小妹站起，胡亂將解開的褲子往褲帶中一塞，施展空手入白刃功夫，搶他手中匕首。陳禹心知不妙，不敢戀戰，猛戳一刀，立即轉身出廳，卻見趙半山雙手叉腰，神威凜凜的站在廳口。

胡斐哈哈大笑，說道：「我一泡尿還沒撒完呢！」

這一下變化，趙半山固然萬萬猜想不到，廳上眾人也無一不大出意料之外。待得各

140

人明白他用意，呂小妹早已獲救，陳禹亦已陷入重圍。這一來商老太更增恨意，王氏兄弟妒念轉深，馬行空暗叫慚愧，殷仲翔喃喃怒罵，但不論是恨是妒，是愧是罵，各人心中均帶著三分驚佩讚嘆：「若非這小子出此怪招，怎能將陳禹截得下來？」

趙半山對胡斐十分感激，臉上卻不動聲色，對陳禹淡淡道：「陳爺，你為了學亂環訣和陰陽訣，傷了兩條人命，其實大可不必這麼費事。這兩篇歌訣，在太極門中也算不得是甚麼了不起的不傳之秘，到還記得。你說過要向趙某討教，今日就傳了於你，也自不妨。」眾人一呆，均想：「他已難逃你掌握，卻來說反話。」

卻聽趙半山又道：「我先說亂環訣與你，好好記下了。」朗聲唸道：

「亂環術法最難通，上下隨合妙無窮。陷敵深入亂環內，四兩能撥千斤動。手腳齊進豎找橫，掌中亂環落不空。卻知環中法何在，發落點對即成功。」

這八句一唸，孫剛峯與陳禹面面相覷，說不出話來。這八句詩不像詩、歌不像歌的話，正是太極門中的「亂環訣」。陳禹幼時也依稀聽父親說起過，只全然不懂其中奧妙，萬想不到趙半山真能原原本本的唸給自己聽，他把心一橫，生死置之度外，道：「其中含義，還請趙三爺指點。」

趙半山道：「本門太極功夫，出手招招成環。所謂亂環，便是說拳招雖有定型，變化卻存乎其人。手法雖均成環，卻有高低、進退、出入、攻守之別。圈有大圈、小圈、平圈、立圈、斜圈、正圈、有形圈及無形圈之分。臨敵之際，須得以大克小、以斜克

141

正、以無形克有形，每一招發出，均須暗蓄環勁。」他一面說，一面比劃各項圈環的形狀，又道：「我以環形之力，推得敵人進我無形圈內，那時欲其左則左，欲其右則右。然後以四兩微力，撥動敵方千斤。務須以我豎力，擊敵橫側。太極拳勝負之數，在於找對發點，擊準落點。」

他所說的拳理明白淺顯，人人能解，但其中實含至理。聽上眾人均為武學好手，聽他口中講述，手腳比擬，無不出神。能聽到這樣一位武學名家講述拳理精義，實是一生之中可遇而不可求的良機。胡斐凝神傾聽，心花怒放，正是如聞天樂。

趙半山說的是太極拳秘訣，初時王氏兄弟、商老太、馬行空、殷仲翔等還只存著觀摩與切磋之心，後來聽他越說越透徹，許多長期積在心中的疑難，師父解說不出、自己苦思不明，卻憑他三言兩語，登時豁然通解。

趙半山解畢「亂環訣」，說道：「口訣只是幾句話，這斜圈無形圈使得對不對，發點與落點準不準，卻是畢生的功力。你懂了麼？」

陳禹盼望這「亂環訣」盼了一生，此時聽得明白，懂得透徹，知道只要再加十餘年苦練，憑此一訣便可成武學大師，不由得滿心歡喜，又問：「請問趙爺，那陰陽訣又是如何？」

趙半山道：「陰陽訣也是八句，你記好了。」陳禹聽得出神，就似當年聽父親傳授武功一般，隨口應道：「是，孩兒用心記著。」待得出口，這才驚覺，不由得滿臉通紅，但眾人都在傾聽趙半山講武，誰也沒留意他說此甚麼。只聽趙半山朗聲唸道：

142

「太極陰陽少人修，吞吐開合問剛柔。正隅收放任君走，動靜變裏何須愁？生剋二法隨著用，閃進全在動中求。輕重虛實怎的是？重裏現輕勿稍留。」

這口訣陳禹卻從沒聽見過，但他此時全無懷疑，用心記憶。趙半山拉開架式，比著拳路，說道：「萬物都分陰陽。拳法中的陰陽包含正反、軟硬、剛柔、伸屈、上下、左右、前後等等。伸是陽，屈是陰；上是陽，下是陰。散手以吞法為先，用剛勁進擊，如蛇吸食；合手以吐法為先，似牛吐草。均須冷、急、快、脆。至於正，那是四個正面，隅是四角。臨敵之際，務須以我之正衝敵之隅。倘若正對正，那便沖撞，便是以硬力拚硬力。如果年幼力弱，功力不及對手，定然吃虧。」

胡斐一直在凝神聽他講解拳理，聽到此處，心中一凜：「難道這句話是說給我聽的麼？是說我與王劍英以力拚力的錯處麼？」

卻見趙半山一眼不望自己，手腳不停，口中也絲毫不停：「倘若以角衝角，拳法上叫作：『輕對輕，全落空』。必須以我之重，擊敵之輕；以我之輕，避敵之重。再說到『閃進』二字，當閃避敵方進擊之時，也須同時反攻，這是守中有攻；而自己攻擊之時，也須同時閃避敵方進招，這是攻中有守，此所謂『逢閃必進，逢進必閃』。拳訣中言道：『何謂打？何謂顧？打即顧，顧即打，發手便是。何謂閃？何謂進？進即閃，閃即進，不必遠求。』倘若攻守有別，那便不是上乘武功。」這番話只將胡斐聽得猶似大夢初醒，心中對趙半山欽佩到了極處。

心道：「要是我早知此理，適才跟王氏兄弟比武，未必就輸。」

趙半山又道：「武功中的勁力千變萬化，但大別只有三般勁，即輕、重、空。用重不如用輕，用輕不如用空。拳訣言道：『雙重行不通，單重倒成功。』雙重是力與力爭，我欲去，你欲來，結果是大力制小力。單重卻是以我小力，擊敵無力之處，那便能一發成功。要使得敵人的大力處處落空，我力雖小，卻能勝敵，這才算是武學高手。」

只見他出手比劃，許多拳法竟是胡斐剛才與王劍英對掌時所用。他詳加解釋，這一招如何可使敵招用空，這一招如何方始見功。胡斐聽得此處，方始大悟：「原來趙三爺費了這麼大力氣，卻是在指點我學武功。」

陳禹是叛門奸徒，趙半山怎能授他太極秘法？那是他見胡斐拳招極盡奇妙，臨敵之際卻只憑一己的聰明生變，拳理的根本尚未明白，想是未遇明師指點。武林之中規矩極多，若為別門別派弟子，縱使他虛心請益，也未便可率爾指點，否則極易惹起他本門師長不快，許多糾紛禍患，常由此而起。他不知胡斐無師自通，只憑了祖傳的一部拳經，自行研習而成，眼見他良材美質，未加雕琢，甚為可惜，料想他師長未明武學至理，因此藉著陳禹請問之機，將武學的基本道理解說一通，每一句話都切中胡斐拳法的弊端，說得上是傾囊以授。他知胡斐聰明過人，必能體會，至於商老太、王劍英、王劍傑、馬行空等人雖也聽到了，但這些人年紀已大，縱明其理，未必能再下苦功。其餘殷仲翔、商寶震、徐錚等人，看來多半資質有限，當不足道。

經此一番指點，胡斐依法苦練，日後終得成為一代武學高手。只如此傳授功訣，武林中也可說別開生面了。

趙半山講解已畢，向陳禹道：「我說的可對麼？」陳禹道：「承蒙指點，茅塞頓開。早知如此，在下只須向趙三爺磕頭求教，也不必向孫呂二人苦苦哀求了。」趙半山冷然道：「是啊，早知如此，那也不必向趙三爺磕頭求教，也不必向孫呂二人苦苦哀求了。」陳禹一驚，一道涼氣從背脊上直透下去，心想：「他好端端傳我拳訣，怎地又提此事？」向王氏兄弟、殷仲翔等人一望，見各人臉上均現迷惘之色。

趙半山道：「陳爺，這兩個拳訣我是傳於你了，如何使用，只怕你還領會不到，來，咱們來推推手。」推手是太極同門練武的常用手法，陳禹雖存疑懼，卻也不便相拒，說道：「趙三爺，在下技藝平常，請您老人家包涵著點兒。」趙半山鐵青著臉道：「太極北宗第一高手呂希賢都死在閣下掌底，怎說是技藝平常？看招罷！」一招「手揮琵琶」，向他擊去。陳禹一驚，忙以「如封似閉」守仕正中，數招之間，拳路已全受對手之制。兩人使的太極拳雖有南北宗之分，拳路其實大同小異，但修為深淺有別，又拆數招，陳禹的雙掌似乎全給趙半山黏住了。

直到此時，孫剛峯心頭一塊大石方始落地，只聽趙半山問道：「孫兄，你說呂希賢是給他用『雲手』累死的？」孫剛峯忙道：「是啊。我見到呂師弟的屍首，顯是筋骨脫力。」陳禹越鬥越驚，說道：「趙三爺，在下不是您對手，請您停手罷。」趙半山道：「好，你再接我一招。」左手帶著他右手，轉了一個大圈，又是一圈，一股極強的螺旋力帶動他左手，正是太極雲手。這雲手連綿不斷，一圈過後，當日陳禹害死呂希賢，使的正是這路手法。陳禹想到呂希賢死時的慘狀，想到他連聲哀告而自己卻不絕催勁，想

到他連最後一分力氣也給自己逼了出來，不由得面如土色。

趙半山見到他驚懼之極的神色，心腸軟了，勁力一鬆，黏力卸去，溫言道：「大丈夫一身作事一身當，既行惡事，自有惡果。你好好想一想罷。」他生性仁善，雖知陳禹死有應得，卻不忍見他如呂希賢一般慘受折磨而死。

他轉過身子，負手背後，仰天嘆道：「一個人所以學武，若不能衛國禦侮、精忠報國，也當行俠仗義、濟危扶困。如果以武濟惡，那還不如作個尋常農夫、種田過活了。」這幾句其實也是說給胡斐聽的，生怕他日後為聰明所誤，走入歧途。他一生從未見過胡斐這等美質，心中對之愛極，自忖此事一了，隨即西歸回疆，日後未必再能與之相見，因此傳授上乘武學之後，復諄諄相誠，勸其勉力學好。

胡斐如何不懂他言中之意，大聲喝道：「姓陳的，一個人做了惡事，就算旁人不問，也不如自盡了的好，免得污辱了祖宗的英名。」他這幾句其實是答覆趙半山的。

趙半山極是喜慰，轉頭望著他，神色甚是嘉許。胡斐眼中卻滿是感激之情。

正當一老一少惺惺相惜、心意互通之際，陳禹見趙半山後心門戶大開，全無防備，自己與他相距不到二尺，心想：「不是你死，便是我亡！」運勁右臂，奮起全身之力，一招「進步搬攔捶」，往趙半山背心擊去。

陳禹這一拳，乃他畢生功力之所聚，自知這一招若不能制敵死命，自己就無活命之機，當真是拳去如風，勢若迅雷，猶似大鐵鎚之一擊。

就在這電光石火的一瞬之間，趙半山身子微弓，正是太極拳「白鶴亮翅」的前半

招，陳禹這一拳的勁力登時落空。趙半山腰間半扭，使出「攬雀尾」的前半招，轉過身來，雙掌緩緩推出，使的是太極拳中的「按」勁。他以半招化解敵勢，第二個半招已立即反攻，只兩個半招，陳禹全身已在他掌力籠罩之下。太極拳乃極尋常的拳術，武學之士幾乎人人識得。聽上旁觀眾人於兩人招式均了然於心，見趙半山一守一攻都只使了半招，便能隨心所欲，的是名家手段，非同凡俗，無不大為嘆服。

此時陳禹咬緊牙關，拚著生平所學，與趙半山相抗，初一接招，只覺對方力道也不甚強，當即手上加勁。但勁力一增，立覺對方反擊的力道也相應而增，大驚之下，急忙鬆勁，對方的反力居然也即鬆了，然而要脫出他拳引之力，卻也不能。

胡斐默默想著趙半山適才所授的「亂環訣」與「陰陽訣」，凝神觀看二人過招，印證趙半山所說的拳訣要義。但見陳禹發拳推掌，勁力雖強，可是只要給趙半山一撥一帶，拳掌的去向方位登時變了，那正是「亂環訣」中所謂「陷敵深入亂環內，四兩能撥千斤動」的應用。他瞧了一會，笑道：「陳老兄，你已經深陷趙三爺的亂環之內了，我瞧你今日要歸位。」

陳禹全神貫注的應付敵招，胡斐這幾句話全沒聽見。又拆數招，胡斐瞧出陳禹拳招中露出破綻，叫道：「趙伯伯，他左肋空虛，何不擊他？」趙半山笑道：「正是！」拳隨聲至，攻向他左肋。陳禹急忙閃避。胡斐又道：「攻他右肩。」趙半山道：「好！」發掌向他右肩拍去。

陳禹沉肩反掌架開。趙半山笑問：「下一招怎地？」胡斐道：「踢他腰間。」趙半

山左掌一帶，陳禹拿勁穩住身子，趙半山果然飛腳踢他腰間。胡斐連叫數下，每一招都

說得頭頭是道，而且是早說了一兩招，竟能料敵機先。趙半山讚道：「小兄弟，你說的

大有道理。」胡斐突然叫道：「拍他背心。」

這時趙半山正與陳禹相對，心中一怔：「這一招可叫得不對了，我與敵人正面相

持，怎能攻他背心？」但微一遲疑，立時省悟：「這孩子是出了個難題給我做。」身子

半斜，右掌向外拖引，陳禹也即斜身應招。趙半山左掌再向右帶，陳禹的身子又斜了幾

分，背心算是賣給了人家。趙半山輕輕揮掌拍出，正拍中他背脊。這一掌只要去得稍

快，力道略強，改拍為擊，陳禹已然斃命，他大駭之下，急忙轉身，臉上慘無人色。

趙半山回頭笑道：「對不對啊？」胡斐大拇指一翹，讚道：「好極了！多謝趙伯伯

教招。」躬身示謝。他其實並非向趙半山出個難題，而是向師父請教拳法。

陳禹死裏逃生，但究是名家弟子，雖驚魂未定，卻已見到可乘之機，只見趙半山回

身與胡斐說話，下盤空虛，心想：「我急攻兩招，瞧來就能逃命。」飛腿「轉身蹬腳」，

猛向趙半山踢去，見他側身一退，大喝一聲，一招「手揮琵琶」，斜擊敵人左肩。他這兩

招連環而出，勢如狂驟風雨，用意不在傷敵，只求趙半山再退得一步，他便能奪門而

逃，自恃年輕力壯，腿長腳快，趙半山身子肥胖，拳術雖高，說到跑路，總勝不了自

己。

趙半山見他起腿，便已猜到他用意，待他「手揮琵琶」一招打到，竟不後退，卻踏

上一步，也出一招「手揮琵琶」。這一招以力碰力，招數相同而處於逆勢，原是太極拳中

的大忌，與他適才所說「雙重行不通」的拳理截然相反，即令是高手逢著低手，也非敗不可。旁觀眾人倒有半數輕輕「噫」的一聲。陳禹反掌一探，已抓著趙半山手腕，就勢一帶，將他龐大的身軀舉了起來，隨即甩了出去。

孫剛峯與呂小妹齊聲大叫：「啊喲！」胡斐卻笑著叫道：「妙極，妙極！」

趙半山身在半空，心中暗嘆：「無怪北宗太極盛極中衰。孫剛峯枉為一派掌門，卻不及一個小小孩子，竟瞧不出我此招的妙用。」跟著一陣歡喜：「這孩子領悟了我指點的拳理精義，立即能夠變通，聰明才智，當真難得，是老天下來的武學高手！」他費了這麼多力氣心血，旨在指點胡斐武功，見胡斐一點即明，通曉武學要詣，心中大喜。

陳禹將敵人抓起，又驚又喜，這一下成功，遠非他始料所及，用力甩出，滿擬就算不能傷敵，也可全身而出商家堡。那知舉臂力揮，趙半山手掌翻過，反而將他手腕拿住，這一甩竟沒將他摔出。

陳禹大驚，左掌隨即向上揮擊，趙半山居高臨下，右掌按落。啪的一聲，雙掌相交，兩隻手掌就似用極黏的膠水黏住了。陳禹左掌前伸，趙半山右掌便後縮，陳禹回奪，他便跟進，胖胖的身軀仍雙足離地，為陳禹舉在半空。

按常理一人給對手舉起，已處於必敗之地，但趙半山知對方功力與自己相差太遠，故行險著，要將平生所悟到最精奧的借力打力拳理，指點胡斐。雙足離地，身子凌空，其行動之不能自如，已到極處，所有招數勁力，純須順應對手，要從不由自主之中而得自由自在，可說是武學的最高境界，而胡斐之所不明者，也正在此。

他左手抓住陳禹右腕，右掌與他左掌相黏，不論陳禹如何狂甩猛摔，始終不能使他有一足著地。趙半山二百來斤的身子壓上對方雙臂，初時陳禹尚不覺得怎樣，時刻稍久，膀子上的壓力越來越重，就似舉了一塊二百多斤的大石練功一般。若真是極重的一塊大石，也就罷了，但趙半山人在空中，雙足不絕尋瑕抵隙，踢他頭臉與雙目。

陳禹又支持片刻，已額頭見汗，猛地一個箭步，縱向柱邊，揮手運力，想將敵人身子往柱子上撞去。趙半山右足早出，撐在柱上。先前他身子在半空，壓在陳禹膀上的只能是自身重量，要加上一兩一錢的力道也絕不能夠，此時撐了柱子，一股強力如泰山壓頂般蓋將下來。陳禹雙臂格格作響，如欲斷折，暗叫：「不妙！」急忙躍開。

這時他全身大汗淋漓，漸漸濕透衣衫，不論使地堂拳著地打滾，或縱橫跳躍，趙半山始終身在半空，將自身重量壓在他身上。胡斐見趙半山的武功如此神妙，又驚奇，又歡喜，體會他不使半分力道，卻能制敵的妙理精義，只見陳禹身上汗水一滴滴的落在地下，就像是在一場傾盆大雨下淋了半天一般，不多一會，滿地都是水漬。

胡斐還道他是出盡全力，疲累過甚。馬行空、王劍英等行家，卻知陳禹每流一滴汗水，功力便消耗一分，待得汗水流無可流，那便是油盡燈枯、斃命之時了。

陳禹自己也何嘗不知，只覺全身酸軟，胸口空洞洞地難受之極，猛地想起：「我使雲手累死呂希賢之時，他身上所受、心中所感，定與我此時一般無疑。這真叫做自作自受，眼前報應。」一想到性命難逃，不禁害怕之極，剛勇之氣盡消，再沒半分力道相抗，突然雙膝跪下，哀聲號叫：「趙三爺饒命！」趙半山輕輕向後一縱，伸出右掌，喝

道：「留著你這奸徒何用？」正要揮掌向他天靈蓋擊落，卻見他仰臉哀求，滿面驚懼悽慘之色。

趙半山素來心腸仁慈，縱遇窮兇極惡的神奸巨憝，只要不是正好撞到他在胡作非為，常起憐憫之心，擒住了教訓一頓，即行釋放，讓他日後得能改過遷善。此時陳禹筋脈散亂，全身武功盡失，已與廢人無異，就算不痛改前非，也已無能作惡，眼見他神情可憐，右掌停在半空，不即擊落，轉頭向孫剛峯道：「孫兄，此人的功夫已經廢了，憑你處置罷。只是小弟求一個情，留他一條性命。」

孫剛峯望望趙半山，又望望陳禹，甚是為難，轉頭看呂小妹時，見她雙目中噴出怒火，恨恨的瞪著陳禹，登時有了主意，撲翻身軀，向趙半山便拜，說道：「趙三爺，今日你為我北宗清理門戶，孫某永感大德。」說著連連磕頭。

趙半山忙也跪下還禮，說道：「孫兄不必多禮。路見不平，拔刀相助，乃是我俠義道本份之事。何況你我同門，休戚相關，何勞言謝。」只見孫剛峯站起身來，右手中握著明晃晃的一柄尖刀。趙半山站直身子，突然見到尖刀，微感詫異，退了一步。

原來這柄匕首本是陳禹的，他先前用以指仕呂小妹，胡斐施巧計救人，相鬥之際，奪下匕首擲地。後來趙半山口授拳訣，一件事緊跟著一件，陳禹始終無暇拾回匕首。孫剛峯乘著磕頭之時，右手拾起。他踏前兩步，走到呂小妹身前，將匕首送了過去。呂小妹伸手握住刀柄，目光中意存詢問。

孫剛峯說道：「趙三爺，你說甚麼，做兄弟的不敢駁回半句。呂小妹的父親是給這

奸賊活活打死的，她兄弟是這奸賊親手殺的。饒不饒人，只好由小妹做主。趙三爺，你說是不是？」趙半山嘆口氣，點了點頭。

孫剛峯向呂小妹厲聲道：「小妹，你要報仇，有膽子就將這奸賊殺了。你如心軟害怕，就讓他走罷！」眾人目光一齊注視在呂小妹臉上。有的心想她既有堅志毅力遠赴回疆求援，復仇之心異常堅決，自有膽量殺人；有的卻見她瘦小怯弱，提著明晃晃的一柄尖刀，右手已不住發抖，只怕未必敢去殺陳禹這長大漢子。

呂小妹身子打戰，心中卻無半分遲疑，提著尖刀，逕自走向陳禹。她身高還不到陳禹胸口，尖刀向前戳出，刺向他小腹。這時陳禹四肢酸麻，能直立不倒，已萬分勉強，見小妹挺刀刺來，大叫一聲，回頭就走。呂小妹雖曾練過此拳腳，畢竟武功極淺，給他這麼一縮身，刀子刺空，提著尖刀，隨後追去。

陳禹腳步蹣跚，跨出長窗，奔向廳門，見廳門緊閉，忙伸手去推，不料大門竟然奇熱，嗤嗤幾聲響，冒出白煙，兩隻手掌已給大門黏住。他大驚之下，奮力回奪，但全身勁力已失，一個踉蹌，身子反靠了上去，黏在門上，只慘呼一聲，便即全無聲息。

這一下變故可沒一人料想得到。眾人一呆之下，一齊擁到門前，鼻中只聞到一陣焦臭，跟著熱氣撲上身來，那廳門竟是極厚的鐵門，而且燒得熾熱。陳禹給黏在門上，片刻間已然燙死。

眾人看明真相，驚詫更甚。王劍英叫道：「師嫂，怎麼一回事啊？」卻不聽商老太

152

回答，轉身尋人時，不但商老太母子影蹤不見，連廳中傳送酒菜的僕人也已個個躲得不知去向。王劍英臉上遮上一道陰影，急步走向內堂，卻見通向內堂之門也已緊閉。那門正中繪了一個八卦，烏沉沉的似乎也是鋼鐵所鑄。他不敢伸手去推，只走上兩步，登覺一股熱氣撲面而至，卻是後門也給烤熱了。

王劍英大聲叫道：「商家師嫂，你搞甚麼鬼啊，快出來！」他聲音洪亮，四壁回音反震，更加響亮。眾人自然而然的抬起頭來，但見那廳除了廳口一排長窗作為間隔的屏風之外，竟沒向外開啓的一扇窗子，前後鐵門一閉，關得密不通風，連蒼蠅也飛不出去。

眾人面面相覷，這才省悟，原來商家堡這座大廳建造之時已別具用心，門用鐵鑄，不設窗戶，瞧來牆壁也極其堅厚，非鐵即石。馬行空提起一條長凳，雙臂運勁，「嘿」的一聲，往牆上撞去，長凳從中斷為兩截，牆上白粉簌簌簌落下幾塊，露出內裏的花崗石來。王劍英擺個馬步，運勁於掌，雙掌向牆壁排擊過去。以他這一擊之力，尋常牆壁縱不洞穿，也要打得土崩磚裂，但這牆壁顯是以極厚極重的巖石砌成，在王劍英雙掌併擊之下，竟爾紋絲不動。

王劍英心慌意亂，不住叫嚷：「商家師嫂，你幹甚麼？快開門！快開門！」

趙半山沉住了氣，欲尋出路，但想：「這大廳如此建造，本意就要害人，屋頂上也必布置嚴密，衝不出去。」

王劍傑叫了幾聲，心中害怕起來，住口不叫了，望著兄長，沒半點主意。

153

這時廳中留著的是趙半山、胡斐、孫剛峯、呂小妹、王氏兄弟、馬行空、徐錚、殷仲翔，一共九人，還加陳禹一具屍體。除呂小妹外，其餘八人武功均自不弱，但困在這座鐵鑄石砌的廳中，空有全身武功，卻沒半點施展之法，一時你望我，我望你，不知如何是好。

忽聽得一個陰惻惻的聲音地傳來：「你們自命英雄好漢，今日想逃出我商家堡的鐵廳，那叫做千難萬難。這鐵廳是先夫商劍鳴親手所建，他雖死去多年，還能制你們的死命。眾位大英雄，你們可服了麼？」隨即哈哈大笑。眾人聽得毛骨悚然，循聲望去，原來商老太這番話是從牆腳邊一個狗洞中傳進來的。

王劍英俯下身來，對著狗洞叫道：「師嫂，我兄弟與劍鳴師哥同門共師，有恩無仇。你把咱兄弟也關在這裏，那算怎麼一回事？」商老太又陰惻惻的笑了幾下。

狗洞中傳進來柴火爆裂的畢卜之聲，顯是外面火頭燒得極猛。

只聽商老太枯啞的聲音說道：「劍鳴不幸為奸賊胡一刀所害，你既與他有同門之誼，就該設法為他報仇。今日遇上仇人之子，你兄弟倆卻怕了外人，袖手不顧，這等不仁不義之人，活在世上何用？」王劍英道：「劍鳴師哥的死訊，我們今日才聽到，更不知是胡一刀所害。倘若早知，自然已為他報了大仇。」商老太冷笑道：「你抹了良心，說這等鬼話。」王劍英說道：「剛才我手上受傷中毒，不也是為了……為了……」一言未畢，只聽颼的一聲，狗洞中射進一枝箭來，若非王劍傑眼快，搶上一步踏住，伏在地下的王劍英還得中箭受傷。

154

殷仲翔也知無法跟商老太辯駁求情，問道：「商劍鳴造這座鐵廳，想害甚麼人？」

王劍英怒道：「這人跟先父學藝之時，爲人就不正派，鬼鬼祟祟的起這等房子，還能安甚麼好心眼了？」

胡斐心想：「那商劍鳴打不過我爹爹，便造了這座鐵廳，想用來害他，那知這膿包還是死在我爹爹手裏。」他口裏卻不說話，四下察看，找尋脫身之計。

胡斐的推想卻也錯了。商劍鳴與胡一刀素不相識，他是與苗人鳳結下了仇，上門殺了苗人鳳的兄弟和妹子，情知這號稱「打遍天下無敵手」的金面佛極不好惹，總有一日要找上門來，如比武不勝，就可用這鐵廳制他。那知找上門來的不是苗人鳳而是胡一刀。商劍鳴一向自負，全不將胡一刀放在眼裏，戰之下，不及使用鐵廳，就給胡一刀殺了。商老太既知胡一刀已死，而他兒子胡斐武功既強，又得趙半山相助，大仇難復，乘著趙半山與陳禹相鬥、衆人凝神觀戰之際，她悄悄與兒子出廳，悄悄關上了前後鐵門，指揮家丁堆柴焚燒。這座鐵廳門堅牆厚，屋頂鐵鑄，外面燒火，廳中各人竟未知覺，待得陳禹燒死在鐵門之上，各人已如籠中之鳥，插翅難飛了。

衆人在廳中繞走徬徨，好在那廳極大，鐵門雖然燒紅，熱氣還可忍耐。趙半山道：「咱們總不成在這兒生生困死，大夥兒齊心合力，掘一條地道出去。」殷仲翔皺眉道：「此處又沒鐵鑱鋤頭，待得掘出，人都烤熟了。」

徐錚一直擔心未婚妻子馬春花隔在廳外，不知會有甚麼遭遇，他是個莽夫，空自焦急，想不出半點法子，這時聽趙半山說到掘地道，大聲道：「趙三爺說得對，總是勝過

束手待斃。」拔出單刀，將地下的一塊大青磚挖起，突見一股熱氣冒將上來。

他嚇了一跳，伸刀在熱氣上處一擊，只聽噹的一響，竟爲金鐵撞擊之聲。眾人更加驚詫。王劍傑道：「地底也是鐵鑄的？」用刀接連撬起幾塊青磚，果然下面連成一片，整個廳底乃是一塊大鋼鐵。掘地道固然不用說了，更唬人的是，地面上的熱氣越冒越旺。徐錚罵道：「媽巴羔子，老虔婆在地底下生火，這廳子原來是隻大鐵鑊。」

胡斐笑道：「不錯，老婆子要把咱們九個人煮熟來吃了。」

眾人見熱氣孃孃上冒，無不心驚。過得片刻，頭頂也見到了熱氣，原來廳頂也是鐵板，上面顯然也堆了柴炭，正在焚燒。

王劍英又伏到狗洞之前，叫道：「商師嫂，你放我們出來，我兄弟爲你取那姓胡的小雜種性命。」胡斐聽他出言不遜，提起腳來往他屁股上踢去。趙半山拉住他手臂向後一扯，這一踢登時落空。趙半山低聲道：「這裏大夥兒須得同舟共濟，自己人莫吵，要先想法子出去。」心想：「只要商老太肯放王氏兄弟，便有脫身之機。」

卻聽商老太說道：「小雜種的性命早已在我手中，何必要你假惺惺相助？再過半個時辰，你們人人都成焦炭。哈哈，這裏面沒一個好人。姓胡的小雜種，馬老頭子，廳上

馬行空皺眉不答。商老太又梟啼般笑了幾聲，叫道：「馬老頭子，你的女兒我會好好照料她，你放心，我給她找一千個一萬個好女婿。」她這句話，顯是說要將他女兒折磨後賣入窰子。馬行空心如刀割，他年紀已大，對自己性命倒不怎麼顧惜，只擔心獨生

好風涼罷？」

156

愛女落在外面，痛受這惡毒的老婆子折磨，必定苦不堪言。

王劍英站起身來，在兄弟耳邊說了幾句話，王劍傑點了點頭。王劍英向趙半山拉著胡斐拱手，說道：「趙三爺，咱們同在難中，兄弟可有句不中聽的言語。」趙半山拉著胡斐的手，說道：「一切全憑王大哥吩咐。可是要伸手加害這小兄弟，卻萬萬辦不到。」趙半山見王氏兄弟交頭接耳，已知二人為了活命，想先殺胡斐，再向商老太求情。

王劍英為他一言點破了心事，臉帶殺氣，厲聲道：「趙三爺，商老太的對頭只這孩子一人。冤有頭，債有主！大夥兒犯不著一齊陪個孩子做鬼。」他向眾人逐一望去，說道：「各位說冤是不冤？」殷仲翔立即接口：「除了這孩子，大夥兒跟這件事全沒牽連。」王劍英道：「馬老鏢頭，你怎麼說？」馬行空自忖商老太與己有仇，未必能放過自己師徒，但眼前情勢危急異常，只有設法脫身先說，胡斐是死是活，原也不放在心上，便道：「王大爺說得是，此事原跟旁人無涉。」

王劍英道：「孫大哥，你來趕這淌渾水，那更加犯不著。姓陳的已經燒死，你與呂家小妹妹的仇已經報了。」孫剛峯覺他的話有理，不過心中極感趙半山之情，實不便公然與他作對，勸道：「趙三爺，不是兄弟不顧義氣，倘是你趙三爺⋯⋯」趙半山厲聲喝道：「你們有六個，我們只兩人。咱們倒先瞧瞧，是姓趙姓胡的先死呢，還是你們姓王姓殷的先死。」說著擋在胡斐身前，神威凜凜。他平時面目慈祥，說話溫和，心腸又極軟，但面臨生死關頭，「仁俠」二字卻顧得極緊，這幾句話說得斬釘截鐵，竟不留半分餘地。

王氏兄弟等一來忌他武功了得，二來又覺自己貪生怕死，跡近無義小人，倒也不敢一擁而上動手。但一個人到了生死之際，面目全露，委實半點假借不得。各人只覺腳底越來越熱，再也站立不住，都拖了一張長凳或椅子，踏在上面。王劍傑八卦刀一揚，叫道：「趙三爺，兄弟今日要得罪了。」左手向殷仲翔、馬行空、徐錚一招手，喝道：「併肩子上啊！」他知孫剛峯決不能與趙半山為敵，但己方五人敵他一老一小，也大有可勝之機。五人兵刃紛紛出手，只待趙半山身子一動，便同時砍殺出去。

這一番只要動上了手，勢必人人拚命，廳中越來越熱，多挨一刻，便多一分危險。

胡斐心想：「只為我一人，卻陪上這幾個人，王氏兄弟等死不足惜，趙三爺是大大的英雄好漢，如何能讓他為我而死？這幾人擁將過來，縱然趙三爺和我將他們殺了，我們仍難逃性命。瞧來只有我死在商老太手裏，才救得趙三爺性命。」見王氏兄弟躍躍欲動，只沒一人敢先發難，心念已決，朗聲道：「大家且莫動手。」俯身將頭鑽出狗洞，叫道：「商老太，我在這裏不動，你發鏢打死我罷！快開門放趙三爺出去！」

商老太仰天大笑，金鏢向自己眉心急射過來，雙目一閉，心想：「商老太將我打死，遂了心願。她跟趙伯伯無仇，自會放他出去。」就在此時，突覺右足給人扯動，身子向後激射。他睜開眼來，身在半空，當即左臂長出，在柱上一抹，輕輕落下。只見趙半山手中接了一枝金鏢，原來又是他救了自己性命。

王劍英見胡斐捨身救人，趙半山竟從中阻撓，不禁大怒，叫道：「姓趙的，大丈夫恩怨分明，此事原本與你我無干。他既自願就死，又要你橫加插手幹麼？」

趙半山微笑不答，轉頭向胡斐道：「小兄弟，適才你腦袋鑽出了狗洞之外，是麼？」

胡斐道：「是啊。」見他神情鎮定，笑容可掬，似乎已有了脫身之計，說道：「趙伯伯，請你吩咐。」趙半山道：「腦袋是硬的，沒法縮小，肩膀與身子卻是軟的。」胡斐立時領悟，叫道：「是了，腦袋既鑽得出，身子便也鑽得出。」當即脫下棉襖，裹成一團，頂在頭上。身上瘦了，易於鑽出，頭頂棉襖，可擋商老太的餵毒金鏢。

趙半山道：「你且退後，我給你開路。」徐錚叫道：「不行，你這麼胖，怎鑽得出去？」趙半山哈哈一笑，不去理他，俯下身子，右手揚處，一枚袖箭從狗洞中激射而出，只聽外面一名莊丁大聲呼痛，叫道：「腳，腳，我的腳！」顯是他的腳給袖箭打中了。趙半山左手微動，又將商老太的金鏢發了出去。

這一次外面卻無動靜，想是各人均已避開。有人叫道：「快，快把狗洞堵死。」商老太喝道：「不許動，我要聽他們燙死時的呼叫。大家避在一旁便是，暗器能拐彎麼？」趙半山雙手連揚，十餘枚暗器接連射出，去勢勁急異常，都射出十丈以外。

發到將近二十枚，他左手在胡斐背後輕輕一推。胡斐向前一撲，先將棉襖送了出去。商老太早已防到這著，火光下見黑黝黝的一團從狗洞中鑽出，紫金八卦刀呼的一刀砍將下來，正中棉襖，但覺著刀之處軟綿綿地，心知不對，急忙提刀。胡斐急從狗洞中

鑽出，右手搶前，手掌翻轉，已抓住商老太手腕。

商老太大叫一聲。商寶震縱了過來，揮刀向著胡斐頭頂砍落。胡斐借勁將商老太的手腕揮去，噹的一響，母子倆雙刀相交。這一下手法，正是趙半山適才所授的借力打力功夫，也是他聰明過人，一學即能使用。商寶震第二刀復又砍下，這一刀勁力好大，正砍在牆基的花崗石上，火星四濺，刃口也捲了起來。胡斐轉身打了個旋子，火光中見商老太橫刀向自己削來，急使個「千斤墜」，身子驟落，只聽得呼的一聲，八卦刀從頭頂掠過。他足未落地，左掌翻起，以空手入白刃功夫去奪商老太手中金刀。

商老太見仇人居然死裏逃生，眼都紅了，八卦刀直上直下，狂斫猛劈。胡斐空手搶攻數招，竟絲毫佔不到便宜，但聽得眾莊丁大聲吶喊，煙火裏商寶震提刀又上。胡斐心想此時廳上已燒得熾熱異常，時刻稍久，趙半山等性命難保，他心中焦急，一雙肉掌在兩柄大刀之間穿來插去，狠命相撲。商氏母子也知這一戰乃生死存亡之所繫，雙刀呼呼，繞著胡斐圍攻。

大廳中趙半山、王氏兄弟等八人一齊俯耳狗洞之旁，傾聽胡斐與商氏母子相鬥。王氏兄弟雖對胡斐頗為憎恨，此時卻與趙半山的心思並無二致，只盼胡斐快些殺敗商氏母子，打開廳門。廳上熱氣越來越難熬，桌椅必剝作響，蠟燭遇熱熔盡，登時黑漆一團。突然間火光一旺，卻是牆壁上掛著的屏條字畫遇熱燃燒，但片刻燒盡，接著又伸手不見五指，再過不久，只怕桌椅也要燒著了。

眾人心中急得也如烈火焚燒，但誰也不出聲，凝神傾聽外面三人相鬥之聲。

王劍英突然在洞口叫道：「胡家小兄弟，快攻商老太下盤。她這路刀法下三路不穩。」他在八卦刀上浸淫數十年，聽著刀風的聲音，便知她如何使刀。

胡斐正苦於一時不能取勝，聽得王劍英的叫聲，心中大喜，彎腰弓身，伸拳往商老太腿上擊去。商老太竟然不避，舉刀往他背心直劈，她只求傷敵，已不顧自身。胡斐扭腰側身，讓開了這刀，商老太第二刀連綿而上。她明聽得王劍英叫敵人攻擊自己下盤，卻偏不去守禦。王劍英大叫：「她在情急拚命，你奪不下她金刀的。快想別法吧。」胡斐心道：「這個我早知道，何必你來提醒？遇到這樣個瘋婆子，有甚麼法子？」

狗洞外戰鬥激烈，胡斐以一敵二，漸佔上風，但要取勝，只怕還在百餘回合之後。商老太瞧出情勢不利，又聽得王劍英不住叫嚷指點敵人，將破解八卦刀的訣竅，一點一點的說了出來，惱怒異常，暗道：「你不給同門師哥報仇，已大大不該，卻反而相助敵人，當真是狼心狗肺的奸賊。」她卻不想王劍英身處絕境，若不反助胡斐，性命已活不過一時三刻。她狂怒之下，心想：「這小雜種武藝高強，既逃了出來，只怕再難殺他。」大聲呼喝莊丁，急速多加柴炭焚燒。

那麼燒死了廳中這批奸人，也稍出我心中惡氣。」王劍傑道：「趙三爺，快發暗器相助。」趙半山手中早扣了十餘枚暗器，埋怨胡斐無用。王劍傑道：「趙三爺，快發暗器相助。」趙半山手中早扣了十餘枚暗器，但商老太等三人在狗洞之旁惡鬥，貼身而戰，瞧不見準頭而憑虛發射，怎保得定不打中胡斐？小胡斐心思機敏，早已想到這節，數次要引商老太到狗洞之外。可是商老太忌憚趙半山暗器了得，始終不上這當。

這時廳上焦臭漸濃，先是各人的頭髮鬍子鬢曲燒焦，接著衣服邊緣都捲了起來，各

161

人呼吸也漸感艱難，但洞小頭大，如何鑽得出去？那狗洞四角均是極厚極重的花崗石，他雙手扳住用力搖撼，動不了半分。

王劍傑猛地想起：「小胡斐若有兵刃，商老太豈是他敵手？我如何不早想到？」當即伸手去拾自己拋在地下的八卦刀。那知這柄刀的刀頭與地下鐵板碰到，早已烤得炙熱無比，他一抓之下，登時疼得大叫一聲。這時在鐵廳上片刻也延挨不得，他忍著手上燙傷，撕下一塊衣襟，裹住刀柄，左手將徐錚拉開，叫道：「小胡斐，兵刃來了，快接著。」手一揮，將鋼刀從狗洞中拋了出去。胡斐回身來接，商寶震也聽到了叫聲，同時過來搶奪。只聽得兩人同時驚呼一聲，嗆啷一響，兩柄刀都跌在地下。

原來胡斐搶先抓到王劍傑的單刀，但刀柄奇熱，一抓立即撒手。商寶震躍到狗洞之前，卻給趙半山一枝金錢鏢打中手腕，手中鋼刀也拋了下來。胡斐一抓不中，商老太的八卦刀已襲到後心，他側身閃過，搶到商寶震身旁，猛地使一招「撒牛喝水」，舉掌撳住他後頸，一運勁，商寶震給他直按下去，面頰俯地，正好碰到王劍傑那柄燒得半紅的單刀，嗤的一聲，跟著長聲慘呼，半邊俊俏的臉龐上已燙出一條長長的焦痕。

這一聲慘叫，廳上各人都是一喜，只道商寶震已為胡斐打傷。商老太復仇之心與母子之情在胸中略一交戰，竟爾不顧兒子，舉刀急往胡斐肩頭劈下。嗤的一聲，胡斐卻不閃避，翻腕橫刀架開，原來他已乘隙將商寶震的八卦刀搶在手中。

廳上眾人身處黑暗與奇熱之中，但聽得雙刀相交，叮叮噹噹亂響，知胡斐已搶得兵

162

刃，正猛力急攻，各自多了一分指望。王劍英大叫：「砍她右肩，砍她右肩。」馬行空叫道：「先殺散加添柴火的莊丁。」孫剛峯叫道：「別跟老太婆糾纏，想法子打開廳門要緊。」徐錚放聲大嚷：「熱死啦，熱死啦！」眾人亂成一片。

胡斐何嘗不知設法打開廳門乃第一要務，但商老太拚死糾纏，始終緩不出手腳。他刀法高出商老太甚多，只此時局勢特異，他年紀幼小，經歷不足，難以鎮定應付，數次得到可乘之機，都給商老太以拚命狠招拆解了。

二人狠鬥七八合，商老太不住後退。商寶震從家丁手中接過一柄單刀，再上前夾攻。眾莊丁初見主母與小主人手有兵刃，對付一個空手孩子，只道穩可得勝，此刻見主母頭髮散亂，不住後退，顯然不敵，各人持刀挺槍，紛紛加入戰團。眾莊丁武藝低微，給胡斐刀砍足踢，霎時間傷了數人，但商家堡的莊丁個個勇悍，負傷之下，仍拒戰不退。但聽得吶喊聲、兵刃撞擊聲、呼喝吒罵聲、柴火爆裂聲，響成一片。

大廳上各人聽得外面打得愈亂，均想胡斐一人雖勇，一個小孩對敵商家堡全堡上下，卻如何能勝？於是有的咒罵，有的長嘆，有的悲號，嘈雜之中又加上嘈雜。

忽聽得一個聲音叫道：「小胡斐聽著，以陰陽訣先取主腦，以亂環訣散其附從。」

這聲音中氣充沛，蓋過了一切雜聲，一個字一個字說得清清楚楚，正是趙半山的話聲。

胡斐見敵人越戰越多，本已心神煩躁，不知如何是好，忽聽得趙半山這幾句話，心想趙伯伯英雄蓋世，所說必定不錯，不由得精神為之一振，鋼刀呼呼呼三刀，往商老太中盤砍斫。他這把刀取自商寶震，刃口雖已捲邊，但只要砍中了，仍能致命。商老太見

163

他來勢猛惡，橫刀急架，雙刀碰撞時噹噹響了兩下，第三下胡斐從剛勁突轉柔勁，自陽

變陰，一收一揮，手腕忽地轉了三個圈子。

他是順勢而轉，商老太的手臂卻逆轉圈子，到第二個圈子時她手臂已轉不過來，但

覺肘骨劇痛，只得撒手放刀。那八卦紫金刀激飛而起，射入天空。胡斐「陰陽訣」建

功，跟著一刀往她肩頭直劈下去。刀鋒距她肩頭約有半尺，只見她白髮披肩，半邊臉上

滿染血污，一個念頭在心中一閃：「這老婆子委實可憐，怎能一刀將她砍死？」疾忙刀

身翻轉，想用刀背撞她肩膀，教她無力再鬥，便即趕去開門救人。

不料商老太金刀脫手，心中立時便存了與仇人同歸於盡的念頭，見胡斐舉刀砍下，

毫不閃避，反而搶上一步滾入他懷裏，右手扣住他前胸「神封穴」，左手扣住他小腹「中

注穴」牢牢抓定。胡斐大驚，刀背用力擊下。商老太「嘿」的一聲，肩骨碎裂，但她不

顧一切，抓住了胡斐穴道死也不放，同時右足力勾，二人一齊倒地。

胡斐直至此日方有臨敵對戰的經驗，絕不知敵人拚命之時竟能如此狠法，給她抓住

後只得出力掙扎。商老太一張口，又咬住了他前胸衣服，幾個打滾，二人竟齊往大火堆

中滾去。胡斐大叫：「快放開，你不怕燒死麼？」他心神一亂，竟忘了該使「小擒拿手」

卸脫這貼身糾纏，惶急中猛力回奪。二人又滾了幾下，終於滾進了火堆。

商寶震大叫：「媽！」飛身來救，提起單刀，刀柄對準胡斐天靈蓋鑿下。胡斐偏頭

急避，刀柄還是打中了額角，疼得險此兒暈去。商寶震生怕母親受傷，忙伸手將二人從

火堆中提出，看準胡斐背心，揮刀疾砍而下。

就在這千鈞一髮的當口，胡斐神智倏地清明，忽出怪招，左足反踢，正中商寶震手腕，第二腿跟著踢出，這一腿出盡全力，踢得商寶震跌出五六丈外，一時爬不起來。

胡斐衣服著火，額角又疼痛欲裂，前胸與小腹均給商老太捨命扭住，忙拋下鋼刀，大喝一聲，雙臂疾振，格格兩響，已擺脫了商老太的糾纏，在地下一個打滾，滾熄衣上火燄。商老太年老，給煙火一薰，已暈了過去。幾名莊丁忙給她撲打身上火頭。

胡斐空手奔入莊丁叢中，心中對自己極為惱怒：「在這捨生忘死、狠命撲鬥的當兒，我還要去可憐敵人，適才沒送了小命，當真是無天理。」此時再不容情，夾手奪過一柄單刀，拳打足踢，刀劈肘撞，猶如虎入羊羣，片刻間將眾莊丁打得東逃西竄。

他奔到廳門之前，從莊丁手中奪過一柄火叉，將堆在門前的柴炭一陣亂挑亂撥，只見鐵門已燒得通紅，不禁大驚：「如果門鈕與鐵門燒得銲成一片，這門就打不開了。」

危急中不及多想，提起單刀，將全身勁運於右臂，奮力直砍下去，嗒的一聲，門鈕應手而落，這一砍用力過巨，單刀向上翹起，彎成了一把曲尺。他拋下單刀，用火叉鉤住門環向外拉扯，竟然不動。胡斐急得心中怦怦亂跳：「莫要最後差著一點兒，鐵門竟拉不開來！」他是小孩心性，突然哇的一聲，哭了出來，再奮力狠拉，但聽得軋軋連聲，鐵門緩緩開了，黑煙夾著火頭，從門中直撲出來。

他想不到廳中已燒得這般厲害，急叫：「趙伯伯，快出來！」只見煙霧瀰漫之中，一人當先搶出，正是王劍英，接著殷仲翔、徐錚、馬行空、孫剛峯先後奔出，最後才是趙半山抱著呂小妹出來。各人衣衫焦爛，狼狽不堪。

165

這時廳中木材都已著火，桌椅固已燒著，連樑柱也已大火熊熊。這時機當真相差不得片刻，倘若胡斐再遲得一盞茶的時分破門，必定有人喪命。胡斐見趙半山無恙，撲了上去，連叫：「趙伯伯，趙伯伯。」趙半山鬚眉盡焦，但仍鎮定如恆，微微一笑，讚道：「好孩子！」

忽聽得王劍英叫道：「劍傑！劍傑！你在那裏？」趙半山四下張望，不見王劍傑，驚道：「難道他沒出來？」王劍英大叫：「我兄弟沒出來啊，沒出來啊。」此時廳中樑柱東一條，西一根，橫七豎八的倒塌，已燒成一個火窟，王劍英雖手足情殷，卻也不敢進去相救，嘶聲大叫：「劍傑，快出來，快出來！」

趙半山與胡斐同時想到：「他如能出來，豈有不出來之理？」他二人俱是天生的俠義心腸，一老一少，不約而同的衝進火窟，冒煙突火，急尋王劍傑。胡斐踏在燒得炙熱的磚上，不禁燙得雙足亂跳。趙半山道：「孩子，你快出去。」胡斐道：「不，趙伯伯，你快出去。」他剛說了這句話，忽地叫道：「在這裏了！」俯身將王劍傑拉起，飛奔出外。原來王劍傑挨不住熾熱，將口鼻湊在狗洞上吸氣，不料一陣黑煙自外衝進，將他薰得暈了過去。

胡斐給煙嗆得大聲咳嗽，王劍傑身材魁梧，難以橫抱，只好拉了他著地拖將出去，將到門口，門外眾人突然大聲驚呼，見屋頂一根火樑直跌下來，壓向胡斐頭頂。胡斐加緊腳步，想拖著王劍傑搶出廳門，但樑木下墜極速，其勢已然不及，趙半山搶上兩步，一招「扇通背」，右掌已托住火樑。這樑木本身重量不下四五百斤，從上面跌下，勢道更

166

為驚人。趙半山雙腿馬步穩凝不動，右掌一托，火樑反而向上一抬，「扇通背」的下半招跟著發出，左掌搭在樑木上向外送出，那是他精研數十年的深厚功力，只見一條火龍從廳口激飛而出，天矯入空，直飛出六七丈外，方始落地。

廳門外眾人見他露了這手功夫，呆了半晌，這才震天價響喝起采來，連商家堡的莊丁，也不自禁的站在遠處叫好。王劍英扶著兄弟，忙著為他撲熄衣上火燄，暗自慚愧：「我自己親兄弟，卻要旁人相救。」

馬行空與徐錚出了鐵廳，立即找尋馬春花，但東張西望，不見她影蹤。徐錚心下起疑：「她定是與那姓商的小子搗鬼去了！」他身出火域，心中妒火又旺，叫道：「師父，我去找她。」拔步飛奔。

馬行空年紀一大，究已不如小夥子硬朗，給煙火炙得頭暈眼花，只想找個地方休息一會，突覺背後有掌風襲到。這一下突襲全然出他意料之外，那一掌來得又快又勁，馬行空不及招架，只得吸氣硬接，砰的一響，身子給打得搖搖晃晃，但覺眼前一黑，全身發軟，接著臀上又讓人踢了一腿，身不由主的向鐵廳的火窟中跌去，迷糊中只聽得商老太縱聲大笑，叫道：「劍鳴，劍鳴，我終於給你報了一點兒仇……」一陣熱氣裏住全身，登時甚麼也不知道了。

趙半山適才托擲火樑，兩隻手掌都燒出了不少水泡，忍痛剛將呂小妹救醒，忽見商老太突然從煙火裏鑽出來，將馬行空打入火窟，不禁一呆。只見商老太弓身走入廳門，對熊熊大火竟視若無睹，他大叫：「快出來，你這不是送死麼？」他一言未畢，又是一

條極大火樑落了下來，騰的一聲巨響，火燄四下飛舞，已將廳門封住。商老太懷抱紫金八卦刀，臉露笑容，端坐在火燄之中，全身衣服頭髮均已著火，卻竟似不覺痛苦。她心中似乎在想：「大仇雖然報不了，我卻不久就可與劍鳴相會了。」

趙半山長嘆一聲，心想這位老太太雖是女流，性子剛烈，勝於鬚眉，又想此番東來之事已了，無意中結識了一個少年英雄，也算此行不虛，見孫剛峯、王劍英等各自正在忙碌，轉頭向胡斐道：「小兄弟，咱們一起走一程如何？」胡斐道：「好極，好極！」

此，而商老太的報仇卻又如此。他與趙半山並肩同行，默默想著心事，走出里許，回頭一望，只見商家堡兀自燒得半天通紅。

趙半山道：「小兄弟，今天的事很慘，是不是？商老太的性子，唉！」說著搖了搖頭。

趙半山轉過頭來，說道：「小兄弟，你我今日萍水相逢，意氣相投，雖然我年紀大了幾歲，但我見你俠義仁厚，委實相敬。他日你必名揚天下，為當世豪傑，我何敢以長輩自居？」此時東方初白，趙半山的臉色在朝曦照耀之下顯得又莊嚴，又誠懇。

胡斐一張小臉上滿是炭灰血漬，聽了他這幾句話，不禁脹得通紅，又道：「趙伯伯，多謝你教我武功……」心中感激萬分，便即跪倒。趙半山一把拉起，說道：「趙伯伯三字，今後休得再出你口。我與你結義為異姓兄弟，可好？」

千手如來趙半山在江湖上是何等的威名、何等的身分，今日竟要與一個十二三歲的小孩義結金蘭，當真事非尋常。他倒不是瞧在胡斐武功的份上，胡斐武功雖然不弱，但在趙半山這等大行家眼中，畢竟也不過如此，而是敬重他捨身救人的仁俠心腸，覺得他年紀雖小，但所作所為，與紅花會眾兄弟已無二致。

胡斐聽了此言，不由得感激不勝，兩道淚水從眼中流下，撲翻身軀，納頭便拜，叫道：「趙……趙……」趙半山跪下答禮，說道：「賢弟，從今後你叫我三哥便了。」

一老一少兩位英雄，在曠野中撮土為香，拜了八拜。

趙半山心中快慰，撮口長嘯，只聽得西面馬蹄聲急，那白馬奮鬣揚蹄而來，片刻間奔到了身前。胡斐讚道：「這馬真好。」趙半山心想：「可惜此馬是四弟妹的，她愛若性命，否則憑你這麼一讚，我自然送你。」當下微微一笑，也不解釋，問道：「賢弟，你在此間可還有甚麼未了之事？」胡斐道：「我去跟平四叔說一聲，當送三哥一程。」

趙半山也不捨得立即與他分別，道：「那再好沒有。」牽了韁繩，和胡斐並肩而行。

轉過一個山坡，忽見一株大樹後面站著一人，探頭探腦的在不住窺探。胡斐認得他的背影，低聲道：「這是徐錚！」心想他師父慘遭焚死，他躲在此處不知鬼鬼祟祟的幹甚麼勾當，又記掛著馬春花不知如何，說道：「我過去瞧瞧。」悄悄走上前去，在他身後向前一張。徐錚正瞧得出神，不知身後來了旁人。

只見前面二十餘丈一株楊樹之下，一男一女，相互偎倚在一起，神情異常親密。胡斐凝神看去，男的是商家堡作客的福公子，女的竟是馬春花。但見福公子左手摟著她

腰，不住親她面頰。馬春花軟洋洋的靠在他懷裏，低聲不知說些甚麼。

胡斐雖尚年幼，還不大明白男女之事，但他心中對這個美麗的馬春花一直存有好感，見她和福公子這般親熱，心中卻也不免微有妒意。卻聽得徐錚口中發出嘰嘰格格的怪聲，原來是在咬牙切齒，又舉起拳頭，不住捶打自己胸口，顯是憤怒到了極點。胡斐笑問：「徐大哥，你在這裏幹甚麼？」

徐錚全神貫注在馬春花身上，對胡斐的話竟全沒聽見。突然之間，他大叫一聲：「我和你拚了！」拔出腰間單刀，向福公子衝去。

福公子和馬春花在大廳上溜了出來，唯恐給人見到，遠遠躲到這株大楊樹下偎倚密語。男歡女愛，不知東方之既白。商家堡鬧得天翻地覆，他二人竟半點也不知道，突見徐錚全身燒焦、披頭散髮的提刀殺來，同時大驚站起。

徐錚雙目如欲噴出火來，揮刀猛向福公子迎頭砍落，福公子武藝平庸，驚惶之下，急忙後退。徐錚這一刀用力大了，登的一聲卻砍在大楊樹上，急切間拔不出來。馬春花急道：「你幹甚麼？你幹甚麼？」徐錚怒喝：「幹甚麼？我要殺了這小子！」用力一拔，那刀脫卻楊樹，反彈上來，砰的一下，刀背撞上他額頭。

馬春花吃了一驚，叫道：「小心，可撞痛了麼？」徐錚伸手使勁將她推開，道：「不用你假惺惺做好人。」跟著趕上前去，舉刀又向福公子砍下。馬春花見這個平日對自己從來不敢違拗半點的師哥，此時突然發瘋一般，知他妒火中燒，不可抑制，又羞愧，又焦急，搶過去攔在他面前，雙手又腰，說道：「師哥，你要殺人，先殺了我吧！」

徐錚見她一意維護福公子，更加大怒若狂，厲聲道：「我先殺他，再來殺你！」左手在她肩頭猛推。馬春花一個踉蹌，險些跌倒，隨手搶起地下一根枯枝，擋架他單刀，轉頭向福公子叫道：「你快走，快走啊。」福公子不知她和徐錚乃未婚夫婦，大聲道：「這人瘋了，你可要小心。」遠遠躲開。

徐錚舞動單刀，幾下便將馬春花手中枯枝砍斷，喝道：「你再不讓開，可莫怪我無情了。」馬春花將半截枯枝往地下一丟，轉過了頭，將脖子向著他刀口，說道：「師哥，這一生一世，我終究不能做你老婆了。你就殺了我吧。」徐錚滿臉紫脹，怒道：

「我……我……」左手用力抓胸，說不出話來。

胡斐見他單刀上下揮盪，神色狂怒，只怕一個克制不住，順手便往馬春花身上砍了下去，當即搶上前去，隔在二人之間，左掌起處，已按在徐錚胸前，微一發勁，將他推得退後三步，笑道：「徐大哥，天下有誰想動馬姑娘一根毫毛，除非先將我胡斐殺了。」

徐錚一愕，怒道：「你……你……連你這乳臭未乾的孩子，她也勾搭上了？」

啪的一聲，怒道：「你……你……連你這乳臭未乾的孩子，她也勾搭上了？」馬春花縱上前來打了他一記耳光。徐錚一來狂怒之下神智不清，二來胡斐夾在中間，擋住了他眼光，這一巴掌竟沒能避開，結結實實的，打得他半邊臉頰也腫了。

胡斐卻不懂徐錚這句話是甚麼意思，也不明白馬春花何以大怒。在他心中，自己給商老太太擒住拷打之時，馬春花曾向商寶震求情，後來又求他釋放自己，雖自己已經先脫縛，但對她這番眷念之恩，卻銘感於心。何況在他少年人隱隱約約的心中，對馬春花了。

也早有一份說不清楚的慕戀之意。此時馬春花與師哥起了爭執，他自全力維護。

徐錚見過胡斐與王氏兄弟動手，論到武功，自知與他可差得太遠，但心情激動之

下，連性命也不理會了，還顧甚麼勝負？單刀直上直下的往他頭上、頸中、肩頭連連砍

去。胡斐既不邁步，亦不後退，只站在當地，在他刀縫間側身閃避，突然左手伸出，一

拳向他鼻樑打去。徐錚舉刀橫削，斫他手臂。胡斐這一拳乃是虛招，打到一半，手臂拐

彎，翻掌抓住他手腕，順勢一扭，已將單刀奪在手中，跟著轉過身去，將刀交給馬春

花。他將背脊向著徐錚，當真是藝高人膽大，對之絲毫不加提防。

徐錚知道再鬥也已無用，長嘆一聲，再也忍耐不住，忽地大放悲聲，叫道：「師

父，師父，你老人家也不管管嗎？」回身掩面便走。

馬春花猛吃一驚，問道：「我爹在那裏？」提刀趕去。徐錚不答，低首疾行。馬春

花連問：「爹爹怎麼了？」不住追趕。

福公子站得遠遠地，沒聽清楚他師兄妹的對答，見馬春花追趕徐錚而去，心中急

了，叫道：「春妹，春妹，回來，別理他！」馬春花掛念父親，不理會福公子的叫喊。

福公子見鋼刀已到了馬春花手中，不再懼怕徐錚，快步趕上。

追出十餘步，忽見一株大樹後轉出一人，五十餘歲年紀，身形微胖，唇留微髭，正

是紅花會的三當家千手如來趙半山。

福公子跟他一朝相，只嚇得面如土色，半晌說不出話來。

趙半山笑道：「福公子，你好啊！」福公子雙手一拱，勉強道：「趙三當家，你

好。」再也顧不得馬春花如何，轉過身來，飛步便行，直奔出十餘丈，回頭向趙半山一望，腳步更加快了。

霎時之間，福公子向北，徐錚與馬春花向南，俱已奔得影蹤不見，只趙半山臉帶微笑，胡斐神色迷茫，相向站在高坡之上。

胡斐道：「三哥，這福公子認得你啊，他好像很怕你。」趙半山微笑道：「不錯，他曾落在我們手中，很吃了些苦頭。」

原來這福公子，便是當今乾隆皇帝駕前第一紅人福康安。他是乾隆的私生兒子，曾遭紅花會羣雄擒住，逼得乾隆重修福建少林寺，不敢與紅花會為難，紅花會才放了他。

此時事隔數年，忽然又與趙半山相遇，他只道紅花會羣雄從回疆大舉東來，只嚇得魂飛魄散，不敢再去追尋馬春花。與王劍英等會合後，急急回北京去了。

胡斐見福康安不會武藝，對他未加留意，沒再追問他的來歷。趙半山伸出右手，握住他手，二人攜手同行，走了里許，來到路旁一所茶鋪之前。趙半山道：「賢弟，送君千里，終須一別，你我就此別過。」胡斐雖戀戀不捨，但他生性豁達豪邁，說道：「好，三哥，過幾年等我長得幾歲，到回疆來尋你相會。」趙半山點頭道：「我在回疆等你便了。」從懷中取出一朵紅絨紮成的大紅花來，說道：「賢弟，天下江湖好漢，一見此花，便知是你三哥的信物。你若遇上急需，要人要錢，憑著此花，向各處朋友儘管要便是。」

胡斐接過了放在懷內，好生羨慕，心想日後學到三哥的本領未必為難，但要學到他

朋友遍天下的交情，卻大大不易。趙半山到茶鋪倒了兩大碗茶，將一碗遞給胡斐，說道：「以茶代酒，你我喝了這碗別酒吧。」二人舉起碗來，仰頭飲乾。

趙半山問道：「賢弟，你的武功是誰教的？」胡斐道：「我是跟著家傳的拳經刀譜學的，只學了招式，運用變化之道全然不會，可惜沒人指教。今日才得三哥指點，你才是我真正的師父。」想到不能跟他多學一些時候，很覺不捨。

趙半山道：「你家傳的武學書中，可有講到練內功嗎？」胡斐道：「最後一部分是教內功的，可惜一則太難，二則還來不及練。」趙半山道：「武學之道，內力乃是根基，內力強了，招式變化想也不用想，自然而然就出來了，而且一招一式，勁力大了幾倍。你學武十分聰明，但練內功是死功夫，不能靠聰明。一板一眼的照式而練，循序漸進，年深月久，功力自進。你家傳武學高明之極，和我所學的太極拳各有所長，內功必定也是好的，我們所學不同，我就教你不到了。但願你在聰明機變之上，再加上刻苦勤練。」胡斐道：「是。我大了之後，武功與為人能像三哥一樣，那就心滿意足了。」

趙半山拍拍他肩頭，說道：「賢弟，你三哥沒甚麼了不起，你將來所作所為，一定要勝過三哥十倍，那才真正是男子漢大丈夫。」胡斐道：「可惜我爹爹過世得早，今日得見三哥，我做人才有了榜樣。」

趙半山走出茶鋪，左手牽住馬韁，說道：「賢弟，臨別之際，做哥哥的再問你一句話。」胡斐道：「三哥請問便了。」趙半山道：「除了商家堡之外，賢弟是否還有甚麼厲害的仇家對頭？」胡斐一凜，心道：「我爹爹不知是誰害的，此人既殺得我爹爹，自

然武功非同小可。要是三哥知道我大仇未報，查到我仇人姓名，前去找他拚鬥，一來我殺父大仇不能教人代報，二來焉能讓三哥冒此凶險？」他年紀雖小，卻滿腹傲氣，仰頭道：「不勞三哥掛懷，便有甚麼仇家對頭，小弟也自料理得了。」

趙半山哈哈大笑，翹起大拇指讚道：「好！」飛身上馬，向西疾馳而去，只聽他遠遠說道：「桌上的小包，哥哥送了給你。」

胡斐回過頭來，見板桌上放著個包裹，解了開來，金光耀眼，卻是二十枚二十兩重的金錠，共是黃金四百兩。胡斐哈哈一笑，心道：「我貧你富，你贈我黃金，我也不能拒卻。三哥怕我推辭，贈金之後急急馳走，未免將我胡斐當作小孩子了。」

回頭望見趙半山胯下那白馬的馬蹄濺起一路塵土，數里不歇，想起今日竟交上這樣一位肝膽相照的好友，又蒙他授以武學精義，過去久思不明的疑難，豁然而解，不由得喜不自勝，提了黃金，高聲唱著山歌，大踏步而行。

胡斐找著平阿四後，分了二百兩黃金給他，要他回滄州居住，自己卻遨遊天下，每日裏習拳練刀，參照趙半山所授的武學要訣，鑽研拳經刀譜上的家傳武功，兼且勤練內功，於是內外俱進，漸臻於一流高手之列，決意武功當真練得好了，便到回疆去找趙半山。

鍾四嫂跪在地下，

不住向鳳天南磕頭，叫道：

「鳳老爺你大仁大義，

北帝爺爺保佑你多福多壽。

我小三子在閻王爺面前已告了你一狀哪……」

瘋瘋顛顛的不住跪拜，又哭又笑。

數年之間，小胡斐身材長高了，武功大進了，見識經歷，也與日俱增。自經趙半山一番教導，他明白了真正高明的武功，是用頭腦隨機應變創想出來的，而苦練招式與內功則是變化的根基。飛天狐狸武功的精要，是在一個「變」字，其後人也往往深得「靈動活潑」的要旨，觀流水落花而悟武道，見鷹翔蛇鬥而明搏擊，自來武學高人，皆由此徑。王劍英兄弟雖得上乘傳承，卻因拘泥刻板而終生不能上窺第一流武學之境。胡斐得趙半山教導，知須勤修苦練方得培厚根柢，增強內力。他多思勤修，數年不懈，隨意漫遊，四海為家，到處行俠仗義，扶危濟困，只是趙半山所贈的二百兩黃金，卻也使得蕩然無存了。

一日想起，常聽人說，廣東富庶繁盛，頗有豪俠之士，左右無事，便騎了一匹劣馬，迤往嶺南而來。

這一日到了廣東的大鎮佛山鎮。那佛山自來與朱仙、景德、漢口並稱天下四大鎮，端的是民豐物阜，市廛繁華。胡斐到得鎮上，已是巳末午初，腹中飢餓，見路南有座三開間門面的大酒樓，招牌上寫著「英雄樓」三個金漆大字，兩邊敞著窗戶，酒樓裏刀杓亂響，酒肉香氣陣陣噴出。胡斐心道：「這酒樓的招牌起得倒怪。」一摸身邊，只剩下百十來文錢，心想今日喝酒是不成的了，吃一大碗麵飽飽肚再說，將馬拴在酒樓前的木樁上，迤行上樓。

酒樓中伙計見他衣衫敝舊，滿臉不喜，伸手攔住，說道：「客官，樓上是雅座，你不嫌價錢貴麼？」胡斐氣往上衝，心道：「你招牌叫做英雄樓，對待窮朋友卻這般狗熊

178

氣概。」哈哈一笑，說道：「只要酒菜過得去，就不怕價錢貴。」那伙計將信將疑，斜著眼由他上樓。

樓上桌椅潔淨。座中客人衣飾豪奢，十九是富商大賈。伙計瞧了他模樣，料得沒甚油水生發，半天不過來招呼。胡斐暗暗生氣，但想趨富嫌貧，天下原是一般。吃一碗麵，也生不出甚麼花樣。忽聽得街心一個女人聲音哈哈大笑，拍手而來。

胡斐正坐在窗邊，倚窗向街心望去，見一個婦人頭髮散亂，臉上、衣上、手上全是鮮血，手中抓著柄菜刀，哭一陣，笑一陣，指手劃腳，卻是個瘋子。旁觀之人遠遠站著，臉上或現恐懼，或顯憐憫，無人敢走近她身旁。只見她指著「英雄樓」的招牌拍手大笑，說道：「鳳老爺，你長命百歲，富貴雙全啊，我鍾婆子給你磕頭，叫老天爺生眼睛保佑你啊。」跪倒在地，登登登的磕頭，撞得額頭全是鮮血，卻似絲毫不覺疼痛，一面磕頭，一面呼叫：「鳳老爺，你日進一斗金，夜進一斗銀，大富大貴，百子千孫啊⋯⋯」

酒樓中閃出一人，手執長煙袋，似是掌櫃模樣，指著那婦人罵道：「鍾四嫂，你要賣瘋，回自己窩兒去，別在這兒擾了貴客們吃喝的興頭。」那鍾四嫂全沒理會，仍又哭又笑，向著酒樓磕頭。掌櫃的一揮手，酒樓中走出兩名粗壯漢子，一個夾手搶過她手中菜刀，另一個用力推出。鍾四嫂登時摔了個觔斗，滾過街心，掙扎著爬起後，癡癡呆呆的站著，半晌不言不語，突然搥胸大哭，號咷連聲：「我那小三寶貝兒啊，你死得好苦啊。老天爺生眼睛，你可沒偷人家的鵝吃啊。」

搶了菜刀的那漢子舉起刀來，喝道：「你再在這裏胡說八道，我就給你一刀。」鍾四嫂毫不害怕，仍然哭叫。掌櫃的見街坊眾人都有不以為然之色，呼嚕呼嚕的抽了幾口煙，噴出一股白煙，將手一揮，自與兩名漢子回進酒樓。

胡斐見兩個漢子欺侮個婦道人家，本感氣惱，但想這婦人瘋了，原也不可理喻，忽聽得坐在身後桌邊兩名酒客怕聲議論。一個道：「鳳老爺這件事，做得也太急躁了些，活生生逼死一條人命，只怕將來要遭報應。」胡斐聽到「活生生逼死一條人命」九字，心中一凜。只聽另一人道：「那也不能說是鳳老爺的過錯，家裏不見了東西，問一聲也甚為平常。誰教這女人失心瘋了，竟把自己親生兒子剖開了肚子！」

胡斐聽到最後這句話，怎還忍耐得住，猛地轉過身來。見說話的二人都是四十左右年紀，一個肥胖，一個瘦削，身穿綢緞長袍，瞧這打扮，均是店東富商。二人見他回頭，相視一眼，登時住口不說了。

胡斐知這種人最膽小怕事，如善言相問，必推說不知，決不肯坦告，便站起身來，作了個揖，滿臉堆笑，說道：「兩位老闆，自在廣州一別，數年不見了，兩位好啊？」那二人和他素不相識，聽口音又是外省人，均感奇怪，但生意人講究和氣生財，拱手還禮，說道：「幸會，幸會！」胡斐笑道：「小弟這次到佛山來，帶了一萬兩銀子，想辦一批貨，只人地生疏，好生為難。今日與兩位巧遇，再好也沒有了，正好請兩位幫忙。」

二人聽到「一萬兩銀子」五字，登時從心窩裏笑了出來，雖見他衣著不似有錢人，但「一萬兩銀子」非同小可，豈能失之交臂？齊道：「那是該當的，請過來共飲一杯，慢慢

180

「細談如何？」

胡斐正要他二人說這句話，那裏還有客氣，走過去打橫裏坐了，開門見山的問道：

「適才聽兩位言道，甚麼活生生的逼死了一條人命，倒要請教。」那兩人臉上微微變色，正欲推搪。胡斐伸出左手，在桌底自左至右的移過，已將每人一隻手腕抓住，握在手掌之中，略加勁力，二人「啊」的一聲叫，立時臉色慘白。樓頭的伙計與眾酒客聽到叫聲，都回頭過來。胡斐低聲道：「不許出聲！」二人不敢違拗，只得同時苦笑。旁人見無別事，就沒再看。

這二人手腕給胡斐抓在掌中，宛如給鐵箍牢籠住了一般，那裏還動彈得半分？胡斐低聲道：「我本是個殺人不眨眼的大盜，現下改邪歸正，學做生意，要一萬兩銀子辦貨，可是短了本錢，只得向二位各借五千兩。」二人大吃一驚，齊聲道：「我……我沒有啊。」胡斐道：「好，你們把鳳老爺逼死人命的事，說給我聽。」那一位說得明白仔細，我便不向他借錢。這一萬兩銀子，只好著落在另一位身上。」二人忙道：「我來說，我來說。」先前誰都不肯說，這時生怕獨力負擔，做了單頭債主，竟爭先恐後起來。

胡斐見這比賽的法兒收效，微微一笑，聽那胖子說北方話口音較正，便指著他道：「胖的先說，待會再叫瘦的說。那一位說得不清楚，便是我的債主老爺了。」說著放脫了二人手腕，取下背上包裹，打了開來，露出 柄明晃晃的鋼刀，拿起桌上一雙象牙筷子，在刀口輕輕一掠，筷子登時斷為四截。這二人面面相覷，張大了口合不攏來，兩顆心怦怦跳個不住。胡斐伸出雙手，在二人後頸摸了摸，好似在尋找下刀的部位一般，將

二人更嚇得面如土色。胡斐點點頭，自言自語的道：「好，好！」又將包裹包上。

那瘦商人搶著道：「那也不見得，讓我先說吧。」胡斐臉色一沉，道：「我說過要先聽他說，你忙甚麼？」那瘦商人嚇得魂不附體。胡斐道：「酒微菜薄，怎是敬客的道理？快叫一桌上等酒席來。」瘦商人嚇得魂不附體。

那胖商人忙道：「小爺，保管比……比他說的明白……」那瘦商人忙道：「是，是。」胡斐道：「你不遵我吩咐，要罰！」那瘦商人嚇得魂不附體。胡斐道：「你不遵我吩咐，要罰！」

那伙計見胡斐跟他們坐在一起，甚是詫異，聽到有大買賣，吩咐他即刻做一席最上等酒菜。那伙計見胡斐跟他們坐在一起，甚是詫異，聽到

胡斐在窗口探頭望去，見那鍾四嫂披頭散髮的坐在對街地下，抬頭望天，嘴裏不停的自言自語，不知說些甚麼。

那胖商人道：「小爺，這件事我說便說了，可不能讓人知道是我說的。」胡斐眉頭一皺，道：「你不說也罷，那就讓他說。」轉頭向瘦商人。胖商人忙道：「我說，我說。小爺，這位鳳老爺名字叫作鳳天南，乃是佛山鎮上的大財主，有一個綽號，叫作……」瘦商人接口道：「叫作南霸天。」胡斐喝道：「又不是說相聲，你插口幹麼？」瘦商人低下了頭，不敢再言語了。

那胖商人道：「鳳老爺在佛山鎮上開了一家大典當，叫作英雄當舖；一家酒樓，便是這家英雄樓；又有一家大賭場，叫作英雄會館。他武藝算得全廣東第一，財雄勢大，交遊廣闊，別說廣東省城，就京城直隸、湖南湖北，不少大官也都是他好朋友。鎮上的人私下裏還說，每個月有人從粵東、粵西、粵北三處送銀子來孝敬他，聽說他是甚麼五

182

虎派的掌門人，凡是五虎派的弟兄們在各處發財，便得抽個份兒給他。這些江湖上的事，小的也弄不明白。」

胡斐點頭道：「是了，他是大財主，又是坐地分贓的大強盜。」

二人向他望了一眼，心想：「那你跟他是同行哪。」

胡斐早明白他們心意，笑道：「常言道同行是冤家。我跟這位鳳老爺不是朋友。你們有好說好，有歹說歹，不必隱瞞。」那胖商人道：「這鳳老爺的宅子一連五進，本來已夠大啦，可是他新近娶了一房七姨太太，又要在後進旁邊起一座甚麼七鳳樓，給這位新姨太太住。他看中的地皮，便是鍾四嫂家傳的菜園。這塊地只兩畝幾分，但鍾阿四種菜為生，一家五口全靠著這菜園子吃飯。鳳老爺把鍾阿四叫去，說給五兩銀子買他的地。鍾阿四自然不肯。鳳老爺加到十兩。鍾阿四還是不肯，說道便是一百兩銀子，也吃得完，可是在這菜園子扒扒土、澆澆水，只要力氣花上去，一家幾口便餓不死了。鳳老爺惱了，將他趕了出來，昨天便起了這偷鵝的事兒。」

胡斐點點頭，那胖商人跟著說下去：「鳳老爺後院中養了十隻肥鵝，昨天忽然不見了一隻。家丁說是鍾家的小二子、小三子兄弟倆偷了，尋到他菜園子裏，果然見菜地裏有不少鵝毛。鍾四嫂叫起屈來，說她兩個兒子向來規矩，決不會偷人家東西，這鵝毛準是旁人丟在菜園子裏的。家丁們找小二小三去問，兩個都說沒偷。鳳老爺問道：『今兒早晨你們吃了甚麼？』小三子道：『吃我，吃我。』鳳老爺拍桌大罵，說：『小三子自己都招了，還說沒偷？』叫人到巡檢衙門去告了一狀，差役便來將鍾阿四鎖了去。

「鍾四嫂知家裏雖窮，兩個兒子卻乖，平時一家又懼怕鳳家，決不會去偷他們的鵝

吃，便到鳳家去理論，卻給鳳老爺的家丁踢了出來。她趕到巡檢衙門去叫冤，也給差役轟出。巡檢老爺受了鳳老爺的囑託，又是板子，又是夾棍，早將鍾阿四整治得奄奄一息。鍾四嫂去探監，見丈夫滿身血肉模糊，話也說不出了，只胡裏胡塗的叫嚷……『不賣地，不賣地！沒有偷，沒有偷。』

「鍾四嫂心裏一急，便橫了心。她趕回家裏，一手拖了小三子，一手拿了柄菜刀，叫了左右鄉鄰，一齊上祖廟去。鄉鄰們只道她要在神前發誓，便同去作個見證。小人和她住得近，也跟去瞧瞧熱鬧。鍾四嫂在北帝爺爺座前磕了幾個響頭，說道：『北帝爺爺，我孩子決不能偷人家的鵝。他今年還只五歲，刁嘴拗舌，說不清楚，在財主爺面前說甚麼吃我，吃我！小婦人一家橫遭不白，贓官受了賄，斷事不明，只有請北帝爺爺伸冤！』

說著提起刀來，便將小三子的肚子剖開了！」

胡斐一路聽下來，早已目眥欲裂，聽到此處，不禁大叫一聲，霍地站起，砰的一掌，打得桌上碗盞躍起，湯汁飛濺，叫道：「竟有此事？」

胖瘦二商人見他神威凜凜，一齊顫聲道：「此事千真萬確！」胡斐右足踏在長凳之上，從包袱中抽出單刀，插在桌上，叫道：「快說下去！」胖商人道：「這……這不關我事。」酒樓上的酒客伙計見胡斐兇神惡煞一般，個個膽戰心驚。膽小的酒客不等吃完，一個個便溜下樓去。眾伙計遠遠站著，誰都不敢過來。

胡斐叫道：「快說，小三子肚中可有鵝肉？」那胖商人道：「沒有鵝肉，沒有鵝肉。他肚腹之中，全是一顆顆螺肉。原來鍾家家中貧寒，沒甚麼東西裹腹，小二小三哥

兒倆就到田裏摸田螺吃。螺肉很硬，小三子咬不爛，一顆顆都囫圇的吞了下去，因此隔了大半天還沒化。他說『吃我，吃我！』唉，好好一個孩子，便這麼慘死在祖廟之中。鍾四嫂也就此瘋了。」其實說的是『吃螺！』（按：吃螺誤爲吃鵝，祖廟破兒腹明冤，確有其事，佛山鎮老人無一不知。今日廣東佛山祖廟之中，北帝神像之前地下有血印石一方，尚有隱隱血跡，即爲此千古奇冤之見證。作者曾親眼見到。讀者如赴佛山，可往參觀。唯此事之年代及人物姓名，年久失傳。作者當時曾向佛山鎮上文化界人士詳加打聽，已無人知悉，因此書中人名及其他故事均屬虛構。）

胡斐拔起單刀，叫道：「這姓鳳的住在那裏？」那胖商人還未回答，忽聽得遠處隱隱傳來一陣犬吠聲，瘦商人嘆道：「作孽，作孽！」胡斐道：「還有甚麼事？」瘦商人道：「那是鳳老爺的家丁帶了惡狗，正在追拿鍾家的小二子。」胡斐怒道：「冤枉已然辨明，還拿人幹甚麼？」瘦商人道：「鳳老爺言道：小三子既沒吃，定是小二子吃了，因此要拿他去追問。鄰居知道鳳老爺老羞成怒，非把這件冤枉套在小二子頭上不可，暗叫小二子逃走。今日鳳老爺的家丁已到處搜拿了半天呢。」

胡斐反抑怒氣，笑道：「好好，兩位說得明白，這一萬兩銀子，我便向鳳老爺借去。」說著提起酒壺就口便喝，將三壺酒喝得涓滴不賸，一疊聲催伙計拿酒來。

但聽得狗吠聲、吆喝聲越來越近，響到了街頭。胡斐靠到窗口，只見一個十二三歲的孩子從轉角處沒命價奔來。他赤著雙足，衣褲已讓惡狗的爪牙撕得稀爛，身後一路滴

185

著鮮血，不知他與眾惡犬如何廝鬥，方能逃到這裏。他身後七八丈遠處，十餘條豺狼般的猛犬狂叫著追來，眼見再過須臾，便要撲到鍾小二身上。

鍾小二此時已筋疲力盡，突然見到母親，叫一聲：「媽！」雙腿一軟，摔倒在地，再也爬不起來。鍾四嫂雖神智胡塗，卻認得兒子，猛地站起，衝了過去，擋在眾惡犬之前，護住兒子。眾惡犬登時一齊站定，露出白森森的牙齒，嗚嗚發威。

這些惡犬隻隻兇猛異常，平時跟著鳳老爺打獵，連老虎大熊也敢與之搏鬥，但見了鍾四嫂這股拚死護子的神態，竟不敢逼近。眾家丁大聲吆喝，催促惡犬。只聽得嗚嗚幾聲，兩頭兒狼般的大犬躍起身來，向爬在地下的鍾小二咬去。

鍾四嫂撲在兒子身上。第一頭大犬張開利口，咬住她肩頭。第二頭惡犬卻咬中她左腿。雙犬用力拉扯，就似打獵時擒著白兔花鹿一般。眾家丁呼喝助陣。鍾四嫂不顧自身疼痛，仍拚命護住兒子，不讓他受惡犬侵襲。鍾小二從母親身下爬出，一面哭喊，一面和眾惡犬廝打，救護母親。霎時之間，十餘條惡犬從四面八方撲了上去。

街頭看熱鬧的閒人雖眾，但迫於鳳老爺的威勢，個個敢怒而不敢言。當此情勢，只要有誰稍惹惱了這些家丁，一個手勢之下，眾惡犬立時撲上身來。有的不忍卒睹慘劇，掩面避開。眾家丁卻興高采烈，猶似捕獲到了大獵物一般。

胡斐在酒樓上瞧得清楚，他遲遲不出手救人，是要親眼看個分明，那鳳天南是否真如這兩個商人所說那麼歹毒，以免誤信人言，冤枉無辜。初時他聽胖商人述說這件慘事，極其惱怒，後來聽說那鳳天南既已平白無端的逼死了一條人命，還派惡犬追捕另一

個孩子，覺得世上縱有狠惡之人，亦不該如此過份，反有些兒將信將疑，直到親見惡犬撲咬鍾氏母子，便更無懷疑，眼見慈母孝子血濺街頭，再遲得片刻，一雙母子不免死於當場，抓起桌上三雙筷子，勁透右臂，一枚枚的擲了下去。

但聽得汪汪汪、嗚嗚嗚連聲慘叫，六頭惡犬均遭筷子插入腦門，伏地而死，其餘惡犬呆在當地，不知該當繼續撲咬，還是轉身逃去。胡斐又拿起桌上的酒杯，飛擲下街，差不失寸，勁力透骨，每隻酒杯杯底都擊中一頭惡犬的鼻子。三頭大狗叫也沒叫一聲，便翻身而死。餘下幾條惡犬後腿夾住了尾巴，轉眼逃得不知去向。

帶狗的家丁共有六人，仗著鳳天南威勢，在佛山鎮上一向兇橫慣了的，眼見胡斐施展絕技殺狗，竟不知死活，一齊怒喝：「甚麼人到佛山鎮來撒野？打死了鳳老爺的狗，要你這小子償命。」各人身上都帶著單刀鐵鍊，蜂擁著搶上樓來。

眾酒客見到這副陣仗，登時一陣大亂。那「英雄樓」是鳳天南的產業，掌櫃的、站堂的、送菜的、大廚二廚，見到鳳府家丁上樓拿人，各自抄起火叉、菜刀、鐵棒，都要相幫動手。胡斐瞧在眼裏，只微微冷笑。

六名家丁奔到身前，為首一人鐵鍊唬啷啷一抖，喝道：「臭小子，跟老爺走吧。」胡斐心想：「一個鄉紳的家丁，也敢拿鐵鍊鎖人，姓鳳的家裏，難道就是佛山鎮衙門？」他也不站起，反手一掌，正中那家丁左臉，手掌縮回時，順手在他前頸「紫宮」、後腦「風府」兩穴各點一指。那家丁便即呆呆站著，動彈不得。

其時第二、第三個家丁尚未瞧得明白，各挺單刀從左右襲上。胡斐見二人雙刀砍來

時頗有勁力，顯是練過幾年武功，倒非尋常狐假虎威的惡奴可比，也正如此，更可想見那鳳天南的兇橫，當下一般施為，啪啪兩記巴掌，打得那兩名家丁楞楞的站著。

餘下三名家丁瞧出勢頭不對，一個轉身欲走，另一個叫道：「鳳七爺，你來瞧瞧這是甚麼邪門。」那鳳七是鳳天南的遠房族弟，在這英雄酒樓當掌櫃，武功倒沒甚麼，為人卻極機靈，這時已站在樓頭，瞧出胡斐武功了得，當即搶上兩步，抱拳說道：「原來今日英雄駕到，恕鳳某有眼不識泰山……」

胡斐見三名家丁慢慢向樓頭移步，想乘機溜走，當即從身邊站著不動的家丁手中取過鐵鍊，著地捲去，捲住三名家丁六隻腳，回勁扯動，但聽得「啊喲，啊喲」聲中，三人橫倒在地，跌成一堆，一齊給他拖將過來。胡斐拿起鐵鍊兩端，打了一個死結，對鳳七毫不理睬，自斟自飲。英雄樓眾伙計雖見胡斐出手厲害，但想好漢敵不過人多，各執傢伙，布成陣勢，只待鳳七爺一聲令下，便即擁上。

胡斐喝了一杯酒，問道：「鳳天南是你甚麼人？」鳳七笑道：「鳳老爺是在下的族兄，尊駕可認得他麼？」胡斐道：「不認得，你去叫他來見我。」鳳七心中有氣，暗道：「憑你這小子也請得動鳳老爺？便是你登門磕頭，也不知他老人家見不見呢？」臉上仍笑嘻嘻的道：「請教尊駕貴姓大名，好得通報。」

胡斐道：「我姓拔，殺雞拔毛的拔。」鳳七暗自嘀咕：「怎麼有這個怪姓兒？」陪笑道：「原來是拔爺，物以稀為貴，拔爺的姓氏，南方倒很少有。」胡斐道：「是啊，俗語道物以稀為貴，掉句文便是『鳳毛麟角』，在下的名字便叫作『鳳毛』。」鳳七笑

188

道：「高雅，高雅！」突然轉念：「不對，他這『拔鳳毛』三字，豈不是有意來尋晦氣，找岔子？」臉色一變，厲聲道：「尊駕到底是只誰？到佛山鎮有何貴幹？」胡斐笑道：「早就聽說佛山鎮有幾隻惡鳳凰，我既名叫拔鳳毛，便得來拔幾根毛兒耍耍。」

鳳七退後三步，嗆啷一響，從腰間取出一條軟鞭，左手一擺，叫手下眾人小心，軟鞭勢挾勁風，向胡斐頭上猛擊下來。

胡斐盤算已定：「單憑鳳天南一人，也不能如此作惡多端。他手下的幫兇，個個死有餘辜。今日下手不必容情。」反手迴帶，抓住鞭頭，輕輕一扯。鳳七立足不住，向前衝來。胡斐左手在他肩頭一拍，鳳七不由自主的雙膝酸軟，跪倒在地。胡斐笑道：「不敢當！」順手將軟鞭往他身上一捲，已將他縛在一張八仙桌桌腳上。

酒樓眾伙計正要撲上動手，突見如此變敵，嚇得一齊停步。

胡斐指著一個肥肥的廚子叫道：「喂，將菜刀拿來。」那肥廚子張大了嘴，不敢違拗，將手中握著的菜刀遞了過去。胡斐道：「炒裏脊用甚麼材料？」肥廚子道：「用豬背上脊骨兩旁的上好精肉。你是要吃糖醋、椒鹽、油炸，還是清炒？」胡斐伸手一扯，嗤的一響，將鳳七背上的衣服撕破，露出肥肥白白的背脊來，摸摸他脊樑，道：「是不是這裏下刀？」那肥廚子的大口張得更大，那敢回答？鳳七連連磕頭，叫道：「英雄饒命！」胡斐心想：「饒你性命可以，但不給你吃此苦頭，豈不是作惡沒有報應？」菜刀落下，在他脊骨旁劃了一條長長的傷口，問道：「半斤夠了麼？」

廚子獸頭獸腦的道：「一個人吃，已經夠啦！」鳳七嚇得魂飛天外，但覺背上劇

痛，只道真的已給他割了半斤裏脊肉去，只聽胡斐又問：「炒豬肝用甚麼作料？清蒸豬腦用甚麼作料？」鳳七心想：「炒裏脊那還罷了，這炒豬肝、蒸豬腦，可做不得！」拚命磕頭，把樓板磕得蓬蓬直響，叫道：「英雄有事便請吩咐，只求饒了小人一命。」

胡斐見嚇得他也夠了，喝道：「你還敢幫那鳳天南作惡麼？」鳳七忙道：「小人不敢。」胡斐道：「好，快趕走樓上與雅座的客人，大堂與樓下的客人，卻一個也不許走。」鳳七叫道：「伙計，快遵照這位好漢爺的吩咐。快！快！」

樓上眾酒客不是財主，便是商富，個個怕事，這時也不用人趕，早心急慌忙的走了。樓下大堂的客人都是窮漢，十個中倒有七八個吃過鳳七的虧，見有人上門尋事，說不出的痛快，都要留下來瞧瞧熱鬧。

胡斐叫道：「今日我請客，朋友們的酒飯錢，都算在我帳上，不許收客人一文錢。快抬酒罈子出來，做最好的菜餚敬客。快把街上九隻惡狗洗剝了，燒狗肉請大家吃。」眾伙計行動稍遲，胡斐便揚起菜刀，問那肥廚子：「紅燒大腸用甚麼作料？炒腰花用甚麼作料？」那廚子據實回答，用的是大腸一副，腰子兩枚。只把鳳七驚得臉無人色，不住口的催促。

六名家丁見胡斐如此兇狠，不知他要如何對付自己，向胡斐偷瞧一眼，又互相對望一眼，心中焦急萬狀：「鳳老爺怎地還不過來救人？再遲片刻，這兇神便要來對付我們了。」

胡斐見眾伙計已照自己吩咐，一一辦理不誤，大步走到樓下，倒了一大碗酒，說

道：「今日小弟請客，各位放量飲酒，想吃甚麼，便叫甚麼，酒樓上若有絲毫怠慢，回頭我一把火把它燒了。」眾酒客歡然吃喝，只在鳳家積威之下，誰也不敢接口，自也沒人敢叫菜要酒。

胡斐回到樓上，解開三名家丁穴道，將鐵鍊分別套在各人頸裏，連著另外三名家丁，將六人拉下樓來，問道：「鳳天南開的當舖在那裏？我要當六隻惡狗。」便有酒客指點途徑，說道：「向東再過三條橫街，那一堵高牆便是。」胡斐說聲：「多謝！」牽了六人便走。一羣瞧熱鬧的人遠遠跟著，要瞧當活人如何當法。

胡斐一手拉住六根鐵鍊，來到「英雄典當」之前，大聲喝道：「英雄當狗來啦！」牽了六名家丁，走到高高的櫃檯之前，說道：「朝奉，當六條惡狗，每條一千兩銀子。」

坐櫃的朝奉大吃一驚，佛山鎮上人人知道，這「英雄典當」是鳳老爺所開，向來誰也不敢前來胡混，怎麼竟有個失心瘋的漢子來當人？凝神看時，認出那六個給他牽著的竟是鳳府家丁，這一來更加驚訝，說道：「你……你……你當甚麼？」

胡斐喝道：「你生不生耳朵？我當六條惡狗，每條一千兩，一共六千兩銀子。這筆生意便宜你啦。」

那朝奉知他有意前來混鬧，悄聲向身旁的朝奉說了，命他快去呼喚護院武師來打發這瘋子，一面向胡斐客客氣氣的道：「典當的行規，活東西是不能當的，請尊駕原諒。」胡斐道：「好，活狗你們不收，那我便當死狗。」六名家丁大驚，齊聲叫道：「俞師爺，你快收下來，救命要緊。」

但典當的朝奉做事何等精明把細，豈肯隨隨便便的就送六千兩銀子出去，不住陪笑道：「你老請坐啊，用杯茶不用？」胡斐道：「先把活狗弄成死狗，再喝你的茶。」四下一瞧，心下已有了計較，兩步走到大門旁，抓住門緣向上一托，將一扇黑漆大門抬了下來。那俞朝奉見事情越加不對，叫道：「喂，喂，你這位客人幹甚麼啊？」胡斐不去理他，左一腿，右一腿，將六名家丁踢倒在地，橫轉門板，壓在六人身上。俞朝奉叫道：「唉，別胡鬧，你可知這是甚麼地方？這典當是誰的產業？」

胡斐心想：「瞧你這副尖酸刻薄的樣兒，佛山鎮上定有不少窮人吃過你苦頭。」走到櫃檯之前，夾手一把抓住他後領，從高高的櫃檯後面揪將出來，也壓在門板之下，接著走到門口，抱起門邊那隻又高又大的石鼓，砰的一聲，摔上了門板。

這石鼓何止五百斤重，這一摔上去，門板下七人齊聲慘呼，有的更痛得屎尿齊流。

門外閒人與櫃檯內的眾朝奉也同聲驚叫。

胡斐又抱起另一隻石鼓，叫道：「惡狗還沒死，得再加個石鼓！」奮力將石鼓往空中拋去，眼看又要往門板上摔落，聽得眾人齊聲大叫，他雙手環抱，倏地將石鼓抱住，又壓上門板。這時門板上已壓了一千餘斤，雖由七人分擔，但人人已壓得筋骨欲斷。

俞朝奉大叫：「好漢爺饒命！快……快取銀子出來！」胡斐道：「甚麼？你還要我快取銀子出來？」俞朝奉身子瘦弱，早給壓得上氣不接下氣，忙道：「不……不……我是叫當裏眾朝奉取銀子出來……」

典當裏眾朝奉見情勢險惡，只得將一封封銀子捧了出來，一百兩一封，共是六十

封，胡斐將銀子都堆在門板之上，說道：「六條黑狗當六千兩，還有一個朝奉呢？難道堂堂英雄典當的一位大朝奉，還不及一條惡犬嗎？至少得當三千兩。」這六千兩銀子，足足有三百七十餘斤，又壓在門板上，下面七人更加抵受不住。

正亂間，忽聽門外有人叫道：「那一個雜種吃了豹子膽，來鳳老爺的舖子混鬧？」人羣往兩旁一分，闖進來兩條漢子。兩人一般的高大魁偉，黑衣黑褲，密排白色釦子，武師打扮。胡斐身形一晃，竄到兩人背後，一手一個，已抓住了兩人後頸。那兩人正是英雄典當的護院，開著無事，正在賭場賭博，聽得當舖中有人混鬧，忙匆匆趕回，還沒瞧清楚對手的身形面目，已讓人抓住後頸，提了起來。

胡斐雙手一抖，一個身上落下七八張天九牌，另一個手中卻掉下兩粒骰子。胡斐笑道：「好啊，原來是兩個賭鬼！」將兩人頭對頭一撞，騰騰兩聲，將兩人摔上門板。這兩名護院武師武功雖然平平，身子的重量卻足斤加三。門板上又加了四百來斤，只壓得下面七人想呻吟一句也有聲無氣。

典當的大掌櫃只怕鬧出人命，忙命伙計又捧出三千兩銀子來，放在桌上，不住向胡斐打躬作揖，陪笑說好話，心下納悶：「怎地鳳老爺還不親來料理？」

胡斐在酒樓中命人烹狗，到當中來當人，用意本是要激鳳天南出來。他自從少年時在商家堡鐵廳遇險之後，行事小心謹慎，心想這鳳天南既號稱「南霸天」，家中的布置只怕比商家堡更爲厲害，常言道：「強龍不鬥地頭蛇。」倘若上門去與他爲難，只怕中了他毒計，是以先鬧酒樓，再鬧當舖，那知鳳天南始終不露面，倒也大出意料之外。他

見又有三千八百兩銀子搬到，頭一擺，喝道：「都放在門板上。」眾伙計明知一放上去，又加上一百八九十斤，但不敢違拗，只得一包包輕輕的放了上去。

胡斐叫道：「你們這典當是皇帝老子開的麼？怎地做事這等橫法？」大掌櫃陪笑道：「不敢，不敢。好漢爺還有甚麼吩咐？」胡斐道：「當東西的沒當票麼？大清朝沒王法了嗎？」那大掌櫃心想這六個家丁皮粗肉厚，壓一壓兒還不怎樣，這兪朝奉只怕轉眼就要一命嗚呼，一疊連聲的叫道：「快寫當票。」

櫃面的朝奉不知如何落筆，見大掌櫃催得緊，只得提筆寫道：「今押到鳳府家丁六名，兪朝奉一名，皮破肉爛，手足殘缺，當足色紋銀九千兩正。年息二分，憑票取贖。半年為期，不贖斷當。」天下當舖的規矩，就算你當的是全新完整之物，他也要寫上「殘缺破爛」的字樣，以免贖當時有所爭執。當舖當活人，那是從所未有之事，那朝奉寫得慣了，也給加上「皮破肉爛，手足殘缺」八字評語。

大掌櫃將當票恭恭敬敬遞了過去，胡斐一笑收下，提起兩名武師，喝道：「將石鼓取下來。」兩名武師兀自頭暈眼花，卻自知一人搬一個石鼓不夠力氣，當下二人合力，一個個的抬了下來。胡斐道：「好，咱們到賭場去逛逛。你兩條大漢，抬著本錢跟我來。」兩名武師給他治得服服貼貼，一前一後用門板抬了九千兩紋銀，跟在胡斐後面。

看熱鬧的閒人見他隻手空拳，鬥贏了佛山鎮上第一家大典當，無不興高采烈，但怕鳳老爺見怪，卻不敢走近和他說話，聽他說還要去大鬧賭場，更加人人精神百倍，跟在

後面的人越來越多。

那賭場開設在佛山鎮頭一座破敗的廟宇裏，大門上寫著「英雄會館」四個大字。胡斐大踏步走進門去，見大殿上圍著黑壓壓一堆人，正在擲骰子押大小。

開賭的寶官濃眉大眼，穿著佛山鎮的名產膠綢衫褲，敞開胸膛，露出黑黝黝的兩叢長毛，見胡斐進來，後面跟著兩名武師，抬著一塊大門板，放著近百封銀子，心裏一怔，叫道：「蛇皮張，你做甚麼？」那姓張的武師努一努嘴，道：「這位好漢爺要來玩一手。」那寶官聽蛇皮張說得恭敬，素知鳳老爺交遊廣闊，眼前這人年紀雖輕，多半是他老人家的朋友，心想：「好哇，你抬了銀子給我們場裏送來啦。開飯店的不怕大肚漢，開賭場的豈怕財主爺？再抬了兩門板來也不嫌多。」咧嘴一笑，說道：「這位朋友貴姓？請坐，請坐。」

胡斐大剌剌的坐了下來，說道：「我姓拔，名字叫作鳳毛。」那寶官一楞，心道：「啊，你是存心來跟我們過不去了。」拿起骰盅搖了幾下，放下來合在桌上。四周數十名賭客紛紛下注，有的押「大」，有的押「小」。

胡斐有意要延挨時刻，等那鳳天南親自出來，好與他相鬥，當下笑嘻嘻的坐著觀看，並不下注。寶官揭開盅來，三枚骰子相加共十一點，買「大」的賭客紛紛歡呼，買小的垂頭喪氣。那寶官連開三次，都是「大」。

胡斐心想：「十賭九騙，這鳳天南既如此橫法，所開的賭場鬼花樣必多，待我查出

弊端，大鬧他一場。」注目看那骰盅，又傾聽骰子落下的聲音，要查究盅中是否灌鉛，聽了片刻，覺得骰子倒無花巧。他練過暗器聽風術，耳音極精，縱在黑暗之中，若有暗器來襲，一聽聲音，立知暗器來勢方位，是何種類，手勁如何。如趙半山這等大行家，當日在商家堡中一聽到身後暗器射到，即料到對方是嵩山少林寺不疑大師的弟子，暗器向天的是甚麼點數。胡斐的耳音較之趙半山尚有不及，但聽了一陣，已聽出三枚骰子時，聲音略有差別，雖所差微細之極，但在內力精深、暗器功夫極佳之人聽來，自能分辨。

骰子共有六面，每面點數不同，一點的一面與六點的一面落下之

胡斐又讓他開了幾盅，試得無誤，笑道：「寶官，限注麼？」那寶官大聲道：「廣東通省都知，南霸天的賭場決不限注，否則還能叫英雄會館麼？」胡斐微微一笑，伸出大拇指一翹，道：「是啊，倘若限注，豈不成了狗熊會館？」聽他骰子落定，乃是十六點，回頭叫道：「蛇皮張，押一千兩『大』。」

那寶官雖在賭場中混了數十年，但骰子到底開大開小，也要到揭盅才知，見他一押便一千兩，不由得一怔，揭開盅來，見三枚骰子兩枚六點，一枚四點，不由得臉都白了，由下手賠了一千兩。接下去搖骰時聲音錯落，胡斐聽不明白，袖手不下，開出來是個八點小。跟著他押了二千兩「小」，盅子揭起，果然是四點「小」。

如此只押得五六次，場中已賠了一萬一千兩。那寶官滿手是汗，舉起骰盅猛搖。胡斐聽得明白，盅中正是十四點，說道：「蛇皮張，把二萬兩都給押上『大』！」兩名武

196

師將門板上的銀子一封封往桌上送。寶官掀起骰盅一邊，眼角一張，已看到骰子共是十四點。他手腳也真利落，小指在盅邊輕輕一推，盅邊在骰子上一碰，一枚六點的骰子翻了一轉，十四點變成九點，那是「小」了。這一記手法，若不是數十年苦功，也真不能練成，比之於武功，可算得是厲害之極的絕招。

那寶官見他渾然不覺，心想這次勝定你了，得意洋洋的道：「大家下定注了？」胡斐左手將一大堆銀子往桌子中心一推，說道：「這裏是二萬兩銀子，是『小』你便盡數吃去。」寶官叫道：「好！好！吃了！」揭開寶來，不禁張大了口合不攏來，只見三枚骰子共是十二點。

眾賭客早已罷手不賭，望著桌上這數十封銀兩，無不驚心動魄，突見開出來的是「大」，不約而同的齊聲驚呼：「啊！」聲音中又驚奇，又艷羨。他們一生之中，從未見過如此大賭。

胡斐哈哈大笑，一隻腳提起來踏在凳上，叫道：「二萬兩銀子，快賠來！」

原來那寶官作弊之時，手腳雖快，卻又怎瞞得過胡斐的眼光？他雖瞧不出那寶官如何搗鬼，但料定三枚骰子定是給他從「大」換成了「小」，他左手推動銀兩之際，右手伸到桌底，隔著桌面在盅底輕輕一彈。三枚骰子本來一枚是三，一枚是一，一枚是五，共九點。他這一彈力道恰到好處。三枚骰子一齊翻了個身，變成四點、六點、兩點，合成十二點「大」。

那寶官臉如土色，伸手在桌上一拍，喝道：「蛇皮張，這人是甚麼路數？到鳳老爺

的場子來攪局？」蛇皮張哭喪著臉道：「我……我……也不知道啊。」胡斐道：「快

賠，快賠，二萬兩銀子，老爺贏得夠了，收手不賭啦！」

那寶官在桌上砰的一擊，罵道：「契弟，你搞鬼出老千，當老子不知麼？」胡斐

不明白他罵人的言語，料想決非好話，笑道：「好，你愛拍桌子，咱們賭拍桌子也成！」

右手在桌子角上一拍，桌子角兒應手而落，跟著左手一拍，另一隻角又掉在地下。

這一手驚人武功顯了出來，這寶官那裏還敢兇橫？突然飛起右腳，要想將桌子踢

翻，乘亂溜走。幾個地痞賭客跟著起鬨：「搶銀子啊！」胡斐右手伸出，已將寶官踢出

的右腳抓住，倒提起來，順手將他頭頂往桌面樁落，力道好重，桌面登時給他腦門撞破

一洞，腦袋插到了桌面之下，肩膀以上的身子卻倒栽在桌上，手腳亂舞，蔚為奇觀。

衆賭客齊聲驚叫，紛紛退開。突然大門中搶進一個青年，二十歲上下年紀，身穿藍

綢長衫，右手搖著摺扇，叫道：「是那一個好朋友光降，小可未曾遠迎，要請恕罪啊！」

胡斐見這人步履輕捷，臉上英氣勃勃，顯是武功不弱，不覺微微一怔。

那少年收攏摺扇，向胡斐一揖，說道：「尊兄貴姓大名？」胡斐見他彬彬有禮，便

還了一揖，道：「沒請教閣下尊姓。」那少年道：「小弟姓鳳。」胡斐雙眉一豎，哈哈

笑道：「如此說來，在下的姓名未免失敬了。我姓拔，名叫鳳毛。老兄與鳳天南怎生稱

呼？」那少年道：「那是家父。家父聽說尊駕光臨，本該親來迎接，不巧恰有要務纏

身，特命小弟前來屈駕，請到舍下喝杯水酒。」

他轉頭向英雄當舖的兩名護院喝道：「定是你們對拔爺無禮，惹得他老人家生氣，

還不快賠罪？」那兩位護院喏喏連聲，一齊打躬請安，道：「小人有眼不識泰山。」胡

斐微微冷笑，心想：「瞧你們鬧些甚麼玄虛。」

那寶官的腦袋插在賭桌上，兀自雙腳亂舞，啊啊大叫。那少年抓住他背心，向上提

起，然後將他倒過身來，那桌子卻仍連在他項頸之中，只是四隻桌腳向天，猶似頸中戴

了一個大枷。那寶官雙手托住桌子，這情狀當眞十分滑稽，十分狼狽，向那少年道：

「大爺，你來得正好，他……他……他……」眼望胡斐，卻不敢再說下去了。

胡斐道：「你不賭了？是不是？那也成，我贏的錢呢？英雄會館想賴帳麼？」

那少年罵寶官道：「拔爺贏了多少銀子，快取出來！慢吞吞的幹甚麼？」說著抓住

桌子兩角，雙手向外力分，喀的一響，桌面竟給他掰成了兩半。這一手功夫乾淨利落，

賭場中各人一齊喝采。

那寶官有少主撐腰，膽子又大了起來，向胡斐惡狠狠的望了一眼，說道：「這人出

老千。」那少年叱道：「胡說！人家是英雄好漢，怎會出老千？館裏銀子夠麼？要是不

夠，快叫人往當舖取去。」胡斐不懂「出老千」三字是何意思，但想來多半是「欺騙作

弊」之意，心想：「這少年武功不弱，行事也有擔當，我可不能絲毫大意了。」只聽那

少年道：「拔爺的銀子，決不敢短了半文。這些市井小人目光如豆，從來沒見過眞好漢

大英雄的氣概，拔爺不必理會。現下便請拔爺移玉舍下如何？」

他明知「拔鳳毛」三字決非眞名，乃是存心來向鳳家尋事生非，但還是拔爺前，拔

爺後，絲毫不以爲意。胡斐道：「你們這裏鳳凰太多，不知大爺的尊號如何稱呼？」那

少年似乎沒聽出他言語中意含譏諷，連說：「不敢，不敢。小弟名叫一鳴。」胡斐道：

「在下賭得興起，還要在這裏玩幾個時辰，不如請你爸爸到這裏會面吧。」

那寶官聽他說還要賭，嚇得面如土色，忙道：「不，不……賠不起了……」

鳳一鳴臉一沉，叱道：「我們在說話，也有你插嘴的份兒？」轉頭向胡斐陪笑道：

「家父對朋友從來不敢失禮，得知拔爺光臨佛山，歡喜得了不得，恨不得立時過來相見，只是恰好今日京中來了兩位御前侍衛，家父須得陪伴，確實分身不開。請拔爺包涵原諒。」胡斐冷笑一聲，道：「御前侍衛，果然好大的官兒。」一鳴兄，小弟在江湖上有個外號，你想必知道。」鳳一鳴正自嘀咕：「不知此人真姓名究是甚麼，若能摸清他幾分底細，對付起來就容易得多了。」聽他提起外號，忙道：「小弟孤陋寡聞，請拔爺告知。」胡斐「哼」的一聲，道：「虧你也是武林中人，怎地連大名鼎鼎的『殺官劚吏拔

鳳毛』也不知道？」鳳一鳴一怔，道：「取笑了。」

胡斐左手倏地伸出，抓住他衣襟，喝道：「咦，好大膽子！你怎敢將我的一塊鳳凰肉吃下了肚中。」鳳一鳴再也忍耐不住，右手虛出一掌，左手便來拿他手腕。胡斐手掌疾翻，當真快如電火，叫人猝不及防，啪的一聲，鳳一鳴左頰已吃了一記巴掌。胡斐順手再將他右手拿住，喝道：「還我的鳳凰肉來。」

鳳一鳴家學淵源，武功頗為了得，只覺自己右掌宛似落入了一雙鐵鉗之中，筋骨都欲碎裂，忙飛起右足，向胡斐小腹上踢去。胡斐提起腳來，從空高高踏落，正好踏住了他的足背。鳳一鳴腳上又如為鐵鎚一擊，忍不住「啊」的一聲大叫。胡斐左手反手擊

出，鳳一鳴右頰早著，這兩下勁力十足，他雙頰就如豬肝般又紅又腫。

胡斐大聲叫道：「各位好朋友聽著，我千里迢迢的從北方來到佛山，向這裏的鍾阿四鍾老兄買到一塊鳳凰肉，卻讓這斷一『偷吃了。你們說該打不該打？」賭場中眾人面面相覷，不敢說話，都知他是在為給冤屈逼死的鍾小三伸冤。

鳳一鳴給他踏住一足，握住一手，已全身沒法動彈。

人叢中轉出一個老者，手中拿著一根短煙袋，正是英雄當舖的大掌櫃。他給胡斐逼去了九千兩銀子，那裏便肯罷休？一面命人急報鳳天南，自己悄悄跟到英雄會館來瞧他動靜，這時見小主人被擒，忙上前陪笑道：「好漢爺，這是我們鳳老爺的獨生愛子，鳳老爺當他猶如性命一般。好漢爺要銀子使用，儘管吩咐，可請快放了我們少主人。」胡斐道：「誰叫他偷吃了我的鳳凰肉？是鳳老爺的獨生愛子，便能偷吃人家東西麼？」

大掌櫃笑道：「好漢爺取笑了。天下那有甚麼鳳凰肉？便算有，我們小主人也決不會偷吃。」胡斐喝道：「這鳳凰肉乃大補之劑，宜是無價之寶，一吃下肚，立時滿面通紅，肥胖起來。你們大家看，他的臉是否比平時紅了胖了？還說沒偷吃我鳳凰肉麼？」大掌櫃陪笑道：「這是好漢爺下手打腫的，不與鳳凰肉相干。」胡斐道：「大家來評個理，這小子可偷吃了我的鳳凰肉麼？」

在賭場中胡混之人，一小半是鳳天南的手下，另一半不是地痞流氓，便是破落戶子弟，人人畏懼鳳天南的威勢，聽胡斐如此詢問，七嘴八舌的說道：「沒見到你有甚麼鳳凰肉。」「鳳大爺決不能偷你東西吃。」「鳳老爺府上的東西還怕少了麼？怎能偷人東

西？」「笑話，笑話！」「好漢快放了他，別鬧出大事來。」

胡斐道：「好，你們大家說他沒偷吃，我難道不可賴了他？咱們到北帝廟去判個理去。」

眾人一怔，立時想起鍾四嫂在北帝廟中刀剖兒腹之事。那大掌櫃暗暗吃驚，心想：「一到北帝廟，可要鬧得不可收拾了。」不住向胡斐打躬作揖，道：「好漢爺說得對，我們都錯了。少主人吃了好漢的鳳凰肉，好漢要怎麼賠，便怎樣賠就是。」胡斐冷笑道：「你倒說得容易。這裏人人不服，不到北帝廟評個明白，我今後還有臉見人麼？」說著將鳳一鳴挾在腋下，銀子也不要了，走出賭場，向途人問了路，逕往北帝廟而去。

那北帝廟建構宏偉，好大一座神祠，進門院子中一個大水塘，塘邊石龜石蛇，昂然盤踞。佛山當地人氏都稱之為「祖廟」。

胡斐拉著鳳一鳴來到大殿，只見神像前石板上血跡殷然，想起鍾四嫂被逼切剖兒腹的慘事，胸間熱血上衝，將鳳一鳴往地下一推，抬頭向著北帝神像，朗聲說道：「北帝爺，北帝爺，你威靈顯赫，給小民有冤伸冤，有仇報仇。這賊廝鳥偷吃了我的鳳凰肉，但旁人都說他沒吃……」

他話未說完，猛覺背後風聲颯然，左右有人雙雙來襲。他低頭縮身，那二人已然撲空。他雙手分別在二人背上一推，砰的一聲，二人臉對臉互相猛地碰撞，登時暈去。只聽得一人高聲怒吼，又撲了上來。

胡斐聽他腳步沉重，來勢威猛，心想：「這人功夫倒挺不錯。」一側身間，乘勢掠

帶，刀光閃動，一條肥水牯似的粗壯大漢已在身旁掠過，揮刀逕向鳳一鳴頭頂砍落。總算他武功不低，危急之際手臂疾偏，鋼刀砍上地下青磚，磚屑紛飛。胡斐叫道：「妙極！」左足伸出，已踏住他手肘。

那大漢狂吼一聲，放手撒刀。胡斐右足一挑，單刀飛起，順手接過，笑道：「我正愁沒刀剖他肚子，你巴巴的趕來送刀，當真有勞了。」

那大漢怒極，使力掙扎。胡斐左腿一鬆，讓他翻身躍起，這大漢蠻力過人。他右足力撐，雙手十指如鈎，在空中逕向胡斐撲到。胡斐轉過身來，繞到他身後，左手搭在他肥臀之上，借力送出，喝道：「上天吧！」這一送有八成倒是借了他本身縱躍之勢。那大漢身不由主，向上疾飛，旁觀眾人大叫聲中，眼見要穿破廟頂而出。他忙伸出雙手，抱住了大殿正中的橫樑，總算沒撞破腦門，但就這麼掛在半空，向下望去，離地著實不近。他沒練過輕功，身子又重，外家硬功雖然不弱，卻不敢躍下。這大漢在五虎門中位居第三，外號「嶺南飛虎」，乃鳳天南的得力助手。佛山鎮上人人懼怕，這時掛在樑上，上不得，下不來，甚為狼狽，算得上是半隻飛虎。

胡斐拉住鳳一鳴衣襟，向上一扯，嗤的一響，露出肚腹肌膚，橫過刀鋒，向擠在殿上的眾人叫道：「他是不是吃了鳳凰肉，大家睜大眼睛瞧個明白，別說我冤枉了好人。」

旁邊四五個鄉紳模樣的人一齊來勸，都道：「好漢爺高抬貴手，倘若剖了肚子，人死不能復生，那可不得了。」胡斐心想：「這些人鬼鬼祟祟，定與鳳天南一鼻孔出氣。」回頭怒喝：「那鍾四嫂剖孩子肚子，你們何以便不勸了？有錢子弟的性命值錢，窮人的

孩子便不是性命？你們快回家去，每人把自己兒子送一個來，若不送到，我自己上門找尋。我的鳳凰肉若不是他吃的，便是你們兒子吃了，我一個個剖開肚子來，查個明白。」

這幾句話只把那幾個鄉紳嚇得魂不附體，再也不敢開口。

正亂間，廟門外一陣喧嘩，搶進一羣人來。當先一人身材高大，穿一件古銅色緞袍，雙手一分，大殿上已有七八人向兩旁跌出數尺。

胡斐見了他這等氣派威勢，又如此橫法，心想：「啊哈，正點子終於到了。」眼光從他頭上瞧到腳下，又從腳下看到頭上。只見他上唇留著兩撇花白小髭，約莫五十來歲年紀，右腕戴一隻漢玉鐲，左手拿著個翡翠鼻煙壺，儼然是個養尊處優的大鄉紳模樣，實不似個坐地分贓的武林惡霸，只腳步凝穩，雙目有威，多半武功高強。

這人正是五虎門掌門人南霸天鳳天南，他陪著京裏來的兩名侍衛在府內飲宴，聽得下人一連串來報，有人混鬧酒樓、當舖、賭場。他不願在御前侍衛跟前失了氣派，一直置之不理，心想這些小事，手下人定能打發，直聽到兒子遭擒，給拿到北帝廟中要開膛剖肚，這才匆匆趕來。他還道是極厲害的對頭來到尋仇，那知一看胡斐，竟是個素不相識的鄉下少年，當下更不打話，俯身便要扶起兒子。

胡斐心想：「這老傢伙好狂，竟將我視如無物。」待他彎腰俯身，揮掌便往他腰間拍落。鳳天南竟不回身，左手迴掌，想將他手掌格開。胡斐掌力加重，啪的一聲，雙掌相交，鳳天南身子一晃，險些跌在兒子身上，才知這鄉下少年原來是個硬手。心下微

驚，顧不得去扶兒子，右手橫拳，猛擊胡斐腰眼。

胡斐見他變招迅捷，拳來如風，果是名家身手，揮刀往他拳頭上疾砍下去。這一刀雖然兇猛，鳳天南也只須一縮手便能避過，但鳳一鳴橫臥在地，他縮手不打緊，兒子卻要受了這一刀。當此危急之際，他應變倒也奇速，扯落神壇前的桌披，倒捲上來，格開了這一刀。胡斐叫道：「好！」心想：「此人會隨機應變，武功不低。」左手伸出，已抓住桌披一端。兩人同時向外拉扯，帕的一響，桌披從中斷為兩截。

此時鳳天南那裏還有半點小覷之心？向後躍開半丈，早有弟子將他的兵刃黃金棍送在手中。這金棍長達七尺，徑一寸有半，通體鋼鐵鑄成，外鍍黃金，金光燦然，算得是武林中第一豪闊富麗的沉重兵器。他將金棍一抖，指著胡斐說道：「閣下是那一位老師門下？鳳某甚麼地方得罪了閣下，卻要請教。」

胡斐道：「我一塊鳳凰肉給你兒子偷吃了，非剖開他肚子瞧個明白不可。」

鳳天南憑一條鍍金鐵棍打遍嶺南無敵手，這才手創五虎門，在佛山鎮定居。武家所用之棍，以齊眉最為尋常，依身材伸縮，短者五尺不足，長者六尺有餘，鳳天南這條棍卻長達七尺，仗著他臂力過人，使開來兩丈之內一團黃光，端的厲害非常。

他聽了胡斐之言，金棍起處，手腕抖了兩抖，棍端將神壇上兩點燭火點熄了，叫道：「在下素來愛交朋友，跟尊駕素不相識，何苦為一個窮家小子傷了江湖義氣？」他見胡斐武功了得，估計不賣他個面子，不能善罷，轉頭吩咐當舖的掌櫃，去佛山鎮巡檢衙門向巡檢頭兒討情，將鍾阿四先放了出來，向胡斐道：「衝著尊駕的面子，那個鍾阿

205

四，在下已命人去放了出來，交於尊駕。他兒子死了，可不是我殺的，我再賠他五百兩銀子，作為賠禮，尊駕以為如何？」

這金棍雖是純鋼鍍金，仍極沉重，他一抖棍花而打滅燭火，妙在不碰損半點蠟燭，燭台毫不搖晃，手法之準，可說是罕見功夫。他言語中軟裏帶硬，要胡斐不必多管閒事，同時允賠鍾阿四銀子，已給足了胡斐面子。胡斐笑道：「是啊，你的話再對也沒有，你只須割一塊鳳凰肉賠我，我立即拍拍灰塵走路，你看可好？」鳳天南臉一沉，喝道：「既是如此，咱們兵刃上分高下便了。」說著提棍躍向院子。

胡斐提起鳳一鳴，往地下重重摔落，將單刀插在他身旁，喝道：「你如逃走，便剖你老子的肚皮作抵！」空手走出，大聲道：「老爺行不改姓，坐不改名，大名鼎鼎『殺官殿吏拔鳳毛』便是。鳳毛拔不到，臭雞臭鴨的屁股毛拔幾根也是好的。大家瞧清楚了。」一言甫畢，左手探出，逕來抓對方棍頭。

鳳天南知他武功厲害，心想你自己托大，不用兵刃，那可怪不得我，見他出手便奪兵刃，竟對自己藐視已極，棍尾抖起，一招「驅雲掃月」，向他頭頸橫掃過來。這一招雖以橫掃為主，但後著中有點有打，有纏有挑，所謂「單頭雙頭纏頭，頭頭是道：正面側面背面、面面皆靈」的是極上乘的棍法。胡斐身隨棍轉，還了一掌。

眾人凝神屏息，注視二人激鬥。鳳天南手下人數雖眾，但不得他示意，誰也不敢插手相助，何況二人縱躍如風，旁人武功遠遠不及，便要相助，也無從著手。

二人惡鬥正酣，廟門中闖進兩個人來。當先一個婦人亂髮披身，滿身血污，正是鍾

206

四嫂。她一路磕頭，一路爬著進來，身後跟著是她兒子鍾小二。鍾四嫂跪在地下，不住

向鳳天南磕頭，哈哈大笑，叫道：「鳳老爺你大仁大義，北帝爺爺保佑你多福多壽，保

佑你金玉滿堂，四季發財。我小三子在閻王爺面前已告了你一狀，閻王爺說你大富大

貴，後福無窮哪。」她瘋瘋顛顛的不住跪拜，又哭又笑。

鳳天南與胡斐拆了十餘招，早已全落下風。金棍揮成的圈子越縮越小，見鍾四嫂似

瘋非瘋的向著自己跪拜，更加心神不寧，情知再鬥下去定將一敗不可收拾，當下勁貫雙

臂，使一招「揚眉吐氣」，往胡斐下顎挑去。胡斐卻不閃不縮，伸手竟來硬奪他金棍。鳳

天南又驚又喜，心想：「你這隻手爪子就算是鐵鑄的，也打折了你。」內力送臂，臂運

手腕，急挑之力更大。胡斐手掌與棍頭一搭著，輕輕向後一縮，已將他挑力卸去，手指

彎過，抓住棍頭。總算鳳天南在這條棍上已下了三十餘年苦功，忙使一招「上滑下劫」，

跟著一招「翻天徹地」，以極剛猛的外勁硬奪回去。

胡斐叫道：「拔臭雞毛了！」雙手自外向內圈轉，卻來捏他咽喉，也不知他如何移

動身形，竟在這一抓一奪之際，順勢攻進了門戶。鳳天南的金棍反在外檔，已然打他不

著。鳳天南大駭之下，急忙低頭，同時伸出手護頭。胡斐左手在他天靈蓋上輕輕一拍，

除下他帽子，右手已抓住他辮子尾端，叫道：「這一掌暫不殺你！」左手已然抓住辮

根，雙手向外一分，蹦的一聲，一條辮子斷成了兩截。鳳天南嚇得面如土色，急忙躍

開。胡斐右手揚處，鳳天南帽子飛出，剛好套在石蛇頭上。胡斐踏上兩步，一掌擊在石

龜昂起的頭頂，蹦的一響，水花四濺，石龜之頭齊頸而斷，落入水塘。胡斐哈哈一笑，

將鳳天南那條長辮繞在石龜頭中，雙手彈一彈身上灰塵，笑道：「還打麼？」

旁觀眾人見他顯了這手功夫，人人臉上變色。鳳天南知他適才這一掌確是手下留情，否則以掌擊石龜之力擊在自己頭頂，那裏還有命在？但斷辮繞龜，飛帽戴蛇，如此的奇恥大辱如何忍耐得了？舞動金棍，一招「青龍捲尾」，猛掃而至。這時他已然性命相拚，再非以掌門人身分跟人比武過招。

胡斐心想：「此人平素橫得可以，今日若不掃盡他顏面，佛山一鎮之人冤氣難出。」見他金棍上威力雖增，棍法卻已不如適才靈動，空手拆了幾招，見他使一招「鐵牛耕地」，著地捲到，當下看準棍端，右足一腳踹落，棍頭著地，給他踏在腳下。鳳天南忙運勁後奪，胡斐出腳奇快，剛覺右腳下有些鬆動，左足已踏在棍腰，猛力往下一蹬。鳳天南再也拿揑不住，雙手一鬆，棍尾正好打中他右足足背，兩根小骨登時斷折。

這一下痛得他臉如金紙，但他咬緊牙關，一聲不哼，雙手反在背後，朗聲說道：「我學藝不精，無話可說。你要殺要剮，悉聽尊便。」鍾四嫂還是不住向他磕頭，哭叫：「多謝鳳老爺成全了我家小三子，他真是偷吃了你家的鵝麼？」

這時一個衣衫破爛的鄉下漢子一跛一拐的走進廟來，正是剛從巡檢衙門中放出來的鍾阿四。他過去扶起妻子，鐵青著臉，怒目瞪視鳳天南，一聲不作。

胡斐見鳳天南敗得如此狼狽，實不想再折辱於他。但見到鍾四嫂發瘋的慘狀，神壇前石板上的血跡，心想這南霸天除了此事之外，這許多年來定是更有不少惡行，既撞在我手裏，豈能輕饒？大踏步過去一把將鳳一鳴提起，拔起插在地下單刀，轉頭向鳳天南

208

道：「鳳老爺，我跟你無冤無仇，可是令郎偷吃了我的鳳凰肉，實在太不講理。這裏佛山鎮的人都護著你，我冤屈難明，只好剖開令郎肚子，讓列位瞧瞧。」說著單刀刀頭在鳳一鳴肚子上輕輕一拖，雪白的肌膚上登時現出一條血痕。

鳳天南雖作惡多端，卻頗有江湖漢子氣概，敗在胡斐手下之後，仍十分剛硬，不失掌門人身分，但眼見獨生愛子即要為他開膛剖腹，叫道：「且慢！」從身旁手下人手中，搶過一柄單刀，見胡斐年紀甚輕，臉上尚有稚氣，心想：「這等乳臭未乾之人，不能力敵，當可智取。」

胡斐笑道：「你還不服氣，要待再打一場？」鳳天南慘然道：「一身做事一身當，鳳某行事不當，惹得尊駕打這個抱不平，這跟小兒可不相干。鳳某不敢再活，但求饒了小兒性命。」說著橫過單刀，假意便往頸中刎去。忽聽得屋樑上一人大叫：「鳳大哥，使不得！」原來那「嶺南飛虎」兀自雙手抱住橫樑，飛身坐空。

鳳天南臉露苦笑，揮刀迴砍。眾人大驚之下，誰也不敢阻攔，眼見他單刀橫頭，立時要血濺當場、屍橫祖廟。忽聽得嗤嗤聲響，一件暗器從殿門外自高而下的飛射過來，錚的一聲，在單刀上一碰。鳳天南手一盪，單刀立時歪了，但還是在左肩上劃了一道口子，鮮血迸流。

這一下倒大出鳳天南意料之外，不禁一怔。胡斐定睛看去，只見射下的暗器是一枚女子手上所戴的指環。鳳大南膂力甚強，這小小一枚首飾，居然能將他手中單刀盪開，那投擲指環之人的武功，只怕不在自己之下。他心中驚詫，縱身搶到天井，躍上屋頂，

但見西南角上人影一閃，倏忽間失了蹤跡。胡斐疾向西南角搶去，暮色蒼茫之中，四顧悄然，竟沒人影。他心中嘀咕：「這背影小巧苗條，似是女子模樣，難道世間女子之中，竟有這等高手？」

他生怕鳳天南父子逃走，不敢在屋頂久躭，隨即轉身回殿，只見鳳天南父子摟抱在一起，鳳天南臉上老淚縱橫。

胡斐見了這副情景，倒起了饒恕他父子之意，只一時不知如何發落，若要殺了二人，委實不忍下手，但如給他父子倆這麼一哭，便即饒恕，又未免太便宜了他們。正自躊躇，鍾阿四突然走上前來，向胡斐道：「好漢爺救了小人的妻兒，又給小人一家明冤雪恨，大恩大德，小人粉身難報。」說著撲翻在地，蓬蓬蓬蓬，磕了幾個響頭。胡斐連忙扶起。

鍾阿四轉過身來，臉色鐵青，望著鳳天南道：「鳳老爺，今日在北帝爺爺神前，你憑良心說一句，我家小三子有沒偷你的鵝吃？」鳳天南為胡斐的威勢所懾，低頭道：「沒有。是……是我弄錯了。」鍾阿四又道：「鳳老爺，你再憑良心說，你叫官府打我關我，逼死我兒子，全是為了要佔我的菜園，是不是？」

鳳天南向他臉上望了一眼，只見這個平時忠厚老實的菜農，咬緊牙關，目噴怒火，神情可怕，不由得低下了頭，不敢回答。鍾阿四道：「你快說，是也不是？」鳳天南抬起頭來，道：「不錯，我是要出價買你菜園，你說甚麼也不賣，殺人償命，你殺我便了。」

胡斐轉過身來，對鳳天南道：「鳳老爺，你在這佛山鎮上，狠得也夠了。鍾小三雖不是你殺的，卻是你逼死的。我也不要你償命，就照你的意思，你拿五百兩銀子出來，向鍾老四大哥賠罪……」鳳天南喜出望外，忙道：「該當的，該當的。鍾四哥，是我不對，冤枉了你家小三，我即刻賠銀子，你的菜園了我永遠不買了。」

胡斐轉念又想：「我這一走，他再爲非作歹，無人制他。他如又再來欺侮鍾阿四，誰也奈何他不得。」朗聲道：「鳳老爺，我限你三天之內，從此退出佛山鎮，連同你的蝦兵蟹將，誰也不許回來。甚麼英雄當鋪、英雄酒樓、英雄會館，全數收檔，那一個回來再幹惡事，我見一個，殺一個，第一個先殺你兒子……」鳳天南道：「好，就是這句話，三天之內，我姓鳳的退出佛山鎮，終身不再回來。閣下尊姓大名，我交了你這個朋友！」心想暫且不妨使個緩兵之計，挨得過眼前危機，再作計較。

忽聽廟門外一人高聲叫道：「自稱拔鳳毛的小賊，你敢不敢出來鬥三百回合？你在北帝廟中縮頭縮頸，幹麼不敢出來啊？」

這幾句話極是響亮，大殿上人人愕然，聽那聲音粗魯重濁，滿是無賴地痞的口氣。

胡斐一怔之下，搶出廟門，只見前面二騎馬向西急馳，馬上一人回頭叫道：「縮頭烏龜，料你也不敢跟老子動手。」胡斐大怒，見廟門旁一株大紅棉樹下繫著兩匹馬，縱身過去躍上馬背，拉斷韁繩，雙腿一夾，催動坐騎，向那三人急追下去。

遠遠望見三乘馬向西沿著河岸急奔，瞧那三人坐在馬背上的姿式，手腳笨拙，騎術

更劣，不知是否有意做作，但胯下所乘卻是良馬，胡斐趕出里許，始終沒能追上。聽那三人不時高聲叫罵，肆無忌憚，對自己毫不畏懼，實似背後有極厲害之人撐腰，他焦躁起來，俯身在地下抓起幾塊石子，手腕抖處，五六塊石子飛了出去，只聽得「啊喲」「媽呀」之聲不絕，三個漢子分別給打中了，一一摔下馬來。兩個人一跌下來，爬在地下大叫。第三人卻左足套在馬鐙之中，給馬匹拖著直奔，霎時之間已轉入柳蔭深處。

胡斐跳下馬來，見那二人按住腰臀，哼哼唧唧的叫痛。胡斐在一人身上踢了一腳，喝道：「你說要和我鬥三百回合，怎不起身來鬥？」那人爬起身來，說道：「欠了賭債不還，還這麼橫！總有一日鳳老爺親自收拾你。」胡斐一怔，問道：「誰欠了賭債不還？」

另一人猛地裏跳起，迎面出拳往胡斐擊去。這一拳雖有幾斤蠻力，但出拳不成章法，顯是全無武功。胡斐微微一笑，揮手輕帶。那人一拳打偏，砰的一聲，正好打中同伴的鼻子，登時鼻血長流。出拳之人嚇了一跳，撫著拳頭發呆。受擊之人大怒，喝道：「狗娘養的，打起老子來啦！」飛起一腿，踢在他腰裏。那人回手相毆，砰砰蓬蓬，登時打得十分熱鬧，不再理會胡斐。

胡斐見這二人確實不會武功，居然敢向自己叫陣，其中大有蹊蹺，雙手分別抓住兩人頭頸，往後一扯，將兩人分開。但兩人打得眼紅了，不住口的污言穢語互相辱罵，一個罵對方專偷人家蘿蔔，另一個說對方是佛山的偷雞好手，看來兩人都是市井無賴，心中越加起疑，大聲喝道：「誰叫你們來罵我的？」說著雙手合攏，砰的一下，將兩人額

角對額角的一撞，登時變了兩條怒目相向的獨角龍。

那偷雞賊膽子甚小，一吃到苦頭，連叫：「爺爺，公公，我是你老人家的灰孫子。」

胡斐喝道：「呸，我有你這等賤孫子？快說。」那偷雞賊道：「英雄會館開寶的酈寶官說，你欠了會館裏的賭債不還，教我們三個引你出來打一頓。他給了我們每人五錢銀子，這坐騎也是他借的。你賭債還不還，不關我事……」

胡斐聽到這處，「啊」的一聲大叫，心道：「糟啦，糟啦！我恁地胡塗，竟中了敵人調虎離山之計。」雙手往外一送，將兩名無賴雙雙跌了個狗吃屎，飛身上馬，急往來路馳回，心想：「鳳天南父子定然躲了起來，佴大一座佛山鎮，我卻往那裏找去？好在他搜刮霸佔的產業甚多，我一處處的鬧將過去，攪他個天翻地覆，瞧他躲得到幾時？」

不多時已回到北帝廟前，廟外本有許多人圍著瞧熱鬧，這時已走得乾乾淨淨，連孩子也沒留下一個。胡斐心想：「那鳳天南果真走了。」翻身下馬，大踏步走向廟中，一步跨進大殿，不由得倒抽一口涼氣，胸口呼吸登時凝住，只嚇得身子搖搖擺擺，險些要坐倒在地。

北帝廟大殿上滿地鮮血，血泊中三具屍身，正是鍾阿四、鍾四嫂、鍾小二三人。鍾阿四腦漿迸裂，顯是給鳳天南用金棍打碎了頭顱。鍾四嫂與鍾小二兩人身上都是亂刀砍斬的傷口，血肉模糊，慘不忍睹。

胡斐呆了半晌，一股熱血從胸間直衝上來，禁不住伏在大殿地下，放聲大哭，叫道：「鍾四哥，四嫂，鍾家兄弟，我胡斐無能，竟害了你們性命。」見三人雖死，眼睛

213

不閉，臉上充滿憤怒之色。他站起身來，指著北帝神像說道：「北帝爺爺，今日要你作個見證，我胡斐若不殺鳳天南父子給鍾家滿門報仇，我回來在你座前自刎。」

他定神一想，到廟門外牽進馬匹，將三具屍身都放上馬背，心中悔恨不已：「我年幼無知，不明江湖上的鬼蜮伎倆，卻來出頭打抱不平，枉自又害了三條人命。那姓鳳的家中便布滿了刀山油鍋，今日也要闖進去殺他個落花流水。」牽了馬匹，往大街而來。

但見家家店舖都關上了大門，街上靜悄悄的竟沒一個人影，但聽得馬蹄得得，在石板路上一路響將過去。

胡斐來到英雄當舖和英雄酒樓，逐一踢開大門，裏面均寂然無人，似乎霎時之間，佛山鎮上數萬人忽地盡數消失，只當舖與酒樓各處堆滿柴草，不知是何用意。再去賭場，也一個人也不見，成萬兩銀子卻兀自放在門板之上，竟無人敢動。

胡斐隨手取了幾百兩放入包袱，暗自驚訝：「這鳳天南定然擺下鬼計，對付於我，莫要再上他當。」他步步留神，沿街走去，轉了幾個彎，只見一座白牆黑瓦的大宅第，門上懸著一面大區，寫著「南海鳳第」四個大字。那宅第一連五進，氣象宏偉。大門、中門一扇扇都門板大開，宅中空空蕩蕩的似乎也沒一人。

胡斐心道：「就算你機關萬千，我一把火燒了你的龜洞，瞧你出不出來。」正要去覓柴草放火，忽見屋子後進和兩側都有煙火冒將上來，一怔之間，已明其理：「這鳳天南好厲害的手段，竟捨卻家業不要，自己一把火燒個乾淨。如此看來，他定要高飛遠走。若不急速追趕，只怕給他躲得無影無蹤。」

214

將馬匹牽到鳳宅旁鍾家菜園，找了柄鋤頭，將鍾阿四夫婦父子三人葬了。只見菜園

中蘿蔔白菜長得肥美，菜畦旁丟著一頂小孩帽子，一個粗陶娃娃。胡斐越看越傷心惱

怒，伏地拜了幾拜，暗暗祝禱：「鍾家兄嫂，你若在天有靈，務須助我，不能讓那兇手

走脫了。」

忽聽得街上腳步聲響，數十人齊聲吶喊：「捉拿殺人放火的兇手！」「莫走了無法無

天的江洋大盜！」「那小強盜便在這裏。」

胡斐繞到一株大樹之後，向外張去，只見二三十名差役兵丁，手執弓箭刀槍、鐵尺

鐵鍊，在鳳宅外虛張聲勢的叫喊。他凝神看時，人羣中並無鳳家父子在內，心道：「這

鳳天南驚動官府，明知拿我不住，卻要擋我一陣。」縱身上馬，向荒僻處疾馳出去。

出得鎮來，回頭望時，只見鳳宅的火燄越竄越高，同時當舖、酒樓、賭場各處也均

冒上火頭。看來鳳天南決意將佛山鎮上的基業盡數毀卻，那是永遠不再回頭了。胡斐心

中惱恨，卻也不禁佩服這人陰鷙狠辣，果斷勇決，竟不惜將十來年的經營付之一炬，心

想：「此人這般工於心計，定有藏身避禍的妙策，該當到何處找他才是？」立馬佛山鎮

外，一時自責自悔，徬徨不定，自覺若論計謀籌策，自己與鳳天南差得甚遠，萬萬不

及。

遠遠聽得人聲嘈雜，救火水龍在石板路上隆隆奔馳。胡斐心想：「適才追那三個無

賴，來去不到半個時辰。這鳳天南家大業大，豈能在片刻之間料理清楚？他今晚若不親

自回來分斷，定有心腹親信去他藏身的所在請示。我只守住路口便了。」

料想白日定然無人露面，便在僻靜處找了株大樹，爬上樹去閉目養神，想到鍾家四口受害的慘狀，悲憤難平，心中翻覆起誓：「若不殺那鳳賊全家，我胡斐枉自生於天地之間。」又想：「世事變化百端，實在難辦得緊。我只是個一勇之夫，單憑武功，豈能事事順利？」等到暮色蒼茫，他走到大路旁，伏在長草中守候，睜大眼四下觀望，幾個時辰過去，竟沒半點動靜，直到天色大明，除賣菜挑糞的鄉農外，沒人進出佛山。

正感氣沮，忽聽馬蹄聲響，兩乘快馬從鎮上奔出，馬上乘客穿著武官服色，是京中侍衛打扮。胡斐心中一動，記起鳳一鳴曾道，他父親因要陪伴御前侍衛，不能分身來見，這兩名侍衛定與鳳天南有干連。心念甫起，兩騎馬已掠過他伏身之所，當即撿起一塊小石，伸指彈出，波的一聲輕響，一匹馬的後腿早著。石子正好打中那馬後腿的關節，那馬奔跑正速，突然後腿一曲，向後坐倒，那腿登時斷折。

馬上乘客騎術甚精，這一下變故突起，他提身躍起，輕輕落在道旁，見馬匹斷了後腿，連聲哀鳴，不由得皺起眉頭，叫道：「糟糕，糟糕。」

胡斐離著他有七八丈遠，見另一名侍衛勒馬回頭，問道：「怎麼啦？」那侍衛道：「這畜牲忽然失蹄，折斷了腿，只怕不中用啦。」胡斐聽了他說話的聲音，猛然想起這個

另一名侍衛道：「咱們回佛山去，另要一頭牲口。」那坐騎斷腿的侍衛正是當年和徐錚打過一架的何思豪，說道：「鳳天南走得不知去向，佛山鎮上亂成一團，沒人理事，還是去向南海縣要馬吧。」拔出短劍，在馬腦袋中一劍插進，免得那馬多受痛苦。

侍衛，數年前在商家堡中曾經見過。

216

那侍衛道：「咱們合騎一匹馬吧，慢慢到南海縣去。何大哥，你說鳳天南當真不回佛山了？」何思豪道：「他毀家避禍，怎能回去？」那侍衛道：「這次南來，不但白辛苦一趟，還害死了你一匹好馬。」何思豪跨上馬背，說道：「也不一定是白辛苦。福大帥府裏的天下掌門人大會，是何等盛事，鳳天南是五虎門掌門，未必不到。」說著伸手在馬臀上一拍。那馬背上乘了兩人，不能快跑，只邁步緩行。

胡斐聽了「福大帥府裏的天下掌門人人會」這幾字，心裏一喜：「天下掌門人聚會，那可熱鬧得緊哪。鳳天南便算不去，他落腳何方，多少也能在會中打聽到此訊息。

但不知那福大帥邀聚各派掌門人，卻為了何事？」

突見松樹上一人落了下來，

正好騎在白馬背上，

這時袁紫衣那再容他逃脫，

雙足在馬鐙上一撐，躍在半空。

第六章

紫衣女郎

胡斐回到大樹底下牽過馬匹，縱騎向北，一路上留心鳳天南和五虎門的蹤跡，卻半點影子也無。這一日過了五嶺，已入湖南省境，見沿途都是紅土，較之嶺南風物，情狀大異。

胡斐縱馬疾馳，過馬家鋪後，將至樓鳳渡口，猛聽得身後傳來一陣迅捷異常的馬蹄聲響，回頭望去，只見一匹白馬奮鬣揚蹄，風馳而來，當即勒馬讓在道旁。剛站定，耳畔呼的一響，那白馬已從身旁疾竄而過，四蹄竟似不著地一般。馬背上乘著個紫衣女子，只因那馬實在跑得太快，女子的面貌沒瞧清楚，但見她背影苗條，穩穩的端坐馬背。

胡斐吃了一驚：「這白馬似是趙三哥的坐騎，怎地又來到中原？」自從在商家堡外別後，他無日不記掛趙半山，這時見到白馬，大喜之下，便想追上去問個明白，剛張口叫了聲：「喂！」那白馬已奔得遠了，垂柳影下，依稀見那紫衣女子回頭望了一眼，白馬腳步不停，片刻之間，已奔得無影無蹤。

胡斐好生奇怪，催馬趕路，但白馬腳程如此迅速，自己的坐騎縱然再快一倍，就算日夜不停奔馳，也決計趕她不上，催馬追趕，也只聊盡人事而已。

第三日到了衡陽。那衡陽是湘南重鎮，左近便是南嶽衡山，向有「衡山天下秀」之稱，一路上古松夾道，風景清幽，白雲繞山，令人胸襟大爽。

胡斐剛入衡陽城南門，忽見一家飯鋪廊下繫著一匹白馬，身長腿高，貌相神駿，正是途中所遇的那匹快馬。胡斐少年時與趙半山締交，對他的白馬瞧得極是仔細，此時一

見，儼是故物，不禁大喜，忙走到飯鋪中，想找那紫衣女子，卻不見人影。胡斐要待向店夥詢問，轉念一想，公然打探一個不相識女子的行蹤，大是不便，便坐在門口，要了酒飯。

少停酒菜送上，湖南人吃飯，筷極長，碗極大，辣味甚重，胡斐雖不喜辣，但菜肴每味皆濃，頗有豪邁之風。他慢慢喝酒，尋思少待如何啓齒和那紫衣女子說話，只覺尋不著合適話頭，猛地想起：「此人既乘趙三哥的白馬，必和他有極深淵源，何不將趙三哥所贈紅花放在桌上？她自會來尋我說話。」他右手拿著酒杯，反伸左手去取包袱，卻摸了個空，回過頭來，包袱竟已不知去向。

包袱明明放在身後桌上，怎地一轉眼便不見了？向飯鋪中各人一望，並無異樣人物，暗暗稱奇：「若爲尋常盜賊順手牽羊，我決不能不知。此人既能無聲無息的取去，倘在背後突施暗算，我也必遭毒手，瞧來今日是在湖南遇上高人了。」問店夥道：「我的包袱放在桌旁，怎地不見了？你見到有人取去沒有？」

那店夥聽說客人少了東西，登時大起忙頭，說道：「貴客錢物，概請自理，除非交在櫃上，否則小店恕不負責。」胡斐笑道：「誰要你賠了？我只問你瞧見有人拿了沒有。」那店夥道：「沒有，沒有。我們店裏怎會有賊？客官千萬不可亂說。」胡斐知道跟他纏不清楚，又想連自己也沒察覺，那店夥怎能瞧見？正自沉吟，那店夥道：「客官所用酒飯，共是一錢五分銀子，請會鈔吧。」那包袱之中，尚有從鳳天南賭場中取來的數百兩銀子，他身畔可不名一文，見店夥催帳，不由得一窘。

那店夥冷笑道：「客官倘若手頭不便，也不用賴說不見了包袱啊。」

胡斐懶得跟他分辯，到廊下去牽過自己坐騎，卻見那匹白馬已不知去向，不由得一怔：「這白馬跟偷我包袱之人必有干連。」對那紫衣女子登時多了一層戒備之心，將坐騎交給店夥，說道：「這頭牲口少說也值得八九兩銀子，且押在櫃上，待我取得銀子，連牲口的草料錢一併來贖。」那店夥立時換了一副臉色，陪笑道：「不忙，不忙，客官走好。」

胡斐正要去追尋白馬的蹤跡，那店夥趕了上來，笑道：「客官，只怕今日你也沒錢吃飯的了，我點你一條明路，包你有吃有住。」胡斐嫌他囉唆，正要斥退，轉念一想：「甚麼路子？是指點我去尋包袱麼？」便點了點頭。

那店夥笑道：「這種事情一百年也未必遇得上，偏生客官交了運，楓葉莊萬老拳師不遲不早，剛好七日之前過世，今日正是頭七開喪。」胡斐道：「那跟我有甚相干？」

那店夥笑道：「大大的相干。」轉身到櫃上取了一對素燭，一筒線香，交給胡斐，說道：「從此一直向北，不到三里地，幾百棵楓樹圍著一座大莊院，便是楓葉莊了。客官拿這副香燭去弔喪，在萬老拳師的靈前磕幾個頭，莊上非管吃管住不可。明兒你說短了盤纏，莊上少說也得送你幾兩銀子路費。」

胡斐聽說死者叫做「萬老拳師」，心想同是武林一脈，先有幾分願意，問道：「那楓葉莊怎地如此好客？」那店夥道：「湖南幾百里內，誰不知萬老拳師慷慨仗義？不過他生前專愛結交英雄好漢，像客官不會武藝，正好乘他死後去打打秋風了。」胡斐先怒後

笑，抱拳笑道：「多承指點。」問道：「那麼萬老拳師生前的英雄朋友，今天都要趕來弔喪了？」那店夥道：「誰說不是呢？客官便去開開眼界也是好的。」胡斐一聽正中下懷，接過素燭線香，道了謝，逕往北去。

不出三里，果如那店夥所言，數百株楓樹環抱著一座大莊院，莊外懸著白底藍字的燈籠，大門上釘了麻布。

胡斐一進門，鼓手吹起迎賓樂曲。但見好大一座靈堂，兩廂掛滿素幛輓聯。他走到靈前，跪下磕頭，心想：「不管你是誰，總是武林前輩，受我幾個頭想來也當得起。」

他跪拜之時，三個披麻穿白的孝子跪在地下磕頭還禮。胡斐站起身來，三個孝子向他作揖致謝。胡斐也是一揖，見三人中兩個身材粗壯，另一人短小精悍，相貌各不相同，心道：「萬老拳師這三個兒子，定然不是一母所生，多半是三個妻妾各產一子了。」

回身過來，見大廳上擠滿了弔客，一小半似是當地鄉鄰上紳，大半則是武林豪士。胡斐逐一看去，沒一個相識，鳳天南父子固不在內，那紫衣女子也無影蹤，尋思：「此間羣豪聚會，或能聽到一些三虎門鳳家父子的音訊。」

少頃開出素席，大廳與東西廂廳上一共開了七十來桌。胡斐坐在偏席，留心眾弔客的動靜。見年老的多帶戚容哀色，年輕的卻高談闊論，言笑自若，想是夠不上跟萬老拳師有甚交情，也不因他逝世而悲傷了。

只見三個孝子恭恭敬敬的陪著兩個武官，讓向首席，坐了向外的兩個首座。兩個武

223

官穿的是御前侍衛服色。胡斐一怔，認得這二人正是先前曾在佛山鎮外遇過的何思豪和他同伴，他自不知何思豪的名字，但見他頤指氣使，派頭甚大。首席上另外還坐了三個老年武師，他同伴，三個孝子坐在下首作陪。

眾客坐定後，那身材矮小的孝子站起身來，舉杯謝客人弔喪。他謝過之後，第二個孝子也謝一遍，接著第三個又謝一遍，言辭舉動一模一樣。眾客人一而再、再而三的起立還禮，不由得頗感厭煩。

胡斐正覺古怪，聽得同桌一個後生低聲道：「三個孝子一齊謝一次也就夠了，倘若萬老拳師有十個兒子，這般幹法，不是要連謝十次麼？」一個中年武師冷笑道：「萬鶴聲有一個兒子也就好了，還說十個？」那後生奇道：「難道這三個孝子不是他兒子麼？」中年武師道：「原來小哥跟萬老拳師非親非故，居然前來弔喪，這份古道熱腸，可真難得之極。」那後生脹紅了臉，低下頭不再說話。

胡斐暗暗好笑：「此君和我一般，也是打秋風吃白食來的。」

那中年武師道：「說給你聽也不妨，免得有人問起，你全然接不上榫頭，那可臉上下不來。萬老拳師名成業就，就可惜膝下無兒。他收了三個徒弟，那身材矮小的名叫孫伏虎，是老拳師的大弟子。這白臉膛的漢子尉遲連，是二弟子。紅臉膛酒糟鼻的大漢楊賓，是他的第三弟子。這三人各得老拳師之一藝，武功都挺不差，只粗人不明禮節，是以大師兄謝了，二師兄也謝，三師弟怕失禮，跟著也來謝一次。」那後生紅著臉，點頭領教。

224

胡斐跟首席坐得雖不甚近，但留神傾聽，盼望兩名侍衛在談話之中會提到五虎門，透露一些何思豪朗聲道：「兄弟奉福大帥之命，來請威震湘南的萬老拳師進京，參與天下掌門人大會，好讓少林韋陀門的武功在天下武師之前大大露臉。想不到萬老拳師一病不起，當眞可惜之極。」眾人附和嘆息。何思豪又道：「萬老拳師雖然過世，但少林韋陀門是武林中有名的宗派，掌門人不可不到。不知貴門的掌門人由那一位繼任？」

孫伏虎等師兄弟三人互視一眼，各不作聲。過了半响，三師弟楊賓說道：「師父得的是中風之症，一發作便人事不知，是以沒留下遺言。」另一名侍衛道：「嗯，嗯。貴門的前輩尊長，定有一番主意了。」一弟子尉遲連道：「我們幾位師伯師叔散處各地，向來少通音問。」那侍衛道：「如此說來，選立掌門之事，倒還得費一番周折。福大帥主持的掌門人大會，定在八月中秋，還有兩個月時光，貴門須得及早爲計才好。」師兄弟三人齊聲稱是。

一名老武師道：「自來不立賢便立長，萬老拳師既沒遺言，那掌門一席，自非大弟子孫師兄莫屬。」孫伏虎笑了笑，神色之間甚是得意。另一名老武師道：「立長之言是不錯的。可是孫師兄雖入門較早，論年歲卻是這位尉遲師兄大著一兩歲。尉遲師兄老成精幹，韋陀門如由他接掌，定能發揚光大，萬老拳師在天之靈，也必極爲欣慰了。」尉遲連連伸袖擦了擦眼，顯得懷念師父，心中悲戚。第三名老武師連連搖手，說道：「不然，不然，若在平日，老朽原無話可說。但這番北京大會，各門各派齊顯神通。韋陀門

225

掌門人如不能技藝過人，豈不損了韋陀門數百年的英名？因此以老朽之見，這位掌門人

須得是韋陀門中武功第一的好手，方能擔當。」眾人連連點首，齊聲稱是。

那老武師又道：「三位師兄都是萬老拳師的得意門生，各擅絕藝，武林中人人都十

分欽佩。不過說到出乎其類，拔乎其萃，那還是後來居上，須推小師弟楊賓了。」第一

名老武師哼了一聲，道：「那也未必。武學之道，多練一年，功夫便深一年。楊師兄雖

天資聰穎，但就功力而言，那便遠遠不及孫師兄了。刀槍拳腳上見功夫，這是絲毫勉強

不來的。」第二名老武師道：「說到臨陣取勝，鬥智為上，鬥力其次。兄弟雖是外人，

但平心而論，足智多謀，還該推尉遲師兄。」

他三人你一句，我一句，起初言語中都還客氣，到後來漸漸面紅耳赤，聲音也越說

越大。幾十桌的客人停杯不飲，聽他三人爭論。胡斐心道：「原來三個老武師都是受人

之託，來作說客的，說不定還分別受了三名弟子的禮物。」

弔客之中，有百餘人是韋陀門的門人，大都是萬老拳師的再傳弟子，各人分別擁戴

自己師父，先是低聲譏諷爭辯，到後來大聲吵嚷起來。各親朋賓客或分解勸阻，或各抒

己見，或袒護交好，或指斥對方，大廳上亂成一片。有幾個脾氣暴躁、互有心病之人，

竟拍桌相罵，有的更離座而起，眼見便要掄刀使拳。萬老拳師屍骨未寒，門下的徒弟便

要為掌門一席而同室操戈。

那坐在首席的侍衛何思豪聽著各人爭吵，並不說話，望著萬老拳師的靈位，不住微

笑，眼見各人越鬧越厲害，突然站起，說道：「各位且莫爭吵，請聽兄弟一言。」眾人

敬他是官，一齊住口。

何思豪道：「適才這位老師說得不錯，韋陀門掌門人，須得是本門武功之首，這一節各位都是贊同的了？」大家齊聲稱是。何思豪道：「武功誰高誰低，嘴巴裏是爭不出來的。刀槍拳腳一比，立時便判強弱。好在三位是同門師兄弟，不論勝負，都不失了和氣，更不折了韋陀門的威風。咱們便請萬老拳師的靈位主持這場比武，由他老人家在天之靈擇定掌門，倒是一段武林佳話呢。」

眾人鼓掌喝采，紛紛道：「這個最公平不過。」「讓大家見識見識韋陀門的絕藝。」

「憑武功分勝敗，事後再無爭論。」「究竟是北京來的侍衛老爺，見識高人一等。」

何思豪見眾人附和其說，甚是得意，說道：「同門師兄弟較藝比武，那是平常之極的事，兄弟卻要請三位當眾答允一件事。」尉遲連在師兄弟三人之中最為精明幹練，當即說道：「但憑大人吩咐，我們師兄弟自當遵從。」何思豪道：「既憑武功分上下，那麼武功最高的便為掌門，事後任誰不得再有異言，更起紛爭。」三人齊聲道：「這個自然。」他三人武功各有所長，常言道：「文無第一，武無第二。」各人自忖雖無必勝把握，但奮力一戰，未始便不能壓服兩個同門。

何思豪道：「既是如此，大夥兒便挪地方出來，讓大家瞻仰韋陀門的精妙功夫。」

眾人七手八腳搬開桌椅，在靈位前騰出老大一片空地。眼見好戲當前，各人均已無心飲食，只有少數饕餮之徒，兀自低頭大嚼。

何思豪道：「那兩位先上？是孫師兄與尉遲師兄麼？」

227

孫伏虎說道：「好，兄弟獻醜。」他弟子送上一柄單刀。孫伏虎接刀在手，走到師父靈前磕了三個頭，轉身說道：「尉遲師弟請上吧。」

尉遲連心想若先與大師兄動手，勝了之後還得對付三師弟，變成了一對二的車輪戰，不如讓他們二人先鬥個筋疲力盡，自己再來卜莊刺虎，撿個現成，拱手道：「兄弟武藝既不及師兄，也不及師弟，這掌門原是不敢爭的。不過各位老師有命，不得不勉強陪師兄師弟餵招，還是楊師弟先上吧。」

楊賓脾氣暴躁，大聲道：「好，讓我先來好了。」從弟子手中接過單刀，大踏步上前。他也不知該當先向師父靈位磕頭，當下立個門戶，右手持刀橫護左肩，左手成鉤，勁坐右腿，左腳虛出，乃是六合刀法的起手「護肩刀」。

少林韋陀門拳、刀、槍三絕，全守六合之法。所謂六合，「精氣神」為內三合，「手眼身」為外三合，其用為「眼與心合，心與氣合，氣與身合，身與手合，手與腳合，腳與胯合。」全身內外，渾然一體。賓客中有不少是武學行家，見楊賓橫刀一立，神定氣凝，均想：「此人武功不弱。」

孫伏虎刀藏右側，左手成掌，自懷裏翻出，使一招「滾手刺扎」，說道：「師弟請！」

與胡斐同桌的那中年武師賣弄內行，向身旁後生道：「單刀看的是手，雙刀看的是走。你瞧孫師兄這一掌翻將出來，守中有攻，功力何等深厚？」胡斐聽他說得不錯，微微點頭。使單刀的右手有刀，刀有刀法，左手無物，那便不好安頓。因此看一人的刀上功夫，只要瞧他左手出掌的右手是否厲害，便知高低。

228

說話之間，師兄弟倆已交上了手，雙刀相碰，不時發出叮噹之聲。那中年武師又道：「這二人刀法，用的都是『展、抹、鈎、剁、砍、劈』六字訣，法度是很不錯的。」

那後生道：「甚麼叫做鑽母鈎肚？」中年武師冷笑一聲道：「刀法之中，還有鑽他媽，鈎你肚子麼？刃口向外叫做展，向內爲抹，凸刃爲鈎，過頂爲砍，雙手舉刀下斬叫做劈，平手下斬稱爲剁。」那後生脹紅了臉，不住點頭，再也不敢多問。

胡斐雖刀法精奇，但他祖傳刀譜之中，全不提這些細致分別，注重的只是護身傷敵諸般精妙變招，這時聽那中年武師說得頭頭是道，心道：「原來刀法之中還有這許多講究。但瞧這師兄弟倆的刀招，也不見得特別高明。」

眼見二人越鬥越緊，孫伏虎矯捷靈活，楊賓卻勝在腕力沉雄，一時倒難分上下。正鬥之間，大門外突然走進二人，尖聲說道：「韋陀門的刀法，那有這等膿包的，快別現世了吧！」孫楊二人一驚，同時收刀躍開。

胡斐早看清來人是個妙齡少女，但見她身穿紫衣，身材苗條，正是途中所遇那個騎白馬的女子。她背上負著一個包袱，卻不是自己仕飯鋪中所失的是甚麼？只見她一張瓜子臉，雙眉修長，眼大嘴小，姿形秀麗，容光照人，不禁大爲驚訝：「這女子年紀和我相若，難道便有一身極高武功，如此輕輕巧巧的取去包袱，竟讓我絲毫不覺？」

孫楊二人聽來人口出狂言，本來均已大怒，但停刀看時，卻是個娉婷嫋娜的美貌女郎，愕然之下，說不出話來。

那女郎道：「六合刀法，精要全在『虛、實、巧、打』四字。你們這般笨劈蠻砍，

還提甚麼韋陀六合刀？甚麼六合刀？想不到萬老拳師英名遠播，竟調教了這等弟子出來。」

她聲音爽脆清亮，人人均覺動聽之至。她雖神色嚴峻冷傲，面目卻甚甜美，令人一見之下，眼光便捨不得離開。

說這番話的如是個漢子，孫楊二人早已發話動手，然見這女郎纖腰削肩，宛似弱不禁風，那裏是個會武之人？但聽她所說六合刀法那「虛、實、巧、打」四字訣，卻又一點不錯，一時不知如何對答。

尉遲連走上前去，抱拳說道：「請教姑娘尊姓大名。」那女郎哼了一聲，並不回答。尉遲連道：「敝門今日在先師靈前選立掌門。請姑娘上座觀禮。」說著右手一伸，請她就坐。那女郎秀眉微豎，說道：「少林韋陀門是武林中有名門派，卻從這些人中選立掌門，豈不墮了圓通大師以下列祖的威名？」此言一出，廳上江湖前輩都微微一驚。

圓通大師是少林寺的得道高僧，當年精研韋陀杵和六合拳法，乃韋陀門的開山祖師，想不到一個弱質少女，竟也知道這件遠年的武林掌故。

尉遲連抱拳道：「姑娘奉那一位前輩之命而來？對敝門有何指教？」他一直說話客氣，但孫伏虎與楊賓早已大不耐煩，只聽那女郎出語驚人，這才暫不發作。

那女郎道：「我自己要來便來，何必奉人之命？我和韋陀門有點兒淵源，見這裏鬧得太不成話，不得不來說幾句話。」楊賓再也忍耐不住，大聲道：「你跟韋陀門有甚麼淵源？誰也不認得你是老幾。快站開些」，別在這兒礙手礙腳！」轉頭向孫伏虎道：「大師哥，咱哥兒倆勝敗未分，再來吧。」左步踏出，單刀平置腰際，便欲出招。

那女郎道：「這一招『橫身攔腰斬』，虛步踏得太實，凝步又站得不穩，目光不看對手，卻斜過來瞧著我。錯了，錯了！單刀又提得太高，該再垂下二寸才對！」孫伏虎、尉遲連、楊賓三人都是一怔，心想：「這幾句話對門對路，正如當日師父教招的說話，莫非她真會六合刀法？」

何思豪聽那女郎與尉遲連對答，一直默不作聲，這時插口說道：「姑娘來此有何貴幹？尊師是那一位？」那女郎不答他問話，反問：「今日少林韋陀門選立掌門，是也不是？」何思豪道：「是啊！」那女郎又道：「只要是本門中人，誰的武功最強，誰便執掌門派，旁人不得異言，是也不是？」何思豪道：「正是！」那女郎道：「很好！我今日正是要來做韋陀門的掌門人。」

眾人見她臉色鄭重，說得一本正經，不禁愕然相顧。

何思豪見這女郎生得美麗，起了一番惜玉憐香之意，笑道：「姑娘若也練過武藝，待會請你演一路拳腳，好讓大家開開眼界。現下先讓他們三位師兄弟分個高低如何？」那女郎哼了一聲，道：「他們不必再比了，一個個跟我比便是。」她手指韋陀門的一名弟子，說道：「把刀借給我一用。」她雖年輕纖弱，但說話的神態中自有一股威嚴，竟令人不易抗拒。那弟子稍一遲疑，將刀遞了過去，可是他並非倒轉刀柄，而是刀尖向著女郎。

那女郎伸出兩指，輕輕挾住刀背，輕輕提起，一根小指微微翹出，倒似是閨中刺繡時的蘭花手一般。她兩指懸空提著單刀，冷然道：「是兩位一起上麼？」

231

楊賓自來瞧不起女子，心想好男不與女鬥，我堂堂男子漢，豈能跟娘兒們動手？何況這女郎瘋瘋顛顛，倒有幾分邪門，還是別理她為妙，便提刀退開，說道：「大師哥，你打發了她吧！」孫伏虎也自猶豫，道：「不，不……」

他一言未畢，那女郎叫道：「燕子掠水！」右手兩根手指鬆開，單刀下掉，手掌一沉，已抓住了刀柄，左手扶著右腕，刃口自下向上掠起，左手成鉤，身子微微向後一坐。這一刀正是韋陀門正宗的六合刀法。

孫伏虎料不到她出招如此迅捷，但這一路刀法他浸淫二十餘年，已練得熟到無可再熟，當下還了一招「金鎖墜地」。那女郎道：「關平獻印。」翻轉刀刃，向上挺舉。按理她既使了「燕子掠水」單刀自下向上，那麼接下去的第二招萬萬不該再使「關平獻印」，又再自下向上。那知她這一招刀身微斜，舉刀過頂，突然生出奇招，刃口陡橫。孫伏虎嚇了一跳，急忙低頭。那女郎又叫：「鳳凰旋窩！」左手倏出，在孫伏虎手腕上一擊，單刀向下急斷。

只聽嗆的一聲，孫伏虎單刀落地，女郎的單刀卻已架在他頸中。旁觀眾人「啊」的一下，齊聲驚呼，眼見她揮刀急斷，孫伏虎便要人頭落地。那知這一刀疾揮而下，勢道極猛，卻忽地收住，刃口剛好與他頭頸相觸，連頸皮也不劃破半點。這手功夫當真匪夷所思。

胡斐只瞧得心中怦怦亂跳，自忖要三招之內打敗孫伏虎並不為難，但最後一刀勁力拿捏如此之準，輕重不差厘毫，自己只怕尚有不及。廳上眾人之中，本來只他一人心知

那女郎武功了得，但經此三招，人人搖舌不下。

孫伏虎頭頸低沉，要避開刃鋒，豈知女郎的單刀順勢跟落。孫伏虎本已彎腰低頭，此時額角幾欲觸地，猶似向那女郎磕頭。他空有一身武功，利刃加頸，竟半分動彈不得。那女郎向眾人環視一眼，收起單刀，緩緩問道：「你練過『鳳凰旋窩』這招沒有？」

孫伏虎站直身子，低頭道：「練過。」心想：「這一招我生平不知使過幾千幾萬遍，但從來沒這般用法。」驚疑之下，心中亂成一片，突起疑心：「莫非大師兄擺下詭計，要奪掌門，故意跟這女子串通了來裝神裝鬼？」越想越對，大聲質問：「大師哥，你三招便讓了人家，那是甚麼意思？我韋陀門的威名也不顧了嗎？」孫伏虎驚魂未定，也不知怎地提刀退開。

楊賓見那女郎三招便將大師兄制服，突起疑心：「大師哥，你三招便讓人家制在地下，一時無言可答，只結結巴巴的道：『我……我……』」楊

胡裏胡塗的便讓人家制在地下，一時無言可答，只結結巴巴的道：「我……我……」楊賓怒道：「你甚麼？」提刀躍出，戟指喝道：「你這……」

只說了兩個字，眼前突然白光閃動，那女郎的單刀自下而上掠了過來，她刀法太快，難以瞧得清楚，依稀似是一招「燕子掠水」，楊賓忙亂之中，順手還了一招「金鎖墜地」，這是他在師門中練熟了的套子。那女郎不笘雙刀相交，單刀又即一舉，變為「關平獻印」，跟著斜刀橫出。楊賓嚇了一跳，大叫道：「鳳凰旋窩。」語聲未畢，手腕一麻，手中單刀落地，對方的鋼刀已架在自己頸上。

那女郎這三招與適才對付孫伏虎的刀法一模一樣，重複再使，人人瞧得清楚，只出手更快，更加令人猝不及防，而這一刀斬下，離地不到三尺，楊賓的額頭幾欲觸地。

那女郎冷然道：「服不服了？」楊賓滿腔怒火，大聲道：「不服。」那女郎手上微

微使勁，刀刃向下稍壓。楊賓極是強項，心道：「你便將我腦袋斬下，我額頭也不點

地。」頭頸反而一挺。

那女郎無意傷他性命，將單刀稍稍提起，問道：「你要怎地才肯服了？」楊賓心想

她的刀法有些邪門，但真實武功決計不能勝我，大聲道：「你有膽子，就跟我比槍。」

那女郎道：「好！」收起單刀，向借刀的弟子拋了過去，說道：「我瞧瞧你的六合

槍法練得如何？」楊賓跳起身來，他臉色本紅，這時盛怒之下，更脹得猶似紫醬一般，

大叫：「快取槍來，快取槍來！」一名弟子到練武廳去取了一柄槍來。楊賓大怒若狂，

反手便是個耳括子，罵道：「這女人要和我比槍法，你沒聽見麼？」這弟子給他一巴掌

打得昏頭昏腦，一時會不過意來。另一名弟子怕師父再伸手打人，忙道：「弟子去再拿

一把。」奔入內堂，又取了一把槍來。

那女郎接過長槍，說道：「接招吧！」提槍向前送出，使的是一招「四夷賓服」。這

是六合槍中最精妙的招數，稱為二十四式之首，其中妙變繁富，乃中平槍法。

胡斐精研單刀拳腳，對其餘兵刃均不熟悉，向那中年武師望了一眼，目光中含有請

教之意。這武師武功平平，但跟隨萬老拳師多年，對六合門的器械拳腳卻看得多、聽得

多了，於是背誦歌訣道：「中平槍，槍中王，高低遠近都不妨；去如箭，來如線……」

他歌訣尚未背完，楊賓已還了一招。那女郎槍尖向下壓落。那武師道：「這招『美

人認針』，招數也只平平，她槍法只怕不及楊師兄……」突見那女郎雙手捺落，槍尖向

下，已將楊賓的槍頭壓住，正是六合槍法中的「靈貓捕鼠」。這一招稱爲「無中生有槍」，乃是從虛式之中，變出極厲害的家數。只三招之間，楊賓又已受制。他力透雙臂，吼聲如雷，猛力舉槍上崩。那女郎提槍微抖，喀的一聲響過，楊賓槍頭已遭震斷。那女郎槍尖翻起，指上他小腹，輕聲道：「怎麼？」

眾人的眼光一齊望著楊賓，但見他豬肝般的臉上倏地血色全無，慘白如紙，身子顫動，啪的一聲，摔手拋落槍桿，叫道：「罷了，罷了！」轉身向外急奔。他一名弟子叫道：「師父，師父！」追近身去。楊賓飛腿將弟子踢了個觔斗，頭也不回的奔出大門去了。

大廳上眾人驚訝莫名。這女郎所使刀法槍法，確是韋陀門正宗武功。孫伏虎與楊賓都是韋陀門中好手，但不論刀槍，都不過三招，便給她制得更無招架餘地。

尉遲連早收起了對那女郎的輕視之意，心中打定了主意，抱拳上前，說道：「姑娘武功精妙絕倫，在下自然不是對手，不過……」那女郎秀眉微蹙，道：「你話兒很多，我也不耐煩聽。你如口服心服，便擁我爲掌門，倘若不服，爽爽快快的動手便是。」尉遲連臉上微微一紅，心道：「這女子手上辣，口上也辣得緊。」便道：「我師兄師弟都已服輸，在下不獻獻醜是不成的了……」

那女郎截住他話頭，道：「好，你愛比甚麼？」尉遲連道：「韋陀門自來向稱拳刀槍三絕……」

那女郎也眞爽快，將大槍一拋，道：「唔，那你是要比拳腳了，來吧！」尉遲連道：「咱們正宗的六合拳是不用比了，我自然和姑娘差得遠，在下想請教一套赤

尻……」那女郎臉色更是不豫，道：「哼，你精研赤尻連拳，那也成！」右掌一起，便向他肩頭琵琶骨上斬落。

這「赤尻連拳」也是韋陀門的拳法之一，以六合拳爲根基，以猴拳爲形，乃一套近身纏鬥的小擒拿手法，每一招不是拿抓勾鎖，便是點穴打穴。尉遲連見她刀槍招數屬害，自恃這套赤尻連拳練得極熟，心想她武功再強，小姑娘膂力總不及我，何況貼身近戰，女孩兒家有許多顧忌之處，自己便可乘機取勝。

那女郎明白他心意，一起手便出掌而斬。尉遲連左手揮出，想格開她右掌，順手回點肩井穴。那女郎手腕竟不與他相碰，手掌稍轉，指頭已偏向左側，逕點他左胸穴道。尉遲連大喜，左手拿向她腰間。那女郎右腿突然從後繞過自己左腿，從左邊踢將出來，砰的一腿，將他踢得直飛出去，摔在天井石板上，臉上鮮血直流。那女郎使的招式正是赤尻連拳，但竟不容他近身。三名師兄弟之中，倒是這尉遲連受傷見血。

何思豪見那女郎武功高強，心中甚喜，滿滿斟了一杯酒，恭恭敬敬的送過去，說道：「姑娘藝壓當場，即令萬老拳師復生，也未必有如此高明武功。姑娘今日出任掌門，眼見韋陀門大大興旺。可喜可賀。」

那女郎接過酒杯，正要放到口邊，廳角忽有一人怪聲怪氣的說道：「這位姑娘是韋陀門的麼？我看不見得吧。」那女郎轉頭往聲音來處看去，只見人人坐著，隔得遠了，不知說話的是誰，冷笑道：「那一位不服，請出來說話。」

236

隔了片刻，廳角中寂然無聲。何思豪道：「咱們話已說明在先，掌門人一席憑武功而定。這位姑娘使的是韋陀門正宗功夫，刀槍拳腳，大家都親眼見到了，可沒一點含糊。本門弟子之中，有誰自信勝得過這位姑娘的，儘可上來比試。兄弟奉福大帥之命，邀請天下英雄豪傑進京，邀到的人武藝越高，兄弟越有面子，這中間可決無偏袒啊。」

說著乾笑了幾聲。

他見無人接口，向那女郎道：「眾人既無異言，這掌門一席，自然是姑娘的了。武林之中，各門各派的掌門人兄弟也見過不少，可是從無一位如此年輕，如此美……咳咳，如此年輕之人，當真是英雄出在年少，有志不在年高。咱們說了半天話，還沒請教姑娘尊姓大名呢。」

那女郎微一遲疑，想要說話，卻又停口，何思豪道：「韋陀門的弟子，今天到了十之八九，待會便要拜見掌門，姑娘的大名，他們可不能不知啊。」那女郎點頭道：「說的是。我姓袁……名叫……名叫紫衣。」何思豪武功平平，卻見多識廣，瞧她說話神情，心想這未必是真名，她身穿紫衫，隨口便謅了「紫衣」兩字，但也不便說破，笑道：「袁姑娘便請上座，我這首席要讓給你才是呢。」

按照禮數，何思豪既是來自京師的武官，又是韋陀門的客人，袁紫衣便算接任掌門，也得在末座主位相陪。但她毫不謙遜，見何思豪讓座，當即大模大樣的在首席坐下。

忽聽廳角中那怪聲怪氣的聲音哭了起來，一面哭，一面說道：「韋陀門當年威震武林，今日卻怎地如此衰敗？竟讓一個乳臭未乾的女娃娃上門欺侮啊！哦哦，哇哇哇！」

他哭得真情流露，倒似不是有意譏嘲。

袁紫衣大聲道：「你說我乳臭未乾，出來見過高低便了。」這一次她瞧清楚了發話之人，是個六十來歲的老者，身形枯瘦，留著一撇鼠尾鬚，頭戴瓜皮小帽，腦後拖著一根稀稀鬆鬆的小辮子，頭髮已白了九成。他伏在桌上，號啕大哭，叫道：「萬鶴聲啊萬鶴聲，人家說你便死而復生，也敵不過這位如此年輕、如此美貌的姑娘，當真是佳人出在年少，貌美不可年高啊。」

他最後這幾句話，顯是譏刺何思豪的了。廳中幾個年輕人忍不住笑出聲來。只聽這老者又哭道：「武林之中，各門各派的英雄好漢兄弟也見過不少，可從沒見過如此不要臉的官老爺啊！」眾人聽了，廳上羣情聳動，人人知他是正面向何思豪挑戰了。

何思豪如何忍得，大聲喝道：「有種的便滾出來，鬼鬼祟祟的縮在屋角裏做烏龜麼？」那老者仍放聲而哭，說道：「兄弟奉閻羅王之命，邀請官老爺們到陰世大會，邀到的人官兒做得越大，兄弟越有面子啊。」何思豪霍地站起，向廳角急奔過去，左掌虛晃，右手便往老者頭頸裏抓去。那老者哭聲不停，突然一道黑影從廳角裏直飛出來，砰的一聲，摔在當地，正是何思豪，雙手雙腳上挺，舞動不已，一時爬不起身。眾人都沒瞧明白他是如何摔的。另一名侍衛見同伴失利，拔出腰刀搶上前去，廳上登時亂了，但見黑影一晃，風聲響處，這侍衛又砰的一聲摔在席前。

胡斐一直在留神那老者，見他摔跌這兩名侍衛手法乾淨利落，使的便是尉遲連與袁紫衣適才過招的「赤尻連拳」，看來這老者也是韋陀門的，只他武功高出尉遲連何止倍

238

蓯，定是他們本門的高手。他對清廷侍衛素無好感，何況這二人與鳳天南狼狽爲奸，見

這二人摔得狼狽，隔了好一陣方才爬起，心中暗自高興。

袁紫衣見到了勁敵，離席而起，說道：「閣下有何見教，請爽快快的說吧，我可見不得人裝神弄鬼。」言語中多了幾分禮貌。那老者從廳角裏緩緩走出來，臉上仍是一把眼淚、一把鼻涕。袁紫衣見他面容枯黃，顴骨高起，雙頰深陷，倒似是個陳年的癆病鬼，但雙目炯炯有神，當下不敢怠慢，凝神以待。

那老者不再譏刺，正色說道：「姑娘，你不是我門中人。韋陀門跟你無冤無仇，你何苦來拆這個檔子？」袁紫衣道：「難道你便是韋陀門的？請問前輩高姓大名？」那老者道：「我姓劉，名叫劉鶴眞。『韋陀雙鶴』的名頭你聽見過麼？我若不是韋陀門的，怎能與萬鶴聲合稱『韋陀雙鶴』？」

「韋陀雙鶴」這四個字，廳上年歲較大之人倒聽見過的，但大半只認得萬鶴聲，都知他爲人任俠好義，江湖上聲名甚好，另一隻「鶴」是誰，就不大了然。這時聽這個老頭兒自稱是「雙鶴」之一，又親眼見他一舉手便將兩名侍衛打得動彈不得，一時羣相注目，竊竊私議。只是誰都不知他底細，也說不出一個所以來。

韋陀門的大弟子孫伏虎大聲道：「這位是我們的前輩劉師伯。」

袁紫衣搖頭道：「甚麼雙鶴雙鴨，沒聽見過。你想要做掌門，是不是？」劉鶴眞道：「不是，不是，千萬不可冤枉。我是師兄，萬鶴聲是師弟。我要做掌門，當年便做了，何必等到今日？」袁紫衣小嘴一扁，道：「哼，胡說八道，誰信你的話？那你要幹

甚麼？」劉鶴眞道：「第一，韋陀門的掌門，該由本門眞正的弟子來當。第二，不論誰當掌門，不許趨炎附勢，到京裏結交權貴。我們是學武的粗人，鄉巴佬老兒，怎配跟官老爺們交朋友哪？」他一雙三角眼向衆人橫掃了一眼，說道：「第三，以武功定掌門，這話先就不通。不論學文學武，都是人品第一。如果一個卑鄙小人武功最強，大夥兒也推他做掌門麼？」此言一出，人羣中便有許多人暗暗點頭，覺他雖行止古怪，形貌委蕤，說的話倒挺有道理。

袁紫衣冷笑道：「你這第一、第二、第三，我一件也不依，那便怎樣？」劉鶴眞道：「那又能怎樣了？只好讓老傢伙幾根枯瘦精乾的老骨頭，來挨美貌姑娘雪白粉嫩的拳頭了！」

胡斐見二人說話僵了便要動手，他遊俠江湖，數見清廷官吏欺壓百姓，橫暴貪虐，素來恨惡，見劉鶴眞折辱清廷侍衛，言語中頗有正氣，暗暗盼他得勝。只是那紫衣少女出手敏捷，實是個厲害好手，生怕劉鶴眞未必敵得她過。

袁紫衣神色傲慢，冷然問道：「你要比拳腳呢，還是比刀槍？」劉鶴眞道：「姑娘既自稱是少林韋陀門弟子，咱們就比韋陀門的鎭門之寶。」袁紫衣道：「甚麼鎭門之寶？說話爽爽快快，我最討厭兜著圈子磨耗。」劉鶴眞仰天打個哈哈，道：「連本門的鎭門之寶也不知道，怎能擔當掌門？」

袁紫衣臉上微露窘態，但這只是一瞬間之事，立即平靜如恆，說道：「本門武功博大精深，練到最高境界，即令是最平常的一招一式，也能稱雄天下。六合拳也好，六合

刀也好，六合槍也好，那一件不是本門之寶？」

劉鶴真不禁暗自佩服，她明明不知本門的鎮門之寶是甚麼武功，然而這番話冠冕堂皇，令人難以辯駁，想來本門弟子人人聽得心服，左手摸了摸上唇焦黃的鬍髭，說道：

「好吧，我教你一個乖。本門的鎮門之寶，乃天罡梅花椿。你總練過吧？」

袁紫衣冷笑道：「嘿嘿，這算甚麼寶貝了？我也教你一個乖。武功之中，越是大路平實，越貴重有用。甚麼梅花椿、尖刀陣，這些花巧把式，都是嚇唬人、騙孩子的玩意兒。你在荒山野嶺遇上了敵人，幾十個人騎馬掄刀要殺你，你叫他們先在地下插起了梅花椿、擺好了桃花陣，再來打個明白嗎？不過不跟你試試，諒你心中不服。你的梅花椿擺在那兒？」

劉鶴真拿起桌上一隻酒碗，仰脖子喝乾，隨手往地下一摔。眾人都是一怔，均想這一下定是嗆啷一響，打得粉碎，那知他這一摔，勁力使得恰到好處，酒碗在地下輕輕滑過，下掉的力道登時消了，平平穩穩的合在廳堂的方磚上，竟絲毫無損。他一摔之後，隨即又拿起第二隻酒碗往地下摔去，雙手接連不斷，倘是空碗，便順手拋出，碗中如若有酒，不論是滿碗還是半碗，都先一口喝乾。

片刻之間，地下已佈滿了酒碗，三十六隻碗散置覆合。他摔碗的手法固巧勁驚人，而酒量也大得異乎尋常，這一番連喝連擲，少說也喝了十二三碗烈酒。但見他酒越喝得多，臉色越黃，身子一晃，輕飄飄縱出，右足虛提，左足踏在一隻酒碗的碗底，雙手一拱，說道：「領教。」

袁紫衣實不知這天罡梅花椿如何練法，但仗著輕功造詣甚高，並不畏懼，左足一點，也躍上了一隻酒碗的碗底。她逕自站在上首，雙手微抬，卻不發招，要先瞧對方如何出手，這才隨機應變，只是見了他摔出武官，以及擲酒碗這番巧勁，知他與孫伏虎等不可同日而語，已無半分輕敵之意。

劉鶴真右足踏上一步，右拳劈面向袁紫衣打到，正是六合拳「三環套月」中的第一式。袁紫衣見對方拳到，自食指以至小指，四指握得參差不齊，生出三片稜角，知道這三角拳法用以擊打人身穴道，此人自是打穴好手，左足斜退一步，踏上另一隻碗底，還了一招六合拳中的「裁錘」，右手握的也是三角拳。

劉鶴真見她身法、步法、拳法、外形，無一不是本門正宗功夫，但適才折服孫伏虎等三人，所使變化心法絕非本門所傳，只不過其中差異，若非本門的一流高手，卻也瞧不出來，心下甚感驚異，左足踏上，擊出一招「反躬自省」。這一拳以手背擊人，在六合拳中稱為「苦惱拳」，因拳法極難，練習之際苦惱異常，故有此名。

這苦惱拳練至具有極大威力，非十餘年以上功力不辦，袁紫衣無此修為，避難趨易，還了一招「摔手穿掌」，右手出摔碑手，左手出柳葉掌，那也是六合拳的正宗功夫。在這天罡梅花椿上動兩人在三十六隻酒碗碗底之上盤旋來去，使的都是六合拳法。

劉鶴真自幼便對這路武功深有心得，數招之間，便已搶得中椿，當下拳力逐步加重。他左右進退，每一步踏下去實無分毫之差，在這椿上已苦練數十年，左右手過招，要旨是搶得中椿，將敵手逼至外緣，如是則一有機會，出手稍重，敵手無路可退，只有跌落椿下。

知這少女年紀雖輕，武功實已得高人傳授，卻也不敢貿然進擊，心想只要守住中樁，便已穩操勝算。

袁紫衣與孫伏虎、楊賓等人動手，雖說是三招取勝，其實在第一招中已制敵機先，但此時在梅花樁上與劉鶴眞比拳，每一拳掌擊將出去，均遇到極重極厚的力道反擊。她足底踏的是酒碗，只要著力稍重，酒碗立破，這場比武便算輸了，因此上一沾即走，從無一招敢稍稍用老，見對方守得極穩，難以撼動，只得以上乘輕功點踏酒碗，圍著他身周遊動，只盼找到對手破綻。

兩人拆到三十餘招，一套六合拳法的招數均已使完，劉鶴眞瘦瘦的身形屹立如山，拳風漸響，顯見勁力正自加強。各門武功之中，均有樁上比武之法，椿子卻變異百端，或豎立木椿，或植以青竹，或疊積磚石，甚至以利刃插地，腳穿鐵鞋，再足踩刀尖，如這般在地下覆碗以代梅花椿，廳上眾武師均未見過，孫伏虎等也未曾得師父教過。劉鶴眞這三十六隻碗似乎散放亂置，並非整整齊齊的列成梅花之形，但其中自有規範，他早習練純熟，即使閉目而鬥，也一步不會踏錯。袁紫衣卻每一步都須先向地下望過，瞧定酒碗方位，這才出足。如此時候一長，拳腳上漸落下風。

劉鶴眞心中暗喜，拳法漸變，右手三角拳著著打向對方身上各處大穴，左手苦惱拳卻以厚重之力，攔封橫閂，使的全是截手法。袁紫衣眼見不敵，左手斗然間自掌變指，倏地向前刺出，竟是六合槍法中的「四夷賓服」。劉鶴眞吃了一驚，不及思索，忙側身避過，豈知袁紫衣右手橫斬，出招是六合刀法中的一招「鈎掛進步連環刀」。劉鶴眞想不到

她拳法掌法竟會忽然變成槍法、刀法，微一慌亂，肩頭已給斬中。他肩頭急沉，於瞬息間將斬力卸去了八成，跟著還擊一拳。袁紫衣左手「白猿獻桃」自下而上削出，那是雙手都使刀法，看來她不但有單刀，且有雙刀了。

這一下掌刀斬至，劉鶴真再難避過，砰的一響，脅下中掌，身子一晃，跌下碗來。胡斐在旁瞧得明白，心想這位武學高手如此敗於對方怪招之下，大是可惜，隨手抓起席上兩隻空酒碗，學著劉鶴真的手法，向地下斜摔過去。兩隻酒碗迅速異常的滑過，正好停在劉鶴真腳下。

劉鶴真這一跌下梅花椿來，只道已然敗定，猛覺得腳底多了兩隻酒碗，一怔之下，知有高人自旁暗助。眾人目光都集於相鬥的兩人，胡斐輕擲酒碗，竟沒一人留意。

袁紫衣以指化槍，以手變刀，出的雖仍是六合槍、六合刀功夫，但韋陀門中從無如此怪異招數。劉鶴真驚疑不定，抱拳說道：「姑娘武功神妙，在下從所未見，敢問姑娘是那一門那一派高人所授？」袁紫衣道：「哼，你硬不認我是本門中人。也罷，倘若我只用六合拳勝你，那便怎地？」

劉鶴真正要她說這句話，恭恭敬敬的答道：「姑娘如真用本門武功折服在下，那是光大本門的天大喜事。小老兒便跟姑娘提馬鞭兒，也所甘願。」他適才領教了袁紫衣的武功，狂傲之氣登斂，跟著轉頭向胡斐那方位拱手說道：「小老兒獻醜。」這一拱手是相謝胡斐擲碗之德，他雖不知援手的是誰，但知這兩隻酒碗是從該處擲來。

袁紫衣當劉鶴真追問她門派之時，已想好了勝他之法，見劉鶴真抱拳歸一，踏步又

244

搶中椿，當即出一招「滾手虎坐」，使的果然是六合門拳正路武功。

數招一過，劉鶴眞又漸搶上風。此時他出拳抬腿之際，比先前又加了幾分小心謹愼，生怕她在拳招之中再起花樣。拆得數招，見對方拳法無變，略感寬慰，眼見她使的是一招「打虎式」，當即右足向前虛點，出一招「烏龍探海」，突覺右腳下有些異樣，眼光向下一瞥，不由得失驚。只見本來合覆著的酒碗，不知如何竟已轉而仰天。幸好他右足只是虛點，這一步若踏實了，勢必踏在碗心，酒碗固然非破不可，同時失足前衝，焉得不敗？

他急忙半空移步，另踏一碗，身子晃動，背上已出了一身冷汗。斜眼看時，只見袁紫衣左足提起時將酒碗輕輕帶起，也不明她足底如何使勁，放下時酒碗已翻了過來。她左足順勢踏在碗口，右足提起，又將另一隻酒碗翻轉，這一手輕功自己如何能及？心想：「只有急使重手，乘著她未將酒碗盡數翻轉，先將她打下椿去。」當下催動掌力，加快進逼。

那知袁紫衣不再與他正面對拳，只來往遊走，身法快捷異常，在碗口上一著足立即換步，竟無霎時之間停留，片刻之間，已將三十八隻酒碗翻了三十六隻，只剩下劉鶴眞雙腳所踏的兩隻尚未翻轉。若不是胡斐適才擲了兩隻碗過去，他是連立足之處也沒有了。

當此情勢，劉鶴眞只要一出足立時踏破酒碗，只有站在兩隻酒碗之上，不能移動半步，呆立少時，臉色淒慘，說道：「是姑娘勝了。」舉步落地，臉色更黃得宛如金紙一

般。袁紫衣大是得意，問道：「這掌門人是讓我做了吧？」劉鶴真黯然道：「小老兒服了姑娘啦，但不知旁人有何話說？」

袁紫衣正要發言詢問眾人，忽聽得門外馬蹄聲急促異常，向北疾馳。

聽這馬蹄落地之聲，世間除自己白馬之外，更無別駒，她臉色微變，搶步出門，只見楓林邊轉過一匹白馬，便是自己的坐騎，馬背上騎著個灰衣男子，正是自己偷了他包袱的胡斐。她縱聲大叫：「偷馬賊，快停下！」

胡斐回頭笑道：「偷包賊，咱們掉換了吧！」說著哈哈大笑，策馬急馳。

袁紫衣大怒，提氣狂奔。她輕功雖了得，卻怎及得上這匹日行千里的快馬？奔了一陣，但見人馬的影子越來越小，終於再也瞧不見了。

這一個挫折，將她連勝韋陀門四名好手的得意之情登時消得乾乾淨淨。她心下氣惱，卻又奇怪：「這白馬大有靈性，怎能容這小賊偷了便跑，毫不反抗？」她不知胡斐的輕功及手勁、腿勁均強，雖未練過騎術，但一騎上馬背，白馬自然受其控縱，不作反抗。

她奔出數里，來到一個小鎮，知道再也趕不上白馬，要待找家茶鋪喝茶休息，忽聽得鎮頭一聲長嘶，正是白馬的叫聲。她急步趨去，轉了個彎，但見胡斐騎著白馬，回頭向她微笑招手。袁紫衣大怒，拾起一塊石子，向他背心投擲過去。胡斐除下頭上帽子，反手將石子兜在帽中，笑道：「你肯還我包袱嗎？」袁紫衣縱身向前，要去

246

搶奪白馬，忽聽得呼的一響，一件暗器來勢勁急，迎面擲將過來。

她伸左手接住，正是自己投過去的那塊石子，就這麼緩得一緩，只見胡斐雙腿一夾，白馬奔騰而起，倏忽已在十數丈外。

袁紫衣怒極，心想：「這小子如此可惡。」她不怪自己先盜人家包袱，卻惱他兩次戲弄，只恨白馬腳程太快，否則追上了他，奪還白馬不算，不狠狠揍他一頓，也真難出心頭之氣。只見一座屋子簷下繫著一匹青馬，她不管三七二十一，奔過去解開韁繩，飛身而上，向胡斐的去路疾追，待得馬主驚覺，大叫大罵的追出來時，她早去得遠了。

袁紫衣雖有坐騎，但說要追上胡斐，卻是休想，一口氣全出在牲口身上，不住的亂鞭亂踢。那青馬其實已竭盡全力，她仍嫌跑得太慢。馳出數里，青馬呼呼喘氣，漸感不支。將近一片樹林，只見一棵大松樹下有一件白色之物，待得馳近，卻不是那白馬是甚麼？

她心中大喜，但怕胡斐安排下詭計，引自己一當，四下張望，不見此人影蹤，這才縱馬往松樹下奔去。離那白馬約有數丈，突見松樹上一人落了下來，正好騎在白馬背上，哈哈大笑，說道：「袁姑娘，咱們再賽一程。」這時袁紫衣那再容他逃脫，雙足在馬鐙上一撐，身子斗地飛起，如一隻大鳥般向胡斐撲了過去。

胡斐料不到她竟敢如此行險，凌空飛撲，自己倘若揮刀出掌，她在半空中如何能避？當即一勒馬韁，要坐騎向旁避開。豈知白馬認主，低聲歡嘶，非但不避，反而迎上兩步。袁紫衣在半空中右掌向胡斐頭頂擊落，左手往他肩頭抓去。胡斐一生之中，從未和

247

年輕女子動過手，這次盜她白馬，一來認得是趙半山的坐騎，要問她個明白，二來怪她盜去自己包袱，顯有輕侮之意，要小小報復一下，見她當真動手，不禁臉上一紅，側身躍離馬背，從她身旁掠過，已騎上了青馬。

二人在空中交錯而過。胡斐右手伸出，潛運指力，扯斷她背上包袱的繫繩，已將包袱提過。袁紫衣奪還白馬，餘怒未消，又見包袱給他搶回，叫道：「小胡斐，你怎敢如此無禮？」胡斐一驚，問道：「你怎知我名字？」袁紫衣小嘴微扁，冷笑道：「趙三叔誇你英雄了得，我瞧也稀鬆平常。」

胡斐聽到「趙三叔」三字，不禁大喜，忙道：「你識得趙半山趙三哥麼？請問他在那裏？」袁紫衣俏臉上更增了一層怒色，喝道：「姓胡的小子，你敢討我便宜？」胡斐愕然道：「我討甚麼便宜了？」袁紫衣道：「怎麼我叫趙三叔，你便叫趙三哥，這不是想做我長輩麼？」胡斐自小生性滑稽，伸了伸舌頭，笑道：「不敢！你當真叫他趙三叔？」袁紫衣道：「難道騙你了？」胡斐將臉一扳，道：「好，那我便長你一輩。你叫我胡叔叔吧，喂，紫衣，趙三哥在那裏啊？」

袁紫衣卻從來不愛旁人開她玩笑，她雖知胡斐與趙半山義結兄弟，乃千真萬確之事，但見他年紀與自己相若，卻老起臉皮與趙半山稱兄道弟，強居長輩，更是有氣，喝的一聲，從腰間抽出一條軟鞭，喝道：「這小子胡說八道，看我教訓你。」

她這條軟鞭乃銀絲纏就，鞭端有一枚小小金球，模樣美觀。她將軟鞭在空中揮了個圈子，太陽照射之下，金銀閃爍，變幻奇麗。她本想下馬和胡斐動手，但一轉念間，怕

248

胡斐詭計多端，又要奪馬，又要奪鞭頭彎轉，催馬上前，揮鞭往胡斐頭頂擊落。這軟鞭展開來有一丈一尺長，繞過胡斐身後，鞭頭彎轉，金球逕自擊向他背心上的「大椎穴」。

胡斐上身彎落，伏在馬背，料得依著軟鞭來勢，鞭子必在背脊上掠過。猛聽得風聲有異，知道不妙，忙左手抽出單刀，不及回頭瞧那軟鞭，立即揮刀砍出，噹的一聲，單刀與金球相撞，將袁紫衣的軟鞭盪了開去。

原來她軟鞭掠向胡斐背心，跟著手腕一沉，金球忽地轉向，打向他右肩的「巨骨穴」。她見胡斐伏在馬背，只道這一下定然打中他穴道，要叫他立時半身麻軟。那知他聽風出招，竟似背後生了眼睛，刀鞭相交，只震得她手臂微微酸麻。

胡斐抬起頭來，嘻嘻一笑，心中卻驚異這女郎的武功好生了得，她以軟鞭鞭梢打穴，已是武學中難得的功夫，何況中途變向，將一條又長又軟的兵刃使得宛如手指一般，擊打穴道，竟無厘毫之差，同時暗自慶幸，幸好她打穴功夫極其高強，自己才不受傷。

他雖見袁紫衣連敗韋陀門四好手，武功高強，但仍道她藝不如己，對招之際，不免存了三分輕視之心，豈知她軟鞭打穴，過背迴肩，著著大出於自己意料之外。適才反手這一刀，料定她是擊向自己巨骨穴，這才得以將她鞭梢盪開，但如她技藝略差，打穴稍有不準，這一刀自砍不中她鞭梢，那麼自己背上便會重重吃上一下，雖不中穴道，一下劇痛勢必難免。

袁紫衣見他神色自若，實不知他心中已大為吃驚，不由得微感氣餒，長鞭在半空中一抖，吧的一聲爆響，鞭梢又向他頭上擊落。

249

胡斐心念一動：「我要向她打聽趙三哥消息，這姑娘性兒高傲，料來她若不佔此便宜，怎肯明白跟我說出？瞧在趙三哥面上，說不得便讓她一招。」見鞭梢堪堪擊到頭頂，將頭向左一讓，這一讓方位是恰到好處，時刻卻略遲一霎之間，但聽得波的一聲，頭上帽子已給鞭梢捲下。胡斐雙腿一夾，縱馬竄開丈許，還刀入鞘，回頭笑道：「姑娘軟鞭神技，胡斐佩服得很。請問趙三哥他身子可好？他眼下是在回疆呢還是到了中原？」

他如真心相讓，袁紫衣勝了這一招，心中一得意，說不定便將趙半山的訊息相告。偏生他年少氣盛，也是個極好勝之人，這一招讓是讓了，卻讓得太過明顯，待她鞭到臨頭，方才閃避，而帽子遭捲，臉上不露絲毫羞愧之色，反含笑相詢，直有點長輩戲耍小輩模樣。袁紫衣一眼看出，冷然道：「你故意相讓，當我不知麼？帽子還你吧！」說著長鞭輕輕一抖，捲著帽子往他頭上戴去。

胡斐心想：「她若能用軟鞭給我戴上帽子，這分功夫可奇妙得緊。我如伸手去接，不免阻了她興頭。」於是含笑不動，瞧她是否真能將這丈餘長的銀絲軟鞭，運用得如臂使手。但見鞭梢捲著帽子，順著他胸口從下而上兜將上來，將與他臉平之時，鞭尾一軟，帽子下落。

胡斐忙伸手去接，突見眼前金光閃動，心知不妙，只聽啪的一響，眼前金星亂冒，半邊臉頰奇痛透骨，已給軟鞭擊中。他立即右足力撐，左足一鬆，從左方鑽到了馬腹之下，但聽得啪的一響，木屑紛飛，馬鞍已給軟鞭擊得粉碎，那馬吃痛哀嘶。

胡斐在馬腹底避過她這連環一擊，順勢抽出單刀，待得從馬右翻上馬背，單刀已從

左手交向右手，右頰兀自劇痛，伸手一摸，只見滿手鮮血，這一鞭打得著實不輕。

袁紫衣冷笑道：「你還敢冒充長輩麼？我這一鞭若不是手下留情，不打下你十七八顆牙齒才怪。」這句話倒非虛語，她偷襲成功，這一鞭倘使上全力，胡斐顴骨非碎裂不可，右邊牙齒也勢必盡數打落，但饒是如此，已是他藝成以來從所未有之大敗，不由得怒火直衝，圓睜雙目，舉刀往她肩頭直斫。

袁紫衣微感害怕，知對手實非易與，這一次他吃了大虧，動起手來定然全力施為，當下舞動長鞭，將胡斐擋在兩丈之外，要教他欺不近身來。

就在此時，只聽得大路上鸞鈴響動，二騎馬緩緩馳來。騎者見到有人動手，一齊駐馬而觀。胡斐和袁紫衣同時向三人望了一眼，只見兩個穿的是清廷侍衛服色，中間一人穿的是常服，身材魁偉，約莫四十來歲年紀。

鞭長刀短，兵刃上胡斐先已吃虧，何況他騎的又是一匹受了傷的劣馬。袁紫衣的坐騎卻神駿無倫，她騎術又精，竟似從小便在馬背上長大一般，因此拆到十招以外，胡斐仍欺不近身。

他刀法一變，正要全力搶攻，忽聽得一名侍衛說道：「這女娃子模樣兒既妙，手下也很來得啊。」另一名侍衛笑道：「曹大哥你如瞧上了，不如就伸手要了，別讓這小子先得了甜頭。」那姓曹的侍衛哈哈大笑。

胡斐惱這兩人出言輕薄，怒目橫了他們一眼。袁紫衣乘隙揮鞭擊到，胡斐頭一低，

從軟鞭底下鑽進，搶前數尺。只見袁紫衣纖腰一扭，白馬猛地向左疾衝。

這一下去勢極快，但見銀光閃爍，那姓曹的侍衛肩上已重重吃了一鞭。她迴鞭抽向胡斐頭頂，胡斐橫刀架開。白馬已在另一名侍衛身旁掠過，只見她素手伸出，已抓住那侍衛後頭「天柱穴」。白馬一衝之勢力道奇大，她並未使力，順手已將那侍衛拉下馬來，摔在地下。她也不回身，長鞭從肩頭甩過，向後抽擊第三個大漢。

這幾下兔起鶻落，迅捷無倫，胡斐心中不禁暗暗喝了聲采，心想這大漢雖未出一聲，但既與這兩名侍衛結伴同行，少不免也要受一鞭無妄之災。那知道這大漢只一勒馬頭，空手竟來抓她銀鞭的鞭頭。袁紫衣見他出手如鉤，竟是個勁敵，當即手腕一振，鞭梢甩起，冷笑道：「閣下可是去京師參與掌門人大會麼？」

那大漢一愕，問道：「姑娘怎知？」袁紫衣道：「瞧你模樣，稍稍有點兒掌門人味道。你叫甚麼名字，是那一門那一派的掌門？」這兩句話問得無禮，那大漢哼了一聲，並不理會。那姓曹的侍衛狼狽爬起，叫道：「藍師傅，教訓教訓這臭女娃子！」

袁紫衣腿上微微使勁，白馬斗地向那姓曹的侍衛衝去。白馬這一下突然發足，直教人出其不意。姓曹侍衛大駭，忙向左避讓，袁紫衣的銀鞭已打到背心。那大漢見情勢急迫，抽出腰中短劍，一招「攔腰取水四門劍」，以斜推正，將鞭梢撥開。

袁紫衣足尖點著踏鐙輕輕向後一推，白馬猛地後退數步。這馬疾趨疾退，竟同樣的迅捷。那大漢喝采：「好馬！」袁紫衣冷笑道：「原來閣下是八仙劍掌門人藍爺。」

這大漢正是廣西梧州八仙劍的掌門人藍秦，見這少女不過二十左右年紀，容色如

花，雖出手迅捷，但能有多大江湖閱歷，怎地只見一招，便道出自己的姓名身分？他心中驚詫，卻也不禁得意，暗道：「藍某雖僻處南疆，竟連一個年輕少女也知我威名。」

微微一笑，問道：「姑娘怎知在下姓名？」

袁紫衣道：「我正要找你，在這裏撞見，再好也沒有。」藍秦更感奇怪，心想我和你素不相識啊，問道：「姑娘高姓大名，找藍某有何指教？」袁紫衣道：「我叫你不用上京去啦，由我代你去便是。」藍秦更摸不著頭腦，問道：「此話怎講？」袁紫衣道：

「哼，這還不明白？我叫你把八仙劍的掌門之位讓了給我！」

藍秦聽她言語無禮，不由得大為惱怒，但適才見她連襲四人，手法巧妙之極，連自己也沒瞧清，否則便能護住身旁侍衛，不讓他如此狼狽的摔下馬來。他生性謹細，心想她口出大言，必有所恃，便不發作，抱拳問道：「姑娘尊姓大名？令師是那位？」

袁紫衣道：「我又不跟你套交情，問我姓名幹麼？我師父的名頭更加不能說給你知。我師父曾跟你有一面之緣。如提起往事，我倒不便硬要你讓這掌門之位了。」

藍秦眉頭緊蹙，想不起相識的武林名宿之中，有那一位是使軟鞭的能手。

兩名侍衛一個吃了一鞭，一個給扯下馬來，白均惱怒已極。他們一向橫行慣了的，吃了這虧那肯就此罷休？兩人齊聲唿哨，一個乘馬，一個徒步，同時向袁紫衣撲去。兩人手中本來空著，當下一個拔刀，一個便伸手去抽腰中長劍。

袁紫衣軟鞭晃動，啪的一響，拔刀的侍衛右腕上已重重吃了一記。袁紫衣這銀絲軟鞭又長又細，與一般軟鞭大

柄，但手腕劇痛入骨，再也無力拔出腰刀。

不相同，一招打中那侍衛手腕，鞭梢毫不停留，快如電光石火般一吐，又已捲住了那姓曹侍衛的劍柄，順勢上提。這一下快得出奇，竟比他伸手握劍還搶先了一步。姓曹侍衛

但見銀光閃爍，自己手指尚未碰到劍柄，劍已出鞘，大駭之下，忙揮手外甩，饒是如此，劍鋒已在他手掌心劃過，登時鮮血淋漓。

袁紫衣軟鞭抖動，長劍激飛上天，竟有數十丈高，她將軟鞭纏回腰間，便如紫衣外繫了一條銀色絲絲，旁人一瞥之下，那知這是一件厲害兵刃？她並不抬頭看劍，向藍秦問道：「你這掌門之位讓是不讓？」

藍秦正仰頭望著天空急落而下的長劍，聽她說話，隨口道：「甚麼？」袁紫衣道：「我請你讓這八仙劍掌門的位子。」這時長劍已落到她跟前，袁紫衣嘴裏說話，耳中聽風辨器，一伸手便抓住了劍柄。長劍從數十丈高處落下來，勢道何等凌厲，何況這劍除劍柄外，通身是鋒利刃口，她竟眼角也沒斜一下，隨隨便便就抓住了劍柄。

這一手功夫不但藍秦大為震驚，連旁觀的胡斐也暗自佩服，心想：「她適才奪了少林韋陀門的掌門，何以又要奪八仙劍的掌門？」見她正當妙齡，武功卻如此了得，生平除趙半山外，從未見過如此武學高手，心中一生讚佩之意，臉上的鞭傷似乎也不怎麼疼痛了。

藍秦見她露了這手絕技，更加小心謹慎，想用言語套問她底細，說道：「姑娘這手聽風辨器的功夫，似是山西佟家的絕藝啊。」袁紫衣一笑，道：「你眼光倒好。那麼我這手擲劍上天的功夫呢？」說著右手揮動，長劍又疾飛向天。這一次卻不是劍尖向上直

254

昇，而是一路翻著觔斗，舞成個銀色光圈，冉冉上升，雖去勢緩了，但劍勢特異，蔚爲奇觀。

藍秦抬頭觀劍，猛聽得風聲微動，身前有異，忙一個倒縱步竄開丈許，只見金光閃動，那姑娘銀絲軟鞭上的小金球剛從自己腰間掠過，若非見機得快，身上佩劍又已讓她搶去了。

袁紫衣知他武功高出兩個侍衛甚多，是以故意擲劍成圈，引開他目光，再突然出手搶劍，那知還是給他驚覺避開。她心中連叫可惜，藍秦卻已暗呼慚愧。他雄霸西南，門徒遍及兩廣雲貴，十年來從未遇到挫折，想不到這樣個黃毛丫頭竟如此輕侮於己，唰的一聲，拔劍出鞘，叫道：「好，我便來領教姑娘高招。」

這時空中長劍去勢已盡，筆直下墮。袁紫衣軟鞭甩上，鞭頭捲住劍柄，倏地向前一送，長劍疾向藍秦當胸刺來。兩人相隔幾及兩丈，但一霎之間，劍尖距他胸口已不及一尺，就如一條丈許長的長臂抓住劍柄，突然向他刺到一般。這一招藍秦又是出乎不意，大驚之下，忙橫劍封擋。

袁紫衣叫道：「湘子吹簫！」藍秦這一招正是八仙劍法中的「湘子吹簫」。八仙劍在西南各省甚爲盛行，他想你識得我的招數有何希罕，要瞧你是否擋得住了，雙眉一揚，喝道：「是『湘子吹簫』便怎地？」袁紫衣道：「陰陽寶扇！」一語未畢，軟鞭捲著長劍，向他左胸右胸各刺一招，正是八仙劍的正宗劍法「漢鍾離陰陽寶扇」。

藍秦又是一驚，心想她會使八仙劍法並不出奇，奇在以軟鞭送劍，居然力透劍尖，

刃直如矢，當下踏上一步，要待搶攻，心想她以軟鞭使劍，劍上力道虛浮，只消雙劍相交，還不將她長劍擊下地來。那知他提挺劍身，手勢剛起，還未出招，袁紫衣叫道：「采和獻花！」忽地收轉軟鞭。此時鞭上勢道已完，長劍下落，她左手接過長劍，右手持鞭，笑吟吟的望著對手。

藍秦又給她叫破一招，暗想鞭長劍短，馬高步低，自己雙重不利，何況她怪招百出，一味戲耍糾纏，自己只要稍有疏神，著了她的道兒，豈非一世威名付於流水？當下按劍橫胸，正色說道：「如此兒戲，那算甚麼？姑娘倘若真以八仙劍賜招，在下便奉陪走走。」袁紫衣道：「好，若不用正宗八仙劍法勝你，諒你也不甘讓那掌門之位。」說著躍下馬背，便在下馬之時，已將軟鞭纏回腰間。

藍秦劍尖微斜，左手揑個劍訣，使的是半招「鐵拐李葫蘆繫腰」，只待對手出劍，下半招立時發出。

袁紫衣長劍抖動，待要進招，回眸朝胡斐望了一眼，向藍秦道：「跟你比試一下，倒不打緊，我這寶馬可別讓馬賊盜了去。」胡斐道：「當你跟人動手之時，我不打你這馬的主意便是。」袁紫衣道：「哼，小胡斐詭計多端，誰信了他誰便上當。」左手拉住馬韁，嗤的一劍，金刀帶風，一招「張果老倒騎驢」斜斜刺出。

藍秦見她左手牽馬，右手使劍，暗想這是你自己找死，可怪不得旁人，當即「撥雲見日」、「仙人指路」、「魁星點元」，拆了一招卻還了兩劍。

袁紫衣見他劍招淩厲，臉上雖仍含微笑，心中卻立收輕視之意，暗想師父所言非

256

虛，八仙劍法果是劍中一絕，此人使將出來，比我功力可深厚得多了，當下也以八仙劍法見招拆招。她左手拉著馬韁，既不能轉身搶攻，也難大縱大躍，自是諸多受制。但她門戶守得甚為嚴密，藍秦卻也找不到破綻，見她所使劍法果是本門嫡派，不由得暗暗稱異，心想本門之中，甚麼時候竟出了這等人物？

鬥劍之處，正當衡陽南北來往的官道大路，兩人只拆得十餘招，南邊來了一隊推著小車的鹽販，跟著北邊大道上也來了幾輛騾車。眾商販見路上有人鬥劍，都停下觀看。不多時南北兩端又到了些行旅客商。眾人一來見鬥得熱鬧，二來畏懼兩個朝廷武官，都候在路上靜靜旁觀。

又鬥一陣，藍秦已瞧出對方雖學過八仙劍術，但劍法中許多精微奧妙之處，卻並未體會得到，只是她武功甚雜，每到危急之際，便突使一招似是而非的八仙劍法，將自己的殺著化解了，因此一時倒也無法取勝。他見旁觀者眾，對手非但是個少女，而且左手牽馬，顯是以半力與自己周旋，縱使跟她打成平手，也沒臉面上京參與掌門人之會了，催動劍力，將數十年來鑽研而得的劍術，招招使將出來。

旁觀眾人見他越鬥越勇，劍光霍霍，繞著袁紫衣身周急攻，不由得都為那女郎擔心。只那兩名侍衛卻盼藍秦得勝，好代他們一雪受辱之恥。

袁紫衣久戰不下，一瞥眼間，見到胡斐臉上似笑非笑，似有譏嘲之意，心想：「好小子，你笑我來戰著，教你瞧瞧姑娘手段！」但這番鬥劍限於只使八仙劍，其餘武功都不能用，左手又牽著白馬，若放開馬韁，憑輕功取勝，那還是教胡斐小看了。她好勝心

257

切，見藍秦招招力爭上風，自己劍勢已爲他長劍籠住，倏地左手向前輕推。那白馬極有

靈性，受到主人指引，忽地前衝，人立起來，似要往藍秦的頭上踏落。

蹄，竟沒防到手上遭了暗算。他在武林中雖不算得是一流高手，但數十年來事事小心，藍秦一驚，側身避讓，突覺手腕一麻，手中長劍已脫手飛上天空。他全神閃避馬

這才能長保威名，想不到一生謹愼，到頭來還是百密一疏，敗在一個少女手下。藍秦兵

刃脫手，立時一個箭步，搶到自己坐騎之旁，又從鞍旁取出一柄長劍，此人做事把細之

極，連兵器也多帶了一把，本來是備而不用，這時卻「備而要用」了。斗見白光耀眼，

袁紫衣將手中長劍也擲上了天空，雙劍在空中相交，噹的一聲響，藍秦那柄劍竟在空中

斷成兩截。

她這震劍斷刃的手法全是一股巧勁，否則雙劍在空中均無著力之處，如何能將純鋼

長劍震斷？她使此手法，意在譁衆取寵，便如變戲法一般，料想旁人非喝采不可，這采

聲一作，藍秦非惱怒不可，再鬥便易勝過他了。

果然旁觀衆人齊聲喝采。藍秦一呆之下，臉色大變。袁紫衣接住空中落下的長劍，

分心刺到，叫道：「曹國舅拍板！」藍秦提劍擋格，噹的一響，長劍又自斷爲兩截。

這一下袁紫衣仍是取巧，她出招雖是八仙劍法，但雙劍相交之際，劍身微抖，已然

變招。藍秦劍招落空，給她驀地凌空拍擊，殊無半點力道相抗，待得運勁，劍身早斷，

拆穿了說，不過是他橫著劍身，任由對方斬斷而已。只袁紫衣心念如閃電，出招似奔

雷，一計甫過，二計又生，叫他防不勝防。

258

旁觀眾人見那美貌少女連斷兩劍，又是轟雷似的一聲大采。

藍秦心下琢磨：「這女子雖未能以八仙劍法勝我，但她武功甚博，詭異百端，我再跟她動手也是枉然。」眼見她洋洋自得，翻身上了馬背，便拱手道：「佩服，佩服！」彎腰拾起三截斷劍，說道：「在下這便還鄉，終身不提劍字。只是旁人問起，在下輸在那一派那一位英雄豪傑劍底，卻教在下如何回答？」

袁紫衣道：「我姓袁名紫衣，至於家師的名諱嗎？……」縱馬走到藍秦耳旁，湊近身去，在他耳邊輕輕說了幾個字。藍秦一聽，臉色登變，臉上沮喪惱恨之色立消，變為惶恐恭順，說道：「早知如此，小人如何敢與姑娘動手？姑娘見到尊師之時，便說梧州藍某向他老人家請安。」說著牽馬倒退三步，候在道旁。

袁紫衣在白馬鞍上輕輕躍一拍，笑道：「得罪了！」回頭向胡斐嫣然一笑，輕提馬韁。那白馬並沒跨步，斗然躍起，在空中越過了幾輛騾車，向北疾馳，片刻間已不見了影蹤。

大道上數十對眼睛一齊望著她背影。一人一馬早已不見，眾人仍呆呆的遙望。

袁紫衣一日之間連敗南方兩大武學宗派高手，這份得意之情，實難言宣，但見道旁樹木不絕從身邊飛快倒退，情不自禁，縱聲唱起歌來。只唱得兩句，突覺背上熱烘烘的有些異狀，忙伸手去摸，只聽轟的一聲，身上登時著火。這一來如何不驚？使招「乳燕投林」，從馬背飛身躍起，跳入道旁河中，背上火焰方始熄滅。她急從河中爬起，一摸背

259

心，衣衫上已燒了個大洞，雖未著肉，但裏衣也已燒焦。

她氣惱異常，低聲罵道：「小賊胡斐，你這次的鬼計好不狠毒。」從衣囊中取出一件外衫，待要更換，一瞥間見白馬左臀上又黑又腫，兩隻大蠍子爬著正自吮血。袁紫衣大吃一驚，用馬鞭挑下蠍子，拾起一塊石頭砸得稀爛。這兩隻大蠍毒性厲害，馬臀上黑腫之處不住慢慢擴展。白馬雖然神駿，也已抵受不住痛楚，縱聲哀鳴，前腿曲跪，臥倒在地。

袁紫衣徬徨無計，口中只罵：「小賊胡斐，胡斐小賊！」顧不得更換身上濕衣，伸手想去替白馬擠出毒液。白馬怕痛，只是閃避。

正狼狽間，忽聽南方馬蹄聲響，三乘馬快步奔來，當先一人正是胡斐。

銀光閃動，袁紫衣軟鞭在手，飛身迎上，揮鞭向胡斐夾頭抽去，罵道：「小賊，暗箭傷人，不要臉！」胡斐舉刀格開軟鞭，笑問：「我怎地暗箭傷人了？」

袁紫衣只覺手臂微微酸麻，心想這小賊武功果然不弱，倒不可輕敵，罵道：「你用毒物傷我坐騎，這不是下三濫的卑鄙行徑嗎？」胡斐笑道：「姑娘罵得很是，可怎知是我胡斐下的手？」

袁紫衣一怔，只見他身後兩匹馬上，坐的是那兩個本來伴著藍秦的侍衛。兩人垂頭喪氣，雙手均給繩子縛著。胡斐手中牽著兩條長繩，繩子另一端分別繫住兩人馬韁，原來兩名侍衛給他擒著而來。袁紫衣心念一動，已猜到了三分，便道：「難道是這兩個像伙？」胡斐笑道：「他二位的尊姓大名，江湖上的名號，袁姑娘不妨先勞神問問。」

260

袁紫衣白了他一眼，道：「你既知道了，便說給我聽。」胡斐道：「好，在下來給袁姑娘引見兩位武林中的成名人物。這位是小祝融曹猛，這位是鐵蠍子崔百勝。你們三位多親近親近。」

袁紫衣一聽兩人的渾號，立時恍然，「小祝融」自是擅使火器，鐵蠍子當然會放毒物，定是這二人受了折辱，心中不忿，乘著自己與藍秦激鬥之時，偷偷下手相害。當即帕帕帕、帕帕帕，連響六下，在每人頭上抽了三馬鞭，只打得兩人滿頭滿臉都是鮮血。

她指著鐵蠍子喝道：「快取解藥治好我馬兒。否則再吃我三鞭，這一次可是用這條鞭子了！」說著軟鞭揚動，喀喇一聲響，將道旁一株大柳樹的枝幹打下了一截。

鐵蠍子嚇了一跳，將綁縛著的雙手提了一提，道：「我怎能……」胡斐不等他說完，單刀揮落，嚓的一聲，割斷了他手上繩索。這一刀疾劈而下，繩索應刃而斷，妙在沒傷到他半分肌膚。

袁紫衣橫了他一眼，鼻中微微一哼，心道：「顯本事麼？那也沒甚麼了不起。」

鐵蠍子從懷中取出解藥，給白馬敷上，低聲道：「有我的獨門解藥，便不礙事。」

袁紫衣道：「只是這牲口三天中不能急跑，以免傷了筋骨。」

袁紫衣道：「你去給小祝融解了綁縛。」鐵蠍子心中甚喜，暗想：「雖吃了三馬鞭，幸喜除曹大哥外並沒熟人瞧見。他自己也吃三鞭，自然不會將此事張揚出去。」他們這些做武官的，身上吃些苦頭倒沒甚麼，最怕是折了威風，給同伴們瞧低了。他走過去給曹猛解了綁縛，正待要走，袁紫衣道：「這便走了麼？世間上可有這等便宜事情？」

261

崔曹兩人向她望了一眼，又互瞧一眼。他二人給胡斐手到擒來，單是胡斐一人，便已非敵手，何況加上這個武藝高強的女子，只得勒馬不動，靜候發落。

袁紫衣道：「小祝融把身邊的火器都取出來，鐵蠍子把毒物取出來，只要留下了一件，小心姑娘的鞭子。」說著軟鞭揮出，一捲一抖，在空中啪的一聲大響。

兩人無奈，心想：「你要繳了我們的成名暗器，讓你出一口氣，那也無法可想。」只得將暗器取出。小祝融的火器是一個裝有彈簧的鐵匣。鐵蠍子手裏拿著一個竹筒，筒中自然盛放著蠍子了，這竹筒精光滑溜，起了層黃油，自已使用多年。袁紫衣一見，想起筒中毛茸茸的毒物，不禁心中發毛。

胡斐見曹猛取出放火的鐵匣時，隨手將包袱放在地下，過去拿起一提，重甸甸的有些墜手，知道銀兩不少，這些做官之人，自是沿途敲詐勒索來的，贓官之物取之不傷俠義，便隨手放在馬後鞍上。袁紫衣見了一笑，說道：「你們兩人竟敢對姑娘下毒手，可算得大膽。今日本來非死不可，幸虧姑娘生平有個慣例，一天之中只殺一人，總算你們運氣。」崔曹二人相望一眼，均想：「不知你今日已殺過了人沒有？」卻聽袁紫衣接著道：「……二人之中只須死一個便夠。到底那一個死，那一個活，我也難以決定。這樣吧，你們互相發射暗器，誰身上先中了，那便該死；躲得過的，就饒了他性命。我素來說一不二，求也無用。一、二、三！動手吧！」

曹崔二人心中猶豫，不知她這番話是真是假，但隨即想起：「倘若給他先動了手，我豈非枉送了性命？」二人心念甫動，立即出手，只見火光一閃，兩人齊聲慘呼。小祝

融頸中遭一隻大蠍牢牢咬住，鐵蠍子胸前火球亂舞，衣衫著火。

袁紫衣格格嬌笑，說道：「好，不分勝敗！姑娘這口惡氣也出了，都給我滾吧！」

曹崔二人身上雖然劇痛，這兩句話卻都聽得清清楚楚，當下顧不得毒蠍在頸，衣上著火，一齊縱馬便奔，直到馳出老遠，這才互相救援，解毒滅火。

袁紫衣笑聲不絕，一陣風過來，猛覺背上涼颼颼地，登時想起衣衫已破，轉眼見胡斐笑嘻嘻的望著自己，不由得大羞，紅暈雙頰，喝道：「你瞧甚麼？」胡斐將頭轉開，笑道：「我在想幸虧那蠍子沒咬到姑娘。」袁紫衣不由得打個寒噤，心想：「這話倒也不錯，給蠍子咬到了，那還得了？」說道：「我要換衣衫了，你走開些。」胡斐道：「你便在這大道上換衣衫麼？」袁紫衣又生氣又好笑，心想自己一著急，出言不慎，狠狠瞪了他一眼，走到道旁樹叢之後，忙除下外衣，換了件杏黃色的衫子，內衣仍濕，卻也顧不得了。燒破的衣衫也不要了，捲成一團，拋入河中。

胡斐眼望著紫衣隨波逐流而去，說道：「袁紫衣」三字並非自己真名，忽然尖叫一聲：「啊喲，有一隻蠍子咬我。」伸手按住了背心。

胡斐一驚，叫道：「當真？」縱身過去想幫她打下蠍子。那料到袁紫衣這一叫卻是騙他的，胡斐身在半空，袁紫衣忽地伸手用力推出山。這一推來得無蹤無影，他又全沒提防，登時一個觔斗摔了出去，跌入河邊的一個臭泥塘中。他在半空時身子雖已轉直，但雙足插落，臭泥直沒至胸口。

袁紫衣拍手嘻笑，叫道：「閣下高姓大名，可是叫做小泥

鰍胡斐？」

胡斐這一下當真哭笑不得，自己一片好心，那料到她會突然出手，足底又軟軟的全不受力，無法縱躍，只得一步一頓，拖泥帶水的走了上來。這時已不由得他不怒，但見袁紫衣笑靨如花盛放，心中又微微感到一些甜意，張開滿是臭泥的雙掌，撲了過去，喝道：「小丫頭，我叫你改名袁泥衫！」

袁紫衣嚇了一跳，拔腳想逃。但見他一縱一跳，不住的伸臂撲來，又不敢和他動手拆招，只要一還手，身上非濺滿臭泥不可。這一來逃既不能，打又不得，見胡斐和身縱上，已沒法閃避，一下便要給他抱住，索性站定身子，俏臉一板，道：「你敢碰我？」

胡斐張臂縱躍，本來只是嚇她，這時見她立定，也即停步，鼻中聞到一股淡淡的幽香，忙退出數步，說道：「我好意相助，你怎地狗咬呂洞賓？」袁紫衣笑道：「這是八仙劍中的一招，叫做呂洞賓推狗。你若不信，可去問那個姓藍的。」胡斐道：「以怨報德，沒良心啊，沒良心！」袁紫衣道：「呸！還說於我有德呢，這叫做市恩，最壞的傢伙才如此。我問你，你怎知這兩個傢伙放火下毒，擒來給我？」

這句話登時將胡斐問得語塞。兩名侍衛在她背上暗落火種，在她馬臀上偷放毒蠍，胡斐確在旁瞧得清楚，當時並不叫破，待袁紫衣去後，這才擒了兩人隨後趕來。

袁紫衣道：「是麼？因此我才不叫破，待袁紫衣去後，這才擒了兩人隨後趕來。

袁紫衣道：「你身上好臭，知不知道？」她取出一塊手帕，掩住鼻子，皺眉道：「你身上好臭，知不知道？」

胡斐道：「這是拜呂洞賓之賜。」袁紫衣微笑道：「這麼說，你自認是小狗啦。」

她向四下一望，笑道：「快下河去洗個乾淨，我再跟你說趙三……趙半山那小子。」

她本想說「趙三叔」，但怕胡斐又自居長輩，索性改口叫「趙半山那小子」。

胡斐大喜，道：「好，好。你請到那邊歇一會兒，我洗得很快。」袁紫衣道：「洗得快了，臭氣不除。」胡斐一笑，反身一招「一鶴沖天」，拔起身子，向河中落下。

袁紫衣看看白馬的傷處，那鐵蠍子的解藥果然靈驗，這不多時之間，腫勢似已略退，白馬不再嘶叫，想來痛楚已減。她遙遙向胡斐望去，只見他衣服鞋襪都堆在岸邊，卻游到遠遠十餘丈之外去洗身上泥污，想是赤身露體，生怕給自己看到。

袁紫衣心念一動，從包裹中取出一件舊衫，悄悄過去罩在胡斐的衣衫之上，將他沾滿了泥漿的衣服鞋襪一古腦兒包在舊衫之中，抱在手裏，過去騎上了青馬，牽了白馬，向北緩緩而行，大聲叫道：「你這樣慢！我身有要事，可等不及了！」說著策馬而行，生怕胡斐立時赤身爬起來追趕，始終不敢回頭。但聽得身後胡斐大叫：「喂，喂！袁姑娘！我認輸啦，請你把我衣服留下。」叫聲越來越遠，顯是他不敢出水追趕。

袁紫衣一路上越想越好笑，接連數次，忍不住笑出聲來，又想最後一次作弄胡斐不免行險，若他冒冒失失，不顧一切，立即搶上岸來追趕，自己反而不知如何是好了。

這日只走了十餘里，就在道旁找個小客店歇了。她跟自己說：「白馬中了毒，鐵蠍子那混蛋說的，倘若跑動，便要傷了筋骨。」但在內心深處，卻極盼胡斐趕來跟自己理

論爭鬧。一晚平安過去，胡斐竟沒蹤影。

次晨懶洋洋地起身，把胡斐一身沾滿了泥漿的衣褲鞋襪清洗乾淨，見到衣衫袋中有一本破爛的冊子，似是武功拳譜之屬，心想這可不宜窺看，便放在一旁。洗衣之時想像胡斐不知如何上岸，如何去弄衣衫穿，想了一會，忍不住又好笑起來。

到得傍晚，晾曬著的衣褲都乾了，袁紫衣收入房中，關上房門，雙手分持胡斐上衣的袖子，裝著他撲過來要抱自己。她退了兩步，左手出手一格，擋開了空袖，忽地叫聲：「啊唷！」衣衫的兩隻袖子都抱住了她上身，同時自己背心「神道」穴上一酸，已給對方手指點中，袁紫衣全身酸軟，仰天摔倒在炕上。

胡斐的上衣合在她身上，她卻不敢再想下去，呼吸急促，滿臉通紅，手足無力，閉眼欲睡，突然間悲從中來，淚珠奪眶而出，忍不住叫道：「我……我打死你這奸惡討厭的小泥鰍……胡斐！」接著哇的一聲，就此哭泣難止，抽抽噎噎的哭了半天，伸手啪啪啪啪，在自己右頰上重重擊了幾下，一面打，一面斥罵：「壞泥鰍，臭胡斐，都是你不好，打死你，打死你……」打到後來，覺得臉上疼痛，便住手了，自覺好笑：「我要打的，是呂洞賓推的那隻壞狗子，怎麼不小心打起自己來啦？」

拭去了眼淚，將胡斐的衣褲鞋襪摺好，忽然見到褲筒上有條裂開的長縫，便從自己包袱裏取出針線，將那條裂縫縫上了，再細查衣衫，見到衣袖上有個破孔，便剪下衣衫裏襟同色的一塊布片，細心補好，將衣褲鞋襪連同那本武功冊子一起包了，放在床尾，諸事辦妥，心中卻難平靜。

她輕輕拍拍包袱，輕輕說道：「小胡斐，我跟你說，你年紀還小，江湖上的事甚麼也不懂，卻要學人家行俠仗義，到頭來搞得一團糟，那還不活該？」

她拍著胡斐的包袱，似乎胡斐當真靜靜的坐在床尾，乖乖的聽她教訓，又道：「你的武功學得挺好啦，比你那個趙三哥說的似乎還強一些。可是行走江湖，並非單憑武功就辦得的。你撒尿救了那個呂小妹，從狗洞裏鑽出去殺退商老太，救了大夥兒的性命，只不過是一時的狡獪急智，你年紀輕輕就這般聰明機警，可算難得，但要對付鳳天南這等結交官府、老奸巨猾的大惡霸，你可大大不夠格了。你武功強過他十倍，卻又如何？他廣通聲氣，武林中不少英豪是他死黨，肯為他賣命，你獨個兒又怎對付得了？他只不過略施小計，就把你引開了。鍾阿四一家三口，可說是死在你手下的。你無知魯莽，少不更事，害死了他們，你認不認呢？」

「好，要做個真正的英雄俠士，你可還得好好學一下呢！你叫趙三叔做三哥，那又怎樣？他武功雖高，但為人忠厚老實，腦子轉不過彎，咱們就算遇上了大事，也還輪不上他來出主意呢！若不是聽天池怪傑袁老前輩吩咐，就得聽我師父吩咐，他們兩位老人家若不拿個主意，咱們第一就得聽陳總舵主的，第二得聽翠羽黃衫霍阿姨的，第三得聽武諸葛徐七叔的，就算駕鴦刀駱冰駱阿姨，也比你這趙三哥頭腦活些。你乖乖的去跟他們學上幾年，要不然跟著我學上幾年，再來闖蕩江湖，說不定還能有點出息呢！」

想到胡斐就跟在自己身邊，並騎而行，同桌吃飯，自己隨時將江湖上人心險惡、諸般奸詐險狠伎倆說些給他聽，又說些如何即以其人之道、還治其人之身的法門，胡斐俯

267

首聽教，好像自己的徒兒一般，不禁大樂，臉上露出笑靨，左頰上酒窩兒微微一凹，心道：「唉！不知這小泥鰍聽不聽話呢？要是不聽話，給人害了，又有誰來救他？」

她每天只行五六十里路程，但胡斐始終沒追上來，芳心可可，竟儘記著這個渾身臭泥的小泥鰍胡斐。

胡斐道：

「我先前只道回疆是沙漠荒蕪之地，那知竟有姑娘這般美女。」

袁紫衣紅暈上臉，

「呸」了一聲，道：

「你瞎說甚麼？」

第七章

風雨深宵古廟

這一日到了湘潭以北的易家灣，離省城長沙已不在遠，袁紫衣正要找飯店打尖，只聽得碼頭旁人聲喧嘩。見湘江中停泊著一艘大船，船頭站著個老者，拱手與碼頭上送行的諸人爲禮。她一瞥之下，見送行的大都是武林中人，個個腰挺背直，精神奕奕，老者身後站著兩名朝廷武官。

她見了這一副勢派，心中一動：「莫非又是那一派的掌門人，到北京去參與福大帥的大會？」凝神瞧那老者時，見他兩鬢蒼蒼，頷下老大一部花白鬍子，但滿臉紅光，衣飾華貴，左手手指上戴著一隻碧玉斑指，遠遠望去，在陽光下發出晶瑩之色，只聽他大聲說道：「各位賢弟請回吧！」抱拳一拱，身形端凝，當眞是穩若泰山。

岸上諸人齊聲說道：「恭祝老師一路順風，爲我九龍派揚威京師。」那老者微微一笑，說道：「揚威京師是當不起的，只盼九龍派的名頭不在我手裏砸了，也就是啦。」袁紫衣聽他聲音洪亮，中氣充沛，這幾句話似是謙遜，但語氣間其實甚爲自負。

只聽得噼啪聲響，震耳欲聾，湘江水上紅色紙屑飛舞，岸上船中一齊放起鞭炮。

袁紫衣知鞭炮一完，大船便要開行，輕輕下馬，拾起兩片石子，往鞭炮上擲去。兩串鞭炮都長逾兩丈，石片擲到，登時從中斷絕，嗤嗤聲響，燃著的鞭炮墮入湘江，立時熄滅了。

這一來，岸上船中，人人聳動。鞭炮斷滅，那是最大的不祥之兆。衆人瞧得清楚，鞭炮是岸上這黃衫少女用石片打斷。六七名大漢立即奔近身去，將她團團圍住，大聲喝道：「你是誰？」「誰派你來搗亂混鬧？」「打斷鞭炮，是甚麼意思？」「當眞吃了豹子

272

膽、老虎心，竟敢來惹九龍派的易老師！」若非見她只是個孤身美貌少女，早就老拳齊揮，一擁而上了。

袁紫衣深知韋陀門與八仙劍的武功底細，事先也練過他們的拿手招式，出手時成竹在胸，並不畏懼，這九龍派卻不知是甚來歷，見眾人聲勢洶洶，只得微笑道：「我用石子打水上的雀兒，不料失手打斷了炮仗，實在過意不去。對不起啦！」

眾人聽她語聲清脆，一口外路口音，大家又七張八嘴的道：「失手打斷一串，也還罷了，豈有兩串一齊打斷之理？」「你叫甚麼名字？」「到易家灣來幹麼？」「今日是黃道吉日，給你這麼一混鬧，唉，易老師可有多不痛快！」

袁紫衣笑道：「兩串炮仗有甚麼稀罕？再去買幾串來放放也就是了。」說著從懷中取出一錠黃金，約莫有二兩來重，托在掌中，這錠金子便買一千串鞭炮也已足夠。

眾人面面相覷，均覺這少女十分古怪，沒人伸手來接。

袁紫衣笑道：「各位都是九龍派的弟子嗎？這位易老師是貴派的掌門人，是不是？」眾人便點一點頭。

他要到北京去參與福大帥的天下掌門人大會，是不是？」她問一句，眾人便點一點頭。

袁紫衣搖頭道：「炮仗熄滅，大大不祥。易老師還是別去了，在家安居納福的好。」

人羣中一個漢子忍不住問道：「為甚麼？」袁紫衣神色鄭重，說道：「我瞧易老師神色不正，印堂上深透黑氣，殺紋直沖眉梢。若去了京師，不但九龍派威名墮地，易老師怕還有殺身之禍。」眾人一聽，不由得相顧變色。有的在地下直吐口水，有的高聲怒罵，也有的竊竊私議，只怕這女子會看相，這話說不定還真有幾分道理。

273

衆人站立之處與大船船頭相去不遠，她又語音清亮，每一句話都傳入了那易老師耳中。

他細細打量袁紫衣，見她身材苗條，體態婀娜，似乎並不會武，但適才用石片打斷鞭炮，出手巧妙，勁道不弱，又見她所乘白馬神駿英偉，實非常物，料想此人定是有所為而來，拱手說道：「姑娘貴姓，請借一步上船說話。」

袁紫衣道：「我姓袁，還是易老師上岸來吧。」

當時湘人風俗，乘船遠行，登船之後，船未開行而回頭上岸，於此行不利。那易老師眉頭微皺，沉吟不語。他雖武功高強，做到一派掌門，但生平對星相卜占、風水堪輿等說甚為崇信，見炮仗為這年輕女子打滅，又說甚麼殺身之禍等不祥言語，心想她越說越難聽，不如置之不理，吩咐船家：「開船吧！」喃喃自語：「陰人不祥，待到了省城，咱們再買福物，請神沖煞。」船家高聲答應，有的拉起鐵錨，有的便拔篙子。

袁紫衣見他不理自己，竟要開船，大聲叫道：「慢來，慢來！你若不聽我勸告，不出百里便要桅斷舟覆，全船人等大大不利。」說著快步走近。易老師臉色更加陰沉，屬聲道：「我瞧你年紀輕輕，不來跟你一般見識。若再胡說八道，可莫怪我不再容情。」

袁紫衣躍上船頭，微笑道：「我全是一片好意，易老師何必動怒？請問易老師大名如何稱呼，我再跟你拆一個字，對你大有好處。」易老師哼了一聲，道：「不須了！」

袁紫衣道：「好，易老師既不肯以尊號相示，我便拆一拆你這個姓。『易』字上面是個『日』字，下面是個『勿』字，『勿日』便是『不日』，『不日歸天』，意思是命不久矣。

易老師此行乘船，走的是一條水路，『易』字加『二』加『水』，便成為『湯』，『赴湯

蹈火」，此行大為凶險。舟為器皿之象，「湯」下加「皿」，所謂「盪然無存」，全船人等，性命難保。「湯」字之上加「草」為「蕩」，古詩云：「蕩子行不歸」，易老師這一次只怕要死於異鄉客地了。」易老師聽到此處，再也忍耐不住，伸手在桅桿上用力拍去，砰的一聲，一條粗大的桅桿不住搖晃，喝道：「你有完沒完？」

袁紫衣笑道：「易老師此行，百事須求吉利，那個『完』字，是萬萬說不得的。『完結』、『完了』，都沒甚麼好。易老師，你到北京是去爭雄圖霸，不是動拳腳，便要動刀槍。『易』字加『足』為『踢』，加『刀』為『剔』，因此你不但自己給人踢倒，九龍派還得給人剔除。」

易老師越聽越怒，但聽她說得頭頭是道，也不由得暗自心驚，強言道：「我單名一個『吉』字，早便吉祥吉利了，你還有何話說？」袁紫衣搖頭道：「大凶大險。這個『吉』字本來甚好，但偏偏對易老師甚為不祥。『易』者，換也，將吉祥更換了去，那是甚麼？自然是不吉了。」易吉默然。

袁紫衣又道：「這『吉』字拆將開來，是『十一口』三字。易老師啊，凡人只有一口，你卻有十一口。多出來的十口是甚麼口？那自然是傷口，是刀口了。由此觀之，你此番上北京去，命中注定要身中十刀。」

越是迷信之人，越聽不得不祥之言。易吉本來雍容寬宏，面團團的一副富家翁氣象，此時眉間斗現煞氣，斜目橫睨袁紫衣，冷笑道：「好，袁姑娘，多謝金玉良言。你是那一位老師門下？令尊是誰？」

袁紫衣笑道：「你也要給我算命拆字麼？何必要查我的師承來歷？」易吉冷笑道：

「瞧你年紀輕輕，咱們又素不相識，你定是受人指使，來踢易某的盤子來著。姓易的大不與小鬥，男不與女爭，你叫你背後那人出來，瞧瞧到底是誰身中十刀，屍骨不歸故鄉。」

他伸手指著她臉，大聲道：「你背後那人是誰？」

袁紫衣笑道：「我背後的人麼？」假裝回頭一看，不由得又驚又喜，只見岸邊站著一人，穿一身粗布青衣，打扮作鄉農模樣，正是胡斐，心想不知他何時到了此處，自己全神貫注的給易吉拆字，竟沒察覺。她不動聲色，回過頭來，笑道：「我背後這人麼？我瞧他是個看牛挑糞的鄉下小子。」

易吉怒道：「你莫裝胡羊。我說的是在背後給你撐腰、叫你來搗鬼的那人，是男子漢大丈夫，何必藏頭露尾，鬼鬼祟祟？」他料定是仇家暗中指使袁紫衣前來混鬧，好使自己出行不利，此人必然熟知自己的性情忌諱，否則她何以儘說不吉之言？

其實袁紫衣存心搗亂，見他越是怕聽不吉的說話，便越加儘揀凶險災禍來說，當下正色道：「易老師，常言道良藥苦口利於病，忠言逆耳利於行。我這番逆耳忠言，聽不聽也由得你。至於九龍派嘛，你如不去，由小女子代你去便了。」

當袁紫衣躍上船頭不久，胡斐即已跟蹤而至。那日他在河裏洗澡時衣服遭奪，赤身露體的不便出來，好在為時已晚，不久天便黑了，這才到鄉農家去偷了一身衣服。他最關懷的是那本家傳拳經刀譜。這刀譜放在衣衫囊袋之中，竟給她連書一起取了去，心想這女子先偷我包袱，又取我衣服，定是為了這本武功譜訣，心中憂急，一路疾趕。

當日便追上了她，但見她勒馬緩緩而行，卻又不是偷了譜訣便即遠走高飛的模樣。他越想越疑，無法推測這女子眞意何在，心想倘若動手強搶，未必能得手，於是暗暗在後窺伺，要瞧她有何動靜，另有何人接應。跟了數口，始終不見有何異狀。這日在易家灣湘江之畔，卻見她向易吉起釁，竟是又要搶奪掌門人的模樣。

胡斐暗暗稱奇：「這位姑娘竟有一味掌門人癖。她遇到了掌門人便搶，爲的是在江湖上闖萬立威呢，還是另有深意？看來兩人說僵了便要動手，且讓他們鷸蚌相爭，我便來個漁翁得利，設法奪回譜訣。此時牽她白馬，易如反掌，但好曲子不唱第二遍，重施故技，未免顯得我小泥鰍胡斐太也笨蛋。」慢慢走近船頭，等候機會搶奪她背上包袱。

只見易吉一張紅堂堂的臉膛由紅轉紫，嘶啞著嗓子說道：「姑娘這麼說，那是罵易某無能，不配作九龍派的掌門人了？」袁紫衣微笑道：「那決不是。易老師既此行不利，不如把九龍派的掌門人讓與我吧。小女子一片好心，純是爲你著想……」

她話未說完，船艙中鑽出兩條漢子，手中各持一條九節軟鞭。一個中年大漢道：「這女子瘋瘋顛顛，師父不必理她。待弟子趕她上岸，莫誤了開船吉時。」說著左手伸出，去推袁紫衣肩頭。袁紫衣仲指在他手臂上輕輕一彈，說道：「吉時早已誤了！」那漢子登覺臂彎中一麻，手掌沒碰到她肩頭，上臂便已軟軟的垂下。

另一個漢子喝道：「大師哥，動傢伙吧！」兩人齊聲唿哨，嗆啷啷一陣響，兩條九節軟鞭同時向袁紫衣膝頭打去。他們不想傷她性命，軟鞭所指處並非要害。

袁紫衣見兩人都使九節鞭，心念一動：「是了，他們叫做九龍派，大概最擅長的便

277

是九節鞭。」她與易吉東拉西扯，一來要他心煩意亂，二來想探聽他武功家數，這時見

雙鞭擊到，心中大喜：「好啊，你們遇上使軟鞭的老祖宗啦。」雙手伸出，快速無倫的

抓住兩根軟鞭鞭頭，相互一纏，打成結形，自己身子不動，微笑著站在當地。

兩名漢子尚未察覺，見鞭頭並未打到她身上，反而雙鞭互纏，各自用力一扯，這一

來正中了袁紫衣之計，雙鞭鞭頭本來鬆鬆搭著，一扯之下，登成死結。兩人驚得呆了，

忙奮力拉扯。師兄弟倆齊力相當，誰也扯不動誰，兩條軟鞭卻纏得更加緊了。

易吉喝道：「莽撞之徒，快退開了。」雙手抓住長袍衣襟，向外抖出，嗤嗤嗤一陣

響，袍子上七個軟扣一齊拉脫，左手反到身後一扯，長袍登時除下，露出袍內的勁裝結

束。這一手乾淨利落，威勢十足。岸上站著的大都是他的弟子親友，也有不少閒人，登

時齊聲喝了個大采。

袁紫衣搖頭道：「口采不好。這一手『脫袍讓位』，脫袍不打緊，讓位嘛，卻是注定

把掌門人之位讓給我啦。」易吉心中一凜，果覺這一手也是不祥之兆，右手伸到腰間，

輕輕一抖，手中已多了一條晶光閃亮的九節鞭。

這一抖寂然無聲，鋼鞭的九節互相竟沒半點碰撞。袁紫衣暗叫：「啊喲，不好！這

手功夫我可不會，今日只怕要糟！」見他這條鞭子每一節都有雞蛋粗細，他身材又甚魁

梧，便如船頭上立了一座鐵塔，拿著這條大鞭，當真威風凜凜。

這時船家已收起了鐵錨，船身在江中搖晃不定。易吉手臂抖出，九節鞭飛出去捲住

了船頭鐵錨，跟著揮出，撲通聲響，水花四濺，鐵錨落入江中，船身登時穩住。這一手

若非臂上有六七百斤膂力，焉能如此揮洒自如？眼見他這條九節鞭並有軟鞭與鋼鞭之長，內外兼修，委實了得。

袁紫衣心想：「他膂力強大，揮鞭無聲。此人只可智取，不能力敵。」見他身形壯實，年紀又大，想來功力雖深，手腳就未必靈便，心生一計，說道：「易老師，我是女子，如在船頭跟你相鬥，不論勝負，都於你此行不利。咱們總得另覓一個地方較量才行。」易吉心覺此言有理，可又不願上岸。

袁紫衣又道：「易老師，咱們話得說在前頭，倘若我勝了你，你這九龍派掌門人之位，自得拱手相讓，不知你門下的弟子們服是不服？」易吉氣得紫臉泛白，喝道：「不服也得服。但如你輸了呢？」袁紫衣嬌笑道：「我跟你磕頭，叫你做乾爹，請你多疼我這乾女兒啊。」說著候地躍起，右足在桅索上一撐，左足已踏上了帆底的橫桿，腰中銀絲鞭揮出，向上抖起，捲住了桅桿，手上使勁，帶動身子躍高。她左臂剛抱住桅桿，右手又揮出銀絲鞭再向上捲，最後一招「一鶴沖天」，身子已高過桅桿，輕輕巧巧的落將下來，站在帆頂。

這幾下輕靈之極，碼頭上旁觀的閒人無不喝采。九龍派的弟子中卻有人叫了起來：

「喂，玩這手有甚麼意思？有種的便下來，領教領教易老師威震三湘的九龍鞭功夫。」袁紫衣大聲道：「在上邊比武，大夥兒都瞧得清楚此┃。」

易吉哼了一聲，將九龍鞭在腰間一盤，左手抓住桅桿，身子已離地二尺，跟著右手一搭，身子又上升二尺。那桅桿比大碗的碗口還粗，一手原無法握住，但他手指勁力屬

害，掌力又極沉雄，雙手交互攀搭，身子竟平平穩穩的上升，雖無袁紫衣的快捷輕靈，但在行家看來，這手功夫既穩且狠，當眞厲害。

袁紫衣眼見他離桅頂尚有丈餘，心想一給他爬上，就不好鬥，只有居高臨下，先制止他上升，銀絲鞭一晃，喝道：「我這是十八龍鞭，多了你九龍。」抖動鞭梢，摟頭蓋落。易吉雙手不空，如何抵擋？若要閃避，只有溜下桅桿，如此一招不交，已然輸了。

碼頭上眾弟子高聲叫嚷：「喂，小姑娘，你快下來動手！」卻見易吉側頭避開對方一擊，左臂抱住桅桿，右手揮動九節鋼鞭，竟自下迎上，往銀絲鞭上砸去。

袁紫衣生怕雙鞭相交，倘若給纏住了，拉扯起來，自己力小，必定吃虧，於是抖手揚鞭，避開他兵刃，待要迴轉再擊，那知易吉使一招「插花蓋頂」，舞動鋼鞭護住頭臉，左臂一鬆一緊，身子一縱一提，四五個起落，已穩穩坐上桅桿之頂。碼頭上歡聲大起，掌聲如雷。他這一來佔得了有利地勢，遠不及自己鞭法的精微巧妙，身子向左探出，唰的一聲，銀絲鞭自右環擊出去。易吉穩坐桿著，九節鞭回轉，將對方軟鞭擋開。

這時陽光照耀，湘江中泛出萬道金波，兩人在五六丈高處相鬥，兩條軟鞭猶似靈蛇盤旋，當眞好看。岸邊人眾越聚越多，湘江中上上下下的大小船舶也多收帆停槳，船中水手乘客，仰首觀鬥。

易吉自知輕身功夫不如對方，只穩坐帆頂，雙足挾住桅桿，先佔了不敗之地。袁紫衣卻東竄西躍，在帆頂的橫桁上忽進忽退。她銀絲鞭比對手的九龍鞭長了一倍有餘，只

有她攻擊易吉，而易吉無法反擊。拆到六十餘招後，她手中一條長鞭如銀蛇飛舞，招數愈出愈奇。易吉來來去去卻只七八招，密密護住全身，俟機去纏對方軟鞭。

一眼看來，袁紫衣似是佔盡了上風，但她如此打法甚為吃力，只要久攻不下，鞭法中稍有破綻，或足下一滑一絆，那便輸了。易吉的用心，正是孫子兵法中所謂「先為不可勝，以待敵之可勝」。袁紫衣早知他心意，但不論如何變招進攻，他這七八招護身防禦鞭法，竟嚴密異常，無隙可乘。如在平地，她自可斜攻側擊，或著地滾進，但自己引他高空相鬥，反給他佔了地利，卻非始料之所及了。

又鬥片刻，情勢仍無變化，袁紫衣微感氣息粗重，縱躍之際，已稍不及初時輕捷。袁紫衣一驚，軟鞭下沉，那知易吉的九龍鞭反將過來先壓後鉤，若非她銀絲鞭閃避得快，雙鞭已纏在一起。易吉得理不讓人，瞧準了她鞭頭回起之處，九龍鞭一招「青藤纏葫蘆」，大喝一聲，已將銀絲鞭纏住。

易吉瞧出轉機，待她長鞭掠到面前，突出左手，迅去抓她鞭上金球。

袁紫衣只覺手中長鞭給一股強力往外急拉，心知若與對方蠻奪，自己必輸，她心思轉得好快，危急中倏出險招，右手猛地一甩，銀絲鞭的鞭柄脫手飛出，繞著桅桿急轉圈子，但見銀光閃動，喇喇喇一陣響，九節鋼鞭和銀絲軟鞭兩條軟鞭，竟將易吉雙腿連同右臂一齊繞上了桅桿。

這一下變生不測，易吉怎料想得到？大驚之下，忙伸左手去解鞭，倏見袁紫衣撲到身前，左手探出，便來挖他眼珠。易吉左手急忙放脫軟鞭，舉手擋架。那知袁紫衣這一

下乃是虛招，左掌在空中微一停頓，牽制他左掌，右手疾出，已點中他左腋下的「淵腋穴」。這一招在旁人看來，簡直是易吉自舉手臂，露出腋底任由對方點穴一般。他穴道中指，左臂軟軟下垂，雙腿與右臂卻又給縛在桅上，可說是一敗塗地，再無還手之力。

胡斐在地下見她敗中取勝，這一手贏得巧妙無比，剛叫了聲好，忽見黃光閃動，九枚金錢鏢急向桅桿上飛去，射向袁紫衣後心。

袁紫衣將易吉打得如此狼狽，心中大是得意，正要在高處誇言幾句，逼他親口許諾讓了掌門，這才放他，沒料到下面竟有人偷襲。這九枚金錢鏢來得既快，部位又四下分散，她身在橫桁之上，只要向左或向右踏出半步，立時從五六丈高處摔跌，卻又如何避得？情急智生，身子後仰，登時摔下，九枚錢鏢從帆頂掠過。船頭岸上眾人驚呼聲中，只見她雙足鉤住橫桁，身子掛住半空。

岸上偷發暗器之人一不做，二不休，跟著又是三枚錢鏢射出，這一次卻一枚襲她身子，兩枚射向橫桁，只要她身子向上翻起，剛好是自行湊向錢鏢。胡斐知道這一下袁紫衣再也沒法避讓，立即揮手也是三枚制錢射出。他出手雖後，但手勁凌厲，錢鏢去勢卻快，六枚銅錢在空中互撞，鏘鏘鏘三聲，一齊斜飛，落入了江中。

袁紫衣驚出了一身冷汗，剛欲翻身而起，胡斐大叫一聲，躍上船頭，只聽喀喇、喀喇兩聲巨響，橫桁斷折。袁紫衣跟著橫桁向江中跌落，而易吉處身所在的桅桿，卻也從中斷絕。袁紫衣當時頭下腳上，親眼見到何人發射暗器偷襲，胡斐如何出手相救，但橫桁如何斷折，卻沒瞧見。

原來易吉左脅穴道被點，半身動彈不得，右手卻尚可用力，忙從雙鞭纏繞之中脫出手臂，見袁紫衣倒掛桁上，當即全身勁力運於掌上，發掌擊向橫桁，連擊三掌，桁斷人落。就在此時，胡斐也已躍上了船頭，心想倘若袁姑娘落水，這姓易的反而安坐桅頂，待他慢慢溜將下來，豈非是他勝了？當即背靠桅桿，運勁向後力撞，這桅桿又堅又粗，一撞之下只晃了幾下。胡斐心中急了，拔出單刀，唰的一刀，劈斷桅桿。

眼見袁紫衣與易吉各自隨著一段巨木往江中跌落，只袁紫衣的橫桁先斷，身在半截桅桿之下，若給斷桅擊中，性命可憂。胡斐搶起船頭拉縴用的竹索，對準袁紫衣身前揮去，大喝：「抓住了！」竹索飛出，有如一條極長的軟鞭。袁紫衣身在半空，心感危急，她雖識水性，但想落水後再濕淋淋的爬起，豈不狼狽？突見竹索飛到，忙伸手抓住。胡斐一揮一拉，袁紫衣借勢躍起，輕輕巧巧的落上船頭。

她雙足剛落上船板，只聽得撲通一聲巨響，水花四濺，無數水珠飛到了她頭上臉上，正是易吉與斷桅一齊落水。岸上人眾大聲呼叫，撲通撲通響聲不絕。原來易吉不會水性，九龍派的十七八名弟子紛紛躍入湘江，爭先恐後去救師父。

袁紫衣向胡斐嫣然一笑，柔聲道：「胡大哥，謝謝你啦！」胡斐笑道：「我這『胡』字拆開來是『月十口』三字，看來我每月之中，要身中九刀。」

袁紫衣笑得更是歡暢，心想我適才給那易吉拆字，可都教他偷聽去啦，笑道：「幸好你名字中有個『非』字，這一『非也、非也』，那九刀之厄就逢凶化吉了。」胡斐笑道：「多謝姑娘金口。」

袁紫衣與他重逢，心中甚是高興，又承他出手相救，有意與他修好，又笑道：「你這『斐』字是文采斐然，那不必說了。『非』字下加『羽』字為『翡』，主得金玉翡翠；加『草』字頭為『菲』，主芬芳華美；加絞絲旁為『緋』，紅袍玉帶，主做大官。」胡斐伸了伸舌頭，道：「升官發財，可了不起！」

兩人在船頭說笑，旁若無人。忽聽得碼頭上一陣大亂，九龍派眾門人將易吉連著斷桅，七手八腳的抬上岸來。他年老肥胖，又不通水性，吃了幾口水，一氣一怒，竟暈了過去。袁紫衣暗暗心驚：「莫要弄出人命，這事情可鬧大了。」低聲道：「胡大哥，咱們快走吧！」說著躍上江岸，伸手去取那纏在斷桅上的銀絲軟鞭。

九龍派眾門人紛紛怒喝，六七條軟鞭齊往她身上擊落。只聽得嗆啷啷響成一片，六七條軟鞭互相撞擊，便似一道鐵網般當頭蓋到。她銀絲軟鞭在手，借力打力，眾鞭從頭頂橫過，身子已斜竄出去。她偷眼再向易吉望了一眼，只見他一個胖胖的身軀橫臥地下，一動不動，也不知是死是活。

胡斐翻身上馬，右手牽著白馬，叫道：「九龍派掌門人不大吉利，不當也罷。」袁紫衣回身出鞭，已將兩條軟鞭的鞭頭纏住，右手一提馬韁，白馬發足疾奔。這馬神駿非凡，腳步固迅捷無比，力氣也大得異常，發力衝刺，登時將那兩名手持軟鞭的漢子拖

她身旁相護。

袁紫衣笑道：「那就聽你吩咐啦！」躍起身來，上了馬背。胡斐也上了青馬馬背，縱騎在

九龍派的眾弟子大聲叫嚷，紛紛趕來阻截。兩條軟鞭著地橫掃，往馬足上打去。袁

倒。這一下變起不意，兩名漢子大驚之下，身子已讓白馬在地下拖了六七丈遠。兩人急欲站起，但白馬去勢何等快速，兩人上身剛抬起，立時又給拖倒，驚惶之中竟想不起拋掉兵刃，仍死死的抓住鞭柄。

袁紫衣在馬上瞧得好笑，倏地勒馬停步，待那兩名漢子站起身來，見兩人目青鼻腫，手足顏面全為地下沙礫擦傷，問道：「你們軟鞭有寶麼？怎不捨得放手？」右足足尖在馬腹上輕輕一點。白馬向前衝馳，又將兩人拖倒。這時兩人方始省悟，撒手棄鞭，耳聽得袁紫衣格格嬌笑，與胡斐並肩馳去。

易家灣九龍派弟子眾多，此日為老師送行，均會聚在碼頭之上，眼見易吉受挫，原要一擁而上。袁紫衣與胡斐武功雖強，終究好漢敵不過人多。幸好袁紫衣臨去施一手迴鞭拉人，事勢奇幻，眾弟子目瞪口呆，一時不過意來，待要搶上圍攻，二人已馳馬遠去。這時易吉悠悠醒轉，眾弟子七張八嘴的慰問，痛罵袁紫衣使奸行詐，紛紛議論，卻誰也不知她來歷，於是九龍派所有對頭，個個成了她背後指使之人。

袁紫衣馳出老遠，直至回頭望不見易家灣房屋，才將奪來的兩根九節鋼鞭拋在地下。她轉眼瞧瞧胡斐，見他穿著一身鄉農衣服，土頭土腦，憨裏憨氣，忍不住好笑，但想適才若不是他出手救援，自己一條小命或已送亡易家灣，此刻回思，不禁暗自心驚，又對他好生感激。

兩人並騎走了一陣，胡斐道：「袁姑娘，天下武學，共有多少門派？」袁紫衣笑

285

道：「不知道啊，你說有多少門派？」胡斐搖頭道：「我說不上，這才請教。你現下已當了韋陀門、八仙劍、九龍派三家的大掌門啦。還得再做幾派掌門，才心滿意足？」袁紫衣笑道：「雖然勝了易吉，但他門下弟子不服，這九龍派的掌門人，實在當得十分勉強。至於少林、武當、太極這些三天門派的掌門人，我是不敢去搶的。再收十家破銅爛鐵，也就夠啦。」

胡斐伸了伸舌頭，道：「嘿，武林十三家總掌門，這名頭可夠威風啊。」袁紫衣笑道：「胡大哥，你武藝這般強，何不也搶幾家掌門人做做？咱們一路收過去。你收一家，我收一家，輪流著張羅。到得北京，我是十三家總掌門，你也是十三家總掌門。咱哥兒倆一同去參與福大帥的甚麼天下掌門人大會，豈不有趣？」

胡斐連連搖手，說道：「我可沒這膽子，更沒姑娘的好武藝。多半掌門人半個也沒搶著，便給人家一招『呂洞賓推狗』，摔在河裏，變成了一條拖泥帶水的落水狗！但如單做泥鰍派掌門人呢，可又不大光彩。」袁紫衣笑彎了腰，抱拳道：「胡大哥，小妹這裏跟你賠不是啦。真正對不住，還得多謝你出手相救。」胡斐抱拳還禮，一本正經的道：

「三家大掌門老爺，小的可不敢當。」

袁紫衣見他模樣老實，說話卻甚風趣，更增了幾分歡喜，笑道：「怪不得趙半山那老小子誇你不錯！」胡斐對趙半山一直念念不忘，忙問：「趙三哥怎麼啦？他跟你說甚麼來著？」袁紫衣笑道：「你追得我上，便跟你說。」伸足尖在馬腹上輕輕一碰。

胡斐心想你這白馬一跑，我那裏還追得上？眼見白馬後腿撐地，便要發力，急忙騰

286

身躍起，左掌在白馬臀上一按，身子已落在白馬背上，正好坐在袁紫衣身後。白馬背上多了一人，竟毫不在意，仍然追風逐電般飛奔。那匹青馬在後跟著，雖然空鞍，但片刻之間，已與白馬相距數十丈之遙。

袁紫衣微微聞到背後胡斐身上的男子氣息，臉上一熱，待要說話，卻又住口。奔馳了一陣，猛聽得半空中一聲霹靂，抬頭望時，烏雲已遮沒了半邊天。此時正當盛暑，陣雨說來便來，她一提馬韁，白馬奔得更加快了。

不到一盞茶時分，西風轉勁，黃豆大的雨點已洒將下來。一眼望去，大路旁並無房屋，只左邊山坳中露出一角黃牆，袁紫衣縱馬馳近，卻是一座古廟，破匾上寫著「湘妃神祠」四個大字，泥金剝落，顯已日久失修。

胡斐躍下馬來，推開廟門，顧不得細看，先將白馬拉了進去。這時空中焦雷一個接著一個，閃電連晃，袁紫衣雖武藝高強，禁不住臉露畏懼之色。

胡斐到後殿去瞧了一下，廟中並無一人，回到前殿，說道：「還是後殿乾淨些。」找了些稻草，打掃出半邊地方，道：「這雨下不長，待會雨收了，今天準能趕到長沙。」

袁紫衣「嗯」了一聲，不再說話。兩人本來一直說說笑笑，但自同騎共馳一陣之後，袁紫衣心中微感異樣，瞧著胡斐，不自禁的有些靦腆，有些尷尬。

兩人並肩坐著，突然間同時轉過頭來，目光相觸，微微一笑，各自把頭轉開。

隔了一會，胡斐問道：「你的趙三叔身子安好吧？」袁紫衣道：「好啊！他會有甚麼不好？」

胡斐道：「他在那裏？我想念他得緊，真想見見他。」袁紫衣道：「那你到

回疆去啊。只要你不死，他不死，準能見著。」胡斐一笑，問道：「你是剛從回疆來吧？」袁紫衣回眸微笑，道：「是啊。你瞧我這副模樣像不像？」胡斐搖頭道：「我不知道。我先前只道回疆是沙漠荒蕪之地，那知竟有姑娘這般美女。」

袁紫衣紅暈上臉，「呸」了一聲，道：「你瞎說甚麼？」胡斐一言既出，微覺後悔，暗想孤男寡女在這古廟之中，說話可千萬輕浮不得，岔開話題，問道：「福大帥這個天下掌門人大會，到底是為了甚麼，姑娘能告訴？」袁紫衣聽他語氣突轉端莊，不禁向他望了一眼，說道：「他王公貴人，吃飽了飯沒事幹，找些武林好手消遣消遣，還不跟鬥雞鬥蟋蟀一般？只可嘆天下無數武學高手，受了他愚弄，竟不自知。」

胡斐一拍大腿，大聲道：「姑娘說的一點也不錯。如此高見，令我好生佩服。原來姑娘一路搶那掌門人之位，是給這個福大帥搗亂來著。」袁紫衣笑道：「不如咱二人齊心合力，把天下掌門人之位先搶他一半。這麼一來，福大帥那大會便七零八落，不成氣候。咱們再到會上給他一鬧，教他從此不敢小覷天下武學之士。」胡斐連連鼓掌，說道：「好，就這麼辦。姑娘領頭，我跟著你出點微力。」袁紫衣道：「你武功遠勝於我，何必客氣？」自得他援手相救，本想自居師父、教他些江湖上行逕的心思，忽然間無影無蹤了。

胡斐道：「趙三哥和我曾在山東商家堡見過一個福公子，不知是不是便是這個福大帥？」趙三哥說，他們紅花會曾擒拿過福公子，這福公子見了趙三哥，害怕得很，急急忙忙便逃走了。」袁紫衣笑道：「紅花會拿過的福康安，便是這個福大帥。」

兩人說得高興，卻見大雨始終不止，反越下越大，廟後是一條山澗，山水沖將下來，轟轟隆隆，竟似潮水一般。那古廟年久破敗，到處漏水。胡斐與袁紫衣縮在屋角之中，眼見天色漸黑，烏雲竟似要壓到頭頂一般，看來已無法上路。胡斐到灶間找了些柴枝，在地下點燃了作燈，笑道：「大雨个止，咱們只好挨一晚餓了。」

火光映在袁紫衣臉上，紅紅的愈增嬌艷。她自回疆萬里東來，在荒山野地歇宿，原也視作尋常，但孤身與一個青年男子共處古廟，卻是從所未有的經歷，而自從得他援手之後，不禁對他心儀，心頭不由得有股說不出的滋味。

胡斐找些稻草，在神壇上鋪好，又在遠離神壇的地下堆了些稻草，笑道：「呂洞賓睡天上，落水狗睡地下。」說著在地下稻草堆裏一躺，翻身向壁，閉上了眼。

袁紫衣暗暗點頭，心想他果然是個守禮君子，笑道：「落水狗，明天見。」躍上了神壇。她睡下後心神不定，耳聽著急雨打在屋瓦之上，嗶嗶啪啪亂響，想起在小客店中曾虛打胡斐，卻打了自己，更覺難以為情，忽想：「如果他半夜裏伸手來抱我，那怎麼辦？」「甚麼怎麼辦？自然狠狠的打！」但覺真要狠打，只怕也真捨不得。思前想後，既自傷身世，又覺不該去撩撥人家，今後不知如何著落，不由得垂下淚來，細聽胡斐鼻息漸沉，竟已無事的睡去，輕輕的道：「這小泥鰍，他倒睡得著，那也好，他沒想我！」直過了半個多時辰，才矇矓睡去。

睡到半夜，隱隱聽得有馬蹄之聲，漸漸奔近，袁紫衣翻身坐起。胡斐也已聽到，低

聲道：「呂洞賓，有人來啦。」馬蹄聲越奔越近，還夾雜著車輪之聲。胡斐心想：「這場大雨自午後落起，中間一直不停，怎地有人冒著大雨，連夜趕路？」車馬到了廟外，一齊停歇。袁紫衣道：「他們要進廟來！」從神壇躍下，坐在胡斐身邊。

果然廟門呀的一聲推開了，車馬都牽到了前殿廊下。跟著兩名車夫手持火把，走到後殿，見到胡袁二人，道：「這兒有人，我們在前殿歇。」當即走了出去。只聽得前殿人聲嘈雜，人數不少，有的劈柴生火，有的洗米煮飯，說的話大都是廣東口音，亂了一陣，漸漸安靜下來。

忽聽一人說道：「不用鋪床。吃過飯後，不管雨大雨小，還是乘黑趕路。」語聲清晰，說的卻是北方話。胡斐聽了這口音，心中一凜。這時後殿點的柴枝尚未熄滅，火光下見袁紫衣也微微變色。

又聽前殿另一人道：「老爺子也太把細啦，這麼大雨……」這時雨聲直響，把他下面的話聲淹沒了。先前說話的那人卻中氣充沛，語音洪亮，聲音隔著院子，在大雨中仍清清楚楚的傳來：「黑夜之中又有大雨，正好趕路。莫要貪得一時安逸，卻把全家性命送了，此處離大路不遠，別鬼使神差的撞在小賊手裏。」

聽到此處，胡斐再無懷疑，心下大喜，暗道：「當真是鬼使神差，撞在我手裏。」

低聲道：「呂洞賓，外邊又是一位掌門人到了，這次就讓我來搶。」

袁紫衣「嗯」了一聲，卻不說話。胡斐見她並無喜容，微感奇怪，緊了緊腰帶，將單刀插在腰帶裏，大踏步走向前殿。

東廂邊七八個人席地而坐，其中一人身材高大，坐在地下，比旁人高出了半個頭，身子向外。胡斐一見他的側影，認得他正是佛山鎮的大惡霸鳳天南。只見他將那條鍍金鋼棍倚在身上，抬眼望天，呆呆出神，不知是在懷念佛山鎮那一份偌大的家業，還是在籌劃對付敵人、重振雄風的方策？胡斐從神龕後的暗影中出來，前殿諸人全沒在意。

西邊殿上生著好大一堆柴火，火上吊著一口大鐵鍋，正在煮飯。胡斐走上前去，飛起左腳，嗆啷啷一聲響，將那口鐵鍋踢得飛入院中，白米撒了一地。

眾人大驚，一齊轉頭。鳳天南、鳳一鳴父子等認得他的，無不變色。空手的人忙搶著去抄兵刃。胡斐見了鳳天南那張白白胖胖的臉膛，想起北帝廟中鍾阿四全家慘死的情狀，氣極反笑，說道：「鳳老爺，這裏是湘妃廟，風雅得很啊。」

鳳天南殺了鍾阿四一家三口，立即毀家出走，一路上晝宿夜行，儘揀偏僻小道行走。他做事也真乾淨利落，胡斐雖然機伶，畢竟江湖上閱歷甚淺，沒能查出絲毫痕跡。這日若非遭遇大雨，陰差陽錯，決不會在這古廟中相逢。

鳳天南見對頭突然出現，不由得心中一寒，喑道：「看來這湘妃廟是鳳某歸天之處了。」但神態仍十分鎮定，緩緩站起，向兒子招了招手，叫他走近身去，有話吩咐。

胡斐橫刀堵住廟門，笑道：「鳳老爺，也不用囑咐甚麼。你殺鍾阿四一家，我便殺你鳳老爺一家。咱們一刀一個，決不含糊。你鳳老爺與眾不同，留在最後，免得你放心不下，還怕世上有你家人賸著。」

鳳天南背脊上一涼，想不到此人小小年紀，做事居然如此辣手，右手單持金棍，說

道：「好漢一人做事一身當，多說廢話幹麼？你要鳳某的性命，拿去便是。」說著搶上一步，呼的一聲，金棍「摟頭蓋頂」，便往胡斐腦門擊下，左手卻向後急揮，示意兒子快走。

鳳一鳴知父親決非敵人對手，危急之際那背自己逃命？叫道：「大夥兒齊上！」只盼倚多為勝，挺起單刀，縱到胡斐左側。隨著鳳天南出亡的家人親信、弟子門人，共有十六七人，大半武藝不低，其中有些還是從北方招納來的武師，聽得鳳一鳴呼叫，有八九人手執兵刃，圍將上來。

鳳天南眉頭一皺，心想：「咳！當真不識好歹。倘若人多便能打勝，我佛山鎮上人還少了嗎？又何必千里迢迢的背井離鄉，逃亡在外？」事到臨頭，也已別無他法，只有決一死戰。他心中存了拚個同歸於盡的念頭，出手反而冷靜，揮棍擊出，不待招術用老，金棍斜掠，拉回橫掃。

胡斐心想此人罪大惡極，一刀送了他性命，報應不足以償惡，見金棍掃到，單刀往上拋出，伸手便去硬抓棍尾，竟一出手便將敵人視若無物。鳳天南暗想我一生闖蕩江湖，還沒給人如此輕視過，不由得怒火直衝胸膛，但佛山鎮上一番交手，知對方武功實非己所能敵，手上絲毫不敢大意，急速收棍，退後兩步。只聽得頭頂禿的一響，眾人雖大敵當前，仍忍不住抬頭看去，卻是胡斐那柄單刀拋擲上去，斬住了屋樑。

胡斐縱聲長笑，衝入人羣，雙手忽起忽落，將鳳天南八九名門人弟子盡數點中穴道，一一甩在兩旁。霎時之間，大殿中心空空蕩蕩，只賸下鳳氏父子與胡斐三人。

292

鳳天南一咬牙，低聲喝道：「鳴兒你還不走，真要鳳家絕子絕孫麼？」鳳一鳴兀自遲疑，提著單刀，不知該當上前夾擊，還是奪路逃生？

胡斐身形晃處，已搶到了鳳一鳴背後，鳳天南縱聲大呼，金棍揮出，上前截攔。胡斐忽出右掌在鳳一鳴肩頭力推，鳳一鳴站立不穩，身子前衝，便向棍上撞去。鳳天南大驚，急收金棍，總算他在這棍上下了數十年苦功，在千鈞一髮之際硬生生收回，才沒將兒子打得腦漿迸裂。

胡斐不待鳳一鳴站穩，右手抓住了他後頸，提左掌往他腦門拍落。鳳天南想起他在北帝廟中擊斷石龜頭頸的掌力，這一掌落在兒子腦門之上，怎能還有命在？忙遞出金棍，猛點胡斐左腰，迫使他回掌自救。胡斐左掌舉在半空，稍一停留，待金棍將到腰間，右手抓著鳳一鳴腦袋，猛地往棍頭急送。鳳天南立即變招，改為「挑袍撩衣」，自下向上抄起，攻敵下盤。胡斐叫道：「好！」左掌在鳳一鳴背上推動，用他身子去抵擋金棍。

數招一過，鳳一鳴變成了胡斐手中的一件兵器。胡斐不是拿他腦袋去和金棍碰撞，便是用他四肢來格架金棍。鳳天南出手稍慢，欲待罷鬥，胡斐便舉起手掌，作勢欲擊鳳一鳴要害，令他不得不救，但相救之下，處處危機，沒一招不是令他險些親手擊斃兒子。又鬥數招，鳳天南心力交瘁，斗地退開三步，將金棍往地下擲落，噹的一聲巨響，地下青磚碎了數塊，慘然不語。

胡斐厲聲喝道：「鳳天南，只你便有愛子之心，人家兒子卻又怎地？」

鳳天南微微一怔，隨即強悍之氣又盛，大聲道：「鳳某橫行嶺南，做到五虎派掌門，生平殺人無算。我這兒子手下也殺過三四十條人命，今日死在你手裏，又算得了甚麼？你還不動手，囉裏囉唆的幹麼？」胡斐喝道：「那你自己了斷便是，不用小爺多費手腳。」鳳天南拾起金棍，慘然苦笑，迴轉棍端，便往自己頭頂砸去。

突然銀光閃動，一條極長的軟鞭自胡斐背後飛出，捲住金棍往外急奪。鳳天南臂力甚強，硬功了得，這一奪金棍竟沒脫手，但自擊之勢，卻也止了。這揮鞭奪棍的正是袁紫衣，她手上使勁再拉，鳳天南金棍仍凝住不動，她卻已借勢躍出。

袁紫衣笑道：「胡大哥，咱們只奪掌門之位，可不能殺傷人命。」胡斐咬牙切齒的道：「袁姑娘你不知道，這人罪惡滔天，非一般掌門人可比。」袁紫衣搖頭道：「我搶奪掌門，師父知道了不過一笑。但若傷了人命，他老人家可要大大怪罪。」胡斐急道：「不對，不對！搶奪掌門之事，因我而起。這人是我殺的，跟姑娘毫沒干係。」袁紫衣答道：「我從廣東直追到湖南，這人是五虎派掌門，怎能說跟我沒干係？」胡斐道：「他是掌門人也好，不是掌門人也好，今日非殺了他不可。」

袁紫衣正色道：「胡大哥，我跟你說正經話，你好好聽著了。」胡斐道：「我不知道。姑娘這般好身手，尊師定是一位名震江湖的大俠，請問他老人家大名怎生稱呼。」

袁紫衣道：「你不知我師父是誰，是不是？」胡斐道：「我不知道。姑娘這般好身手，尊師定是一位名震江湖的大俠，請問他老人家大名怎生稱呼。」

袁紫衣道：「我師父的名字，日後你必知道。現下我只跟你說，我離回疆之時，我

294

師父對我說道：『你去中原，不管怎麼胡鬧，我都不管，但只要殺了一個人，我立時取你小命。』我師父向來說話，決沒半分含糊。」胡斐道：「難道十惡不赦的壞人，也不許殺麼？」袁紫衣說道：「照啊！那時我也這般問我師父。他老人家道：『壞人本來該殺。但世情變幻，一人到底是好是壞，你小小年紀怎能分辨清楚？世上有笑面老虎，也有虎面菩薩。人死不能復生，只要殺錯一個人，那便終身遺恨。』」

胡斐點頭道：「話是不錯。但這人親口自認殺人無算，他在佛山鎮上殺害良善，是我親眼見到，決錯不了。」袁紫衣道：「我是迫於師命，事出無奈。胡大哥，你瞧在我份上，高抬貴手，就此算了吧！」

胡斐聽她言辭懇切，確是真心相求，自與她相識以來，從未聽過她以這般語氣說話，不由得心中一動，心想倘若就此與她修好，今後一生，這個美麗活潑的姑娘極可能與自己相伴一起，如此艷福，人生復有何求？一瞥眼間，袁紫衣眉眼盈盈，盡是求懇之意，似乎便要投身入懷；但隨即想起鍾阿四夫婦父子死亡枕藉的慘狀，想起北帝神像座前石上小兒剖腹的血跡，想起佛山街頭惡犬撲咬鍾小二的狠態，一股熱血湧上心頭，大聲道：「袁姑娘，這兒的事你只當沒碰上，請你先行一步，咱們到長沙再見。」

袁紫衣臉色一沉，慍道：「我生不從未如此低聲下氣的求過別人，你卻定然不依。這人跟你又沒深仇大怨，你也不過是為了旁人之事，路見不平而已。他毀家逃亡，晝宿夜行，也算是怕得你狠了。胡大哥，為人不可趕盡殺絕，須留三分餘地。」說著走上一步，仰頭瞧著他。

胡斐朗聲說道：「袁姑娘，這人我是非殺不可。我先跟你賠個不是，日後尊師倘若怪責，我甘願獨自領罪。」說著一揖到地。

只聽得啊的一響，袁紫衣銀鞭揮起，捲住了屋樑上胡斐那柄單刀，扯將下來，輕輕一送，捲到了他面前，說道：「接著！」胡斐伸手抓住刀柄，只聽她道：「胡大哥，你先打敗我，再殺他全家，那時師父便怪罪我不得。」胡斐怒道：「你一意從中阻攔，定有別情。尊師是堂堂大俠，前輩高人，難道就不講情理？」

袁紫衣輕嘆一聲，柔聲道：「胡大哥，你當真不給我一點兒面子麼？」

火光映照之下，袁紫衣嬌臉如花，低語央求，胡斐不由得心腸軟了，見到她握著銀鞭的手瑩白如玉，一股衝動，便想拋下單刀，伸手去握她的小手。一轉念間，想她如此懇切相求，太過不近情理，其中多半有詐，心道：「胡斐啊胡斐，你若惑於美色，不顧大義，枉為英雄好漢，豈能有你這等不肖子孫？」叫道：「如此便得罪了。」單刀一起，一招「大三拍」，刀光閃閃，已將袁紫衣上盤罩住，左手揚處，一錠紋銀往鳳天南心口打去。

袁紫衣見他痴痴望著自己，似乎已答允自己求懇，正自歡喜，不料他竟會突然出手。兩人相距不遠，這一招「大三拍」來得猛惡，銀絲鞭又長又軟，本已不易抵擋，而他左手又發暗器，但聽風聲勁急，顯得這暗器極重，只怕鳳天南難擋。袁紫衣心念一閃：「他不會傷我！」長鞭甩出，急追上去，噹的一聲，將那錠紋銀打落，對胡斐的刀招竟不封不架。

296

胡斐知她武功不在自己之下，許多招式自己從所未見，一動上手，非片時可決，鳳天南父子不免逃走，是以突然發難，但身邊暗器只有錢鏢，便將一錠五兩重的紋銀急擲出去。那日他在河中洗刷時，衣物給袁紫衣搶去，幸好當日奪得曹猛的一批銀兩，放在馬後，幸保不失，這時卻用上了。這一下手勁既重，去勢又猛，眼見定可成功，豈料袁紫衣竟然冒險不護自身，反去相救旁人。

他刀鋒離她頭頂不及數寸，凝臂停住，喝問：「這為甚麼？」袁紫衣神色黯然，說道：「對不住啦！我迫不得已！」驀地向後縱開丈餘，銀鞭回甩，叫道：「看招罷！」

胡斐舉刀擋架，待要俟機再向鳳天南襲擊，但袁紫衣的銀絲軟鞭一展開，招招殺著，竟不容他有絲毫緩手之機，只得全神貫注，見招拆招。大殿上軟鞭化成個銀光大圈，單刀舞成個銀光小圈，兩個銀圈盤旋衝擊，騰挪閃躍，偶然發出幾下刀鞭撞擊之聲。

鬥到分際，袁紫衣軟鞭橫甩，將神壇上點著的蠟燭擊落地下。胡斐心念一動：「她要打滅燭火，好讓那姓鳳的逃走。」雖知她用意，一時卻無應付之策，只有展開祖傳胡家刀法中練熟了的精妙招數，著著進攻。袁紫衣叫道：「好刀法！」鞭身橫過，架開了一刀，鞭頭已捲住了西殿地下點著的一根柴火，向他擲去。

煮飯的鐵鍋雖遭胡斐踢翻，燒得正旺的二三十根柴火卻兀自未熄。胡斐見柴火飛來，不敢揮刀去砸，只怕火星濺開，傷了頭臉，當即躍開閃避，這一閃一避，便不能進擊。袁紫衣緩出手來，將火堆中燃著的柴火隨捲隨擲，一根甫出，二根繼至，一時之間，閃過一道道火光。

297

胡斐見柴火不斷擲來，又多又快，只得展開輕功，在殿中四下游走。眼見鳳天南的家人、子弟、車夫僕從一個個溜向後殿，點中了穴道的也給人抱走，鳳天南父子卻目露兇光，站在一旁。他怕鳳天南乘機奪路脫逃，刀光霍霍，身子不離廟門。

鬥了一會，空中飛舞的柴火漸少，掉在地下的也漸次熄滅。

袁紫衣笑道：「胡大哥，今日難得有興，咱們便分個強弱如何？」說著軟鞭揮動，甫點胡斐前胸，隨即轉而打向右脅。胡斐舉刀架開了前一招，第二招來得怪異，忙在地下一個打滾，這才避開。袁紫衣笑道：「不用忙，我不會傷你。」

這句話觸動了胡斐的傲氣，心想：「難道我便真的輸於你了？」催動刀法，步步進逼。此時大殿正中只餘一段木柴兀自燃燒，聽袁紫衣道：「我這路鞭法招數奇特，可要小心了！」突然風雷之聲大作，轟轟隆隆，不知她軟鞭中如何竟能發如此怪聲。胡斐叫了聲：「好！」先自守緊門戶，要瞧明白她鞭法的要旨。忽聽得必卜一聲，殿中的一段柴火爆裂開來，火花四濺，火光中但見袁紫衣容貌如花，臉生紅暈，眼色溫柔，全無敵意，目光中似怨似責，又似有些自怨自艾，胡斐不明甚意，一怔之下，火光隱滅，殿中黑漆一團。

這時雨下得更加大了，打在屋瓦之上，喇喇作聲，袁紫衣的鞭聲夾在其間，隆隆震耳。胡斐雖然大膽，當此情景，也不禁慄慄自危，猛地裏一個念頭如電光石火般在心中一轉：「那日在佛山北帝廟中，鳳天南要舉刀自殺，有個女子用指環打落他單刀。瞧那女子的身形手法，定是這位袁姑娘了。」想到此處，胸口更是一涼：「她跟我結伴同

行，原來意欲不利於我。」不知怎地，心中感到的不是驚懼，而是一陣失望和淒涼，意

念稍分，手上便也略懈，刀頭竟給軟鞭捲住，險些脫手，忙運力迴奪。

袁紫衣究是女子，招數雖精，膂力卻不及胡斐，胡斐數年來勤修內功，內力已不下

於一流高手，給他一奪之下，袁紫衣手臂發麻，手腕外抖，軟鞭鬆開刀頭，鞭梢兜轉，

順勢點他膝彎的「陰谷穴」。胡斐閃身避過，還了一刀。

這時古廟中黑漆一團，兩人只憑對方兵刃風聲招架。胡斐全神戒備，心想：「單是

這位袁姑娘，我已難勝，何況還有鳳天南父子相助。」他料定袁紫衣與鳳天南必屬同

黨，今日顯是落入了敵人圈套。

兩人又拆數招，都是每一近身便遇凶險。胡斐嗬的一刀，翻腕急砍，袁紫衣身子急

仰，只覺冷森森的刀鋒掠面而過，相距不過數寸，不禁一驚，察覺他下手已毫不容情，

說道：「胡大哥，你真生氣了麼？」話聲中似乎要哭了出來，顯得又焦急，又失望，軟

鞭輕抖，向後躍開。

胡斐道：「我沒生氣，你知道的，我心裏對你好得很。」說話時凝神傾聽鳳天南父

子的所在，防他們暗中忽施襲擊。袁紫衣柔聲道：「你知道的，我其實對你也這樣。」

突然軟鞭甩出，勾他足踝。這一鞭來得無聲無息，胡斐猝不及防，躍起已自不及，忙伸

刀在地下一拄，欲待擋開她軟鞭，不料那軟鞭一捲之後隨即向旁急帶，卸開了胡斐手上

抓力，輕輕巧巧的便將單刀奪了去。

這一下奪刀，招數狡猾，勁力巧妙，胡斐暗叫不好，兵刃脫手，今日莫要喪生在這

古廟之中，當下不守反攻，縱身前撲，直欺進身，伸掌抓她喉頭。這一招「鷹爪鉤手」招數狠辣，他依拳譜所示練熟，但生平從未用過。袁紫衣只覺得一股熱氣湊近，敵人手指已伸到了自己喉頭，此時軟鞭已在外緣，要想迴轉擋架，又怎來得及？只得鬆手後仰，嗆啷一響，刀鞭同時落地。

胡斐一抓得手，第二招「進步連環」，跟著迫擊。袁紫衣反手一指，戳中在胡斐右臂外緣，黑暗中瞧不清對方穴道，這一指戳在肌肉堅厚之處，手指一拗，「啊喲」一聲呼痛。胡斐黑暗中聞到袁紫衣身上淡淡香氣，左臂伸出圈轉，一個軟軟的身子已圈入臂中。袁紫衣叫道：「放開我！」胡斐一驚，鬆開手臂，向後躍開。袁紫衣嗤的一笑，讚道：「小胡斐，好乖！」

兩人這麼一來，出手登時懈了，雖在黑暗之中赤手搏拳，都不欲傷了對方，均是守禦多，進攻少，一面打，一面便俟機去搶地下兵刃。數招一過，胡斐隨即想起，這般鬥將下去，必給鳳天南父子逃了，手上又即加勁。袁紫衣心下一驚，暗想：「他怎地忽然又如此兇狠？」

她自出回疆以來，會過不少好手，卻以今晚這一役最稱惡鬥，突然間身法一變，四下遊走，再不讓胡斐近身。胡斐見對方既不緊逼，當下也不追擊，只守住了門戶，側耳靜聽，要查知鳳天南父子躲在何處，立即發掌先將兩人擊斃。但袁紫衣奔跑迅速，衣襟帶風，掌力發出來也呼呼有聲，竟聽不出鳳天南父子的呼吸。袁紫衣心想：「他如再抱住我，我便不叫『放開！』瞧他怎麼樣？」可是胡斐竟不再迫近，心下微感失望。

300

胡斐尋思：「她既四下遊走，我便來個依樣葫蘆。」當下從東至西，自南趨北，依著「大四象方位」，斜行直衝，隨手胡亂發掌，只要鳳天南父子撞上了，不死也得重傷，便算不撞上，一架一閃，便可發覺他父子藏身所在。

兩人本來近身互搏，此時突然各自盲打瞎撞，似乎互不相關，但只要有誰躍近兵刃跌落之處，另一人立即衝上阻擋，數招一過，又各避開。

胡斐在殿上轉了一圈，沒發覺鳳天南父子的蹤跡，心想：「莫非他已溜到了後殿？不對，不對！眼下彼強我弱，他三人合力齊上，足可制我死命。定是他正在暗中另佈陷阱，誘我入彀。大丈夫見機而作，今日先行脫身，再圖後計。」慢慢走向殿門，要待俟機躍出。忽聽得呼喇一響，一股極猛烈的勁風撲面而來，黑暗中隱約瞧來，正是一個魁梧的人形撲到。胡斐大喜，叫道：「來得好！」雙掌齊出，砰的一聲，正擊在那人胸前。這兩掌他用上了十成之力，鳳天南當場便得筋折骨斷，立時斃命。

但手掌甫與那人相觸，便知上當，著手處又硬又冷，掌力既發，便收不回來，四下裏泥屑紛飛，瑟瑟亂響，撲來的竟是廟中神像。又是碎蓬一聲巨響，神像直跌出去，撞在牆上，登時碎成數截。袁紫衣笑道：「好重的掌力！」這聲音發自山門之外，跟著嗆啷啷一響，卻是軟鞭與單刀都已為她搶去。

胡斐尋思：「兵刃遭奪，該當上前續戰，還是先求脫身？」對方雖是少女，但武功強極，實在輕忽不得，各持兵刃相鬥尚且難分上下，現下她有軟鞭，自己只餘空手，勢所不敵，何況她尚有幫手？念頭甫在心中一轉，忽聽得馬蹄聲響，袁紫衣叫道：「南霸

天，怎麼就走了？可太不夠朋友了！」雨聲中馬蹄聲又響，聽得她上馬追去。

胡斐暗叫：「罷了，罷了！」這一下可說一敗塗地。雖想鳳天南的家人弟子尚在左近，若要出氣，定可追上殺死一批，但罪魁已去，卻去尋這些人的晦氣，不是英雄所為。他從懷中取出火摺，點燃了適才熄滅的柴火，環顧殿中，只見那湘妃神像頭斷臂折，碎成數塊，四下裏白米柴草撒滿了一地。廟外大雨兀自未止。

他瞧著這番惡鬥的遺跡，想起適才凶險，不由得暗自心驚，看了一會，坐在神壇前的木拜墊上，望著一團火光，呆呆出神。想到明明已將這嬌美的姑娘抱在手裏，卻又放了她，只賺得她讚一句「小胡斐，好乖！」心想：「哼哼！要是我不乖，那又怎樣？」

又想：「袁姑娘與鳳天南必有瓜葛，那是確定無疑的了。這南霸天既有如此強援，再加上佛山鎮上人多勢眾，制我足足有餘，卻何以要毀家出走？他們今日在這古廟中設伏，我已中計，倘若齊上圍攻，我大有性命之憂，何以既佔上風，反而退走？瞧那鳳天南的神情，兩次自戕，半點不假，那麼袁姑娘暗中相助，或許他事先並不知情。」

再想起袁紫衣武功淵博，智計百出，每次與她較量，總給她搶了先著。適才黑暗中激鬥，唯恐慘敗，將她視作大敵，此時回思，想到她甜美的笑容、俏皮的說話，忍不住嘴角邊忽露微笑，胸中柔情暗生：「我說：『我心裏對你好得很。』她接著說：『你知道的，我其實對你也這樣。』難道……難道她心裏真也對我好得很？」不由得一陣狂喜。

302

不自禁想到：「我跟她狠鬥之時，出手當眞是毫不留情？」這一問連自己也難回答，似乎確已出了全力，但似乎又未眞下殺手。「當她撲近劈掌之時，我那『穿心錐』的厲害殺著爲何不用？我一招『上馬刀』砍出，她低頭避過，我爲甚麼不跟著使『霸王卸甲』？胡斐啊胡斐，你是怕傷著她啊。」突然心中一動：「她那一鞭剛要打到我肩頭，忽地收轉，那是有意相讓呢，還是不過湊巧？還有，那一腳踢中了我左腿，何以立時收力？」

回憶適才招數，細細析解，心中登時感到一絲絲甜意：「她決不想傷我性命！她決不想傷我性命！難道……難道……她心裏當眞對我好得很？」想到這裏，不敢再往下想，只覺得腹中飢餓，提起適才踢翻了的鐵鍋，鍋中還賸著些白米，將倒瀉在地的白米抓起幾把，在大雨中沖去泥污，放入鍋中，生火煮了起來。

過不多時，鍋中漸漸透出飯香，他嘆了一口長氣，心想：「倘若此刻我和她並肩共炊，那是何等風光？又若今後數十年，我得能時時和她良夜並肩共炊，那就勝過神仙了。偏生鳳天南這惡賊闖進廟來。」轉念一想：「與鳳天南狹路相逢，原是佳事。我胡思亂想，可莫誤入了歧途。」心中暗自警惕，但袁紫衣巧笑嫣然的容貌，總是在腦海中盤旋來去，米飯漸焦，竟自不覺。

就在此時，廟門外腳步聲響，啊的一聲，廟門輕輕推開。胡斐大喜，躍起身來，心道：「她回來了！」

火光下卻見進來兩人，一個是身形瘦削的老者，臉色枯黃，正是在衡陽楓葉莊見過

303

的劉鶴真，另一人是個二十餘歲的少婦。

那劉鶴真一隻手用青布纏著，掛在頸中，顯是受了傷。那少婦走路一蹳一拐，腿上受傷也自不輕。兩人全身盡濕，模樣狼狽。胡斐正待開口招呼，劉鶴真漠然向他望了一眼，向那少婦道：「你到裏邊瞧瞧！」那少婦道：「是！」從腰間拔出單刀，走向後殿。劉鶴真靠在神壇上喘息幾下，突然坐倒，側耳傾聽廟外聲息。

胡斐見他並未認出自己，心想：「那日楓葉莊比武，人人都認得他和袁姑娘。我雜在人羣之中，這樣一個鄉下小子，他自不會認得了。」揭開鍋蓋，焦氣撲鼻，卻有半鍋飯煮得焦了。胡斐微微一笑，伸手抓了個飯團，塞在口中大嚼，料想劉鶴真見了自己這副吃飯的粗魯模樣，更當不在意下。

過了片刻，那少婦從後殿出來，手中執著一根點燃的柴火，向劉鶴真道：「沒甚麼。」劉鶴真吁了口氣，顯是戒備之心稍懈，閉目倚著神壇養神，衣服上的雨水在地下流成了一條小溪流，水中混著鮮血。那少婦也筋疲力盡，與他偎倚在一起，動也不動。

兩人神情似是對夫婦，只老夫少妻，年紀不稱。

胡斐心想：「憑著劉鶴真的功夫，武林中該當已少敵手，怎會敗得如此狼狽？可見江湖間天上有天，人上有人，委實大意不得。」便在此時，隱隱聽得遠處又有馬蹄聲傳來。

劉鶴真霍地站起，伸手到腰間一拉，取出一件兵刃，是一條鏈子短槍，說道：「青萍，你快走！我留在這兒跟他們拚了。」又從懷裏取出一包尺來長之物，交在她手裏，

304

低聲道：「你送去給他。」那少婦眼圈兒一紅，說道：「不，要死便大家死在一起。」

劉鶴真怒道：「咱們千辛萬苦，負傷力戰，為的是何來？此事若不辦到，我死不瞑目，你快從後門逃走，我來纏住敵人。」那少婦兀自戀戀不肯便行，哭道：「老爺子，你我夫妻一場，我沒好好服侍你，便這麼……」劉鶴真頓足道：「你給我辦妥這件大事，比甚麼服侍都強。」左手急揮，道：「快走！」

胡斐見他夫妻情重，難分難捨，心中不忍，暗想：「這劉鶴真為人正派，不知是甚麼人跟他為難，既教我撞見了，可不能不理。」

馬蹄聲在廟門外停住，聽聲音共是三匹坐騎，兩匹停在門前，一匹繞到了廟後。劉鶴真臉現怒色，道：「給人家堵住了後門，走不了啦。」那少婦四下一望，扶著丈夫，爬上神壇，躲入神龕，向胡斐做個手勢，滿臉求懇，請他不可洩漏。

神龕前的黃幔垂下不久，廟門中走進兩個人來。胡斐仍坐在地，抓著飯團咀嚼，斜目向那兩人瞧去，饒是江湖上的怪人見過不少，此刻也不禁一驚。這兩人雙目向下斜垂，眼成三角，一大一小，鼻子大而且扁，鼻孔朝大，相貌難看已極。

兩人向胡斐瞧了瞧，並不理會，一左一右，走到後殿，不多時重又出來，院子中輕輕一響，一人從屋頂躍下。原來當兩人前後搜查之際，堵住後門那人已躍在屋頂監視。

胡斐心道：「這人的輕功好生了得！」人影一晃，那人也走進殿來。他形貌與先前兩人無大差別，一望而知三人是同胞兄弟。

三人除下身上披著的油布雨衣，胡斐又是一驚，三人披麻帶孝，穿的是毛邊粗布喪

服，草繩束腰，麻布圍頸，當是剛死了父母，正在服喪。大殿上全憑一根柴火照明，雨聲淅瀝，涼風颼颼，吹得火光忽明忽暗，將三個人影映照在牆壁之上，倏大倏小，宛似鬼魅。

只聽最後進來那人道：「大哥，男女兩個都受了傷，又沒坐騎，照理不會走遠，左近又沒人家，卻躲去了那裏？」那年紀最大的人道：「多半躲在甚麼山洞草叢之中。咱們休嫌煩勞，便到外面搜去。他們雖傷了手足，但傷勢不重，那老頭手下著實厲害，須得小心。」另一人轉身正要走出，突然停步，問胡斐道：「喂，小子，你有沒見到一個老頭和一個年輕堂客？」胡斐口中嚼飯，惘然搖了搖頭。

那大哥四下瞧了瞧，見地下七零八落的散滿箱籠衣物，一具神像又在牆腳下碎成數塊，心中起疑，仔細察看地下的帶水足印。

劉鶴真夫婦冒雨進廟，足底下自然拖泥帶水。胡斐眼光微斜，已見到神壇上的足跡，忙道：「剛才有好幾個人在這裏打架，有男有女，有老有少，把湘妃娘娘也打在地下。有的逃，有的追，都騎馬走了。」

那三弟走到廊下，果見有許多馬蹄和車輪的泥印，兀自未乾，相信胡斐之言不假，回進來問道：「他們朝那一邊去的？」

胡斐道：「好像是往北去的。小的躲在桌子底下，也不敢多瞧……」那三弟點點頭，道：「是了！」取出一小錠銀子，約莫有四五錢重，拋在胡斐身前，道：「給你吧！」胡斐連稱：「多謝。」拾起銀子不住撫摸，臉上顯得喜不自勝，心想：「這三人

306

惡鬼一般，武功不弱，要是追上了鳳天南他們，亂打一氣，倒也是一場好戲。」

那二哥道：「老大、老三，走吧！」三人披上雨衣，走出廟門。胡斐依稀聽到一人說道：「這中間的詭計定然厲害，無論如何不能讓他搶在前頭……」又一人道：「倘若截攔不住，不如趕去報信。」先前那人道：「唉，咱們的說話，他怎肯相信？何況……」

這時三人走入大雨之中，以後的說話給雨聲掩沒，再聽不到了。

胡斐心中奇怪：「不知是甚麼厲害詭計？又要去給誰報信了？」聽得神龕中咯喇幾聲，那少婦扶著劉鶴真爬下神壇。日前見他在楓葉莊與袁紫衣比武，身手何等矯捷，此時便爬下一張矮矮神壇，也顫巍巍的唯恐摔跌，胡斐心想：「怪不得他受傷如此沉重。」

那三個惡鬼聯手進攻，原也難敵。」

劉鶴真下了神壇，向胡斐行下禮去，說道：「多謝小哥救命大恩。」胡斐連忙還禮，他不欲透露身分，仍裝作鄉農模樣，笑道：「那三個傢伙強橫霸道，兇神惡煞一般，開口便小子長、小子短的，我才不跟他們說真話呢。」劉鶴真道：「我姓劉，名叫鶴真，她是我老婆。小哥你貴姓啊？」胡斐心想：「你既跟我說真姓名，我也不能瞞你。但我的名字不像鄉農，須得稍稍變上一變。」說道：「我姓胡，叫做胡阿大。」他想爹媽只生我一人，自稱阿大，也非說謊。

劉鶴真道：「小哥心地好，將來後福無窮……」說到這裏，眉頭一皺，咬牙忍痛。

那少婦急道：「老爺子，怎麼啦？」劉鶴真搖了搖頭，倚在神壇上不住喘氣。

胡斐心想他夫婦二人必有話說，自己在旁不便，說道：「劉老爺子，我到後邊睡

去。」點了一根柴火，走到後殿。

火光下瞧著鋪在神壇上的那堆稻草，不禁呆呆出神，袁紫衣還睡在這堆稻草之上，想不到變故陡起，玉人遠去，只賸下夜雨淒淒，古廟寂寂，不知日後是否尚能相見一面？

過了良久，手中柴火爆了個火花，才將思路打斷，猛然想起：「啊喲不好，我那本拳經刀譜給她盜了去！此刻我尚能跟她打成平手，等她瞧了我的拳經刀譜，那時我每一招每一式她都了然於胸，豈非一動手便能制我死命？」滿胸柔情，登時化為懂意，一拋柴火，頹然倒在地下稻草之上。

一躺下去，剛好壓在自己的包袱上，覺得包袱似乎大了許多，他本來將包袱當作枕頭，後來聽到鳳天南話聲，出去尋仇，那包袱該當仍留在頭邊，此刻卻移到了腰下。胡斐大是奇怪，心想：「劉鶴真夫婦與那三兄弟都到後殿來過，難道他們動了我包袱？」晃火摺再點燃柴火，打開包袱一看，不由得呆了。

只見除了原來的衣物銀兩外，多了一套外衣、一套襯裏衣褲、一雙鞋子、一雙襪子。這些衣褲鞋襪本是他的，那日給袁紫衣推入泥塘，下河洗澡時除了下來，便都給她取了去。想不到此時衣褲鞋襪都已洗得乾乾淨淨，衣袖上原有的一個破孔也已縫補整齊。他翻開衣服，那本拳經刀譜正在袋中，整整齊齊，全無殘缺，登時大為寬心。刀譜之旁另放著一隻三寸來長的碧玉鳳凰。

這玉鳳凰雕刻得極是精致，紋路細密，通體晶瑩，觸手生溫。

胡斐呆了半晌，包上包袱，手中卻拿了那隻玉鳳凰，吹滅柴火，躺在稻草堆裏，思潮起伏：「若說她對我好，何以要救鳳天南，竭力跟我作對？若說對我不好，這玉鳳凰，這洗乾淨、縫補好的衣服鞋襪又為了甚麼？」

一時睜大了雙眼，那裏還睡得著？黑暗之中，依稀聞到袁紫衣身上的淡淡幽香，伸出臂去，似乎抱到了她軟軟的腰肢，心想：「我抱住了她，她叫我放開，我便放開！她如心裏當真對我好得很，那麼叫我放開是假的，我是個大傻瓜，其實不該放開，我好後悔。她叫我放開，此刻後不後悔呢？」

胡斐躺在稻草之中，隱約聞到一股淡淡的幽香，也不知是出於自己想像，還是袁紫衣當真留下了香澤，一時不由得又喜又愁，心情盪漾，神馳遠方蹄聲。

第八章

江湖風波惡

突然殿門口火光閃動，劉鶴眞手執柴火，靠在妻子臂上，緩緩走進後殿，說道：「還是在這兒睡一會兒罷。」說著逕往神壇走去，瞧模樣便要睡在袁紫衣剛才睡過的稻草中。胡斐少年人心性，一見大急，忙道：「劉老爺子，你爬上爬下不便，在地下睡方便得多，我的鋪位讓你。」提起包袱，奔到神壇旁邊，伸腳跨上，搶先在稻草堆中躺下了。

劉鶴眞謝道：「小哥心地眞好。」

胡斐躺在稻草之中，隱約聞到一股淡淡的幽香，也不知是出於自己想像，還是袁紫衣當眞留下了香澤，一時又喜又愁，又伸手去撫摸懷中那隻玉鳳凰，不由得心情盪漾，神馳遠方蹄聲。

過了一會，忽聽劉鶴眞低聲道：「青萍，這位小哥爲人眞好，咱夫婦倆須得好好報答他才是。」那名叫青萍的少婦道：「是啊，若不是他一力遮掩，這廟中躺著的，那就是咱夫妻的兩具屍首啦。」劉鶴眞嘆了口氣，說道：「適才當眞險到了極處，鍾氏三兄弟若要爲難這位小哥，我便拚了老命不要，也得救他。」青萍道：「這個自然，這位小哥雖只是個尋常鄉下少年，不是江湖道的，但將心比心，別人以俠義心腸相待，我們便得以俠義心腸報答。這位小哥雖不會武功，爲人卻雖勝過不少江湖豪傑呢。」

劉鶴眞道：「低聲！莫吵醒了他。」接著低低喚了幾聲：「小哥！小哥！」胡斐並不答應。青萍低聲道：「他睡著了。」劉鶴眞道：「嗯！」隔了一會，又低聲道：「青萍，剛才我叫你獨自逃走，你怎不走？」語氣中大有責備之意。

沒睡著，但聽他們極力誇讚自己，未免不好意思，假裝睡熟，並不答應。青萍低聲道：「他睡著了。」劉鶴眞道：「嗯！」隔了一會，又低聲道：「青

312

青萍黯然道：「唉！你傷得這麼重，我怎能棄你不顧？」劉鶴真道：「自從我那老伴過去後，我只道從此一世孤苦伶仃了。不料有你跟著我，對我又這般恩愛。我又怎捨得跟你分開？可是你知這封信干係何等重大，若不送到金面佛苗大俠手中，不知有多少仁人義士要死於非命……」

胡斐聽到「金面佛苗大俠」六字，心中一凜。他知苗人鳳與自己父親生前有莫大牽連，據江湖傳言，自己父親便死在他手中，但每次詢問撫養自己長大的平四叔，他總說此事截然不確，現下自己年紀尚小，將來定會原原本本的詳述經過。平阿四自跟胡斐在商家堡脫險後，便到河北滄州一個偏僻鄉村隱居，平時胡斐也極少前去探訪，生恐閻基跟蹤，追索拳經刀譜，傷害了平阿四。胡斐武藝未成，也不知是否有把握敵得過閻基，因此父仇詳情也未得平阿四告知。

胡斐當年在商家堡中，曾跟苗人鳳有過一面之緣，但覺他神威凜凜，當時幼小的心靈之中，對他大為欽服。直到此時，生平所遇的人物之中，真正令他心折的，也只趙半山與苗人鳳兩人而已。趙半山和他拜了把子，苗人鳳卻沒跟他說過一句話，連眼角也沒瞥過他一下，然而每次想到此人，總覺為人該當如此，才算得英雄豪傑。

青萍低聲道：「禁聲！此事機密萬分，便在無人之處，也不可再說。」劉鶴真道：「是啦！咱們這番奔走，是為了無數仁人義士，實無半點私心在內。皇天有靈，定須保佑咱們成功。」這幾句話正氣凜然。胡斐暗暗佩服，心道：「這是俠義之事，不管苗人鳳於我有恩還是有仇，我定當相助劉鶴真將信送到。」

兩夫妻此後不再開口。過了良久，胡斐矇矇矓矓，微有睡意，合上眼正要入睡，忽聽北面又有馬蹄聲響，鍾氏兄弟三乘去而復回。胡斐微微一驚：「這三人再回廟來，此番劉鶴眞定難躲過，不如我到廟外去打發了他們。便算不敵，也好讓劉氏夫婦乘機逃走，去送那封要緊書信。」將包袱縛在背上，輕輕溜下神壇，走出廟門，向鍾氏三兄弟的坐騎迎去。

此時大雨已停，路面積水盈尺，胡斐踐水奔行，片刻之間，黑暗中見三騎馬頭相接的奔來，看身形正是鍾氏三雄。他在路中一站，雙手張開，大聲喝道：「此山是我開，此樹是我栽，若要從此過，留下買路財！」

當頭的鍾老三啞然失笑，喝道：「那裏鑽出來的小毛賊！」一提馬韁，縱馬便往胡斐身上衝來。胡斐左手倏地伸出，抓住馬韁一勒，那馬這一衝不下數百斤之力，但給他一勒，登時倒退幾步。他跟著使出借力之技，順著那馬倒退之勢，連送帶掀，一匹高頭大馬竟爾站立不定，砰的一聲，翻倒在地。總算鍾老三見機得快，先自躍在路邊。

這一來，鍾氏三兄弟盡皆駭然，鍾老大與鍾老二同時下馬，三人手中已各拿著一件奇形兵刃。這時即將黎明，但破曉之前，有一段短短時光天色更暗，兼之大雨雖停，滿天黑雲迄未消散，胡斐睜大了眼睛，仍瞧不清三人手中是甚麼兵刃。

一人粗聲粗氣的說道：「鄂北鍾家兄弟路經貴地，未曾登門拜訪，極是失禮。請教閣下尊姓大名？」他三人聽胡斐口音稚嫩，知他年歲不大，本來絲毫沒放在心上，待見

314

他勒推之下，竟將一匹健馬掀翻在地，功夫非同小可，不由得聳然改容。老大鍾兆文出口叫字號，言語中頗具禮敬。胡斐雖滑稽多智，生性卻非輕浮，聽得對方說話客氣，便道：「在下姓胡，沒請教三位鍾爺大號。」

鍾兆文心想：「我鍾氏三雄名滿天下，武林中人誰不知聞？你聽了『鄂北鍾家兄弟』六字，還要詢問名號，見識可也忒淺了。」答道：「在下草字兆文，這是我二弟兆英，三弟兆能。我三兄弟有急事在身，請胡大哥讓道。胡大哥既在此處開山立櫃，我們兄弟回來，定當專誠道謝。」說著將手一拱。以他一個江湖上的成名人物，對後輩說話如此謙恭，也算難得之極了，只因胡斐一出手顯露了極強武功，知此人難鬥，又想他未必只孤身一人，若另有師友在側，就更加棘手。

胡斐抱拳還禮，說道：「鍾老師太過多禮。晚輩年輕，愧不敢當，得罪莫怪。三位可是去找那劉鶴真夫婦麼？」言語也極盡禮敬。

這時天色漸明，鍾氏三雄已認出這眼前之人，便是適才在湘妃廟所見的鄉下少年。三兄弟互瞧了一眼，均想：「這次可走了眼啦，原來這小子跟劉鶴真夫婦是一路。」

晨光熹微之中，胡斐也已瞧明白鍾氏三兄弟手中的奇形兵刃。但見鍾兆文手執一塊尺許長的鐵牌，上面隱約刻得有字；鍾兆英拿的是根哭喪棒；鍾兆能手中的物件更加奇怪，竟是一桿插在死人靈座上的招魂幡，在晨風之中一飄一盪，模樣詭奇。三人相貌醜陋，衣著怪異，再經這三件凶險的兵刃一襯，不用動手已令人神為之奪。胡斐只怕他們突然發難，自己可不知這三件奇門兵刃的厲害處，全神戒備，不敢稍有怠忽。

鍾兆文道：「閣下跟劉鶴眞老師怎生稱呼？」胡斐道：「在下和劉老師今日是第二次見面，素無淵源。只是見三位相逼過甚，想代他說一個情。常言道得好：能罷手時便罷手，得饒人處且饒人。劉老師夫婦既已受傷，三位便容讓幾分如何？」

鍾兆英心中急躁，暗想在此耗時已久，莫要給劉鶴眞乘機走了，當下向大哥使個眼色，慢慢移步，便想從胡斐身旁繞過。

胡斐雙手一張，說道：「三位跟劉老師有甚過節，在下全不知情。但那劉老師有要事在身，且讓他辦完之後，三位再找他晦氣如何？那時在下事不干己，自不敢冒昧打擾。」鍾兆文怒道：「我們就是不許他去辦這件事。你到底讓不讓道？」

胡斐想起劉鶴眞夫婦對答之言，說那通書信干連無數仁人義士的性命，見鍾氏三兄弟形貌兇狠，裝扮和兵刃都極盡詭異，雖不知他三人來歷，料想不見得是甚麼好人，看來若不動手，此事難以善罷，哈哈一笑，說道：「要讓路那也不難，只須買路錢三百兩銀子。」

鍾兆英大怒，一擺哭喪棒，上前便要動手。鍾兆文左手一攔，說道：「二弟且慢！」他想鍾氏三雄縱橫荊楚，怎能對一個後輩如此示弱？但鍾兆英叫道：「大哥，你幹甚麼？」他想鍾氏三雄縱橫荊楚，怎能對一個後輩如此示弱？但鍾兆探手入懷，取出四隻元寶，道：「這裏三百兩銀子足足有餘，便請取去。」鍾兆英叫道：「大哥，你幹甚麼？」他想鍾氏三雄縱橫荊楚，怎能對一個後輩如此示弱？但鍾兆文知事機急迫，非趕快將劉鶴眞截下不可，事有輕重緩急，胡斐這樣個無名少年，合三兄弟之力勝之不武，稍有躭擱，便誤了大事，因此聽他說要買路錢，便取三百兩銀子給他。

這一著可也大出胡斐的意料之外，他笑嘻嘻的搖了搖頭，卻不伸手去接，說道：

「多謝，多謝！鍾老師說這四隻元寶不止三百兩，可是晚輩的定價只是一百兩銀子一位，三位共是三百兩，倘若多取，未免太不公道。這樣吧，咱們同到前面市鎮，找一家銀鋪，請掌櫃的秤了剪開，晚輩只要三百兩，不敢多取一分一毫……」

鍾氏三雄聽到此處，垂下的眉毛都豎了上來。鍾兆文將銀子往懷裏一放，說道：

「二弟，三弟，你們先走。」向胡斐叫道：「亮兵刃吧。在下討教老弟高招。」

胡斐見他神閒氣定，實是個勁敵，自己單刀已給袁紫衣搶走，此時赤手空拳鬥他三人，只怕難以取勝。他一想到袁紫衣，心中微微一甜，但隨即牙齒一咬，心想若非你取去我兵刃，此時也不致處此險境，見鍾兆英、兆能兄弟要從自己身側繞過，卻如何阻擋？心念動處，倏地側身搶上兩步，右拳伸出，砰的一聲，擊在鍾兆文所乘的黃馬頭頂。這一拳他使了重手法，附有內力，正是胡家拳譜中所傳極厲害的殺著，他以多年之功方始練成。那黃馬立時腦骨碎裂，委頓在地，一動也不動的死了。

這一下先聲奪人，鍾氏三雄都是一呆。胡斐順手抓起黃馬的馬鞍，微一用力，馬肚帶已然迸斷，他將馬鞍擋在胸前，雙手各持一根鐙帶，說道：「得罪了！只因在下未攜兵刃，只好借這馬鞍一用，請三位前輩見諒！」說著左手的鐵鐙揮出，襲向鍾兆英面門，右手鐵鐙橫擊鍾兆能右脅，雙鐙齊出，攔住兩人去路。

鍾氏三雄又驚又怒。三兄弟本來都使判官筆，但八年前敗於苗人鳳手下，引為奇恥大辱，從此棄筆不用，三人各自練了一件奇形兵刃，八年苦練，武功大進，滿心要以新

兵刃去和苗人鳳再決雌雄，豈知在這窮鄉僻壤之間，竟受這無名少年的攔阻。鍾兆文一聲呼嘯，兆英、兆能齊嘯相應，嘯聲中陰風惻惻，寒氣森森。胡斐聽了，不由得心驚，見三人舉起鐵靈牌、哭喪棒、招魂幡，分自三面攻上，當即將馬鞍護在胸前當作盾牌，雙手舞動鐵鐙，便似使著一對流星鎚，居然有攻有守。

他拳腳和刀法雖精，卻不似袁紫衣般精通多家門派武功，這流星鎚的功夫他從未練過，只仗著心靈手快，武學根柢高人一等，這才用以施展抵擋。雖說一法通，萬法通，武學高強之士即令只一竹一木在手，亦能用以克敵護身，但鍾氏三雄究是一流好手，以本身功力而論，每人均較他深厚。幸好他全然不會流星鎚的招術，這才與三人拆了二三十招，尚未落敗。

鍾氏三雄見多識廣，見胡斐拿了兩隻馬鐙當作流星鎚使，便即著意辨認他武功家數。見他右手馬鐙橫擊而至，心想這是山東青州張家流星鎚法中的一招「白虹貫日」，左手馬鐙也必順勢橫擊。那知胡斐見鍾兆英的哭喪棒正自下向上挑起，頭頂露出空隙，當即抖動馬鐙，當頭壓落。鍾氏三雄心中奇怪：「這是甚麼家數？」

胡斐見鍾兆英舉棒封格，右手馬鐙迎向鍾兆能掃去。三兄弟暗暗點頭，心想：「是了，原來他是陝西延州褚十鎚的門下，這一下『揚眉吐氣』，下半招定是將雙鐙當胸直盪過來了。」三人見過他推馬擊馬，臂力沉雄，倘若雙鎚當胸直盪，那可大意不得，當下三人各舉兵刃挺在胸間，齊運真力，要硬接硬架他這一盪。不料胡斐全不知「揚眉吐氣」是甚麼招數，見三人舉兵刃護胸，雙鐙驀地下掠，擊向三人下盤。三兄弟嚇了一跳：

「怎麼用起『翻天覆地』的招數來？」

鍾兆能一面招架，一面叫道：「喂，太原府『流星趕月』童老師是你甚麼人？莫非大水沖倒龍王廟麼？」山西太原府童老師童懷道善使流星雙鎚，外號人稱「流星趕月」，跟鍾氏三雄老大鍾兆文是莫逆之交，那「翻天覆地」的招數，正是他門中的單傳絕技，別家使流星鎚的決不會用。胡斐誤打誤撞，這一招使得依稀彷彿，他聽鍾兆能相詢，笑道：「童老師是我師弟。」跟著雙鎚直揮過去。鍾兆能心想童老師做你爺爺也勉強做得了，怎能是你師弟？「呸」的一聲，罵道：「混小子胡說八道！」

三人見他馬鐙的招數神出鬼沒，沒法摸準他武學師承，均自奇怪：「我們那一家那一派的流星鎚沒見過？這小子可當真邪門了。」本來動手過招，若能識得對方武功家數，自能佔敵機先，但鍾氏三雄連猜幾次全都猜錯，心神亂了，所使的招數竟大不用。皆因胡斐神拳斃馬，使得三人心有所忌，否則也用不著辨認他家數門派，一上手便各展絕招，胡斐早已糟了。

二十餘招後，鍾氏三雄見他雙鐙的招數雖奇，威力卻也不強，於是各展八年來苦練的絕技，牌、棒、幡三件奇形兵刃的怪招源源而發。鍾兆文的靈牌是鑌鐵鑄成，走的全是剛猛路子，硬打硬砸，胡斐此時看得清楚，牌上寫的是「一見生財」四字。鍾兆能的招魂幡卻全是柔功，那幡子布不像布，革不像革，馬鐙打上去時全不受力，但若給幡子拂中身體，想來滋味必定極不好受。鍾兆英的哭喪棒卻介乎剛柔之間，大致是桿棒的路子，又雜著鞭鐧的家數。三兄弟兵刃不同，三件兵刃的木柄卻仍當判官筆使，可用以點子，

穴打穴，剛柔相濟，互輔互成。胡斐暗暗叫苦，情知再鬥下去非敗不可，突然雙掌回轉，托在馬鞍之後，向外急推。呼的一聲響，馬鞍疾飛而前。

鍾氏三雄急躍閃開，不知他又要出甚麼怪招。

胡斐大聲道：「晚輩本是好心勸架，不敢跟三位前輩當真動手，因此赤手空拳，沒帶兵器，使這馬鞍子又怎鬥得過三位當世英雄？今日晚輩認輸。」說著閃身讓在道旁。

鍾氏三雄明知他出言相激，但因有要事在身，不願跟他糾纏。鍾兆能便道：「好罷，下次你取得趁手兵刃，我們再領教高招。」胡斐笑道：「我倒有個妙法，就只恐你們不敢跟我比試。」鍾氏三雄再也忍耐不住，齊聲道：「你劃下道兒吧！」鍾兆文道：

「我兩個兄弟在這裏領教，在下卻要少陪。」說著縱身躍起。

胡斐跟著躍起，雙手在空中一攔。鍾兆文沒想到他身法竟如此迅捷，抖動鐵牌，迎面打去。胡斐拳腳功夫卻勝他甚多，不閃不避，身未落地，右手已跟著迴轉，抓住了他右腕，輕抖急扭，鍾兆文手中鐵牌竟險些給他奪去。

兆英、兆能齊吃一驚，分自左右攻到，相助兄長。胡斐一聲長笑，向後躍開丈許，順勢在道旁一株松樹上折了根樹枝，說道：「三位前輩敢不敢試試我刀法？」

鍾兆文這一下雖沒給他奪去鐵牌，但手腕已給扭得隱隱生疼，更增了三分疑懼，暗想：「這少年實非尋常，我若孤身去追劉鶴真，留下二弟三弟在此，可放心不下，須得合兒弟三人之力，先料理了他。縱有躭擱，也說不得了。」鍾兆英見胡斐手中拿了一根四尺來長的松枝，不知搗甚麼鬼，眼望大哥，聽他的主意。

鍾兆文沉住了氣，說道：「閣下要比刀法，可惜我們也沒攜得單刀，否則倒也可以奉借。」胡斐道：「咱們素不相識，自沒樑子仇怨，比武只求點到為止，是也不是？」

鍾兆文道：「不錯！」胡斐用左手折去松枝上的椏叉細條，只賸下光禿禿的一根枝條，說道：「這松枝便算是一柄刀，三位請一齊上來。咱們話說在先頭，這松枝砍在何處，便算是鋼刀砍中了。鍾氏三雄名滿武林，說話想必算數？」

鍾兆文見他如此托大，更是有氣，大聲道：「鍾氏三雄信義之名早著江湖，那時你這位小兄弟可還沒出世吧？」胡斐道：「如此最好，看刀吧！」舉起松枝，唰的一招橫砍。鍾兆英自後搶上，提棒便打。胡斐斜躍避開，松枝已斬向鍾兆能頸中。鍾兆能倒轉幡桿，往他松枝上砸去，同時鍾兆文的鐵牌也已打到。

那胡家刀法真有鬼神莫測之變，胡斐又練得熟了，一將那松枝當作刀使，立時著著搶攻，在三人之間穿插來去，砍削斬劈，一根小小松枝，竟顯出了無窮威力。鍾氏三雄越鬥越奇，見他這松枝決不與三般兵刃碰撞，但乘瑕抵隙，招招都砍向自己要害。給松枝擊中雖然無礙，但有約在先，決不能讓它砸到身體。鍾兆英焦躁起來，揮棒橫掃，猛砸胡斐脛骨。他三兄弟每一招都互相呼應，只待胡斐躍起相避，鍾兆能的招魂幡便從他頭頂蓋落。那知胡斐並不躍起，反搶步上前，直欺入懷，手起枝落，松枝已擊中鍾兆英左肩。

這一招迅速異常，凌厲之極，那松枝如換成了鋼刀，鍾兆英的一條左臂不免便給卸下。這松枝的一擊自然傷他不著甚麼，但鍾兆英面色大變，叫道：「罷了，罷了！」將

哭喪棒往地下一拋，垂手退開。

鍾兆文、鍾兆能兄弟心中寒了，牌幡舞得更緊，各施殺著，只盼能將胡斐打中，扯個平手。但過不數招，鍾兆文頸中給松枝一拖而過，鍾兆能卻右腿上讓松枝劃了一下。

兩人相顧慘然，同時拋下兵刃。突然間鍾兆能「哇」的一聲，噴出一大口鮮血。

胡斐見他們信守約言，暗想這三兄弟雖然兇惡，說話倒作得準，他自知並未下手打傷鍾兆文，他口吐鮮血，定是急怒攻心所致，心下頗感歉仄，抱拳拱手，說道：「晚輩得罪了！」鍾兆能哼了一聲，說道：「閣下武功了得，佩服，佩服！只是年紀輕輕，不走正途。可惜了一副好身手。」胡斐愕然道：「我怎地不走正途了？」鍾兆英怒道：

「三弟，還跟他說此甚麼？」扶起鍾兆文騎上馬背，牽著韁繩便走。

三件奇門兵刃拋在水坑之中，誰都沒再去拾。

胡斐見三人掉頭不顧而去，地下躺了一匹死馬，三件兵刃，心中頗有感觸，瞧了好一陣子，這才回向古廟。

走進廟中，前殿後殿都不見劉鶴真夫婦，知他二人已乘機遠去，想起剛才做了一件好事，不禁自感得意，又想：「那苗人鳳不知住在何處？此人號稱『打遍天下無敵手』，武功不知如何了得？」這人與自己過世了的父親有莫大關連，當日商家堡一見，自己拳經刀譜的頭上兩頁，也是憑著他的威風才得從閣基手中取回，此後時時念及，此刻很想跟著劉鶴真夫婦去瞧瞧，但說不定袁紫衣去而復回，又說不定她回來是找尋自己，竟捨

322

不得就此遠離這湘妃神廟。

他低頭尋思，又從故道而回，走到適才與鍾氏三雄動手處，見地下的三件奇門兵刃已然不見，那匹死馬卻兀自橫臥在地。他大是奇怪：「我這一來一去，只片刻間的事，這時天色尚早，不會有過路之人順手撿了去，難道鍾氏兄弟去而復回麼？」

他在四處巡視，不見有異，一路察看，終於在離相鬥處十餘丈的一株大樹幹上，看到一個污泥的足印。這足印離地一丈有餘，印在樹幹不向道路的一面，若非細心檢視，決不會看到。足印的污泥甚濕，當是留下不久，而足印的鞋底纖小，又顯是女子鞋印。

他心中一動：「難道是她？我和鍾氏三雄相鬥之時，她便躲在樹上旁觀？」想到這裏，一顆心怦怦亂跳，立即縱身而起，攀住一根樹幹翻身上樹，果然在一根橫枝之上，又見到兩個並列的女子濕泥足印，在橫枝之旁，卻有一根粗大樹枝給踏斷了，斷痕甚新。他反感疑惑：「倘若是袁姑娘，以她輕身功夫，決不會踏斷這根樹枝。」再攀上看時，只見另一根橫枝上又有兩隻並列的男子腳印。他心中疑竇立時盡去，卻不由得一陣失望，一陣悵惘：「原來是劉鶴真夫婦在這裏偷看。」

然而心中剛明白了一個疑竇，第二個、第三個疑竇跟著而來：「他二人身負重傷，怎能竄高躲在此處，我竟絲毫沒察覺？鍾氏三雄既去，他們怎又不出聲跟我招呼？」轉念一想：「啊，是了。他們本來只道我不會武藝，但忽見我打敗鍾氏三雄，心中起疑，只怕我於他們不利，因此不敢露面。江湖間風波險惡，處處小心在意，原是前輩風範。又何況他們有要事在身，怎能大意？」

想到這裏，便即釋然，見兩排帶泥足印在草叢間向東北而去，他起了好奇之心，順足印向前追蹤，心中又生妄念：「我這般跟蹤，說不定運氣好，又竟能碰到袁姑娘。」

整夜大雨之後遍地泥濘，這一男一女足印清晰，跟隨毫不費力，見兩對足印始終避開道路，在草叢間曲曲折折穿行。跟了一個多時辰，到了一個小市鎮，鎮外足跡雜沓，再也分不清楚了。

胡斐心想：「他二人餓了一晚，此時必要打尖，倘若他們只買些饅頭點心，便穿鎮而去，就不易追尋了。」在鎮口的山貨店裏買了一件簑衣、一頂斗笠，穿戴起來，將大半張臉遮住了，走到鎮上幾家飯店和騾馬行去探視。

瞧了幾家都不見影蹤，這市鎮不大，轉眼便到鎮頭，正要回身去買飯吃，忽聽一個女子的聲音說道：「大嫂，有針線請相借一使。」正是劉鶴真之妻的聲音。

他低頭從斗笠下斜眼看去，見話聲是從一家民居中發出，心想：「他夫婦怕敵人跟蹤，是以不敢住店。」又想：「瞧他們這等嚴加防備的模樣，只怕除了鍾氏兄弟，尚有極厲害的對頭。好事做到底，送佛送到西！我索性暗中保護，務必讓他們將書信送到苗大俠手中。」回頭不到七八家門面，正是一家小客店，便要一間房住了，一直注視劉鶴真借住的那家人家。

直到傍晚，劉鶴真夫婦始終沒再露面。胡斐心想：「前輩做事當真仔細，他們定要待天黑透了才啟程。」一面監視，心中又甚焦急：「不知袁姑娘會不會回去湘妃廟找我？」待到二更天時，望見劉鶴真夫婦從那民居中出來，疾奔出鎮，腳步迅捷，顯然身

324

上並未受傷。

胡斐心道：「原來他們先前的受傷全是假裝，不但瞞過了鍾氏兄弟，連我也給瞞過了。」他躍出窗戶，跟隨在後，見劉鶴真腋下挾著個長長包裹，不知包著甚麼東西。他輕身功夫比劉鶴真高明得多，悄悄跟隨，劉氏夫婦毫不知覺。跟著二人走了五六里路，來到孤另另的一所小屋之前，只見劉鶴真打個手勢，命妻子藏身樹後，走上幾步，朗聲道：「金面佛苗大俠在家麼？有朋友遠道來訪。」

稍過片刻，只聽屋中一人說道：「是那一位朋友？」話聲並不十分響亮，胡斐聽在耳中只覺又蒼涼，又醇厚。

劉鶴真道：「小人姓鍾，奉鄂北鬼見愁鍾氏兄弟之命，有要函一通送交苗大俠。」

胡斐大是驚奇：「怎麼那信是鍾氏兄弟的？他們卻何以又要攔阻？」

只聽苗人鳳道：「請進吧！」屋中點起燈火，呀的一聲，木門打開。胡斐伏在一株栗樹之後，但見一個極高極瘦的人影站在門框之間，頭頂幾要碰到門框，右手執著一隻燭台。劉鶴真拱手行禮，走進屋中。

胡斐待兩人進屋，悄悄繞到左邊窗戶下偷瞧。苗人鳳問道：「另外兩位不進來麼？」

劉鶴真心道：「那裏還有兩位？」口中含糊答應。

胡斐聽得苗人鳳說「另外兩位」，心中一驚：「這苗人鳳果然厲害之極，我腳步聲雖輕，他卻早知共有三人同來。」心想在此偷看，他也必定知覺，正想退開，忽聽劉鶴真道：「鍾氏兄弟八年前領教了苗大俠的高招，佩服得五體投地，現下另行練了三件兵

刃，特命小人先送給苗大俠瞧瞧，以免動手之際，苗大俠說他們兵刃怪異，佔了便宜。」

打開包裹，嗆啷啷幾聲聲響，將三件兵器抖在桌上。

胡斐覺得他的舉動越來越不可思議，俯眼到窗縫上向內張望，見桌上三件兵器正是那鐵靈牌、哭喪棒、和招魂幡，兵刃上泥污斑斑，兀自未擦乾淨。劉鶴眞從懷裏摸出一封書信，雙手遞上，說道：「請苗大俠拆看，小人信已送到，這便告辭。」說著雙手一拱，就要退出。苗人鳳哼了一聲，向三件兵刃瞧了一眼，並不答話。

苗人鳳接過信來，說道：「慢著。我瞧信之後，煩你帶句回話。」撕開封皮，取出信來。

胡斐乘苗人鳳看信，仔細打量他形貌，見他比之數年前在商家堡相見之時，似已老了許多，臉上神色也頗爲憔悴。苗人鳳看著書信，雙眉登竪，眼中發出憤怒之極的光芒。胡斐瞧得害怕，正想退開，突見他雙手抓住書信，嗤的一下，撕成兩半。

書信一破，忽然間他面前出現一團黃色濃煙，苗人鳳叫聲：「啊喲！」雙手揉眼，臉現痛苦之色。劉鶴眞急縱向後，躍出丈餘。

變故起於俄頃，但便在這一霎之間，胡斐心中已然雪亮：「原來這劉鶴眞在信中暗藏毒藥，毒害苗大俠的雙目。」他大叫：「狗賊休走！」飛身向劉鶴眞撲去。

劉鶴眞挫膝沉肘，從腰間拔出鏈子槍，回手便戳。胡斐愧怒交攻，側身閃避，伸手去奪他鏈子槍，猛覺背後風聲勁急，一股剛猛無比的掌力直撲自己背心，只得雙掌反擊，運力相卸。

他知苗人鳳急怒之下，掌力定然非同小可，不敢硬接硬架，使出趙半山所授的太極拳妙術「陰陽訣」，想卸開對方掌力，豈知雙手與對方手掌甫接，登時眼前一黑，胸口氣塞，連退三步，苗人鳳的掌力只卸去了一半，餘一半還是硬接了。胡斐叫道：「苗大俠，我幫你拿賊……」兩人這一交掌，劉鶴真已乘空溜走。

苗人鳳只覺雙目劇痛，宛似數十枚金針同時攢刺，他與胡斐交了一招，覺得此人武功甚強，實是勁敵，不由得暗自心驚，胡斐那句「找幫你拿賊」的話竟沒聽真。他先前雙目陡遭毒害，劇痛之際，也沒留神胡斐那句「狗賊休走！」的怒喝，否則也不致向胡斐背心猛擊一掌。

胡斐見劉鶴真夫婦往西逃去，正要拔步追趕，忽見大路上三人快步奔來。聽了腳步之聲，不用瞧面目，便知是鍾氏三雄了。

胡斐回過頭來，見苗人鳳雙手按住眼睛，臉上神情痛楚，待要上前救助，又怕他突然發掌，朗聲說道：「苗大俠，我雖不是你朋友，可也決不會加害，你信也不信？」這幾句話說得極是誠懇。苗人鳳雖未見到他面目，自己又剛中了奸人暗算，雙目痛如刀剜，但一聽此言，自然而然覺得這少年絕非壞人，真所謂英雄識英雄，片言之間，已然意氣相投，說道：「你給我擋住門外奸人。」他不答胡斐「信也不信？」之問，但叫他擋住外敵，那便是當他至交好友一般。

胡斐胸口一熱，但覺這話豪氣干雲，若非胸襟寬博的大英雄大豪傑，決不能說得出

327

口，當真是有白頭如新，有傾蓋如故，苗人鳳只一句話，胡斐便甘願爲他赴湯蹈火，見鍾氏三兄弟相距屋門尙遠，拿起燭台，奔至後進廚房中，拿水瓢在水缸中舀了一瓢水，遞給苗人鳳，道：「快洗眼睛。」

苗人鳳眼睛雖痛，心智仍極清明，聽得正面大路上有三人奔來，另有四人從屋後竄上屋頂。他接過水瓢，走進內房，先在床上抱起了小女兒，這才低頭到水瓢中洗眼。這毒藥猛惡之極，經水一洗，更加劇痛透骨鑽心。

那小女孩睡得迷迷糊糊，說道：「爹爹，你同蘭兒玩麼？」苗人鳳道：「嗯，乖蘭兒，爹抱著你，別睜開眼睛，好好的睡著。」那女孩道：「那老狼眞的沒吃了小白羊嗎？」苗人鳳道：「自然沒有，獵人來了，老狼就逃走啦！」那女孩安心地嘆了口氣，將臉蛋兒靠在父親胸口，又睡著了。胡斐聽他父女倆對答，微微一怔，隨即明白，女孩在睡覺之前，曾聽父親說過老狼想吃小白羊的故事，在睡夢之中兀自記著。

此時鍾氏兄弟距大門更加近了，只聽得噗噗兩聲，兩個人從屋頂躍入了院子。胡斐關上大門，拖過桌子頂住，叫鍾氏兄弟不能立即入屋，以免前後受攻，跟著左手揮出，燭火熄滅。躍入院子的兩人見屋中沒了火光，不敢立時闖進。

苗人鳳低聲道：「讓他們都進來。」胡斐道：「好！」取出火刀火石，又點燃了蠟燭，將燭台放在桌上。只聽得大門外鍾兆文叫道：「鄂北鍾兆文、兆英、兆能三兄弟拜見苗大俠，有急事奉告。」苗人鳳哼了一聲，並不理睬。

院子中的兩人一人執刀、另一人拿著一條三節棍，見苗人鳳雙目緊閉，睜不開來，

328

知計已得售，同時搶進屋去，但震於「打遍天下無敵手」的威名，不敢貿然進襲。那持刀人向屋上一招手，叫道：「他眼睛瞎了！」屋上兩人大喜，一齊躍下。

胡斐瞧這兩人身手矯捷，比先前兩人強得多，身形閃動，搶到了新來兩人背後，雙掌推出，喝道：「進去！」這一推力道剛猛，兩人不敢硬接，向前急衝幾步，跨過門檻，進了客堂。

胡斐守在邊門之外，輕輕吸一口氣，對準燭火猛力吐出，波的一聲響，一股勁氣激射而去，一丈多外的燭火登時又熄了。客堂中黑漆一團。

來襲的四人嚇了一跳，一怔之下，各挺兵刃向苗人鳳攻了上去。

那女孩睡在苗人鳳懷中，轉了過身，問道：「爹，甚麼聲音？是老狼來了麼？」苗人鳳道：「不是老狼，只是四隻小耗子。」聽到兵刃劈風之聲襲向頭頂，中間夾著鎖鏈扭動的聲音，知是三節棍、鏈子槍一類武器，怕兵刃拐彎，右手倏地伸出，抓住三節棍的棍頭一抖，那人「啊」的一聲，手臂酸麻，三節棍已然脫手。苗人鳳順手揮出，啪的一響，擊中他腰眼。那人立時閉氣，暈了過去。

其餘三人兩個使刀、一人使一條鐵鞭，默不作聲的分從三面攻上。他們知苗人鳳視力已失，全憑聽覺辨敵，便不敢稍有聲響。

那女孩道：「爹，耗子會咬人麼？」苗人鳳道：「耗子想偷偷摸摸的來咬人，不過見到老貓，耗子便只好逃走了。」那女孩道：「甚麼聲音響？是颳大風嗎？爹，是不是要下雨了？」苗人鳳道：「是啊！待會兒還要打雷呢！」那女孩道：「雷公菩薩只打惡

人，不打好人，是不是？」苗人鳳道：「是啊！雷公菩薩喜歡乖女孩兒。」苗人鳳左手

護抱女兒，右手拆解三般兵刃，口中和女兒一問一答，竟沒將身旁三個敵人放在心上。

那三人連出狠招，都給苗人鳳伸右手搶攻化解。一個使刀的害怕起來，叫道：「風緊，扯呼！」轉身出外，衝到門邊時，胡斐左腿掃出，將他踢倒在地，順手奪過了他手中單刀。

苗人鳳道：「乖寶貝，你聽，要打雷啦！」一拳擊出，正中那使刀的武功最強，手腳滑溜，苗人鳳連發兩拳，竟都給他避開。苗人鳳生怕驚嚇了女兒，坐在椅上，並不起身追出。

那人這時已明白苗人鳳眼睛雖瞎，自己可奈何他不得，又知守在門口那人也是個厲害腳色，自己困入小屋，變成了甕中之鱉。突然揮刀向苗人鳳猛砍，乘他側身避讓，閃身進了臥室。他晃亮火摺，點燃床上紗帳，從窗中竄出，上了屋頂。

紗帳著火極快，轉瞬之間，已濃煙滿屋。

鍾兆文在門外叫道：「苗大俠，我三兄弟是來找你比武較量，但此時決不乘人之危，你放心便是。」鍾兆英見窗中透出火光，叫道：「起火，起火！」鍾兆能叫道：「賊子如此卑鄙。大哥，二哥，咱們先救火要緊。」三兄弟躍上屋頂。

胡斐知鍾氏兄弟武功了得，非適才四人可比，苗人鳳本事再強，總是雙目不能見物，懷中又抱著女兒，定難抵敵，須得自己出手助他打發，大聲喝道：「無恥奸徒，不

330

許進來！」

那女孩道：「爹，好熱！」苗人鳳推開桌子，右足踢出，門板向外飛出四五丈。他怕驚嚇了女兒，雖對敵人說話，仍低聲細氣。心中不自禁想到：八年之前，也是與鍾氏三雄對敵，也是屋中起火，也是自己身上有傷，只是陪著自己的卻不是女兒，而是後來成為自己妻子的姑娘。不，她沒陪，是在危急之際先逃出去了……

胡斐見火勢猛烈，轉眼便要成災，料想苗人鳳必可支持得一時，倒是先救火要緊，拋下單刀奔進廚房，見灶旁並列著三隻七石缸，缸中都貯著清水，伸臂抱住了一隻，喝一聲：「起！」一隻裝了五六百斤水的大缸竟給他抱了起來。饒是他此時功力已臻一流好手之境，也不禁腳步蹣跚。他不敢透氣，奮力將水缸抱到臥室外，連缸帶水，一併擲了進去。火頭給這缸水一澆，登時小了，但兀自未熄。

胡斐又去抱了一缸水，走到臥室門外，正要奮力擲出，忽聽背後呼的一響，有人偷襲。原來先前為他踢倒的那人拾起地下單刀，向他肯心砍落。胡斐雙手抱著水缸，沒法擋格躲閃，便反腳向後勾踢。這一踢腳怪異之極，當年閻基學得這一招，連馬行空這等著名武師都難拆解，胡斐反腳踢出，正中那人小腹。那人連刀帶人飛了起來，掠過胡斐頭頂，跌入他抱著的水缸。

他抱著那口裝滿了水的七石缸本已一分吃力，手上突然又加了一百五六十斤重量，如何支持得住？順手推出，水缸連人帶水一齊撞入火中。水缸破裂，只割得那人滿身

是傷，好在火頭淋熄，才不致葬身火窟。

胡斐將火救熄，正要出去相助苗人鳳，忽聽屋後傳來大聲喝罵，又有拳打足踢之聲，有兩人鬥得極是激烈，聽那喝罵的聲音，卻是劉鶴真所發，只聽他喝道：「好奸賊，給我上這個惡當！」

胡斐心想：「他在跟誰動手？此人是罪魁禍首，說甚麼也得將他抓住。」從後門奔將出去，只見劉鶴真正和一人近身糾纏，赤手廝打。這人便是縱火的那人。胡斐大是奇怪，心想今日之事當真難解，這兩人明明是一路，怎麼自相火拚起來了？反正兩個都不是好人，縱身而前，施展大擒拿手，抓下去擒住了兩人後心要穴。兩人正自惡鬥，分不出手相抗，否則二人武功都頗不弱，也不能給他一拿便即得手。

胡斐側耳沒聽到大門外有相鬥的聲音，生怕苗人鳳目光不便，遭了鍾氏兄弟毒手，見身旁有一口井，一手一個，將劉鶴真和那人都投入井中，又到廚房中抱出第三口大缸壓在井上，這才繞過屋子，奔到前門。

但見鍾氏兄弟已躍在地下，與苗人鳳相隔七八丈，三人各拿著一對判官筆，卻不欺近動手。胡斐道：「苗大俠，我給你抱孩子。」

苗人鳳正想自己雙目已瞎，縱然退得眼前鍾氏三兄弟，但「打遍天下無敵手」這外號太惡，生平仇家無數，只要江湖上一傳開自己眼睛瞎了，強仇紛至沓來，那時如何抵禦？性命勢必難保，那也罷了，只放心不下這個嬌女。他以耳代目，聽得胡斐卻敵救火，乾淨利落，智勇兼全，這人素不相識，竟如此義氣，女兒實可託付給他，問道：

332

「小兄弟，你尊姓大名，與我可有淵源？」

胡斐心想我爹爹不知到底是不是死在他手下，此刻不便提起，說道：「丈夫結交，但重意氣，只須肝膽相照，何必提名道姓？苗大俠倘若信得過，在下便粉身碎骨，也要保護令愛周全。」

苗人鳳道：「好，苗人鳳獨來獨往，生平只有兩個知交，一位是遼東大俠胡一刀，另一位便是你這個不知姓名、沒見過面的小兄弟。」說著抱起女兒，遞了過去。

胡斐雖與他一見心折，但唯恐他是殺父仇人，恩仇之際，實所難處，待聽他說自己父親是他生平知交，心頭一喜，雙手接過女孩，見她約莫七八歲年紀，生得甚是嬌小，抱在手裏，又輕又軟，淡淡星光之下見她合眼睡著，呼吸低微，嘴角邊露著一絲微笑。

鍾氏三雄見胡斐也在此處，又跟苗人鳳如此對答，都感奇怪。

苗人鳳撕下一塊衣襟，包在眼上，雙手負在背後，低沉著嗓子道：「無恥奸賊，一齊上吧。我女兒睡著了，可莫大聲吵醒了她。」

鍾兆文踏上一步，怒道：「苗大俠，當年我徒兒死在你手下，我兄弟來跟你算帳，後來得知我徒兒覷別人利器，行止不端，死有應得，這事還得多謝你助我清理門戶。」

苗人鳳哼了一聲，道：「說話小聲些，我聽得見。」

鍾兆文怒氣更增，大聲道：「那時你腿上受傷，我三兄弟仍非敵手，心中不服，苦練了八年武功之後，今日再來討教。在途中得悉有奸人要對你暗算，我兄弟兼程趕來，要請你提防。眼下奸人已去，你肯不肯賜教，但憑於你，卻何以口出惡言？又爲何自縛

雙眼，難道我和鍾氏三雄如此不肖，你連一眼都不屑瞧麼？還是你自以為武功卓絕，閉著眼睛也能打敗我三兄弟？」

苗人鳳聽他語氣，似乎並不知自己雙目中毒，沉著嗓子道：「我眼睛瞎了！」

鍾兆文大驚，顫聲道：「啊唷，這可錯怪了你苗大俠，我兄弟苦練八年，武功也沒甚麼長進，跟你討教之事，那不用提了。你可知韋陀門有個劉鶴真嗎？適才你打走的那些人中，並沒他在內。此人一兩日內，定會來訪。苗大俠你眼睛不便，此人來時，務須小心在意。」

胡斐插口問道：「鍾大爺，那劉鶴真下毒那劉鶴真之事，你當真不知情麼？」鍾兆文道：「你跟苗大俠到底是友是敵？咱們要阻截那劉鶴真，你何以反極力助他？」胡斐道：「此事說來慚愧，其中原委曲折，小弟也弄不明白。好在那劉鶴真已給小弟擒住，壓在後面井中。咱們一問便知端的。」轉頭問苗人鳳：「鍾氏三兄弟到底是好人，還是壞人？」苗人鳳道：「我們既不行俠仗義，又不恤孤濟貧，算甚麼好人？」

鍾兆英冷冷的道：「鍾氏三雄並非卑鄙小人。」三兄弟聽了苗人鳳這句品評，心中大喜。當真是一言之褒，榮於華袞，三張醜臉都顯得又歡喜、又感激。

兆英、兆能兄弟倆繞到屋後，抬開井上水缸，喝道：「跳上來吧！」只聽得井中哼哼唧唧，竟有兩個人的聲音，砰的一響，又是啪的一聲，還夾著稀裏嘩啦的水聲，那兩人似乎正在毆打。在這井中一個人轉折都是不便，兩人竟擠著互毆，狼狽之情，可想而知。鍾兆英將井邊的吊桶垂了下去，喝道：「抓住吊桶。我吊你們上來。」覺得繩上一

緊，下面已經抓住，使勁收繩，果然濕淋淋的吊起兩人。

劉鶴眞腳未著地，揮掌便向另一人拍了過去。那人武功不及他，在井中已吃了不少苦頭，給他按著喝飽了水，已然昏昏沉沉。鍾兆炎眼見這一掌能致他死命，忙伸手格開。鍾兆能一對判官筆分點兩人後心，喝道：「要命的便不許動。」兄弟倆將兩人抓到屋中。

這時胡斐已將那女孩交回給苗人鳳，點亮了燭台。臥室中燒得一塌胡塗，滿地是水，竟沒立足處。苗人鳳將女兒放在廂房中自己牀上，回身出來時，鍾氏兄弟已將劉鶴眞和另一人抓到。苗人鳳輕輕嘆了口氣，說道：「『韋陀雙鶴』的名頭，我二十多年前便已聽到過。劉老師和萬老師兩位，江湖上的聲名可挺不壞啊。」

劉鶴眞道：「苗大俠，我上了奸人的當，追悔莫及。你眼睛的傷重麼？」鍾氏三兄弟一齊「啊」的一聲。他們不知苗人鳳眼睛受傷，原來還只適才之事。

苗人鳳不答，向那使刀之人說道：「你是田歸農的弟子吧？天龍門的武功也學到七成火候了。」那人正是田歸農的二弟子，名叫張雲飛。他嚇得魂不附體，雙膝跪倒，連連磕頭，說道：「苗大俠，小人是受命差遣，概不由己，請你老人家高抬貴手。」猛地裏「哇、哇」兩聲，吐出幾口水來。

劉鶴眞罵道：「奸賊，你騙得我好苦！」撲上去又要動手。鍾兆文伸手一攔，道：「有話好好說，到底是怎地？」

劉鶴眞也是武林中的成名人物，只因上了別人大當，這才氣急敗壞，難以自制，給

335

鍾兆文這麼一攔，想起自己既做了錯事，又給人拋在井裏，弄得如此狼狽，實是生平奇恥大辱，眼前一黑，頹然坐倒，說道：「罷了，罷了！苗大俠，真正對你不住。」

苗人鳳道：「一個人一生之中，不免要受小人的欺騙，那又算得了甚麼？定是這人騙你來送信給我了。」他雙目中毒，顯已瞎了，說話卻仍如此輕描淡寫，胡斐和鍾氏兄弟都好生佩服，均想如此定力，人所難及。

劉鶴真道：「這人我是在衡陽楓葉莊上識得的。這張雲飛說以前受過萬師弟的恩惠，得知萬師弟的死訊後十分難過，趕來弔喪。」苗人鳳道：「萬鶴聲老師過世了？」

劉鶴真道：「是啊。我見這姓張的說話誠懇，他又著意和我結納，兩人結伴北上。他在途中見到鍾氏三雄，說甚麼這封信若不送到，不免要害了無數仁人義士的性命。我想此事不能袖手旁觀，便用言語探問。他說：『劉老師，我見你跟朝廷的侍衛為難，大是英雄豪傑，這件事也不用瞞你。』取出一封信來，說必須送到金面佛苗大俠手中，請他出手相救，否則有幾十位義士要給朝廷害死。」

苗人鳳不置一詞。劉鶴真續道：「這姓張的奸賊又說，鍾氏三雄跟苗大俠有仇，定要設法截阻。他不是鍾氏三雄敵手，請我相助一臂之力。我想這件事義不容辭，便一力承當，但途中和鍾氏三雄一交手，我老兒栽了觔斗。後來內人王氏趕到相助，仍然不敵。也是事當湊巧，在湘妃廟中遇上了這位小兄弟。我夫婦便假裝受傷，安排機關，請他阻擋鍾氏三雄。這位小兄弟武功高強，我夫婦便假裝受傷，安排機關，請他阻擋鍾氏三雄。這位小見他連顯身手，武功高強，我夫婦便假裝受傷，安排機關，請他阻擋鍾氏三雄。這位小

兄弟果然上了我當，我卻又上了這奸賊的當。」說著圓睜雙目，髭鬚翹動，氣憤難平。

胡斐默想經過，心道：「這人的話倒似不假，原來我和袁姑娘一路上之事，有許多都給他瞧見了。」想到此處，臉上微微一熱，瞥眼見到桌上放著的三件兵刃，問道：「那你拿了鍾氏三雄的兵刃，又來幹麼？」

劉鶴眞道：「鍾氏三雄前來尋仇，苗大俠多半不知。我先給他報個訊息，教他好有所防備。送這兵刃前來，是取信的意思。至於我說這封信是鍾氏兄弟叫我送來，那是說給你小兄弟聽的。我知你緊緊跟隨在後，怕你不利於我，這麼一說，盼你疑惑難明，便不會貿然動手了，反正苗大俠一看信便知端的，豈知，豈知⋯⋯」胸口氣塞，再也說不下去了。

鍾兆文道：「我兄弟無意之中，聽到這姓張的與同夥說話，得知了他的奸謀，又見劉老師跟他鬼鬼祟祟，定是要同來暗算苗大俠，是以全力阻截，想不到中間尚有這許多過節。苗大俠，你眼睛怎麼受的傷？」苗人鳳不答，蒲扇般的大手揮了揮，淡然道：「過去之事，不用提了。」

胡斐四下察看，尋找他撕破的信箋，果見兩片破紙尚在屋角落中，有一半已給浸濕。他怕紙上仍有劇毒，不敢去拿，放眼望去，見紙上只寥寥三行字，每個字都有核桃大小。他眼光在兩片破紙上掃來掃去，見那信寫道：

「人鳳我兄：令愛資質嬌貴。我兄一介武夫，相處甚不適宜，有誤令愛教養。茲命人相迎，由弟及其母撫養可也。弟田歸農頓首。」

337

苗人鳳對這女兒愛逾性命，田歸農拐誘了他妻子私奔，這時竟然連女兒也想要了去，教他如何不怒？自然順手撕信，毒藥暗藏在信箋的夾層之中，信箋一破，立時飛揚，再快的身手也躲閃不了。田歸農這條毒計，可算得厲害之極。胡斐回想昔年在商家堡中所見苗人鳳、苗夫人、苗家小女孩以及田歸農四人之間的情狀，恨不得立時去找到田歸農，一刀殺了。

劉鶴真越想越氣，喝道：「姓張的，你就是奉了師命，要暗算苗大俠，自己送信來便是，何以偏偏瞧上了我姓劉的？」

張雲飛囁嚅道：「我怕……怕苗大俠瞧破我是天龍門弟子，有了提防……又害怕……害怕苗大俠的神威……」劉鶴真恨恨的道：「你怕萬一奸計敗露，逃走不及。好小子，好小子！」他轉頭向苗人鳳道：「苗大俠，我向你討個情，這小子交給我！」

苗人鳳緩緩的道：「劉老師，這種小人，也犯不著跟他計較。張雲飛，這院子中還有你的兩個同伴，受傷都不算輕，你帶了他們走吧。你去跟你師父說……」他尋思要說甚麼話，揮手道：「沒甚麼可說的，你走吧！」

張雲飛只道這次弄瞎了苗人鳳雙眼，定然性命難保，豈知他寬宏大量，竟不追究，心中感激，當即跪倒，連連磕頭。他同來一共四人，原想乘苗人鳳眼瞎後將他害死，再劫走他女兒，不料竟有胡斐這樣一個好手橫加干預，使他們的毒計只成功了第一步。給胡斐擲入臥室、遍身鱗傷那人已乘亂逃走，另外給苗人鳳用三節棍及拳力打傷的兩人傷勢極重，一個暈著兀自未醒，一個低聲呻吟，有氣無力。

劉鶴真尋思：「苗人鳳假意饒這三人，卻不知要用甚麼毒計來折磨他們？」他久歷江湖，曾見許多人擒住敵人後不即殺死，要作弄個夠，使得敵人痛苦難當，求生不得，求死不能，這才慢慢處死。見張雲飛扶起受傷的兩個師弟，一步步走出門外，逐漸遠去，苗人鳳始終沒出手，眼見三人已隱沒在黑暗之中，忍不住說道：「苗大俠，可以捉回來啦，那姓張的小子手腳滑溜，再放得遠，只怕當真給他走了！」苗人鳳淡淡的道：「我饒他們去了，又捉回來作甚？」他微微一頓，說道：「他們和我素不相識，是別人差遣來的。」

劉鶴真又驚又愧，霍地站起，說道：「苗大俠，我劉鶴真素不負人，今日沒生眼珠，累你不淺。」左手一抬，食指筆直挺出，戳向自己右眼。

胡斐忙搶過去，伸手想為終究遲了一步，見他直挺挺的站著，臉上一行鮮血流下，右眼已給自己戳瞎了。鍾氏兄弟大驚，一齊驚呼站起。苗人鳳道：「劉老師何苦如此？在下毫沒見怪之意。」劉鶴真哈哈一笑，手臂一抖，大踏步走出屋門，順手在道旁折了一根樹枝，點著道路，逕自去了。過不多時，只聽一個女子聲音驚呼起來，卻是他妻子王氏。屋中五人均覺慘然，萬料不到此人竟剛烈至此。

苗人鳳怕胡斐也有自疚之意，說道：「小兄弟，你答允照顧我女兒，可別忘了。」胡斐知他心意，昂然道：「做錯了事，須當盡力設法補救。劉老師自毀肢體，心中雖安，卻無益於事。」鍾兆文嘆道：「不錯！但這位劉老師也算得是位響噹噹的好漢子！」

五人相對而坐，良久不語。過了好一會，胡斐道：「苗大俠，你眼睛怎樣？再用水

洗一洗吧！」苗人鳳道：「不用了，只痛得厲害。」站起身來，向鍾氏三雄道：「三位

遠來，無以待客，當真簡慢得緊。我要進去躺一躺，請勿見怪。」

鍾兆文道：「苗大俠請便，你家不用客氣。」三兄弟打個手勢，分在前門後門守

住，只怕田歸農不肯就此罷手，又再派人來襲。

胡斐手執燭台，跟著苗人鳳走進廂房，見他躺上了床，取被給他蓋上。那小女孩在

裏床睡得甚沉，這一晚屋中吵得天翻地覆，她竟始終不知。

胡斐正要退出，忽聽腳步聲響，有人急奔而來。鍾兆能喝道：「好小子，你又來

啦！」鍾兆能接著噹的一聲，兵刃相交。張雲飛的聲音叫道：「我有句話跟苗大俠說，實無歹

意。」鍾兆能低聲道：「苗大俠睡了，有話明天再說。」

張雲飛道：「好，那我跟你說。苗大俠大仁大義，饒我性命，這句話不能不說。苗

大俠眼中所染毒藥，是斷腸草粉末，是我師父從毒手藥王那裏得來的。小人一路尋思，

若求毒手藥王救治，或能解得。我本該自己去求，只不過小人是無名之輩，這事決計無

力辦到。」鍾兆能「哦」的一聲，接著腳步聲響，張雲飛又轉身去了。

胡斐一聽大喜，從廂房飛步奔出，高聲問道：「這位毒手藥王住在那裏？」鍾兆文

道：「他在洞庭湖畔隱居，不過……不過……」胡斐道：「怎麼？」鍾兆文低聲說道：

「求這怪人救治，只怕不易。」胡斐道：「咱們好歹也得將他請到。他要甚麼便給他甚

麼。他如要的錢多，咱們一時給不起，就欠下了慢慢的還。」他說這話時，已想到要用

趙半山所給的大紅花，向江湖人物去借錢。

340

鍾兆文搖頭道：「難就難在他甚麼也不要。」胡斐道：「軟求不成，那便蠻來。」

鍾兆文沉吟不語。胡斐道：「事不宜遲，小弟這便動身。煩請三位在這裏守護，以防再有敵人前來。行嗎？」他奔回廂房，向苗人鳳道：「苗大俠，我給你請醫生去。」

苗人鳳搖頭道：「請毒手藥王麼？只怕是徒勞往返，小兄弟，不用去了。」

胡斐道：「不，天下無難事！」說著轉身出房，問道：「三位鍾爺，這位藥王叫甚麼名字？請問他住的地方怎麼去法？」鍾兆文道：「好，我陪你走一遭！他的事咱們路上慢慢再說。」對兆英、兆能二人道：「二弟、三弟，你們在這裏瞧著。」鍾兆英、兆能兩人臉上微微變色，隨即同聲道：「大哥千萬小心。」

事在迫切，胡鍾兩人展開輕身功夫，向北疾奔。天明後在市集上各買了一匹馬，上馬急馳。

胡斐伸手接住了兩棵藍花。

那村女說道：

「你們要去藥王莊，還是向東北方去的好。」

第九章

毒手藥王

胡斐和鍾兆文兩人都知苗人鳳這次中毒不輕，單聽「斷腸草」三字，便知是厲害之極的毒藥，眼睛又是人身最嬌嫩柔軟的器官，縱然請得名醫，躭誤的時刻一長，也必有損，因此早治得一刻便好一刻。兩人除了讓坐騎喝水吃草之外，不敢有片刻躭擱，沿途買些饅頭點心，便在馬背上胡亂吃了充飢。

如此不眠不休的趕路，鍾胡兩人武功精湛，雖已兩日兩晚沒睡，儘自支持得住，胯下的坐騎在途中已換過兩匹，但催行兩個多時辰後，新換的坐騎又已腳步踉蹌，眼見再跑下去，不久便會倒斃。鍾兆文道：「胡兄弟，咱們只好讓牲口歇一會兒。」胡斐應道：「是！」心想：「倘若我騎的是袁姑娘那匹白馬，此刻早到洞庭湖畔了。」一想到

袁紫衣，不自禁探手入懷，撫摸她所留下的那隻玉鳳，觸手生溫，心中又一陣溫暖。

兩人下馬，坐在道旁樹下，讓馬匹吃草休息。鍾兆文默不作聲，呆呆出神，皺起了眉頭。胡斐情知此行殊無把握，問道：「鍾大爺，那毒手藥王到底是怎樣一個人物？」

鍾兆文不答。胡斐見他心不在焉，知他是掛念苗人鳳的病況，暗想此人雖奇形怪狀，難爲他挺夠義氣，本來跟苗人鳳結下了樑子，這時竟不辭煩勞的爲他奔波，想到此處，不禁脫口而出：「鍾大爺，昨天多有得罪，當真慚愧得緊。晚輩如早知三位如此仗義，便有天大的

膽子，也不敢冒犯。晚輩這裏恭敬謝過。」站起身來，躬身爲禮。

鍾兆文站起還禮，咧開闊嘴哈哈一笑，道：「那算得甚麼？苗大俠是響噹噹的好漢，我三兄弟倘若見危不救，那還是人麼？小兄弟你自己又何嘗不是如此？我兄弟和苗

344

大俠雖沒交情，總還有過一面之緣，你可跟他見都沒見過呢！」

其實數年之前，胡斐在商家堡中曾見過由人鳳一面，只不過苗人鳳當時對那個黃黃瘦瘦的小廝視而不見。更早些時候，在十八年之前，胡斐生下還只一天，苗人鳳在河北滄州的小客店中也曾見過他，這件事苗人鳳知道，胡斐可不知道。

苗人鳳卻那裏知道：十八年前那個初生嬰兒，便是今日這個不識面的少年英雄？

鍾兆文又問：「你剛才問我甚麼？」胡斐道：「我問那毒手藥王是怎麼樣的人物？」

鍾兆文搖頭道：「我不知道。」胡斐奇道：「你不知道？」鍾兆文道：「我江湖上的朋友不算少了，可是誰也不知毒手藥王到底是怎麼樣的人物。」

胡斐好生納悶：「我只道你必定知曉此人的底細，否則也可向那張雲飛打聽個明白。」鍾兆文猜到了他心意，說道：「便是那張雲飛，也未必便知。嗯，他一定不會知道的。」胡斐「啊」了一聲，不再接口。

鍾兆文道：「大家只知道，這人住在洞庭湖畔的白馬寺。」胡斐道：「白馬寺？他住在廟裏麼？」鍾兆文道：「不，白馬寺是個市鎮。」胡斐道：「莫非他隱居不見外人，因此誰也沒見過他？」鍾兆文又搖頭道：「不，有很多人見過他。」胡斐道：「既有很多人見過，這才誰也不知他是怎麼樣的人物，不知他是胖還是瘦，是俊是醜，是姓張還是姓李。」胡斐越聽越胡塗，心想既有很多人見過他，就算不知他姓名，怎會連胖瘦俊醜也不知道。

鍾兆文道：「有人說毒手藥王是個相貌清雅的書生，高高瘦瘦，像是位秀才相公。

有人卻說毒手藥王是個滿臉橫肉的矮胖子，就像是個殺豬的屠夫。又有人說，這藥王是個老和尚，老得快一百歲了。」他頓了一頓，說道：「還有人說，這藥王竟是個女人，是個跛腳駝背的女人。」胡斐滿臉迷惘，想笑，卻又笑不出來。

鍾兆文接著道：「這人既號稱藥王，怎麼會是女人？但說這話的是江湖上的成名人物，德高望重，素來不胡亂說話，不由得人不信。可是那些說他是書生、是屠夫、是和尚的，也都不是信口雌黃之輩，個個言之鑿鑿。你說奇不奇怪？」

胡斐當離開苗家之時，滿懷信心，料想只要找到那人，好歹也要請了他來治傷，至不濟也能討得解藥，此時聽鍾兆文這麼一說，一顆心不由得沉了下去，是怎麼樣一個人也沒法知道，卻又找誰去？轉念一想，說道：「是了！這人既擅使毒，便不想讓人認到，他一定擅於化裝易容之術，忽男忽女，忽俊忽醜，叫人認不出他真面目。」

鍾兆文道：「江湖上的朋友也都這麼說，想來他使毒天下無雙，害得人多，結仇太廣，因此躲躲閃閃，叫人沒法找他報仇。但奇怪的是，他住在洞庭湖畔的白馬寺，卻又不是十分偏僻之處，要尋上門去，也算不得怎麼為難。」

胡斐道：「這人使毒藥害死過不少人麼？」鍾兆文悠然出神，說道：「那是沒法計算的了。不過死在他手下的人，大都自有取死之道，不是作惡多端的飛賊大盜，便是仗勢橫行的土豪劣紳，倒沒聽說有那一個俠義道死在他手下。只因他名聲太響，有人中毒而死，只要毒性猛烈，死得奇怪，這筆帳便都算在他頭上，其實大半未必便是他害的。

有時候兩個人一南一北，相隔幾千里，同時中毒暴斃，於是雲南的人說毒手藥王到了雲

346

南，遼東的人卻說藥王在遼東出沒。這麼一宣揚，這人更奇上加奇了。近來已好久沒聽人提到『毒手藥王』四字，想不到苗大俠中毒竟會和他有關。唉，既是此人用的藥，只怕……只怕……」說到這裏，不住搖頭。

胡斐心想此事果然極難，不知如何著手才好。鍾兆文站起身來，道：「咱們走吧！小兄弟，有一件事你千萬記住，到了白馬寺，在離藥王莊三十里之內，可千萬不能喝一口水，不能吃一口東西，不管飢渴得怎麼厲害，總之不能讓一物進口。」

胡斐見他說得鄭重，當即答應，猛地想起，當他陪著自己離開苗家之時，鍾英和鍾兆能臉上神色不但擔憂，簡直還大有懼意，想來那藥王的『毒手』定然非同小可，以致像鍾氏三雄這樣的人物，膽敢向「打遍天下無敵手」苗人鳳挑戰，一聽到『毒手藥王』的名字卻戰戰兢兢，心魂俱震。自己不知厲害，真把天下事瞧得太過輕易了。

他過去牽了馬匹，說道：「咱們不過是邀他治病，又或討一份解藥，對他並無惡意。他最多不肯，那也罷了，何必要害咱們性命？」鍾兆文道：「小兄弟，你年紀還輕，不知江湖上人心險詐。你對他雖無惡意，但他跟你素不相識，怎信得你過？眼前便是一個例子，劉鶴真對苗大俠絕無歹意，卻何以弄瞎了他眼睛？」胡斐默然。

鍾兆文又道：「何況這毒手藥王仇家遍天下，許多跟他毫沒干係的毒殺也都算在他帳上，焉知你不是他仇家的子弟？此人生性多疑，出手狠毒，否則『藥王』之上，何以又加上『毒手』兩字？這個驚心動魄的外號，難道是輕易得來的麼？」

胡斐點頭道：「鍾大爺說的是。」鍾兆文道：「你若看得起我，不嫌我本領低微，

那便兄弟相稱，別爺不爺的，叫得這麼客氣。」胡斐道：「你是前輩英雄，晚輩……」

鍾兆文攔住他話頭，大聲道：「呸，呸！小兄弟，不瞞你說，我三兄跟你交手之後，說起來都佩服你得緊。如你不肯當我是朋友，那便算了。」說着便有悻悻之色。

胡斐性子爽快，便笑著叫了聲：「鍾大哥。」

鍾兆文很高興，翻身上了馬背，說道：「只要這兩頭牲口不出岔子，咱們不用天黑便能趕到白馬寺。你可得記著我話，別說不能吃喝，便摸一摸筷子，也得提防筷子上下了劇毒，傳到你手上。小兄弟，你這麼年紀輕輕，一身武功，倘若全身發黑，成了一具殭屍，我瞧挺有點兒可惜呢！」

胡斐知他這話倒不是危言聳聽，瞧苗人鳳只撕破一封信，雙眼便瞎，現下走入毒手藥王的老巢，他那一處不能下毒？心想鍾兆文是武林成名人物，多經風浪，決非初出茅盧的無知之輩，他說得如此厲害，顯見此行萬分凶險，確是實情。他明知險惡，還義不容辭的陪自己上白馬寺去，比之自己不知天高地厚的亂闖，更加難得了。

兩人讓坐騎走一程，跑一程，申牌時分到了臨資口，再行一程，便到了白馬寺鎮上。鎮上街道狹窄，兩人深怕碰撞行人，多惹事端，牽了馬匹步行。

鍾兆文臉色鄭重，目不斜視，胡斐卻放眼瞧著兩旁的店鋪。將到市梢時，胡斐見拐彎角上挑出了藥材鋪的膏藥幌子，招牌寫著「濟世堂老店」，心念一動，解下腰間單刀，連著刀鞘捧在手中，說道：「鍾大……哥，你的判官筆也給我。」

348

鍾兆文一怔，心想到了白馬寺上，該當處處小心才是，怎地反而動起兵刃來啦？但想鎮上必有藥王的耳目，不便出口詢問，從腰間抽出判官筆，交了給他，低聲道：「小心了，別惹事！」

胡斐點了點頭，走到藥材鋪櫃台前，說道：「勞駕！我們二人到藥王莊去拜訪莊主，敬重前輩，不便攜帶兵器，想在寶號寄放一下，回頭來取，另奉酬金。」坐在櫃檯後的一個老者聽了，臉露詫異之色，問道：「你們去藥王莊？」胡斐不等他再說甚麼，將兵器在櫃檯上一放，抱拳一拱，牽了馬匹便大踏步出鎮。

兩人到了鎮外無人之處，鍾兆文大拇指一翹，說道：「小兄弟，這一手真成。鍾老大服了你啦，真虧你想得出。」胡斐笑道：「硬了頭皮充好漢，這叫做無可奈何。」原來他想這鎮上的藥材鋪跟藥王必有干連，將隨身兵器放在店鋪之中，店中定會有人趕去報訊，那便表明自己此來絕無敵意。雖空手去見這麼個厲害角色，那是凶險之上又加凶險，但權衡輕重，這個險還是大可一冒。

兩人順大路向北走去，正想找人詢問去藥王莊的路徑，忽見西首一座小山之上，有個人手持藥鋤鋤地，似在採藥。胡斐見這人形貌俊雅，高高瘦瘦，是個教書先生模樣的書生，心念一動：「難道他便是毒手藥王？」上前恭恭敬敬的一揖，朗聲說道：「請問先生，上藥王莊怎生走法？晚輩二人想拜兄莊主，有事相求。」

那人對胡鍾二人一眼也不瞧，自行聚精會神的鋤土掘草。胡斐連問幾聲，那人始終毫不理睬，竟似聾了一般。

349

胡斐不敢再問，鍾兆文向他使個眼色，兩人又向北行。悶聲不響的走出一里有餘，

胡斐悄聲道：「鍾大哥，只怕這人便是藥王，你瞧怎麼辦？」鍾兆文道：「我也有幾分疑心，可萬萬點破不得。他自己若不承認，而咱們認出他來，正是犯了他大忌。眼前只有先找到藥王莊，咱們認地不認人，那便無礙。」

說話之時，曲曲折折又轉了幾個彎，見離大路數十丈處有個大花圃，一個身穿青布衫子的村女彎著腰在整理花草。胡斐見花圃後有三間茅舍，放眼遠望，四下別無人煙，上前幾步，向那村女作了一揖，問道：「請問姑娘，上藥王莊走那一條路？」

那村女抬起頭來，向著胡斐一瞧，一雙眼睛明亮之極，眼珠黑得像漆，這麼一抬頭，登時精光四射。胡斐心中一怔：「這鄉下姑娘的眼睛，怎麼亮得如此異乎尋常？」見她除一雙眼睛外，容貌卻也平平，肌膚枯黃，臉有菜色，似乎終年吃不飽飯似的，頭髮也黃稀乾枯，雙肩如削，身材瘦小，顯是窮村貧女，自幼便少了滋養。一身荊釵布裙，衣衫甚是乾淨齊整，漿洗得不染絲毫塵土泥污。她相貌似乎已有十六七歲，身形卻如是個十四五歲的幼女，但見她拔草理花時手腳利落。

胡斐又問一句：「請問上藥王莊，不知是向東北還是向西北？」

那村女低下了頭，冷冷的道：「不知道。」語音甚為清亮。

鍾兆文見她如此無禮，臉一沉，便要發作，但隨即想起此處距藥王莊不遠，甚麼人都得罪不得，哼了一聲，道：「兄弟，咱們走吧，那藥王莊是白馬寺大大有名之處，總不能找不到。」

胡斐心想天色已經不早，如走錯了路，黑夜之中在這險地到處瞎闖，大是不妙，眼見左近並無人家可以問路，又問那村女道：「姑娘，你父母在家麼？他們定會知道去藥王莊的路徑。」那村女不再理睬，自管自拔草。

鍾兆文縱馬便向前奔，道路狹窄，那馬右邊前後雙蹄踏在路上，左側的兩蹄卻踏入了花圃。鍾兆文雖無惡意，但生性粗豪，又惱那村女無禮，急於趕路，也不理會。胡斐見近路邊的一排花草便要給馬踏壞，忙縱身上前，拉住韁繩往右一帶，說道：「小心踏壞了花草。」那馬給他這麼一引，右蹄踏到了道路右側，左蹄回上路面。

鍾兆文道：「快走吧，在這兒別鈍閣啦！」說著一提韁繩，向前馳去。胡斐自幼孤苦，見那村女貧弱，並不惱她不肯指引，反生憐憫之意，心想她種這些花草，定是賣了賴以為活，生怕給自己坐騎踏壞了，牽著馬步行過了花地，這才上馬。

那村女瞧在眼裏，突然抬頭問道：「你到藥王莊去幹麼？」胡斐勒馬答道：「有位朋友給毒藥傷了眼睛，我們特地來求藥王賜此解藥。」那村女道：「你認得藥王麼？」胡斐搖頭說道：「我們只聞其名，從來沒見過他老人家。」那村女慢慢站直身子，向胡斐打量了幾眼，問道：「你怎知他肯給解藥？」

那村女臉有為難之色，答道：「這事原本難說。」心中忽然一動：「這位姑娘住在此處，或者知道藥王的性情行事。」翻身下馬，抱拳躬身，說道：「便是要請姑娘指點途徑。」這「指點途徑」四字，意帶雙關，可以說是請她指點去藥王莊的道路，也可說是請教求藥的方法。

351

那村女自頭至腳的向他打量一遍，並不答話，指著花圃中的一對糞桶，道：「你到那邊糞池去裝小半桶糞，到溪裏加滿清水，幫我把這塊花澆一澆。」

這三句話大出胡斐意料之外，心想我只向你問路，怎麼叫我澆起花來？而且出言毫不客氣，竟將我當作你家傭工一般？他雖幼時貧苦，卻也從未做過挑糞澆糞這等粗事。那村女說了這幾句話後，又俯身拔草，一眼也不再瞧他。胡斐一怔之下，向茅舍裏望去，不見有人，心想：「這姑娘生得瘦弱，要挑這兩大桶糞當真不易。我是一身力氣的男子漢，便幫她挑一擔糞又有何妨？」將馬繫在柳樹上，挑起糞桶，便去擔糞。

鍾兆文行了一程，不見胡斐跟來，回頭看時，遠遠望見他挑了一副糞桶，走向溪邊，不禁大奇，叫道：「喂，你幹甚麼？」胡斐叫道：「我幫這位姑娘做點兒工夫。鍾大哥請先走一步，我馬上就趕來。」鍾兆文搖了搖頭，心想年輕人當真不分輕重，在這當口居然還這般多管閒事，縱馬緩緩而行。

胡斐挑了一擔糞水，回到花地之旁，用木瓢舀了，便要往花旁澆去。那村女忽道：「不成，糞水太濃，一澆下去，花都枯死啦。」胡斐一呆，不知所措。那村女道：「你倒回糞池去，只留一半，再去加半桶水，那便成了。」胡斐微感不耐，但想好人做到底，依言倒糞加水，回來澆花。

那村女道：「小心些，糞水不可碰到花瓣葉子。」胡斐應道：「是！」見那些花朵色作深藍，形狀頗為奇特，每朵花便像是一隻小鞋，幽香淡淡，不知其名，當下一瓢一瓢的小心澆了，果然不讓糞水碰到花瓣葉子，直把兩桶糞水盡數澆完。

那村女見他功夫做得妥善，點頭微笑，表示滿意，說道：「很好，再去挑一擔澆花，好麼？」胡斐站直身子，溫言道：「我朋友等得心焦了，等我從藥王莊回來，再幫你澆花。」那村女道：「你還是在這兒澆花的好。我見你人不錯，才要你挑糞呢。」

胡斐聽她言語奇怪，心想反正已經躭擱了，也不爭在這一刻時光，急急忙忙的又去挑了一擔糞水，將地裏的藍花數澆了。雖急於趕路，仍小心翼翼，沒把糞水淋到花葉。這時夕陽已落到山坳，金光反照，射在一大片藍花之上，輝煌燦爛，甚是華美。胡斐忍不住讚道：「這些花當真好看！」他澆了兩擔糞，對這些藍花已略生感情，讚美的語氣頗為真誠。

那村女點點頭，正待說話，鍾兆文騎了馬奔回，大聲叫道：「兄弟，這時候還不走嗎？」胡斐道：「是了，來啦！」轉眼望著村女，目光中含有祈求之意。

那村女臉色一沉，說道：「你幫我澆花，原來為了要我指點途徑，是不是？」胡斐心想：「我確盼你指點道路，但幫你澆花，卻純是為了憐你瘦弱，這時再開口相求，反而變成有意的施恩市惠了。」忽然想起那日捉了鐵蠍子和小祝融二人去交給袁紫衣，她曾說：「這叫做市恩，最壞的傢伙才是如此。」心中禁不住微感甜意，當即一笑，說道：「這些花真好看！」走向柳樹旁解韁牽馬。

那村女道：「且慢。」胡斐回過頭來，只怕她還要囉唆甚麼，甚感不耐。那村女拔起兩棵藍花，向他擲去，說道：「你說這花好看，就送你兩棵。」胡斐伸手接住，說道：「多謝！」順手放在懷內。那村女道：「他姓鍾，你姓甚麼？」胡斐道：「我姓

胡。」那村女點頭道：「你們要去藥王莊，還是向東北方去的好。」

鍾兆文本是向西北而行，久等胡斐不來，不耐煩了，回頭尋來，聽那村女如此說，煩躁之意盡去，低聲笑道：「小兄弟，真有你的，又免得做哥哥的多走冤枉路。」胡斐卻心生懷疑：「倘若藥王莊是在東北方，那麼直截了當的指點便是，為甚麼說『還是向東北方去的好』？」不願向村女再問，引馬向東北方而去。

兩人一陣急馳，奔出八九里，前面浩淼大湖，已無去路，只一條小路通向西方。

鍾兆文罵道：「這丫頭真可惡，不肯指路也罷了，卻教咱們大走錯路。回去要好好教訓她一頓。」胡斐也好生奇怪，自忖並沒得罪了她，何以作弄自己，說道：「鍾大哥，這鄉下姑娘定和藥王莊有甚干連。」鍾兆文道：「嗯，你瞧出甚麼端倪沒有？」胡斐道：「她一雙眼珠子炯炯有神，說話的神態，也不像是沒見過世面的鄉下女子。」鍾兆文一驚，道：「不錯！她給你的那兩棵花，還是快些拋了。」

胡斐從懷中取出藍花，見花光嬌艷，不忍便此丟棄，說道：「小小兩棵花兒，想來也沒大礙！」仍放回懷中，縱馬向西。鍾兆文在後叫道：「喂，還是小心些好。」胡斐含糊答應，催馬前行。暮靄蒼茫中，陣陣歸鴉從頭頂越過。

忽見右側有兩人俯身湖邊，似在喝水。胡斐勒馬想要問路，見兩人始終不動，心知有異，跳下馬去，叫道：「勞駕！」兩人仍然不動。鍾兆文伸手一扳一人肩頭，那人仰天翻倒，但見他雙眼翻白，早死去多時，臉上滿是深黑色斑點，肌肉扭曲，甚為可怖，再瞧另一人也是如此。鍾兆文道：「中毒死的。」胡斐點點頭，見兩名死者身上都帶著

354

兵刃，說道：「毒手藥王的對頭？」鍾兆文也點了點頭。

兩人上馬又行，天色漸黑，更覺前途凶險重重。又行一程，見路旁草木稀疏，越行草木越少，到後來地下光溜溜一片，竟然寸草不生，大樹小樹更沒一棵。胡斐心下起疑，勒馬說道：「鍾大哥，你瞧，這裏好生古怪。」鍾兆文也已瞧出不對，道：「就算有人剷淨刨絕，也必留下草根痕跡，我看……」沉吟片刻，低聲道：「藥王莊定在左近，想是他在土中下了劇毒，以致連草也沒一根。」

胡斐點了點頭，心中驚懼，從包袱上撕下幾根布條，將鍾兆文所乘坐騎的馬口縛住，然後縛上自己坐騎馬口。鍾兆文知他生怕再向前行時遇到有毒草木，牲口嚼到便不免遇害，點了點頭，暗讚他心思細密。

行不多時，遠遠望見一座房屋。走到近處，見屋子的模樣甚為古怪，便似是一座大墳，無門無窗，黑黝黝的甚是陰森可怖。兩人均想：「瞧這屋子模樣，自然是藥王莊了。」離屋數丈，有一排矮矮的小樹環屋而生，樹葉便似栗樹葉子，顏色卻如秋日楓葉，殷紅如血，暮色之中，令人不寒而慄。

鍾兆文平生浪蕩江湖，甚麼凶險之事沒見過？他自己三兄弟便打扮成凶門喪主一般，令人見之生畏，但此時看到這般情景，一顆心也不禁突突亂跳，低聲道：「怎麼辦？」胡斐道：「咱們以禮相求，隨機應變。」縱馬向前，行到離矮樹叢數丈之處，下馬牽了韁繩，朗聲說道：「鄂北鍾兆文，晚輩遼東胡斐，特來向藥王前輩請安。」這三

355

句話每一字都從丹田送出，雖不如何響亮，但聲聞里許，屋中人自必聽得清清楚楚。

過了半晌，屋中竟沒半點動靜。胡斐又說了一遍，圓屋中仍無回應，便似沒人居住一般。胡斐又朗聲道：「金面佛苗大俠中毒受傷，所用毒藥，是奸人自前輩處盜來。敬請前輩慈悲，賜以解藥。」但不論他說甚麼，圓屋中始終寂無聲息。

過了良久，天色更黑了。胡斐低聲問道：「鍾大哥，怎麼辦？」鍾兆文道：「總不成眼看苗大俠瞎了雙目，咱們空手而返。」胡斐道：「不錯，便龍潭虎穴，也得闖一闖。」兩人這時均起了動武用強之意，心想那毒手藥王雖擅於使毒，武功卻未必了得，動之以利，軟硬兼施，非得將解藥取到手不可。兩人放下馬匹，走向矮樹。只見那一叢矮樹枝葉緊密，不能穿過，鍾兆文縱身躍起，便從樹叢上飛越過去。

他身在半空，鼻中猛然聞到一陣濃香，眼前一黑，登時暈眩，摔跌在樹叢之內。胡斐大驚，跟著躍進，越過樹叢頂上時，但覺奇香刺鼻，中人欲嘔，胸口煩惡。他一落地，忙扶起鍾兆文，探他鼻間尚有呼吸，只雙目緊閉，手指和顏面卻已冰冷。

胡斐暗暗叫苦：「苗大俠的解藥尚未求得，鍾大哥卻又中毒，看來我自己也已沾上毒氣，只還沒發作而已。」矮身直縱到圓屋前，叫道：「藥王前輩，晚輩空手前來拜莊，實無歹意，再不賜見，晚輩迫得無禮了。」

他打量那圓屋牆垣，只見自屋頂以至牆腳通體黑色，顯然並非土木所構。他不敢伸手去推，但四下地裏打掃得乾淨無比，連一塊極細小的磚石也沒法找到，從懷中摸出一錠銀子，在牆上輕敲三下，果然錚錚錚的發出金屬之聲。

356

他將銀錠放回懷中，一低頭，聞到一陣淡淡清香，精神為之一振，頭腦本來昏昏沉沉，一聞到香氣，立時清明，他略略彎腰，香氣更濃，才知香氣是從那村女所贈的藍花上發出。胡斐心中一動：「看來這香氣有解毒之功，她果是一番好意。」

他加快腳步，環繞圓屋奔了一周，非但找不到門窗，連小孔和細縫也沒發見，心想難道屋中當真並無人居？否則毫無通風之處，怎能不給悶死？他手中沒兵刃，對這通體鐵鑄的圓屋無法可施。凝思片刻，從懷中取出藍花，放在鍾兆文鼻下，過不多時，他打了個噴嚏，悠悠醒轉。

胡斐大喜，心想：「那姑娘既有解毒之法，不如回去求她指點。」將一枝藍花插在鍾兆文襟上，自己手中拿了一枝，扶著鍾兆文躍過矮樹。他雙足落地，忽聽得圓屋中有人大聲「咦！」的一下驚呼。聲音隔著鐵壁傳來，頗為鬱悶，但仍可聽得出含意既驚且怒。

胡斐回頭叫道：「藥王前輩，能賜見一面麼？」他接連問了兩聲，圓屋中更無聲息。忽聽得砰砰兩響，重物倒地。胡斐回過頭來，見兩匹坐騎同時摔倒，縱身過去，見兩匹馬眼目緊閉，口吐黑沫，已中毒斷氣，身上卻沒半點傷痕。

到此地步，兩人不敢在這險地更多逗留，低聲商量幾句，決意回去向村女求教，當即從原路趕回。

沉沉黑夜中，花圃裏藍花香氣馥郁，鍾胡二人一聞之下，困累盡去，大感愉適。

鍾兆文中毒後腳力疲蹭，行一程歇一程，直到二更時分，才回到那村女的茅屋之前。

茅舍窗中突然透出燈光，呀的一聲，柴扉打開，那村女開門出來，說道：「請進來吧！只鄉下沒甚麼款待，粗茶淡飯，怠慢了貴客。」胡斐聽她出言不俗，忙抱拳道：「深夜叨擾，很過意不去。」那村女微微一笑，閃身門旁，讓兩人進屋。

胡斐踏進茅屋，見屋中木桌木凳，陳設也無異尋常農家，只纖塵不染，乾淨得過了份，甚至連牆腳之下，板壁縫中，也沖洗得不留半點灰土。這般清潔的模樣，便似圓屋周遭一般，令人隱隱不安。

那村女道：「鍾爺、胡爺請坐。」說著到廚下拿出兩副碗筷，跟著托出三菜一湯，兩大碗熱氣騰騰的白米飯。三碗菜是煎豆腐、鮮筍炒豆芽、草菇煮白菜，那湯則是鹹菜豆瓣湯。雖是素菜，卻也香氣撲鼻。

兩人奔馳了大半日，早就餓了。胡斐笑道：「多謝！」端起飯碗，提筷便吃。鍾兆文尋思：「這飯菜她早就預備好了，顯是料到我們去後必回。寧可餓死了，這飯卻千萬吃不得。」見那村女轉身回入廚下，向胡斐使個眼色，低聲道：「兄弟，我跟你說過，

在藥王莊三十里地之內，決不能飲食。你怎地忘了？」

胡斐卻想：「這位姑娘對我若有歹心，決不能送花給我。雖防人之心不可無，但如不吃此餐，定是將她得罪了。」他正要回答，那村女又從廚下托出一隻木盤，盤中一隻小小木桶，裝滿了白飯。胡斐站起身來，說道：「多謝姑娘厚待，我們要請拜見令尊令堂。」那村女道：「我爹媽都過世了，這裏便只我一人。」胡斐「啊」了一聲，坐下來

358

舉筷便吃，三碗菜肴本就鮮美，胡斐為討她喜歡，更讚不絕口。

鍾兆文心道：「你如不聽我勸，那也無法，總不成兩個一齊著了人家道兒。」那村女斟了一杯茶來，向那

村女道：「我適才暈去多時，肚子裏很不舒服，不想吃飯。」

道：「那麼請用一杯清茶。」鍾兆文見茶水碧綠，清澈可愛，雖口中大感乾渴，仍只謝

了一聲，接過茶杯放在桌上，卻不飲用。

村女也不為意，見胡斐狼吞虎嚥，吃了一碗又一碗，不由得眉梢眼角之間頗露喜

色。胡斐瞧在眼裏，心想我反正吃了，少吃倘若中毒，多吃也是中毒，索性放開肚子，

吃了四大碗白米飯，將三菜一湯吃得全都碗底朝天。村女過來收拾，胡斐搶著把碗筷放

在盤中，托到廚下，隨手在水缸中舀了水，將碗筷洗乾淨了，抹乾放入櫥中。

那村女洗鑊掃地，兩人一齊動手收拾。胡斐也不提起適才之事，見水缸中只賸下了

小半缸水，拿了水桶，到門外小溪中挑了兩擔，將水缸裝得滿滿。

挑完了水回到堂上，見鍾兆文已伏在桌上睡了。那村女道：「鄉下人家，沒待客地

方，委屈胡爺，胡亂在長凳上睡一晚吧！」胡斐道：「姑娘不用客氣！」見她走進內

室，輕輕關上房門，卻沒聽見落閂之聲，心想這個姑娘孤另另的獨居於此，竟敢讓兩個

男子漢在屋中留宿，膽子倒也不小，伸手輕推鍾兆文肩膀，低聲道：「鍾大哥，在長凳

上睡得舒服些！」不料這麼輕輕一推，鍾兆文竟應手而倒，砰的一聲，跌落在地。

胡斐大驚，忙抱著他腰扶起，往他臉上摸去，著手火滾，竟發著高燒。胡斐驚問：

「鍾大哥，你怎麼啦？」舉油燈湊近瞧時，見他滿臉通紅，宛似酒醉，口鼻中更噴出陣陣

極濃濃酒氣。胡斐大奇：「他連茶也不敢喝一口，怎麼這霎時之間，竟會醉倒？」又聽他迷迷糊糊道：「我沒醉，沒醉！來來來，再喝三大碗！」跟著「五經魁首！」「四季發財！」的豁起拳來。

胡斐知他定是著了那村女手腳，他不肯吃飯飲茶，那村女卻用甚麼奇妙法門，弄得他便似大醉一般，驚奇交集，不知是去求那村女救治呢，還是讓他順其自然，慢慢轉醒，轉念又想：「這是中毒，並非真的酒醉，未必便能自行清醒。」

正在此時，忽聽遠處傳來一陣陣慘厲的野獸吼叫，深夜聽來，頗為驚心動魄，聽聲音似是狼嗥，但洞庭湖畔多是平原，縱有一二野狼，也不致如這般成羣結隊。

嗥叫漸近，胡斐站起身來，側耳凝聽，聽得狼嗥之中，還夾著一二聲山羊的咩叫，顯是狼羣逐羊噬咬。當下也不以為意，正想再去察看鍾兆文情狀，呀的一聲，房門推開，那村女手持燭台，走了出來，臉上略現驚惶，說道：「這是狼叫啊。」

胡斐點了點頭，道：「姑娘……」向鍾兆文一指。

只聽得馬蹄聲、羊咩聲、狼嗥聲吵成一片，竟是直奔這茅屋而來。胡斐臉上變色，心想若敵人大舉來襲，這茅屋不經一衝，何況鍾大哥中毒後人事不知，這村女處在肘腋之旁，是敵是友，身分不明，這便如何是好？轉念未畢，聽得一騎快馬急馳而至。

胡斐手無寸鐵，彎腰抱起鍾兆文，衝進廚房，想要找柄菜刀，黑暗中卻又摸索不到，只聽那村女大聲叫道：「是孟家的人麼？半夜三更到這裏幹甚麼？」胡斐聽她口氣嚴厲，不似作偽，看來她與來襲之人並非一路，心中稍慰，搶出後院，在地下抓起一把

360

石子，縱身上了一株柳樹，將鍾兆文擱在兩個大椏枝之間，凝目望去。

星光下只見一個灰衣漢子騎在馬上，衝到茅屋之前，馬後塵土飛揚，跟著十幾頭餓狼，叫聲大作。瞧這情勢，似乎那人途中遇到餓狼襲擊，縱馬奔逃，定神再看，見馬後拖著白白的一團東西，是隻活羊。胡斐心想，這多半是個獵人，以羊為餌，設計誘捕狼羣。卻見那人縱馬馳入花圃，直奔到東首，圈轉馬頭，又向西馳來，一羣餓狼在後追叫，這麼一來一去，登時將花圃踐踏得不成模樣。這漢子的坐騎甚為駿良，他騎術又精，來回衝了幾次，餓狼始終咬不到活羊。

胡斐一轉念間，已然省悟：「啊，這傢伙是來踩壞藍花！我如何能袖手不理？」雙足一點，躍到了茅屋頂上，忽聽那人「哎喲！」一聲叫，縱馬向北疾馳而去，那活羊卻留在花圃之中。羣狼撲上去搶咬撕奪，更將花圃踐踏得狼藉不堪。

胡斐心道：「此人用心好不歹毒！」兩塊石子飛出，噗噗兩聲，打在兩頭惡狼腦門正中，登時腦漿迸裂，屍橫就地。他跟著又打出兩塊石子，這一次石子較小，準頭也略偏了些，一中狼腹，一中狼肩，兩頭惡狼也已痛得嗷嗷大叫。羣狼連吃苦頭，知屋頂有人，仰起了頭望著胡斐，張牙舞爪，聲勢洶洶。胡斐見了羣狼這副兇惡神情，心中大是發毛，自己赤手空拳，實不易和這十幾頭惡狼的銳牙利爪相抗，瞧準了一頭最大的雄狼，一塊石片斜削而下，正中咽喉。那狼在地下一個打滾，吃痛不過，轉身便逃，另有一頭大狼咬了白羊，跟著逃走。

片刻之間，叫聲越去越遠，花圃中的藍花卻已遭踐踏得七零八落。

胡斐躍下屋來，竄上柳樹去將鍾兆文抱下，進屋放在長凳上，連稱：「可惜，可惜！」心想那村女辛勤鋤花拔草，將這片藍花培植得大是可觀，現下頃刻之間盡歸毀敗，一定惱怒異常。那知村女一句不提藍花被毀，只笑吟吟的道：「多謝胡爺援手了。」

胡斐道：「說來慚愧！都怪我見機不早，出手太遲，倘若早將那惡漢在花圃外打下馬來，這片花卉還能保全。唉，真可惜！」

那村女微微一笑，道：「藍花就算不給惡狼踏壞，過幾天也會自行萎謝。只不過遲早之間，也沒甚麼。」胡斐一怔，心想：「這姑娘吐屬不凡，言語之間似含玄機。」說道：「在府上吵擾，卻還沒請教姑娘尊姓。」那村女微一沉吟，道：「我姓程，但在旁人跟前，你別提我姓氏。」這話甚是親切，似乎已將胡斐當作了自己人。胡斐很高興，問道：「那我叫你甚麼？」

那村女道：「你這人很好，我便索性連名字也都跟你說了。我叫程靈素，『靈樞』的『靈』，『素問』的『素』。」胡斐不知「靈樞」和「素問」乃中國兩大醫經，只覺這兩字很雅致，不像農村女子的名字，這時已知她決不是尋常鄉下姑娘，也不以為異，笑道：「那我便叫你『靈姑娘』，別人聽來，只當我叫你是姓林的姑娘呢。」程靈素嫣然一笑，道：「你總有法兒討我歡喜。」胡斐心中微動，覺她相貌雖不甚美，但這麼一言一笑，自有一股嫵媚風致。

他正想詢問鍾兆文酒醉之事，程靈素道：「你的鍾大哥喝醉了酒，不礙事，到天明便醒了。現下我要去瞧幾個人，你同不同我去？」胡斐覺得這小姑娘行事處處十分奇

怪，這半夜三更去探訪別人，必有深意，便道：「找自然去。」

程靈素道：「你陪我去，咱們可得約法三章。第一，你今晚不許跟人說話……」胡斐道：「好，我扮啞子便是。」程靈素笑道：「那倒不用，跟我說話當然可以。第二，不能跟人動武，發暗器點穴，一概禁止。第三，不能離開我三步之外。」

胡斐點頭答應，心想：「原來她帶我去見毒手藥王。她叫我不能離開她身邊三步，自是怕我中毒受害了。」不由得精神一振，道：「咱們這便去麼？」程靈素道：「得帶些東西。」走進自己房內，過了約莫一盞茶時分，挑了兩隻竹籮出來，籮上用蓋蓋著，不知裏面放著些甚麼，看她模樣，挑得頗為吃力。

胡斐道：「我來挑！」接過扁擔，一放上肩頭，幾有一百二三十斤。兩隻竹籮輕重懸殊，一隻甚重，一隻卻頗輕，挑來很不方便，他把較輕的竹籮放得離肩頭遠些，扁擔兩頭便可大致平衡。只見鍾兆文兀自伏在桌上呼呼大睡，經過他身旁便聞到一股濃烈酒氣。

兩人出了茅舍，程靈素將門帶上，在前引路。胡斐道：「靈姑娘，我問你一件事，成不成？」程靈素道：「成啊，就怕我答不上。」胡斐道：「你如答不出，天下就沒第二個人答得出了。鍾大哥滴水沒入口，怎地會醉成這樣？」程靈素輕輕一笑，道：「就因他滴水不肯入口，才吃了虧。」胡斐道：「這個我就不懂了。鍾大哥是老江湖，鄂北鬼見愁鍾氏三雄，在武林中也算頗有名聲。我卻是個見識淺陋之人，那知道他處處小心，反而……」說到這裏，住口不說了。

程靈素道：「你說好了！他處處小心，反而著了我道兒，是不是？處處小心提防便有用了嗎？只有像你這般，才會太平無事。」胡斐道：「我怎麼啊？」程靈素道：「叫你挑糞便挑糞，叫你吃飯便吃飯。這般聽話，人家怎會忍心害你？」胡斐笑道：「原來做人要聽話才好。可是你整人的法兒也太巧妙了些，我還是摸不著頭腦。」

程靈素道：「好，我教你個乖。廳上有盆小小白花，你瞧見了麼？」胡斐當時沒留意，這時一加回想，果然記得窗口一張小几上放著一盆小朵兒白花。程靈素道：「這盆花叫做醒醐香，花香醉人，極是厲害，聞得稍久，便跟飲了烈酒一般無異。我在湯裏、茶裏都放了解藥。誰教他不喝啊？」

胡斐這才恍然，不禁對這位姑娘大爲敬畏，暗想自來只聽說有人在飲食之中下毒，那知她下毒的方法卻高明得多，對方不吃不喝反而會中毒。程靈素道：「待會回去我便給他解藥，不用就心。」胡斐心中一動：「這姑娘既擅用藥物，說不定能治苗人鳳的傷目，那便不須去求甚麼毒手藥王了。」問道：「靈姑娘，你知道解治斷腸草毒性的法子嗎？」程靈素道：「難說。」

胡斐聽她說了這兩個字，便沒下文，不便就提求醫之事，見她腳步輕盈，在前不疾不徐的走著，雖不是施展輕功，但沒過多少時光已走了六七里路，瞧方向是走向正東，不是去藥王莊的道路，忽又想到一事，說道：「我還想請問一件事，剛才我和鍾大哥去藥王莊，你說還是向東北方去的好，故意叫我們繞道多走了二十幾里路。這其中的用意，我一直沒能明白。」

程靈素道：「你眞正想問我的，還不是這件事。我猜你是想問：藥王莊明明是在西北，咱們怎麽向東走？」胡斐笑道：「你既猜到了，那我一倂請問便是。」程靈素道：「咱們所以不朝藥王莊走，因爲並不是去藥王莊。」這一下，胡斐又是始料所不及，「啊」了一聲。

程靈素又道：「白天我要你澆花，一來是試試你，二來是要你躭擱些時光，後來再叫你繞道多走二十幾里，也是爲了要你多耗時刻，這樣便能在天黑之後再到藥王莊外。只因藥王莊外所種的血矮栗，一到天黑，毒性便小，我給你的藍花才剋得它住。」

胡斐聽了欽服無已，萬想不到用毒使藥，竟有這許多學問，這貌不驚人的小姑娘用心深至，更非常人所及，當下說到在洞庭湖畔見到的兩名死者。程靈素聽說兩名死者臉上滿是黑點，肌肉扭曲，哼了一聲，道：「這種鬼蝙蝠的毒無藥可治。他們甚麽也不顧了。」胡斐心想：「『鬼蝙蝠』是甚麽毒，反正她說了我也不懂。一意聽她吩咐行事便了，做人聽話便不吃虧。多說多問，徒然顯得自己一無是處。」便不再詢問，跟在她身後一路向東。

又走了五六里路，進了一座黑黝黝的樹林。程靈素低聲道：「到了。他們還沒來，咱們在這林子中等候，你把這隻竹籠放在那株樹下。」說著向一株大樹一指。胡斐依言提了那隻份量甚重的竹籠過去放好。程靈素走到離大樹八九丈處的一叢長草旁，道：「這隻竹籠給我提過來。」隨即撥開長草，鑽進了草叢。

胡斐也不問誰還沒來，等候甚麼，記著不離開她三步的約言，便提了另一隻竹籠，也鑽進草叢，挨在她身旁。仰頭向天，見月輪西斜，已過夜半。樹林中蟲聲此起彼伏，偶然也聽到一二聲梟鳴。程靈素吹熄燈籠，遞給他一粒藥丸，低聲道：「含在口裏，別吞下！」胡斐看也不看便放入嘴中，但覺味道極苦。

兩人靜靜坐著，過了小半個時辰，胡斐只覺這一日一晚的經歷大是詭異，當真是生平從所未遇之奇。突然之間，想到了袁紫衣：「不知她這時身在何處？如果這時在我身畔的，不是這個瘦瘦小小的姑娘而是袁姑娘，不知她要跟我說甚麼？」一想到她，便伸手入懷去摸玉鳳。

忽然程靈素伸手拉了他衣角，向前一指。胡斐順著她手指瞧去，只見遠處一盞燈籠，正漸漸移近。本來燈籠的火光必是暗紅色，這盞燈籠發出的卻是碧油油的綠光。燈籠來得甚快，不多時已到身前十餘丈外，燈下瞧得明白，提燈的是個駝背女子，走起路來左高右低，看來右腳是跛的。她身後緊隨著一個漢子，身材魁梧，腰間插著明晃晃的一把尖刀。

胡斐想起鍾兆文的說話，身子微微一顫，尋思：「鍾大哥說，有人說毒手藥王是個屠夫模樣的大漢，又有人說藥王是個又駝又跛的女子。那麼這兩人之中，必有一個是藥王。」斜眼向程靈素看去，樹影下見不到她臉色，但見她一對清澈晶瑩的大眼，目不轉睛的望著兩人，神情顯甚緊張。胡斐登時起了俠義之心：「這毒手藥王如要不利於她，我便拚著性命不要，也要護她周全。」

366

那一男一女漸漸走近。只見那女子容貌文秀，雖身有殘疾，仍可說得上是個美女，那大漢卻滿臉橫肉，形相兇狠。兩人都是四十來歲年紀。胡斐一身武功，便遇到巨寇大賊環攻，也無所畏懼，但這時卻心中怦怦亂跳，知道對付這種人，武功再強也未必管用。自己登時便如面臨大敵，而身無半分武功一般。

那兩人走到胡斐身前七八丈處，忽然折而向左，又走了十餘丈，這才站定身子。那大漢朗聲叫道：「慕容師兄，我夫婦依約前來，便請露面相見吧！」

他站立之處距胡斐並不甚遠，突然開口說話，聲音又大，把胡斐嚇了一跳。那大漢喊了兩遍，沒人答話，胡斐心道：「這兩人原來是一對夫妻。這裏除了咱們四人，再沒旁人，那裏還有甚麼慕容師兄？」

那駝背女子細聲細氣的道：「慕容師兄既不肯現身，我夫婦迫得無禮了。」

胡斐暗暗好笑：「這叫做一報還一報。適才我到藥王莊來拜訪，說甚麼你們也不理睬，這時候別人也給一個軟釘子你們碰碰。」見那女子從懷中取出一束乾草，伸到燈籠中去點燃了，立時發出一股濃煙，過不多時，林中便白霧瀰漫，煙霧之中微有檀香氣息，倒也並不難聞。

胡斐聽她說「迫得無禮」四字，知道這股煙霧定然厲害，但自己卻也不感到有何不適，想必是口中含了藥丸之功，轉頭向程靈素望了一眼。這時她也正回眸瞧他，目光中充滿了關切之意。胡斐心中感激，微微點了點頭。

煙霧越來越濃，突然大樹下的竹籬中有人大聲打了個噴嚏。

367

胡斐大吃一驚：「怎地竹籮中有人？我挑了半天竟毫不知情。那麼我跟程姑娘的說話，都讓他聽去了？」自忖對毒物醫藥之道雖一竅不通，但練了這許多年武功，決不能挑著一個人走這許多路而茫然不覺，除非這是個死人，那又作別論。他既會打噴嚏，當然不是死人。只聽竹籮中那人又連打幾個噴嚏，籮蓋掀開，躍了出來。但見他長袍儒巾，正是日間所見在小山上採藥的那教書先生。

這時他衣衫凌亂，頭巾歪斜，神情狼狽，已沒半點日間所見的儒雅鎮定神態，一見到那男女二人，便怒聲喝道：「好啊，姜師弟、薛師妹，你們下手越來越陰毒了。」

那夫婦倆見他這般模樣，也似頗出意料之外。那大漢冷笑道：「還說我們下手陰毒？你這般躲在竹籮之中，誰又料得到了？慕容師兄……」他話未說完，那書生嗅了幾下，神色大變，急從懷中摸出一樣物事，放入口中。

那駝背女子將散發濃煙的草藥一足踏滅，放回懷中，說道：「大師哥，來不及啦，來不及啦！」那書生臉如土色，頹然坐倒在地，過了半晌，說道：「好，算我栽了。」

那大漢從懷中摸出一個青色瓷瓶，舉在手裏，道：「解藥便在這裏。你師姪中了你的毒手，得拿解藥來換啊。」那書生道：「胡說八道！你們是說小鐵哥麼？我幾年沒見他了，下甚麼毒手？」那駝背女子道：「你約我們到這裏，便只要說這句話麼？」轉頭向那大漢道：「鐵山，咱們走吧。」說著掉頭便走。那大漢尚有猶豫，道：「小鐵……」

那女子道：「他恨咱們入骨，寧可自己送了性命，也決不肯饒過小鐵。這些年來，難道你還想不通？」那大漢不願就此便走，說道：「大師哥，咱們多年以前的舊怨，到這時

何必再放在心上？小弟奉勸一句，還是交換解藥，把這個結子也同時解開了吧！」這幾句話說得甚是誠懇。

那書生問道：「薛師妹，小鐵中了甚麼毒？」那女子冷笑一聲，並不回答。那大漢大聲道：「誰種成了七心海棠？難道小鐵中的是七心海棠之毒？我沒有啊，我沒有啊！」那書生道：「大師哥，到這地步，也不用假惺惺了。小弟恭賀你種成了七心海棠……」那書生他說這幾句話時神情惶急，語音也已發顫。

那夫婦對望了一眼。那女子道：「好，慕容師兄，廢話少說。你約我們到這裏來相會，有甚麼吩咐？」那書生搔頭道：「我沒約啊。是你們把我搬到這裏來，怎麼反說是我相約？」說到這裏，又氣又愧，突然飛起一腿，將竹籮踢出了六七丈。

那女子冷冷的道：「難道這封信也不是你寫的？師哥的字跡，我生平瞧得也不算少了。」說著從懷中取出一張紙箋，左手一揚，紙箋便向那書生飛了過去。那書生伸手欲接，突然縮手，跟著揮掌拍出，掌風將那紙箋在空中一擋，左手中指輕彈，發出一枚暗器。這暗器是一枚長約三寸的透骨針，射向紙箋，帕的一聲，將紙箋釘在樹上。

胡斐暗自心驚：「跟這些人打交道，對方說一句話，都要提防他下毒。」只見駝背女子提高燈籠，火光照耀紙箋，白紙上兩行大字，胡斐雖在遠處，也看得清楚，見紙上寫著道：

「姜薛兩位：三更後請赴黑虎林，有事相商，知名不具。」

這書生不敢用手去接紙箋，自是怕箋上有毒了。

那兩行字筆致枯瘦，卻頗挺拔，字如其人，和那書生的身形隱隱然有相類之處。

那書生「咦」的一聲，似乎甚是詫異。

那大漢問道：「大師哥，有甚麼不對了？」那書生冷冷的道：「這信不是我寫的。」

此言一出，夫婦兩人對望了一眼。那駝背女子冷笑一聲，顯是不信他的說話。那書生道：「信上的筆跡，倒真和我的書法甚是相像，這可奇了。」他伸左手摸了摸頷下鬍鬚，勃然怒道：「你們把我裝在竹籠之中，抬到這裏，到底幹甚麼來啦？」那女子道：「小鐵中～七心海棠之毒，你到底給治呢，還是不給治？」那書生道：「你拿得穩麼？當真是七心……七心海棠之毒，你到底給治呢，還是不給治？」說到「七心海棠」四字時聲音微顫，語音中流露了強烈的恐懼之意。

胡斐聽到這裏，心中漸漸明白，定是另有一個高手從中撥弄，以致這三人說來說去，言語總是不能接筍。那麼這高手是誰呢？

他不自禁的轉頭向身旁程靈素望了一眼，但見她一雙朗若明星的大眼在暗影下炯炯發光。難道這個面黃肌瘦的小姑娘竟有這般能耐？這可太也令人難以相信！

他正自凝思，猛聽得一聲大喝，聲音嗚嗚，極是怪異，忙回過頭來，只見那書生和那對夫婦已欺近在一起，各自蹲著身子，雙手向前平推，六掌相接，口中齊聲「嗚嗚」而呼。書生喝聲峻厲，大漢喝聲粗猛，那駝背女子的喝聲卻高而尖銳。三人的喝聲都是一般漫長，連續不斷。突然之間，喝聲齊止，寒光閃動，發出一枚透骨釘，將燈籠打滅，跟著那大漢大叫一聲：「啊喲！」顯是中了書生的暗算，身上受傷。

370

這時弦月已經落山，林中更無光亮，只覺四下裏處處都是危機，胡斐順手拉著程靈素的手向後一扯，自己擋在她身前。這一擋他未經思索，只覺凶險迫近，非盡力保護這弱女子不可，至於憑他之力是否保護得了，卻絕未想到。

那大漢叫了這一下之後，立即寂然無聲，樹林中雖共有五人，竟沒半點聲息。

胡斐又聽到了草間的蟲聲，聽到遠處貓頭鷹的咕咕而鳴。忽然之間，一隻軟軟的小手伸了過來，握住了他粗大的手掌。胡斐身子一顫，隨即知道這是程靈素的手，只覺柔嫩纖細，倒像十三四歲女童的手掌一般。

在一片寂靜之中，眼前忽地昇起兩股嫋嫋的煙霧，一白一灰，兩股煙像兩條活蛇一般，自兩旁向中央遊去，互相撞擊。同時嗤嗤喳喳輕響不絕，胡斐在黑暗中睜大了眼睛，隱約見到左右各有一點火星。一點火星之後是那個書生，另一點火星之後是那駝背女子。兩人都蹲著身子，鼓氣將煙霧向對方吹去，自是點燃了草藥，發出毒煙，要令對方中毒。

兩人吹了好一會，林中煙霧瀰漫，越來越濃。突然之間，那書生「咦」的一聲，抬頭瞧著先前釘在大樹上的那張紙箋。胡斐見那紙箋微微搖晃，上面發出閃閃光芒，竟是寫著發光的幾行字。那夫婦二人也大為驚奇，轉頭瞧去，只見那幾行字寫道：

「字諭慕容景岳、姜鐵山、薛鵲三徒知悉：爾等互相殘害，余甚厭惱，宜即盡釋前怨，繼余遺志，是所至囑。余臨終之情，素徒當詳告也。僧無嗔絕筆。」

那書生和女子齊聲驚呼：「師父死了麼？程師妹，你在那裏？」

371

程靈素輕輕鬆鬆開了胡斐的手，從懷裏取出一根蠟燭，晃火摺點燃了，緩步走出。

書生慕容景岳、駝背女子薛鵲都臉色大變，厲聲問道：「師父的《藥王神篇》呢？是你收著麼？」程靈素冷笑道：「慕容師兄，薛師姊，師父教養你們一生，恩德如山，你們不關懷他老人家生死，卻只問他遺物，未免太過無情。姜師兄，你怎麼說？」

那大漢姜鐵山受傷後倒在地下，聽程靈素問及，抬起頭來，怒道：「小鐵之傷，定是你下的毒手，這裏一切，也必是你這小丫頭從中搗鬼！快將師父遺書交出來！」程靈素凝目不語。慕容景岳喝道：「師父偏心，定是交了給你！」薛鵲道：「小師妹，你將師父遺書取出來，大夥兒一同觀看吧。」口吻中誘騙之意再也明白不過。

程靈素說道：「不錯，師父的《藥王神篇》確是傳了給我。」她頓了一頓，從懷中又取出一張紙箋，說道：「這是師父寫給我的諭字，三位請看。」說著交給薛鵲。薛鵲伸手待接，姜鐵山喝道：「師妹，小心！」薛鵲猛地省悟，退後了一步，向身前的一棵大樹一指。程靈素嘆了口氣，在頭髮上拔下一枚銀簪，插在箋上，手一揚，連簪帶箋飛射出去，釘在樹上。

胡斐見她這一下出手，功夫甚是不弱，心想：「真想不到這麼一個瘦弱幼女，竟跟這三人是同門師兄妹。」眼望紙箋，藉著她手中蠟燭的亮光，見箋上寫道：

「字諭靈素：余死後，爾傳告師兄師姊。三人中若有念及老僧者，爾可將無嗔醫藥錄示之。無悲慟思念之情者，恩義已絕，非我徒矣。切切此囑。僧無嗔絕筆。」

慕容景岳、姜鐵山、薛鵲三人看了這張諭字，面面相覷，均思自己只關念師父的遺

372

物，對師父因何去世固然不問一句，更無半分哀痛悲傷之意。

慕容景岳與薛鵲只呆了一瞬之間，突然齊聲人叫，同時發難，向程靈素撲來。姜鐵山也掙扎著撐起，揮拳擊向程靈素。

胡斐叫道：「靈姑娘小心！」飛縱而出，眼見薛鵲的雙掌已拍到程靈素面前，忙運掌力向前擊出，單掌對雙掌，騰的一聲，將薛鵲震開，跟著勾住她手腕拋出二丈以外，右掌隨即回轉，一勾一帶，刁住姜鐵山的手腕，運起太極拳的「亂環訣」，借勢力拋，姜鐵山一個肥大的身軀直飛了出去，擲得比薛鵲更遠，結結實實的摔在地下。

這兩人雖擅於下毒，武功卻非一流高手。他回過身來，待要對付慕容景岳，只見他晃了兩晃，一交跌倒，俯在地下，再也站不起來。

薛鵲氣喘吁吁的道：「小師妹，你伏下好厲害的幫手啊，這小夥子是誰？」

胡斐接口道：「我姓胡名斐，賢夫婦有事儘管找我便是……」

程靈素頓足道：「你還說此甚麼？」

胡斐一怔，只見姜鐵山慢慢站起身來，夫婦倆向胡斐狠狠瞪了一眼，相互持扶，跌跌撞撞的出了樹林。

大鐵鑊中盛滿了熱水，

鑊中坐著個赤裸著上身的男子，

鑊中水氣不斷蒸升。

程靈素道：

「你到灶下加些柴火！」

第十章

七心海棠

程靈素吹滅蠟燭，放入懷中，默不作聲。

胡斐問道：「靈姑娘，你這慕容師兄怎麼了？」程靈素「嗯」的一聲，並不回答。

過了半晌，胡斐又問一句，程靈素又「哼」的一下。胡斐低聲道：「怎麼？你心裏不痛快麼？」程靈素幽幽的道：「我說的話，你沒一句放在心上。」

胡斐一怔，這才想起，她和自己約法三章，自己可一條也沒遵守：「她要我不跟旁人說話，我不但說話，還自報姓名。她要我不許動武，我卻連打兩人。她叫我不得離開她身子三步，咳，我離開她十步也不止了……」越想越歉然，訕訕的道：「真對不起，只因我見這三人兇狠得緊，只怕傷到了你，心裏著急，登時甚麼都忘了。」

程靈素「噓」的一笑，語音突轉柔和，道：「那你全是為了我啦！自己忘得乾乾淨淨，卻把錯處都推在旁人身上，好不害臊！胡大哥，你為甚麼要自報姓名？這對夫妻最會記恨，一找上了你，陰魂不散，難纏得緊。他們明的打不過你，暗中下起毒來，千方百計，神出鬼沒，那可防不勝防。」

胡斐只聽得心中發毛，心想她的話倒非誇大其辭，但事已如此，怕也枉然。程靈素又問：「你幹麼把姓名說給他夫婦知道？」胡斐輕輕一笑，並不回答。程靈素道：「你打了他們二人，只怕他們找上我，是不是？你要把一切都攬在自己身上。胡大哥，你為甚麼一直待我這麼好？」最後這兩句話說得甚是溫柔，胡斐在黑暗中雖見不到她面容，但想來也必神色柔和，當下也很誠懇的道：「你一直照顧我，令我避卻危難。將心比心，我自然當你是好朋友啦。」

程靈素很是高興，笑道：「你真的把我當作好朋友麼？那麼我先救你一命再說。」

胡斐吃了一驚，道：「甚麼？」程靈素道：「得點個火，那燈籠呢？」俯身去摸薛鵲丟下的那隻燈籠，但在黑暗之中一時摸不到，不知她是丟在那一處草叢之中。胡斐道：「你懷裏不是還有半截蠟燭麼？」程靈素笑道：「你要小命兒不要？這是用七心海棠做的蠟燭啊……嗯，嗯，在這兒了。」她在草叢中摸到了燈籠，晃火摺點燃了，黑黝黝的森林之中，登時生起一團淡綠的光亮，將兩人罩在綠幽幽的燈籠光下。

胡斐聽到姜鐵山夫婦和慕容景岳接連幾次說起「七心海棠」四字，似乎那是一件極厲害的毒物，燈籠光下見慕容景岳俯伏在地，一動也不動，似乎已然僵斃，登時省悟，

「啊」的一聲叫了出來，說道：「若非我魯莽出手，那姜鐵山夫婦也給你制服了。」

程靈素微微一笑，道：「你是為我的一片好心，胡大哥，我還是領你的情。」

胡斐望著她似乎弱不禁風的身子，好生慚愧：「她年紀還小我一兩歲，但這般智計百出，我枉然自負聰明，又怎及得上她半分？」這時已明白其中道理，程靈素的蠟燭是以劇毒的藥物製成，點燃之後，發出的毒氣既沒異味，又無煙霧，因此連慕容景岳等三個使毒的大行家也墮其術中而不自覺。自己若不貿然出手，那麼姜鐵山夫婦多聞了一會蠟燭的毒氣，必定暈倒。但那時兩人正夾攻程靈素，出手淩厲，只怕尚未暈倒，她已先受其害。

程靈素猜到他心思，說道：「你用手指碰一下我肩頭的衣服。」胡斐不明她用意，但依言伸出食指，輕輕在她肩上撫了一下，突然食指有如火炙，不禁疼得跳了起來。程

377

靈素見他這一跳情狀狼狽，格格一陣笑，說道：「他夫婦倆若出手碰到我衣服，滋味便是這般了。」胡斐將食指在空中搖了幾搖，炙痛兀自劇烈，說道：「好傢伙！你衣衫上放了甚麼毒藥？這麼厲害？」程靈素道：「這是赤蠍粉，也沒甚麼了不起。」

胡斐伸食指在燈籠的火光下看時，見手指上已起了一個細泡，心想：「黑暗之中，幸虧我沒碰到她衣衫，否則那還了得。」

程靈素道：「胡大哥，你別怪我叫你上當。我是要你知道，下次碰到我這三個師兄師姊，當真要處處提防。你武功自然比他們高明得太多，但你瞧瞧你手掌。」

胡斐伸掌一看，不見有異。程靈素道：「你在燈籠前照照。」胡斐伸掌到燈籠之前，綠光下只見掌心隱隱似有一層黑氣，一驚道：「他……他二人練過毒砂掌麼？」程靈素淡淡的道：「毒手藥王的弟子，豈有不練毒砂掌之理？」

胡斐「啊」的一聲，道：「原來尊師無嗔大師，才是真正的毒手藥王！他老人家去世了麼？怎麼你這幾位師兄師姊對尊師這般無情無義？」

程靈素輕輕嘆了口氣，到大樹上拔下銀簪和透骨釘，將師父兩張字論摺好，放回懷中。這時第一張字論上發光的字跡已隱沒不見，只露出「知名不具」所寫的那兩行黑字。

胡斐道：「這字條是你寫的？」程靈素道：「是啊，師父那裏有我大師兄手抄的藥經。他的字我看得熟了。只是這幾行字可學得不好，只得其形而不能得其神。他的書法還要峻峭得多。」胡斐自幼無人教他讀書，說到書法甚麼，那是一竅不通。

378

程靈素道：「師父的手諭向來是用三煉礬水所寫，要在火上一烘，方始顯現，我又用虎骨的骨髓描了一遍，黑暗之中便發閃光了。你瞧！」說著熄了燈火，紙箋上果然現出她師父手諭閃光字跡，待得點亮燈籠，閃光之字隱沒，看到的只是程靈素所寫的短簡。這短簡寫在手諭的兩行之間，同是一張紙箋，光亮時現短簡，黑暗中見手諭。慕容景岳等正自全神貫注的激鬥，突見師父的手諭在樹上顯現，自要大吃一驚，程靈素再手持蠟燭走出，一時之間，他們只想著師父所遺的那部《藥王神篇》，縱然細心，也不會再防到她手中蠟燭會散發毒氣了。

這些詭異之事一件件揭開，胡斐登時恍然，臉上流露出又明白了一件事的喜色。

程靈素笑道：「你中了毒砂掌，怎麼反而高興了？」胡斐笑道：「你答允救我一命的，有藥王的高足在此，我還躭心甚麼？」程靈素嫣然一笑，鼓氣又吹滅燈籠，只聽她走到竹籬之旁，瑟瑟索索的發出些輕微聲響，不知她在竹籬中拿些甚麼，過了一會，回來點燃燈籠。

胡斐眼前斗然一亮，見她已換上了一套白衫藍褲。程靈素笑道：「這衣衫上沒毒粉了，免得你提心吊膽，唯恐一個不小心，碰到了我衣服。」胡斐嘆了口氣，道：「你甚麼都想到了。我年紀是活在狗身上的，有你十成中一成聰明，那便好了。」

程靈素道：「我學了使用毒藥，整日便在思量打算，要怎麼下毒，旁人才不知覺，又要防人反來下毒，挖空心思，便想這種事兒。咳，那及得上你心中海闊天空，自由自在？」說著輕輕嘆了口氣，拉過胡斐右手，用銀簪在他每根手指上刺了個小孔，然後雙

手兩根大拇指自他掌心向手指擠迫，小孔中流出的血液帶有紫黑之色。她針刺的部位恰到好處，推擠黑血，手勢又極靈巧，胡斐竟不感痛楚，過不多時，出來的血液漸變鮮紅。

這時伏在地下的慕容景岳突然身子一動。胡斐道：「醒啦！」程靈素道：「不會醒的，至少還有三個時辰。」胡斐道：「剛才我把他挑了來，這人就像死了一般，我一點也不知道。他僵是僵得到了家，我的傻可也傻得到了家。」程靈素微笑道：「你口口聲聲說自己傻，那才叫不傻呢。」

隔了一會，胡斐道：「他們老是問甚麼《藥王神篇》，那是一部藥書，是不是？」程靈素道：「是啊，這是我師父花了畢生心血所著的一部書。給你瞧瞧吧！」伸手入懷，取出一個小小包袱，打開外面的布包，裏面是一層油紙，油紙之內，是一部六寸長、四寸寬的黃紙書。封皮上寫著「無嗔醫藥錄」五字，想是他四名弟子不敢逕呼師尊名諱，才稱之為「藥王神篇」。程靈素用銀簪挑開書頁，滿書密麻麻的寫滿了蠅頭小楷，不言可知，這書每一頁上都染滿劇毒，無知之人隨手一翻，非倒大霉不可。

胡斐見她對自己推心置腹，甚麼重大的秘密也不隱瞞，心中自是歡喜，只是見著這部毒經心中發毛，似覺多瞧得幾眼，連眼睛也會中毒，不自禁的露出畏縮之意。程靈素將藥書包好，放回懷中，然後取出個黃色小瓶，倒出些紫色粉末，敷在胡斐手指的針孔上，在他手臂關節上推拿幾下，那些粉末竟從針孔中吸了進去。

胡斐喜道：「大國手，這般的神乎其技，我從未見過。」程靈素笑道：「那算甚

380

麼？你若見到我師父給人開膛剖腹、接骨續肢的本事，那才叫神技呢。」胡斐悠然神往，道：「是啊，尊師雖擅於使毒，但也必挺會治病救人，否則怎稱得『藥王』二字？」

程靈素臉現喜容，道：「我師父如聽到你這幾句話，一定喜歡你得緊，要說你是他的少年知己。咳，可惜他老人家已不在了。」說著眼眶不自禁的紅了。

胡斐道：「你那駝背師姊說你師父偏心，只管疼愛小徒弟，這話多半不假，我看也只你一人，才記著師父。」程靈素道：「我師父生平收了四個徒兒，這四個人給你一晚上都見到了。慕容景岳是我大師兄，姜鐵山是二師兄，薛鵲是三師姊。收了三師姊後，師父本來不想再收徒兒了，但見我三位師兄師姊鬧得太不像話，只怕他百年之後沒人制得他們，三人為非作歹，更要肆無忌憚，害人不淺，因此到得晚年，又收了我這個幼徒。」頓了一頓，又道：「我這三個師兄師姊本性原也不壞，只為三師姊嫁了二師兄，大師兄和他倆結下深仇，三個人誰也不肯干休，弄到後來竟難以收拾。」

胡斐點點頭，問道：「你大師哥也要娶你三師姊，是不是？」程靈素道：「這些事過去很久了，我也不大明白。只知大師哥本來是有師嫂的，三師姊喜歡大師哥，便把師嫂毒死了。」胡斐「啊」的一聲，只覺學會了下毒功夫，自然而然的會殘忍起來。

程靈素又道：「大師哥一氣之下，暗中給三師姊服了一種毒藥，害得她駝了背，跛了腳。那時師父去了西藏採藥，待得回來，已來不及救治了。二師哥暗中一直喜歡著三師姊，她雖殘廢，卻並不嫌棄，便和她成了親。也不知怎麼，他們成婚之後，大師哥卻又想念起三師姊的諸般好處來，竟又去纏著她。我師父給他們三人弄得十分心煩，不管

怎麼開導教訓，這三人反反覆覆，總糾纏不清。倒是我二師哥爲人比較正派，對妻子始終沒貳心。他們在洞庭湖邊用生鐵鑄了這座藥王莊，莊外又種了血矮栗，原先本是爲了防備大師哥糾纏，後來他夫婦倆在江湖上多結仇家，這藥王莊又成了他們避仇之處了。」

胡斐點頭道：「原來如此。怪不得江湖上說到毒手藥王時說法不同，有的說是個秀才相公，有的說是個粗豪大漢，有的說是個駝背女子，更有人說是個老和尚。」

程靈素道：「眞正的毒手藥王，其實也說不上是誰。我師父挺不喜歡這個名頭。他說：『我使毒物，是爲了治病救人。稱我「藥王」，那愧不敢當，上面再加「毒手」二字，難道無嗔和尙是隨便殺人的麼？』只因師父擅用毒物出神入化，我三位師兄師姊又使得太濫，有時不免誤傷好人，因此『毒手藥王』這四個字，在江湖上名頭弄得十分響亮。師父不許師兄師姊洩露各人身分姓名，這麼一來，只要甚麼地方有了離奇的下毒案件，一切帳便都算在『毒手藥王』頭上，你瞧冤是不冤？」

胡斐道：「那你師父該當出來辯個明白啊。」程靈素嘆道：「這種事也辯不勝辯……」說到這裏，已將胡斐五隻手指推拿敷藥完畢，站起身來，道：「咱們今晚還有兩件事要辦，若不是……」說到這裏突然住口，微微一笑。

胡斐接口道：「若不是我不聽話，這兩件事就易辦得很，現下不免要大費手腳。」

程靈素笑道：「你知道就好啦，走吧！」胡斐指著躺在地下的慕容景岳道：「又要請君入籠？」程靈素笑道：「勞您的大駕。」

胡斐抓起慕容景岳，放入竹籠，將竹籠搭上扁擔，放上肩頭挑起。

程靈素在前領路，卻是向西南方而行，走了三里模樣，來到一座小屋之前，叫道：

「王大叔，走吧！」屋門打開，出來一個漢子，全身黑漆漆地，挑著副擔子。胡斐心想：「又有奇事出來啦！」有了前車之鑒，那裏還敢多問，緊緊跟在程靈素身後，當真不離開她身邊三步。程靈素回眸一笑，意示嘉許。

那漢子跟著二人，一言不發。程靈素折而向北，四更過後，到了藥王莊外。

她從竹籬中取出三大叢藍花，分給胡斐和那漢子每人一叢，與胡斐二人躍過血矮栗，那漢子不會武功，從樹叢間擠了進去。到了鐵鑄的圓屋外面，程靈素叫道：「二師哥，三師姊，開不開門？」連問三聲，圓屋中寂無聲息。

程靈素向那漢子點點頭。那漢子放下擔子，擔子一端是個風箱。他拉動風箱，燒紅炭火，熔起鐵來，敢情是個鐵匠。胡斐看得大奇。又過片刻，只見那漢子將燒紅的鐵汁澆在圓屋之上，摸著屋上的縫隙，一條條的澆去，竟是將鐵屋上啓閉門窗的通路一一封住。料來姜鐵山和薛鵲便在屋中，想是忌憚程靈素厲害，竟不敢出來阻擋。

程靈素見鐵屋的縫隙已封了十之八九，屋中人已沒法出來，向胡斐招招手。兩人向東越過血矮栗，向西走了數十丈，只見遍地都是大岩石。程靈素數著腳步，北行幾步，又向西幾步，輕聲道：「是了！」點燈籠一照，見兩塊大岩石之間有個碗口大小洞穴，洞上又用一塊岩石凌空攔著。程靈素低聲道：「這是他們的通氣孔。」取出那半截蠟燭點燃了，放在洞口，與胡斐站得遠遠地瞧著。

383

蠟燭點著後，散出極淡輕煙，隨著微風，嬢嬢從洞中鑽了進去。

瞧了這般情景，胡斐對程靈素的手段更是敬畏，但想到鐵屋中人給毒煙這麼一薰，那裏還有生路？不禁心生憐憫：「這淡淡輕煙本已極難知覺，便算及時發見，堵上氣孔，最後還是要窒息而死，只差在死得遲早而已。難道我眼看著她幹這等絕戶滅門的毒辣行逕，竟不加阻止麼？」

只見程靈素取出一把小小團扇，輕煽燭火，蠟燭上冒出的輕煙盡數從岩孔中鑽了進去，胡斐再也忍耐不住，霍地站起，說道：「靈姑娘，你那師兄師姊，與你當真有不可解的怨仇麼？」程靈素道：「沒有呀。」胡斐道：「你師父傳下遺命，要你清理門戶，是不是？」程靈素道：「眼下還沒到這個地步。」胡斐道：「那……那……」心中激動，不知如何措辭，一時說不下去了。

程靈素抬起頭來，淡淡的道：「甚麼啊？瞧你急成這副樣子！」胡斐定了定神道：「倘若你師哥師姊……並無非殺不可的過惡，請你給他們留一條改過自新的道路。」程靈素道：「是啊，我師父原也這麼說。」頓了一頓，說道：「可惜你見不到我師父了，否則你們一老一少，一定挺說得來。」口中說話，手上團扇仍不住撥動。

胡斐搔了搔頭，指著蠟燭問道：「這毒煙……這毒煙不會致人死命麼？」程靈素道：「啊，原來咱們胡大俠在大發慈悲啦。我是要救人性命，不是在傷天害理。」說著轉過頭來，微微一笑，神色頗爲嫵媚。胡斐滿臉通紅，心想自己又做了一次傻瓜，雖不懂噴放毒煙爲何反是救人，心中卻甚感舒暢。

384

程靈素伸出左手小指，用指甲在蠟燭上刻了一條淺印，道：「請你給我瞧著，別讓風吹熄了，點到這條線上就熄了蠟燭。」將團扇交給胡斐，站直身子，四下察看，傾聽聲息。胡斐學著她樣，將輕煙煽入岩孔。

程靈素在十餘丈外兜了個圈子，沒見甚麼異狀，回來坐在一塊圓岩上，說道：「引了狼群來踏我花圃的，是二師哥的兒子，叫做小鐵。」胡斐「啊」了一聲。道：「他也在這下面麼？」說著向岩孔中指了指。程靈素笑道：「是啊！咱們費這麼大勁，便是去救他。先薰暈了師哥師姊，做起事來不會礙手礙腳。」胡斐心道：「原來如此。」

程靈素道：「二師哥和三師姊有一家姓孟的對頭，到了洞庭湖畔，十九便是孟家的。我種的藍花，卻是血矮栗的剋星，二師哥他們一直不知，直到你和鍾爺身上帶了藍花，不怕毒侵，他們這才驚覺。」胡斐道：「是了，我和鍾大哥來的時候，聽到鐵屋中有人驚叫，必是為此。」

程靈素點點頭，說道：「這血矮栗的毒性，本來無藥可解，須得經常服食樹上所結栗子，才不受栗樹氣息的侵害。幸好血矮栗毒性雖強，倒也不易為害人畜，只要有這麼一棵樹長著，周圍數十步內寸草不生，蟲蟻絕跡，一看便知。」胡斐道：「怪不得這鐵屋周圍連草根也沒半條。我把兩匹馬的口都絮仕了，還是避不了毒質，若不是你相贈藍花，死在洞庭湖邊的那兩個人，使盡心機，總解不了鐵屋外的血矮栗之毒，攻不進去。」胡斐道：「怪不得這鐵屋周圍連草根也沒半條。我把兩匹馬的口都絮仕了，還是避不了毒質，若不是你相贈藍花……」說到這裏，想起今晚的莽撞，不自禁暗暗驚心，心道：「無怪江湖上一提到『毒手藥王』便談虎色變，鍾大哥極力戒備，確非無因。」

程靈素道：「我這藍花是新試出來的品種，總算承蒙不棄，沒在半路上丟掉。」胡斐微笑道：「這花顏色嬌艷，很是好看。」程靈素道：「幸虧這藍花好看，倘若不美，你便把它拋了，是不是？」胡斐一時不知所對，只說：「唔……唔……」心中在想：

「倘若這藍花果真十分醜陋，我會不會仍藏在身邊？是否虧花美，這才救了我和鍾大哥的性命？」

正在此時，一陣風吹了過來，胡斐正自尋思，沒舉扇擋住蠟燭，燭火一閃，登時熄了。胡斐輕輕叫聲：「啊喲！」忙取出火摺，待要再點蠟燭，只聽程靈素在黑暗中道：「算啦，也差不多夠了。」胡斐聽她語氣中頗有不悅之意，心想她叫我做甚麼事，我總沒做得安貼，似乎一切全都漫不經心，歉然道：「真對不起，今晚不知怎的，我總失魂落魄的。」程靈素默然不語。

胡斐道：「我正在想你那句話，沒料到剛好有一陣風來。靈姑娘，我想過了，你送我這藍花之時，我全沒知這是救命之物，但既是人家一番好意給的東西，我自會好好收著。」程靈素聽他這幾句話說得懇切，「嗯」了一聲。

黑暗中兩人相對而坐。過了一會，胡斐道：「我從小沒爹沒娘，難得有誰給我甚麼東西。」程靈素道：「我也從小沒爹沒娘，還不是活得這麼大了？」說著點燃了燈籠，說道：「走吧！」胡斐偷眼瞧她臉色，似乎並沒生氣，不敢再說甚麼，便跟隨在後。

兩人回到鐵屋之前，見那鐵匠坐在地下吸煙。程靈素道：「王大叔，勞您駕，鑿開了這條縫！」所指之處，正是適才她要鐵匠銲上了的。那鐵匠也沒問甚麼原由，拿出鐵

錘鐵鑿，叮叮噹噹的鑿了起來，不到一頓飯時分，已將銬上的縫鑿開。

程靈素說道：「開門吧！」那鐵匠用鐵錘東打打，西敲敲，倒轉鐵錘，用錘柄一撬，噹的一聲，一塊大鐵板落了下來，露出一個六尺高、三尺寬的門口。這鐵匠對鐵屋的構造似乎瞭如指掌，伸手在門邊一拉，便有一座小小鐵梯伸出，從門上通向內進。

程靈素道：「咱們把藍花留在外面。」二人將身上插的一束藍花都拋在地下。程靈素正要跨步從小鐵梯走進屋去，輕輕嗅了一下，道：「胡大哥，怎麼你身上還有藍花？別帶進去。」胡斐應道：「噢！」從懷中摸出一個布包，打了開來，說道：「你鼻子真靈，我包在包裹你也知道。」

那布包中包著他的家傳拳經刀譜，還有些雜物，日間程靈素給他的那棵藍花也在其內，只是包了大半日，早已枯萎了。胡斐撿了出來，放在鐵門板上。程靈素見他珍而重之的收藏著這棵藍花，知他剛才沒說假話，很是歡喜，向他嫣然一笑，道：「你沒騙人！」胡斐一楞，心道：「我何必騙你？」程靈素指著鐵屋的門道：「裏面的人平時服食血栗慣了，這藍花正是剋星，他們抵受不住。」提起燈籠，踏步進內。胡斐和王鐵匠跟著進去。

走完鐵梯，是一條狹窄甬道，轉了兩個彎，來到一個小小廳堂。牆上掛著書畫對聯，廳中擺的是湘妃竹桌椅，陳設雅致。胡斐暗暗納罕：「那姜鐵山形貌粗魯，居處卻是這等所在，倒像是到了秀才相公家裏。」程靈素毫不停留，一直走向後進。

胡斐跟著她走進一間廚房模樣的屋子，眼前所見，不由得大吃一驚。

只見姜鐵山和薛鵲倒在地下，不知死活。當七心海棠所製蠟燭的輕煙從岩孔中透入之時，胡斐已料到有此情景，也不以為異，奇怪的是一隻大鐵鑊盛滿了熱水，鑊中竟坐著一個青年男子。這人赤裸著上身，背上傷痕累累，鑊中水氣不斷蒸升，看來這水雖非沸騰，卻已甚熱，說不定這人已活活煮死。

胡斐一個箭步搶上前去，待要將那人從鑊中拉起，程靈素道：「別動！你瞧他……」

瞧他身上還有沒有衣服。」胡斐探首到鑊中一看，道：「他穿著褲子。」程靈素臉上微微一紅，點了點頭，走近鑊邊，探了探那人鼻息，道：「你到灶下加些柴火！」

胡斐嚇了一跳，向那人再望一眼，認出他便是引了狼羣來踐踏花圃之人，只見他雙目緊閉，張大了口，壯健的胸脯微微起伏，果然未死，但顯已暈去，失了知覺，問道：「他是小鐵？他們的兒子？」程靈素道：「不錯，我師哥師姊想熬出他身上的毒質，但沒生怕水煮得太熱，小鐵抵受不住，不敢多加。

七心海棠的花粉，總治不好。」胡斐這才放心，見灶中火勢微弱，於是加了一根硬柴，

程靈素笑道：「多加幾根，煮不熟、煨不爛的。」胡斐依言，又拿兩條硬柴塞入灶中。程靈素伸手入鑊，探了探水的冷熱，從懷中摸出一個小小藥瓶，倒出些黃色粉末，塞在姜鐵山和薛鵲鼻中。

稍待片刻，兩人先後打了幾個噴嚏，睜眼醒轉，見程靈素手中拿著一隻水瓢，從鑊中挹了一瓢熱水倒去，再從水缸中挹了一瓢冷水加在鑊中。夫婦倆對望了一眼，初醒時

388

那又驚又怒的神色立時轉爲喜色，知她既肯出手相救，獨生愛子便可死裏逃生。兩人站起身來，默然不語，心中各是一股說不出的滋味：愛子明明是中了她毒手，此刻她卻又來相救，向她道謝是犯不著，但是她如不救，兒子又活不成；再說，她不過是小師妹，自己兒子的年紀還大過她，那知師父偏心，傳給她的本領遠勝過自己夫婦，接連受她剋制，竟縛手縛腳，沒半點還手餘地。

熬出。熬了一會，她忽向王鐵匠道：「再不動手，便報不了仇啦！」

程靈素一見水汽略盛，便挹去一瓢熱水，加添一瓢冷水，使姜小鐵身上的毒質逐步

王鐵匠道：「是！」在灶邊拾起一段硬柴，夾頭夾腦便向姜鐵山打去。

姜鐵山大怒，喝道：「你幹甚麼？」一把抓住硬柴，待要還手。薛鵲道：「鐵山，咱們今日有求於師妹，這幾下也挨不起麼？」姜鐵山一呆，怒道：「好！」鬆手放開硬柴。王鐵匠一柴打了下去，姜鐵山既不閃避，也不招架，挺著頭讓他猛擊一記。

王鐵匠罵道：「你搶老子田地，逼老子給你造鐵屋，還打得老子斷了三根肋骨，在床上躺了半年，狗娘養的，想不到你也有今日。」罵一句，便用硬柴猛擊一下。他打了幾十年鐵，雖不會武功，但右臂打擊之力何等剛猛，打得幾下，硬柴便斷了。

姜鐵山始終不還手，咬著牙任他毆擊。

胡斐從那王鐵匠的罵聲聽來，知他曾受姜鐵山夫婦極大的欺壓，今日程靈素伸張公道，讓他出了這口惡氣，倒也算大快人心。王鐵匠打斷三根硬柴，見姜鐵山滿臉是血，卻咬著牙齒一聲不哼，他生性良善，覺得氣也出了，雖當年自己受他父子毆打遠慘於

此，也就不爲已甚，將硬柴往地下一拋，躬身向程靈素抱拳道：「程姑娘，今日你幫我

出了這口惡氣，小人難以報答。」

程靈素道：「王大叔不必多禮。」轉頭向薛鵲道：「三師姊，請你們把田地還了給

王大叔，衝著小妹面子，以後也別找他報仇，好不好？」薛鵲低沉著嗓子道：「我們這

輩子永不踏進湖南省境了。再說，這種人也不會教我們念念不忘。」程靈素道：「好，

就這樣。王大叔，你先回去吧，這裏沒你的事了。」

王鐵匠滿臉喜色，拾起折在地下的半截硬柴，說道：「你這狗日的當年打得老子多

慘！這半截帶血硬柴，老子要當寶貝般藏起來。」又向程靈素和胡斐行了一禮，轉身出

去。

胡斐見到這張樸實淳厚的臉上充滿著小孩子一般的喜色，心中一動，記起佛山鎮北

帝廟中的慘劇。那日惡霸鳳天南給自己制住，對鍾阿四的責罵無辭可對，但自己只離得

片刻，鍾阿四全家便屍橫殿堂。姜鐵山夫婦的奸詐凶殘不在鳳天南之下，未必會信守諾

言，只怕程靈素一去，立時會對王鐵匠痛下毒手。他追到門口，叫道：「王大叔，跟你

說句話。」王鐵匠站定腳步，回頭瞧著他。胡斐道：「王大叔，這姜家夫妻不是好人。

你趕緊賣了田地，別在這裏再耽。他們手段毒辣得緊。」

王鐵匠一怔，很捨不得這住了幾十年的家鄉，道：「他們答應了永不踏進湖南省

境。」胡斐道：「這種人的說話，也信得過麼？」王鐵匠恍然明白，連說：「對，對！

我明兒便走！」他跨出鐵門，轉頭又問：「你貴姓？」胡斐道：「我姓胡。」王鐵匠

道：「好，胡爺，咱們再見了，你這一輩子可得好好待程姑娘啊。」

這次輪到胡斐一怔，問道：「你說甚麼？」王鐵匠哈哈一笑，道：「胡爺，王鐵匠又不是傻子，難道我還瞧不出麼？程姑娘人既聰明，心眼兒又好，這份本事更加不用提啦。人家對你一片眞心，這一輩子你可得多聽她話。」說著哈哈大笑。胡斐聽他話中有因，卻不便多說，只得含糊答應，說道：「再見啦。」王鐵匠道：「胡爺，再見，再見！」收拾了風箱家生，挑在肩頭便走。他走出幾步，突然放開嗓子，唱起洞庭湖邊的情歌來。只聽他唱道：

「小妹子待情郎——恩情深，

你莫負了妹子——一段情，

你見了她面時——要待她好，

你不見她面時——天天要十七八遍掛在心！」

他的嗓子有些嘶啞，但靜夜中聽著這曲情歌，自有一股蕩人心魄的纏綿味道。

胡斐站在門口，聽得歌聲漸漸遠去，隱沒不聞，站著思索良久，這才回去廚房。

只見姜小鐵已然醒轉，站在地下，全身濕淋淋的，上身已披了衣衫。姜家三人對程靈素又忌憚，又懷恨，但對她用藥使藥的神技，不自禁也有一股艷羨之意。三人冷冷的站著，並不道謝，卻也不示敵意。

程靈素從懷中取出三束白色的乾草藥，放在桌上，道：「你們離開此間之時，那孟家一干人定會追蹤攔截。這三束醍醐香用七心海棠煉製過，足以退敵，但不致殺人再增

新仇。」姜鐵山臉現喜色，說道：「小師妹，多謝你幫我想得周到。」

胡斐心想：「她救活你兒子性命，你不說一個謝字，直到助你退敵，這才稱謝，想來敵人定然甚強。卻不知孟家的人是那一路英雄好漢，連這對用毒的高手也一籌莫展，只有困守在鐵屋之中。」

程靈素道：「小鐵，中了鬼蝙蝠劇毒那兩人，都是孟家的吧？你下手好狠啊！」她說這話之時，向小鐵一眼也沒瞧。

姜小鐵嚇了一跳，心想：「你怎知道？」囁嚅著道：「我……我……」姜鐵山道：「小師妹，小鐵此事大錯，愚兄已責打他過了。」說著走過去拉起小鐵的衣衫，推著他身子轉過背後來，露出滿背鞭痕，血色殷然，尚未結疤。

「小師妹，小鐵此事大錯，愚兄已責打他過了。」程靈素給他療毒之時，早已瞧見，但想到使用無藥可解的劇毒，實是本門大忌，不得不提一下。她所以知道那兩人是小鐵所毒死，也因見到他背上鞭痕，這才推想而知。她想起先師無嗔大師的諄諄告誡：「本門擅於使毒，旁人深惡痛絕，其實下毒傷人，比之兵刃拳腳還多了一層慈悲心腸。下毒之後，如對方悔悟求饒，立誓改過，又或發覺傷錯了人，都可解救。但一刀將人殺了，卻人死不能復生。因此凡無藥可解的劇毒，本門弟子決不可用以傷人，對方就算大奸大惡，也要給他留一條回頭自新之路。」

心想二師哥三師姊對小鐵也一定常自言及，不知他何以竟敢大膽犯規？見他背上鞭痕累累，縱橫交叉，想來父母責打不輕，這次又受沸水熬身之苦，也是一番重懲，於是躬身施禮，說道：「師哥師姊，小妹多有得罪，咱們後會有期。」姜鐵

山還了一揖，薛鵲只哼了一聲，卻不理會。

程靈素也不以爲意，向胡斐使個眼色，相偕出門。

兩人跨出大門，姜鐵山自後趕上，叫道：「小師妹！」程靈素回過頭來，見他臉上有爲難之色，欲言又止，問道：「二師哥有甚麼吩咐？」姜鐵山道：「那三束醍醐香，須得有三個功力相若之人運氣施爲，方能拒敵。小鐵功力尚淺，愚兄想請師妹⋯⋯」說到這裏，雖極盼她留下相助，總覺說不出口，「想請師妹⋯⋯」幾個字連說了幾遍，接不下話。

程靈素指著門外的竹籮道：「大師哥便住在這竹籮之中。小妹留下的海棠花粉，足夠爲他解毒。二師哥何不乘機跟他修好言和，也可得一強助？」姜鐵山大喜，他一直爲大師哥的糾纏不休而煩惱，想不到小師妹竟已安排了這一舉兩得的妙計，既退強敵，又解了師兄弟間多年的嫌隙，忙連聲道謝，將竹籮提進門去。

胡斐從鐵門板上拾起那束枯了的藍花，放入懷中。程靈素晃了他一眼，向姜鐵山揮手道別，說道：「二師哥，你頭臉出血，身上毒氣已然散去，可別怪小妹無禮啊。」姜鐵山一楞，登時醒悟，心道：「她叫王鐵匠打找，固是懲我昔日的兇橫，但也未始不無善意。鵲妹毒氣未散，還得給她放血呢！」想起事事早在這個小師妹的算中，自己遠非其敵，終於死心塌地，息了搶奪師父遺著《藥王神篇》的念頭。

程靈素和胡斐回到茅舍，鍾兆文兀自沉醉未醒。這一晚整整忙了一夜，此時天已大

明。程靈素取出解藥，要胡斐餵給鍾兆文服下，然後兩人各拿了一把鋤頭，將花圃中踐踏未盡的藍花細細連根鋤去，不留半棵，盡數深埋入土。

程靈素道：「我先見狼羣來襲，還道是孟家的人來搶藍花，後來見小鐵項頸中掛了一大束藥草，才猜到他用意。」胡斐道：「他怎麼中了你七心海棠之毒？黑暗中我沒瞧得清楚。」程靈素道：「我用透骨釘打了他一釘，釘上有七心海棠的毒質，還帶著那封假冒大師哥的信，約他們在樹林中相會。那透骨釘是大師哥自鑄的獨門暗器，二師哥三師姊向來認得，自是沒懷疑。」胡斐道：「你大師哥的暗器，你卻從何處得來？」

程靈素笑道：「你倒猜猜。」胡斐微一沉吟，道：「啊！是了，那時你大師哥已給你擒住，昏暈在竹籠之中，暗器是從他身上搜出來的。」程靈素笑道：「不錯。大師哥見了我的藍花後早已起疑，你們向他問路，他便跟蹤而來，正好自投竹籠。」

兩人說得高興，一齊倚鋤大笑，忽聽得身後一個聲音說道：「甚麼好笑啊？」兩人回過頭來，只見鍾兆文迷迷糊糊的站在屋簷下，臉上紅紅的尚帶酒意。胡斐一凜，道：

「靈姑娘，苗大俠傷勢不輕，我們須得便去。這解藥如何用法，請你指點。」

程靈素道：「苗大俠傷在眼目，那是人身最柔嫩之處，用藥輕重，大有斟酌。不知他傷得怎樣？」這一句話可問倒了胡斐。他一意想請她去施救，只是素無淵源，人家又是個年輕女子，便像姜鐵山那樣，那一句相求的話竟說不出口來。

程靈素笑道：「你若求我，我便去。只是你也須答允我一件事。」胡斐大喜，忙道：「答允得，答允得，甚麼事啊？」程靈素笑道：「這時還不知道，將來我想到了便

跟你說，就怕你日後要賴。」胡斐道：「我賴了便是個賊王八！」

程靈素一笑，道：「我收拾些替換衣服，咱們便走。」胡斐見她身子瘦瘦怯怯，低聲道：「你一夜沒睡，只怕太累了。」程靈素輕輕搖頭，翩然進房。

鍾兆文那知自己沉睡一夜，已起了不少變故，一時之間胡斐也來不及向他細說，只說解藥已經求到，這位程姑娘是治傷療毒的好手，答允同去為苗人鳳醫眼。鍾兆文還待要問，程靈素已從房中出來，背上負了一個小包，手中捧著一小盆花。

這盆花的葉子也和尋常海棠無異，花瓣緊貼枝幹而生，花枝如鐵，花瓣上有七個小小的黃點。胡斐道：「這便是大名鼎鼎的七心海棠了？」程靈素捧著送到他面前，胡斐嚇了一跳，不自禁的退了一步。程靈素噗哧一笑，道：「這花的根莖花葉，均奇毒無比，但不加製煉，不會傷人。你只要不去吃它，便死不了。」胡斐笑道：「你當我是牛羊麼，吃生草生花？」將那盆花接了過來。程靈素扣上板門。

三人來到白馬寺鎮上，胡斐向藥材鋪取回寄存的兵刃，付了二兩銀子謝禮。鍾兆文取出銀兩買了三匹坐騎，不敢躭擱，就原路趕回。

那白馬寺是個小鎮，買到三匹坐騎已很不容易，自不是甚麼駿馬良駒，行到天黑也不過趕了兩百來里。三人貪趕路程，錯過了宿頭，見三匹馬困乏不堪，已不能再走，只得在一座小樹林中就地野宿。程靈素實在支持不住了，倒在胡斐找來的一堆枯草上，不久便即睡去。

胡斐睡到半夜，鍾兆文叫胡斐也睡，說自己咋晚已經睡過，今晚可以守夜。

胡斐睡到半夜，忽聽得東邊隱隱有虎嘯之聲，一驚而醒。那虎嘯聲不久便即遠去，

395

胡斐卻再也難以入睡，說道：「鍾大哥你睡吧，反正我睡不著，後半夜我來守。」

他打坐片刻，聽程靈素和鍾兆文呼吸沉穩，睡得甚酣，心想：「這一次多管閒事，躭擱了好幾天，追尋鳳天南便更為不易了，卻不知他去不去北京參與掌門人大會？」東思西想，不能寧定，從懷中取出布包，打了開來，又將那束藍花包在包裹，忽然想起王鐵匠所唱的那首情歌，心中一動。

正自出神，忽聽得程靈素笑道：「你這包兒中藏著此甚麼寶貝？給我瞧瞧成不成？」

胡斐回過頭來，淡淡月光之下，只見她坐在枯草之上，不知何時已然醒來。

胡斐道：「我當是寶貝，你瞧來可不值一笑。」將布包攤開了送到她面前，道：「這是我小時候平四叔給我削的一柄小竹刀，這是我結義兄長趙三哥給的一朵紅絨花，這是我祖傳的那本拳經刀譜⋯⋯」指到袁紫衣所贈的那隻玉鳳，頓了一頓，說道：「這是朋友送的一件玩意兒。」

那玉鳳在月下發出柔和的瑩光，程靈素聽他語音有異，抬起頭來，說道：「是一個姑娘朋友吧？」胡斐臉上一紅，道：「是！」程靈素笑道：「這還不是價值連城的寶貝嗎？」說著微微一笑，將布包還給胡斐，隨即躺倒，閉上眼睛，不再說話。

胡斐呆了半晌，也不知是喜是愁，耳邊似乎隱隱響起了王鐵匠的歌聲：

「難道程姑娘當真對我很好，我卻沒瞧出來麼？」

你不見她面時——天天要十七八遍掛在心！

396

【金庸簡介】

本名查良鏞（1924-2018），浙江海寧人。英國劍橋大學哲學碩士、博士。曾任報社記者、翻譯、編輯、電影公司編劇、導演等；一九五九年創辦《明報》機構，出版報紙、雜誌及書籍；一九九三年退休。先後撰寫武俠小說十五部，廣受當代讀者歡迎，至今已蔚為全球華人的共同語言，並興起海內外金學研究風氣。《金庸作品集》有英、法、意、德、希臘、波蘭、芬蘭、西班牙、日、韓、泰、越、馬來、印尼等多種譯文。

曾獲頒眾多榮銜，包括：英國政府 OBE 勳銜，法國「榮譽軍團騎士」勳銜，香港特別行政區最高榮譽「大紫荊勳章」；香港大學、香港科技大學、澳門大學、臺灣政治大學、加拿大英屬哥倫比亞大學、日本創價大學和英國劍橋大學的榮譽博士學位；香港大學、香港中文大學、加拿大英屬哥倫比亞大學、北京大學、浙江大學、中山大學、南開大學、華東師範大學、吉林大學、遼寧師範大學、蘇州大學和臺灣清華大學的名譽教授，以及當選英國牛津大學、劍橋大學、澳洲墨爾本大學和新加坡東亞研究院的榮譽院士。

曾任浙江大學文學院院長、教授、博士生導師，英國牛津大學漢學研究院高級研究員，加拿大英屬哥倫比亞大學文學院兼任教授，香港報業公會名譽會長，中國作家協會名譽副主席。

陳豫鍾「最愛熱腸人」。

陳豫鍾（1762-1806），浙江杭州人，浙派篆刻名家，「西泠八家」之一。他是乾隆年間人，與本書中胡斐等人同時。

全世界華人的共同語言

金庸作品集

從台北到紐約，從香港到倫敦，從東京到上海，中國人在不同的地方，

可能說不同的方言，可能吃不同的菜式，也可能有不同的政治立場，但他們都讀——金庸作品集。

【**精裝映象新修版·共十二部三十六冊**】

飛狐外傳＝The young flying fox／金庸作. -- 二版.
-- 臺北市：遠流, 2024.07
　　冊；　　公分. --（新修版金庸作品集；14-15）
公元 2004 年金庸新修版
ISBN 978-626-361-596-0（全套：精裝）

857.9　　　　　　　　　113003937

新修版金庸作品集 ⑭

飛狐外傳 (一)〔公元 2004 年金庸新修版〕
The Young Flying Fox, Vol. 1

作者／金庸
Copyright © 1962, 1975, 2004, by Louis Cha. All rights reserved.
※ 本書由明河社出版有限公司授權遠流出版公司在臺灣地區出版發行。

副總編輯／鄭祥琳
封面設計／林秦華
內頁美術／霍榮齡設計工作室
內頁插畫／王司馬
行銷企劃／廖宏霖
出版一部總編輯暨總監／王明雪

發 行 人／王榮文
出版發行／遠流出版事業股份有限公司
地　　　址／臺北市中山北路一段 11 號 13 樓
電　　　話／（02）2571-0297
傳　　　真／（02）2571-0197
郵　　　撥／0189456-1
著作權顧問／蕭雄淋律師

2004 年 7 月 1 日　初版一刷
2024 年 7 月 1 日　二版一刷

新修版　每冊 450 元（本作品全二冊，共 900 元）

ISBN 978-626-361-596-0（套：精裝）
ISBN 978-626-361-594-6（第一冊：精裝）
Printed in Taiwan

YLib 遠流博識網 http://www.ylib.com　E-mail: ylib@ylib.com
金庸茶館粉絲團 https://www.facebook.com/jinyongteahouse